春明旧梦记

陆昕 著

学苑出版社

图书在版编目（CIP）数据

春明留梦记 / 陆昕著 . — 北京：学苑出版社，
2021.6（2022.9 重印）
　ISBN 978-7-5077-6195-5

　Ⅰ . ①春… Ⅱ . ①陆… Ⅲ . ①散文集—中国—当代
Ⅳ . ① I267

中国版本图书馆 CIP 数据核字 (2021) 第 122624 号

责任编辑：陈　佳
封面设计：齐立娟
内文设计：罗家洋
出版发行：学苑出版社
社　　址：北京市丰台区南方庄 2 号院 1 号楼
邮政编码：100079
网　　址：www.book001.com
电子邮箱：xueyuanpress@163.com
联系电话：010-67601101（营销部）、010-67603091（总编室）
印　刷　厂：鸿博昊天科技有限公司
开本尺寸：710 mm×1000mm　1/16
印　　张：29.25
字　　数：403 千字
版　　次：2021 年 8 月第 1 版
印　　次：2021 年 8 月第 1 次印刷，2022 年 9 月第 2 次印刷
定　　价：78.00 元

目录

岁月留痕

祖父琐记 / 3

祖父逸事 / 5

祖父和我 / 7

祖父在医院 / 9

祖父和昆曲 / 10

祖父与美食 / 14

祖母和烹饪 / 18

炉肉和卤肉 / 20

春饼和春卷 / 22

炸酱面 / 24

肉食和青菜 / 26

语言学会 / 28

老先生们 / 30

一次作文 / 33

我的逃学 / 35

少年时光 / 37

我的中学 / 39

血色浪漫 / 42

清单 / 44

清退 / 50

损失 / 52

下乡之前 / 54

东北岁月 / 55

肉和豆腐 / 57

挑担 / 58

买票 / 61

零食 / 63

探亲 / 65

远帆 / 67

麦子地 / 71

李德生（一）/ 73

李德生（二）/ 75

读书琐忆 / 77
政协忆往 / 79
"两会"旧事 / 85
政法琐忆 / 87
政法忆往 / 89
经典电影 / 91
除夕 / 94
过去 / 97
燕子 / 99
美食 / 100
吃辣 / 105
饭馆 / 107
习俗 / 109
女红 / 111
随想 / 113
庙会 / 115
歌曲 / 116
祖父冥寿 / 118
怀念启功 / 120
忆张中行 / 126
悼王学泰 / 132
大康 / 134
牌子曲 / 136

南穷北贱 / 137
礼数规矩 / 140
北京大妞 / 144
北京爷们 / 146
神奇的北京 / 148
家乡的风 / 149
北京的雨雪风 / 150
公园的功能 / 151
天光 / 153
南北 / 154
爱 / 156
东岳庙 / 157
公园记 / 159
北海 / 161
白塔 / 162
景山 / 163
天坛 / 165
动物园 / 166
玉渊潭 / 168
颐和园 / 170
圆明园 / 172
陶然亭 / 174
中山公园 / 177

街心公园 / 180
纪晓岚故居 / 181
土港洋 / 182
老宅子 / 184
野孩子 / 186
胡同行（一）/ 189
胡同行（二）/ 193
胡同行（三）/ 196
胡同行（四）/ 198
胡同行（五）/ 202
胡同行（六）/ 206
胡同行（七）/ 208
胡同行（八）/ 210
胡同行（九）/ 213
胡同行（十）/ 215
胡同行（十一）/ 217

人生百态

猫 / 223
狼 / 225
观舞 / 227
清浊 / 228
流浪 / 230
土豪 / 231
珍爱 / 232
返校 / 233
改变 / 234
炫耀 / 236
身份 / 237
抢购 / 238
节约 / 240
屁赋 / 242
膀爷 / 243
逛街 / 244
清晨 / 246
表达 / 247
挂钟 / 249
怪梦 / 250
选择 / 252
作弊 / 253
坐班车 / 255
新词语 / 256

青春祭 / 261　　　　　爱可分割 / 277

真荒唐 / 262　　　　　热闹的会议 / 278

胖厨娘 / 263　　　　　可怕的暗流 / 280

养花 / 264　　　　　　学活和头肉 / 283

痴想 / 265　　　　　　海南七日游 / 284

文化集市 / 267　　　　江浙记游踪 / 290

"吃饭大学" / 269　　　海子纪念碑 / 293

馅饼教授 / 271　　　　湖州和绵山 / 295

男士风度 / 273　　　　人面桃花 / 297

饭店争座 / 274　　　　就是梦 / 300

饭铺见闻 / 276

书 事 书 话

大楼 / 303　　　　　　祖辈的书 / 330

理书 / 307　　　　　　送书 / 337

藏书 / 310　　　　　　怀念 / 339

逛书市 / 312　　　　　潇洒走一回 / 340

书市记 / 315　　　　　《济公传》/ 341

收藏 / 316　　　　　　《水浒》/ 343

初印本 / 319　　　　　《三国》/ 344

古书铺 / 320　　　　　《金瓶梅》/ 345

厂肆人物记 / 322　　　《金蔷薇》的魅力 / 346

重读《金蔷薇》/ 348
《带阁楼的房子》/ 351
《晚霞消失的时候》/ 352
《一支被出卖的枪》/ 355
盒子炮 / 357
胖书 / 358

杂感杂谈

寂静之声 / 363
揉脚 / 364
两难 / 365
乐团 / 366
人间有天堂 / 367
唱歌 / 369
再说唱歌 / 370
忘我 / 372
所爱 / 373
误区 / 374
天命 / 376
静心 / 378
时光 / 379
悟道 / 380
佛说 / 381
获奖 / 383
反思 / 385

妙用 / 386
启发 / 387
撒手 / 388
裹脚 / 391
身份 / 393
启示 / 395
三八节 / 397
公民 / 399
体面 / 400
年账 / 401
发愿 / 402
看病 / 403
夜读 / 404
年龄 / 406
电视剧 / 408
糖葫芦儿、小三儿和春杏儿 / 410

看足球 / 412

女汉子 / 413

文言文 / 414

公孙龙 / 415

短歌行 / 417

无情月 / 418

有所梦 / 419

八愁诗 / 420

挑战观众 / 422

忽然想到 / 423

明清鸡汤 / 425

中土神仙 / 426

夜读有感 / 428

主题先行 / 429

读史一得 / 430

"老而不死" / 431

故宫自驾 / 433

不是笑话 / 434

不看别人饭碗 / 435

畜生和傻子 / 436

正经不正经 / 437

便宜吃穷人 / 438

运动化治理 / 439

学术二锅头 / 441

不简单的事 / 442

生命的高度 / 443

大妈式眼泪 / 444

菜单和项目 / 446

学而优则仕 / 447

学而优则说 / 449

学而优则写 / 450

傻子的追问 / 452

京油子、卫嘴子、保定府的狗腿子 / 454

车船店脚牙，无罪也该杀 / 455

春 / 457

歌曲 / 458

后记 / 459

岁月留痕

祖父①琐记

祖父的一生,跌宕起伏,无不与时代同步。二十世纪五十年代,学苏联,把"三古"(古代汉语、古代文学、古代史)砍了,祖父一下没了专业。好在祖父触类旁通,改教现代汉语,而且有重大学术突破,其观点影响至今,还带出了北师大第一届现代汉语研究生。"文革"后,位于厂桥的西城区电教馆请祖父讲课,祖父上台后第一句话"我已经十三年没登讲台了",赢得现场一千多人暴风雨般的掌声,久久不息。开始讲课,祖父说:"对不住,我讲课,要喝茶、抽烟,离了这两样,不行。"那天,许嘉璐、王宁先生也去了。一位板书,一位倒茶。吴晓铃先生也到了场,还嘱咐许、王二位一定要把祖父的学问学到手。

祖父在政治上是有追求的。日本侵华时,就因替学生作保到后方参与抗战,险些遭日本宪兵队追捕。一九四五年后,他把自己家变成地下党的联络站,还在时任北平警备司令的陈继承家里做地下工作。

有些事,现在说来也有意思。快解放时,有个学生来家聊天,说,我在《中央日报》混饭吃,共产党来了找我算账怎么办?祖父说,我家里有不少共产党的传单,你拿几张去贴到街上。他们来了,我给你做个证,你就算做过革命工作。

祖母评价祖父:"你爷爷,玩儿一辈子悬的。"祖父也偶尔会用手中权力办事。祖父终生好友赵元方的夫人,不知为何有支手枪,解放后被人告发了。赵先生很忧惧,祖父说,你放心,我给你摆平。于是找了当时的前门区区长,作个保了结了。

但祖父从未为自己为家人谋过私利。而且,解放后,对自己的经

---

① 祖父系陆宗达。——编者注

历从不提起。所以,祖父去世后,纪念会上,市委有关领导讲了祖父的革命经历后,有位学者很吃惊,发言说:"我和陆老熟极了,老去陆老家喝酒吃饭,可没听陆老说起过一句当年!"

我想,追求是一种精神,不是捞取利益,更不会用来交换商品。再问,祖父就从来没有想过谋点私利,哪怕小小不言的?不知道。但我知道,祖父即便这样想,也不会这样做,因为他是书生,一身书生意气。书香社会只是个形式,而书生意气,才是国家、民族的希望。

祖父逸事

祖父性情随和，天性散淡，好交友，爱忘事。在北大时，教书同时任系办公室秘书，系主任是胡适。值得说一下，直到一九三七年事变，北大国文系正式在编的人，包括胡适等教授、副教授和时当青年的祖父，一共才七个人。不过学生也不多，我有一本北大一九三五年同学录，国文系拢共才二十多学生。来上课的教授很多是聘任。

不过学生少，事儿并不少。任继愈先生就曾几次找祖父办事儿。更多的是外边的联络。有回胡适交代祖父，某天有几个外国人要来参观，把办公室整理一下。祖父说："我倒是整理了。可到那天，因为有部外国片子刚放映，我瞧电影去了，把他这事给忘了。我拿着钥匙，结果他们谁也没进去。"后来见了胡适，胡适一笑，也没说什么。

祖父在北大

一九三七年事变前，祖父要全力教学，系里让刚留校的吴晓铃接任秘书，俩人交接了"关防"。不过吴先生的位子还没坐热，抗战全面爆发，北大南迁，搬去后方。祖父与吴晓铃关系亲密，但两人都爱忘事。祖父闲聊时说："他父亲去世，给我发了个帖子，我原本是要去。结果头天我喝醉了，第二天忘了。后来你老祖去世，我也给他发了帖子，他也没来。这下我们算扯平了。哈哈！"

但祖父有两件事极认真。一是备课，一是开会。祖父七十多岁时还跟我说："不管多熟的课，我都要备。每次都有新体会。"开会不仅不忘，还总提前，是因为"不能让大伙儿等你"。

也许受祖父影响，我也好交友。三教九流，无所不有，胡同里的朋友很多。祖父和大家也都聊得热闹，海阔天空中，时不时会信口讲两个《说文解字》里有关衣食住行的字，朋友们都觉得有意思，从而也知道了《说文解字》这部书。

这些年，听了几次百家讲坛，为青年普及知识。即便是评书教授，也有功社会。师者，传道、授业、解惑、答疑。还记得几十年前，吴晓铃先生给祖父打来电话，问一句话的出处，说："我把《淮南子》都翻两遍了，也没找着。您知道出处吗？"祖父告诉他在别的什么书里，他直道谢。祖父讲《红楼梦》里"腌臜"一词，吴先生知道后，特意携带他所藏的孤本七部脂批之一到我家，以书中文字，证祖父所言不虚。

老派学者之所以如此，可归入五个字，不误人子弟。我想这该是教书的第一条守则。

祖父和我

幼时祖父带我吃夜饭（夜宵）最多的地方，是虎坊桥东边的晋阳饭庄（今纪晓岚故居），因为离我家近。山西馆子，有名的是过油肉、刀削面以及拨鱼儿等面食。记得大门和正厅之间就是纪公手植的紫藤，又高又大又密。紫藤花开，如瀑布流泻，非常壮观。厅里摆了方桌、椅子，很简单。祖父说，你很听话，但也有脾气。有回带你来，咱们要的面老不来，你生气了，钻进桌子底下不出来。咱们对面是个大学生，他要了两碗，先来了。我就跟他商量，说你在桌子底下不出来，先跟他借一碗，一会儿还。这你才出来。

祖父夸我时，讲过这样一件事。有一次，他带我去点心铺，问我想要哪块。我指了后，祖父说，钱不够，下回好吗？我点头。这时旁边一老头说，您看看您这孙子，您再瞧瞧我这个。原来他那孙子年纪和我相仿，非要某块点心，不给买，又喊又叫，又哭又闹，还跺脚。

祖父、我和妹妹在家里院中（摄于20世纪50年代）

其实，我不是没脾气，但发作形式是自己生气，希望别人来安慰。家里有个黄侃留下的老书桌，特别的地方是桌下有个长长的横撑，用来放脚。我一生气，就坐在那儿，希望别人着急来找自己。但这样做的前提是别人必须知道你不高兴了，否则他们认为你在玩儿捉迷藏，你会更生气。

当然，我从小不会打人，更别提打架。记得当知青时，一次急了，出拳去打人，拳到半路，宿舍里哄堂大笑，我想打的知青也笑着说："没打过人，是吧？来，照这儿打，我教你。"从此，再生气，也不出拳了。上大学时，想粗放一些。邻座女生笑道："别学了，学也学不会，什么样就是什么样。"

七十年代后，祖父就不大出门了。我时常带着饭盒给祖父母端菜。都是周边的菜馆，南来顺爆两样，鸿宾楼扒肉条，同春园的鱼，淮扬的虾，晋阳的过油肉，我们家不吃辣，所以没去过曲园、四川饭店。再就是去天福买熟肉，天源买酱菜，西单菜市场买菜，张一元买茶叶，西单把口儿的糕点店买点心面包等等，力所能及地做些事。但祖父对我最大的不满是，口味低俗，档次太低，不止一次说："小时你爱吃肉，就惯着你吃肉，坏了！你现在除了肉，什么也不吃。就是吃肉，你也没吃出水平来！"

前些时候，进纪晓岚故居闲逛。逛完到晋阳饭庄吃饭，不禁想起当年事。

祖父在医院

祖父晚年经常生病住院,都是我陪着。但一些事情,还需要祖父处理,也就常有人来。为各种事找上门的人不少,我对其中两位印象很深。

一位说是祖父的老学生,但年代极其久远,虽然他努力唤起祖父的记忆,也没见功效。言归正传,他说自己和几位退休的人成立了一个大学,叫"东方诺贝尔大学",材料已经上报,如批下来,欲请祖父当名誉校长。说完我送他出来,他看着我,忽然眼睛转了两转,大功告成地得意一笑:"先生要是当了名誉校长,那我就是教务长啦,哈哈哈哈!"日子不多,我闲看《北京日报》,有九所撤销停办的民办大学,头一所就是他这个"东方诺贝尔大学"。

祖父后来因摔倒住院,引起肺炎,气管切开,不能说话,但即便如此,还会有人找上门。那是一位唐先生携妻同来,说自己倡议成立了什么学会,材料已经写好,请祖父在下面签个名。说着拿出一沓材料,其妻也递上钢笔,那时祖父已只能平躺,为配合,我想扶祖父坐起。看祖父的神情,开始是想配合,但略起却支撑不住,向后躺下。唐先生一见此状,当即瞪大眼睛,拼命向前探身,把笔使劲往祖父手里塞,材料往祖父胸前送。祖父此时拼命皱眉,使劲瞪我,用手打我的手。但落在我的手上,软绵绵的,就像在摸。这时我也顾不上几十年家教养成的习惯——"不拒绝别人",便请唐先生作罢。唐先生满脸不快地走了,也没再来看过祖父。

出门游玩,多少次我站在山脚仰望山顶,想,多少人努力攀登,攀上绝顶,一览众山小。但这只在你周围,向远处望,向天边看,你就知道,人,征服不了自然。征服自然,疯人呓语。还有一样东西,人也征服不了,人欲。西方有宗教可以浇一浇人欲,祖宗有存天理可以灭一灭人欲。若既无宗教可用,又灭了天理,奈人欲何?不知道。

祖父和昆曲

朱家溍先生在《昆曲纪事》中写道：

"当代著名学者陆宗达先生对于训诂学、文字学、声韵学有非凡的成就，是人所共知的。但现在很少有人知道他对于昆曲保存和提倡所尽的努力。

"陆宗达先生，字颖明，浙江慈溪人，生长在北京，第四中学毕业，考入北京大学。于一九二八年在国文系毕业，留校任国文系助教。当时北大国文诸名教授都是他的老师，之外，他还拜黄侃先生为师，后来兼任辅仁大学讲师、中国大学教师、师范大学教授，门墙桃李遍天下，成为一代大师。

"陆先生在北大念书时，就加入当时北大的曲会，毕业后这个曲会早已解散。他在什刹海附近一个庙里租一间房，组织一个曲会，请何金海老师拍曲，参加者有二十余人。何金海回南以后，他又请曹心泉先生拍曲，请他的表兄迟景荣先生吹笛，继续在自己家里（前青厂）组织曲会。

"北昆的前身：韩世昌、白玉田、陶显庭、侯益隆、王益友、郝振基、马祥麟诸位先生的昆弋班，每一时期在北京演出，陆先生都是努力向各方面宣传并担任销售戏票。上述各位老演员有个人具体困难时，他都为他们奔走努力设法解决。他向侯益隆学戏时，有一次为了侯先生住医院，他自己借债为侯先生付医疗费。他为昆曲事业的努力，一直到一九五七年北昆剧院成立以后才松一口气。

"一九八八年陆先生逝世了。一个人失掉了一个知己的朋友，就会感到心里有一部分话从此没处说了，到了老年感触尤深。我和陆先生的关系既是弟兄又是师生，因为他和我大哥是北大同学，我幼年就称他为陆大哥，后来我在辅仁大学国文系念书时，他是我的老师。

一九三四年到一九三六年陆先生在绒线胡同国剧学会内设立曲会，我这时候正在高中，他劝我加入曲会，我从此参加了曲会。当时这个曲会是齐如山先生支持的，设在国剧学会东院楼上，每到夏天改为晚间在大院集会，环境凉爽幽静，最适宜唱曲。当时笛师有兀伯维先生、迟景荣先生。司鼓板为唐春明先生。陆先生是主持人，参加者有傅惜华、宗澹云、谭其骧、李永倜、李保勴、朱家溍，女曲友有张纫秋、吕静方，还有陆先生的女儿陆敏和我。韩世昌、马祥麟、侯益隆、田瑞亭等先生们也不定期参加活动。当时陆先生已经会唱一百余出昆剧。他唱老生，也能唱花脸，小生旦角戏他也喜欢吹笛，但他登台演唱的次数很少。一次是在打磨厂福寿堂，他演《单刀会·训子》，我和他女儿陆敏演《扫花》（马祥麟先生教的）。还有两次他演《弹词》，我扮李龟。一次在吉祥院，一次在北平大学艺术学院。他还向郭春山先生学过一出小花脸戏《扫秦》。这都是一九三七年以前的事，后来他就没有再登过台了。

"陆先生的嗓子非常好，唱法纯正讲究，有足够的音量，有很美的音色。虽然他是个大学者，但他唱的不是从前所谓书院派的清曲，而是合乎舞台要求的唱法。就在辅仁大学念书时，也是受陆先生的鼓动，以学生身份在学校组织曲会，请侯瑞春先生指导和吹笛，韩世昌先生教身段。参加这个曲会的男生有我和汪泽华二人，其余都是女生，有：陈芷荫、许宗蕴、孙如梅、常××（忘记名字）、张治明、吴似丹、贺惠贞等。在学校礼堂演过《游园惊梦》，陈芷荫演杜丽娘，吴似丹演春香，许宗蕴演柳梦梅，孙如梅演大花神，贺惠贞演睡魔神，堆花、摆灯应有尽有，是韩世昌先生给排的。当时昆弋班已不存在，韩、侯二位住在打磨厂的店里，'堆花'用的十二月花灯还保存着，所以很方便拿来用。还演过《狮吼记·梳妆》《跪池》，《长生殿·絮阁》《惊变》《闻铃》，《铁冠图·刺虎》，《玉簪记·琴挑》，吹腔戏《赠剑》《联姻》《奇双会》等。另外在长安戏院组织过两场为韩、侯二位先生筹款的戏。一天是《思凡》，一天是《刺虎》。韩先生主演，我扮一只虎。其余都是男女学生演的戏票,并且同学担任推销戏票。这些活动都是陆先生提倡的。

"北昆建院和北京昆曲研习社的活动他虽然没有参加,但仍然关心昆曲。他年纪大了不能到戏院看戏,他要我把近年演过的《麒麟阁·激秦》《三挡》,《连环计·小宴》,《牧羊记·告雁》,《浣纱记·寄子》几出戏的录音带拿到他家里听。总之陆先生是在昆曲最消沉的年代,大力倡导,使这个剧种不绝如缕地流传下来,为昆曲复活准备下可能的条件。陆先生为此尽了他最大的努力。陆先生的逝世,在语言文字的学术领域中当然是莫大的损失,但还有他的不朽著作和门墙桃李会把他的名字流传下去,至于他致力于昆曲事业,时至今日则知者甚少,故以拙笔记之。"

正如朱先生所说,祖父最早从事昆曲,是一九二八年北大毕业留校后。他在什刹海边上租了两间房,和一些有同好的人定期聚会。当时的人里面有一些是北大教员,有朱先生兄弟四人(朱家济、朱家濂、朱家源、朱家潘)、赵元方、傅惜华、迟景荣等,还有一些昆曲艺人。从某种意义说,因有团体性,可以算是北昆的源头。

迟景荣先生是著名笛师,曾为梅兰芳吹笛。有一次我和启功先生聊起,先生说:"那算什么!以迟先生的辈分和造诣说,那还是抬举小辈的意思。"

祖父在中国大学的学生李祥仲,八十多岁时来看我们,但因地址不确,失望而归。收发室的人后来见着我说,那老头儿可失望了,你要能联系上赶紧跟人联系。八十来岁,白内障,走路都费劲儿。一个人拄着棍儿,坐公交大老远来看你们。最后我终于和李先生通上电话,他非常高兴,回忆往事,他说:"上学时,我好昆曲。老师当年在中国大学组织曲社,我也参加了。有一回在学校花园的后山上,我吹笛子,老师度曲,完了,老师还夸我笛子吹得好。那个滋味,不能忘。"

祖父年老后,有时技痒,还会弄笛,永远是《游园惊梦》那段。可笑家里有只大白猫,平时总爱趴在祖父书桌上睡觉,但只要祖父一吹笛，马上一跃而起，屁滚尿流，四下躲藏。每逢这时，祖母就爱说一句："别吹了，吓人！"

而今，只有迟先生留给祖父的两管笛子还在。

祖父与美食

祖父是京城一位颇为知名的美食家。改革开放后，几次中国烹饪大赛，政协都派人派车邀请祖父去品评鉴定。从二十世纪三十年代到八十年代的几十年间，祖父足迹遍及京城大小食肆，一年四季，或携家人下馆子，或与友朋相招饮，于美食多有所得。尽管如此，祖父仍同样喜欢家人所做的菜肴。特别是去世前的几年，总觉得外边的菜大不如昔，不如家常菜更合自己口味。今就记忆所及，略举祖父生前喜食的几道家常菜如下。

溜黄菜：做这道菜前，先要将生荸荠、熟火腿、冬笋切成丁，一定要切得细小以备用。随后将三五个生鸡蛋用筷子打散置一大碗中，倒入之前所切细丁，再用事先煮好又晾凉的鸡汤冲入碗内，比例大约是三分之一蛋液，三分之二鸡汤，同时放入适量精盐、白糖、味精、姜末以及白胡椒面，最后掺入上好淀粉，用筷子将碗内诸物搅拌均匀。烹制此菜时，锅中一定要放较多的油，为的是使其成糊状。油热后，倒入蛋液，用铲子快速翻转。若感觉蛋液太稠，可酌量加入鸡汤；若感觉太稀，可适当勾些芡粉。炒上三五分钟后，即可起锅。此菜的特点是：色泽金黄，鲜嫩滑爽，既有汤的鲜滑，又有菜的醇厚，是一道佳肴。

山药蒸肉丸：做这道菜前，要先炖好一锅鸡汤，备一些猪后腿上的瘦肉，再备一些肥肉，比例大约是瘦肉七成，肥肉三成。瘦肉要剁碎，肥肉要切成碎丁，这样肥肉丁掺进瘦肉末可使肉丸松软滑嫩，又不被化成油。再将荸荠切碎，大约一斤肉末放进半斤荸荠丁。把瘦肉末、荸荠丁、肥肉丁置于盆中拌匀，再加入适量精盐、味精、姜末以及少许淀粉，做成肉丸后，先要将肉丸放入盘中蒸十分钟，使其成形，然后再放进锅里，加料酒、白糖、葱段和少量酱油并兑入鸡汤，用文火炖约两个小时后,将肉丸和汤倒进大碗,然后往碗中加山药块。山药块必须切成滚刀块,为的是好入味儿。再放入蒸锅里蒸,约一个小时后菜即烧好。出锅时可在碗里放一些豌豆苗,使其点缀一些绿色并带出清香。此菜的特点是山药酥烂,肉丸松软,碗中汤清澈见底,味美而清淡又极富营养。祖父对此菜颇有心得,他常说,山药一定要放进肉丸中蒸熟,汤才能清澈,山药才能清爽,所以这道手续绝不能省。就是急等着吃,也万万不可将山药和肉丸一起炖熟,那将混混沌沌索然无味。

烩酸菠菜:做这道菜前,先选出鲜嫩菠菜切成碎段,用开水焯一下,放一边待用。然后炖一锅鸡汤或排骨清汤,向汤里加入精盐、味精、熟肉丁或排骨肉末。锅中汤开后,放进已焯好的菠菜并勾薄芡,盛入汤碗中后再放醋和白胡椒粉即可食用。此汤碧绿鲜香,清爽而不滑腻。菠菜汤虽极普通,但将菠菜做成酸辣味儿还不多见。祖父常说,做这道汤时有两点必须注意:第一是此汤必要在盛入汤碗后再加醋和胡椒粉,如在锅中即加醋,菠菜即成黄绿色,绝无碧绿晶莹之貌。第二,芡要薄,不能稠,芡若稠则有喝卤的感觉。

祖父有次说到凉菜时,曾讲起白斩鸡。他说吃这个凉菜,要买两只小笋鸡,一只洗净后,要浑身上下涂满一层花生油,然后搁一旁待用。另一只笋鸡煮汤,汤好后,把那只生鸡整个儿用汤浇熟,然后再加工以供食用。为什么要把身上抹油呢?祖父说,不抹油,滚汤一浇皮全烂了。抹上油,可以保护鸡皮并使其酥脆。

祖父教我做菜也很有趣。他教我做炮羊肉时,说,做这个菜的几个要点是油要少放,葱要多放,锅要极热,芡要少勾。羊肉片切好后,别忙于下锅,要等锅热,锅里冒烟都别着急,恨不能锅里起火,这再把羊肉片倒进去,然后用铲子一通猛扒拉,速度要极快,不然会粘锅,所以我常把羊肉片扒拉到锅外。看肉片一变白,立刻放酱油放醋放葱,葱一放进去扒拉两铲子立即出锅,这样葱几乎还是生的,又青又脆,但又有了羊肉味儿。后来祖父又教我锅里不放油而炮羊肉,唯一的技巧只是更快速地用铲子扒拉肉片，这样烧烤味儿显得更浓。

祖父在世时，我家院中种了不少花草，这些花草也经常成为家庭烹饪的佐料。记得那时东墙前先有一大两小三株芭蕉，后有一架生长数十年，高与墙齐枝繁叶茂的葡萄，架下有石桌和凉墩，北窗外则是一架金银花。沿着青砖漫成的甬路两侧，又栽了不少盆花，如茉莉、米兰、碧桃、月季、木冬草等等。葡萄架东南侧，种有两大缸荷花，这两个大花缸尤其值得一提，它们是祖父的老友赵元方先生送的。赵先生祖上为曾入掌清光绪朝军机大臣的荣庆，缸为其家世传之物。缸巨大而沉重，直径约一米左右，四周刻有寿字与福字及兽头，难得的是两只缸皆用整块大青石凿刻而成，但看上去浑圆无痕，不露一丝凿迹，真正鬼斧神工。支撑花缸的是六个实心青石墩，每个墩四周也都镌刻有花卉图形。荷花年年夏季开放，粉艳娇媚，纤尘不染。荷叶大而肥硕，绿如绒毯，祖母最喜欢用荷叶做荷叶肉和熬荷叶粥。

荷叶肉是将猪后腿肉切成厚片，用酱油、白糖、料酒、葱姜末、甜面酱、味精、米粉和肉拌在一起，煨上半小时，然后去池中掐两张荷叶，一张荷叶切成四份，三五片肉用一份荷叶包上，再用白线捆成小卷儿，整齐码在盘中，上锅用大火蒸约两小时即可食用。荷叶的清香深入到肉里，鲜而不腻，酥烂适口。荷叶粥是先熬一锅米粥，将熟时，去池中揭张荷叶洗净，把荷叶放在粥锅中，盖在粥上，三五分钟后粥出锅时，颜色微泛青绿，荷叶清香沁人脾胃，令人食欲大增。喝粥时，要佐以天源酱菜园的酱缸笼和熟疙瘩。酱缸笼是取其脆而清口，有嚼头儿，熟疙瘩是取其面而柔软，入口即化。两物刚柔相济，合粥而食堪为美味。

祖母也爱做双花粥，即金银花粥。做时将金银花从架上摘下洗净，然后用开水冲泡。再取适量大米，加入金银花冲泡的水和金银花，然后熬粥。粥要越稀越好，粥成后，加少许白糖即可食用。喝后清咽利喉，去上焦火。祖母喜欢变花样，记得她还让我掐过芭蕉树的叶子，放在蒸锅里当屉布用。祖父则让我摘下家中的玫瑰紫葡萄泡酒。又摘茉莉花，晾去水气后，搁在茶叶筒里。

　　想起当年我家每逢春夏之傍晚，全家人于葡萄架下围桌而坐，喝几杯自酿的葡萄酒，吃两块荷叶肉，盛一碗荷叶粥，四周清荫覆地，蜂鸣蝶舞，荷花于夕阳落照中带出一种略显慵懒的娇艳，晚风裹着茉莉的芬芳袭人面庞。黄昏微雨，坐于北房廊下的藤椅上，喝一些金银花粥，饮两杯自制的茉莉花茶，檐上双燕归来，院中雨打芭蕉，昏黑中飘来带着雨水清凉气息的花香，顿觉暑热消退，透体生凉。有时想起来，虽是几十年前，却如昨日。

祖母和烹饪

祖母做饭的手艺非常好,米饭炒菜,各种面食,样样拿手。比如炸酱面,就很地道。如今在美国西华盛顿大学任教的老友俞宁回忆说,今生有幸,还真吃过陆家阿婆做的炸酱面。味道确实好,可惜那时我还在房管局卖苦力,饭量大,让陆奶奶吃惊了。吃完余香满口,还想吃,不好开口。于是第二天自己跑到晋阳饭庄,叫了一碗小碗干炸,觉得酱太咸了。外边的炸酱都咸,俗话,死咸。这不奇怪,咸了省酱,跟吃打卤面咸了省卤一个道理。馒头加咸菜,又省又香,不过这是没办法的办法,谁也不会拿它待客,免得被人骂死。

祖母的面食做得好,绝活之一是抻面。祖父吃面是永远不吃外边买的切面,只吃祖母的抻面。祖母个子小,没多少力气,只能给祖父一个人抻。年岁大了以后,站久一条腿疼。祖母再抻面时,就拿一个红凳子,把疼的腿放在上面。祖父知道后,就不让祖母抻了,改吃切面。

祖母爱包包子。家里有几个木模子,祖母把面和馅倒进去,一拍一磕,就像变魔术似的变出一个个上面有精细纹路的小包子。其他几个木模子有的是小刺猬,有的是小猪。我最喜欢吃祖母用小刺猬木模做出的山楂果酱包。不仅好吃,那小刺猬的造型也栩栩如生。两只小珍珠般的眼睛,就像盯着你看。

祖父每年冬天,必吃豆儿酱。所谓豆儿酱,就是把肉皮刮去脂肪,清理干净,焯好切丁,和黄豆、青豆、胡萝卜丁煮好,晾凉,冻上。北屋廊子上有个高一米直径半米的大笸屉,冬天就在里面放做好慢慢吃的食物或剩饭剩菜,好比现在的冰箱。那里面食物最丰富的时候,就是春节前后。我时常掀起看看,因为里边有各种肉食,像什么米粉肉、酱肘子、炖排骨、狮子头、豆儿酱等等,都是祖母带着保姆做的。

祖父爱吃饺子,各种馅儿都吃,祖母便换着样儿包。祖父最爱吃的是西葫芦羊肉烫面饺,我常见祖母包好了上笼屉蒸,蒸得了叫祖父上厨房吃。

我没事时也会去厨房帮忙。比如我会用指关节顶着菜刀切东西,从没切着手;会剁肉(祖父母在时,从不吃绞馅,认为肉铺把好坏肉一块儿绞。所以总是根据需要去买肉,回来自己剁),怀着把肉墩子剁碎的决心,来回翻着剁,能把肉剁得稀巴烂;会熬各种粥,蒸鸡蛋羹,虽然包的饺子永远坐不住,躺倒一片又一片,但馄饨包得好,不仅坐得稳,而且精致小巧十分漂亮。还学了其他不少家务,都是祖母教的。家里养了两只猫,一黄一黑。祖母切肉,它俩蹲在地上,眼巴巴望着祖母扔下肉头。一次,黄猫太专注了,尾巴尖被炉子烤煳了都不知道。

祖母后来身体不行了,走路费力,不能再穿过半个院子去厨房。有时吃馅儿,就由保姆拌好后,拿到北屋卧室由祖母定咸淡。祖母只用鼻子一闻,就知是否合适。有年香港中文大学中文系主任同几个人来拜访祖父,那天准备吃饺子,保姆拿和好的馅儿让祖母闻。馅是白菜馅儿,但里面搁了点儿韭菜。他们告别时,祖父留他们吃饺子。主任笑道:"闻见了(韭菜味)。还有事,不打扰。"我从此知道韭菜味儿真窜。祖父他们在书房,祖母在卧室,中间还隔着客厅,而且馅儿里只放了一点儿韭菜,都能窜过去,难怪祖父祖母从不吃它。但我吃,因为我吃得粗。

祖母临终那天早上,仍然是五六点起来去挑火。我听见动静,急忙跑过去,把她搀回床边。祖母坐在床边,低着头问我:"我怎么抬不起头了?脖子没劲儿。"我说抬不起头就别抬了,您快躺下吧。千万别再起来。中间看了几次,好像睡着了。快八点时再去看,祖母睁着眼睛像在想什么事。我问,您想什么呢?祖母说:"我在想,一会儿老周(保姆)来了,中午给你和你爷爷做点儿什么吃。"说话间,老周推院门了,但祖母喉咙轻轻一响,去了。

祖母阳寿差一个星期八十岁。

炉肉和卤肉

炉肉和卤肉完全是两种不同的东西。卤肉只是把煮好的肉卤一遍，谁都会。炉肉却只有天福才有，才会做。举个例子，那是六十年代，祖父去乡下"四清"，临回前，祖母让当时还是小学生的我写了封信，问祖父回来那天想吃什么。祖父回信，丸子大肚炉肉熬白菜。祖母打发我去西单的天福买了来，熬好白菜等着。吃时一看，汤一片浓浓的奶油色，祖父只是喝汤吃白菜，说丸子大肚炉肉都是"佐料"。刚好我最讨厌吃菜，把"佐料"吃了个一干二净。

头十来年，特别想吃炉肉，去天福，店里伙计都不知有这味东西。有位朋友告诉我东单附近有家天福分号，还有这货。到附近一问路，一个五大三粗的汉子一张口就让我心里一热，"怎么着，哥们儿？想这口儿啦？！"随后指了路。进店一瞧，墙上一张纸，上书：炉肉，99元一斤，当天预订，三天后取。刚要预订，伙计说，认的人太少，暂时不做了，因为大家都以为是卤肉。什么时候做，过段时间再说。

又过了两三年，一次去北海逛，中午进了仿膳。一看菜谱，居然有炉肉。好像也是熬什么菜，小一百一道。点了，一大盆，大片五花肉，铺了一层又一层。一尝，还真找回点儿当年的味儿，那是一种又有蒸又有烤又有卤过的怪味儿。南窗外是山，北廊下是湖，在湖光山色中吃炉肉忆当年，挺好。

一边吃一边想，还想明了些什么。其实，当年过了就过了，忆不忆吃不吃照样生老病死喜怒哀乐。个人愿意昨日再现，那是追忆逝水年华，个人的精神寄托。社会向前发展，时代一刻不会停滞，是历史的必然规律。人得处好在这二者之间。小时爱读巴尔扎克，读了不少，记得马克思有一段评论，大意是，巴尔扎克了不起的在于，他最欣赏的是旧贵族，欣赏他们的风度行止仪容教养规矩做派，最看不起的是暴发户，看不起他们胸前挂着粗项链，十根胡萝卜粗的手指上每根都套着大钻戒，嘴里叼着粗大的雪茄。证之以《高老头》《搅水女人》等等，确实如此。书中的女人们精神上依恋旧贵族，物质上投入暴发户，正是那个时代的写照（封建没落、资本崛起）。所以，马克思说，巴尔扎克辛辣无情地讽刺了资本主义，却无意识地为他所无限同情的没落贵族唱了一曲挽歌。

所以，人，可以回忆过去沉溺往事，但必须跟着时代走。当然，你必须有分辨时代潮流的能力。分清何为潮流，何为逆流。这样才能在顺流者昌、逆流者亡的时代潮流中做真正的弄潮儿。

春饼和春卷

初十那天,去家旁边的稻香村。快到门口,见一胖胖的中年妇女,在入门处站着。冬天穿得圆,再加厚厚的棉帘子,几乎堵死进门的路。我有点反感:她干吗不进去,堵着门儿?走过去一看,她不是不进去,她是进不去,原来她在排队。而这队,也正是我想排的买熟肉的队。

黑压压、乱哄哄的一大溜儿,各种熟肉,像白给。再看点心柜台前,俩仨;杂食柜台前,仨俩。眼见没法儿买了,出门。门口的妇女依然在原地站位,她后边又排了人,站到街上,还拐了弯儿。

忽然顿悟,明日立春,应吃春饼。要吃春饼,最主要的是酱肉。稻香村的不错,和天福有一拼。不禁想起当年我家的春饼。先和面,一张张烙出来,搁盘里,放进蒸锅,小火蒸上。然后切酱肉(条)、熏鸡(丝)、小肚(丝)、大肚(丝)、炒鸡蛋、炒豆芽、炒菠菜、肉末粉丝,切葱,摆上天源甜酱,熬上一锅玉米粥(解油腻),然后开吃。

吃时把这些东西放进小饼,卷成一卷儿。我卷得不好,又松又散,前边吃后边掉,前边吃一半儿,后边掉一半儿,拉拉一下子,很是狼狈。家人说一次卷得太多,太贪。试着改,也没见好转。祖父说,不是贪,是方法不对,我卷得有铺盖卷儿那么粗,为什么不散?我告诉你,拿一根筷子转着裹这些东西,越裹越紧,裹好后把筷子一抽,绝不会松。

读梁实秋散文,他说见北方人吃春饼,用筷子裹,吃相贪婪。后来我跟启功先生聊这个,先生说,他可能没吃过,也不会吃。吃这个就是要用筷子当助手,把它裹紧。这就像我们这些搞书画的,画都有个画轴,用它卷画儿,才能越卷越紧,一个道理。

祖父母去世后,我就很少吃春饼了,因为不会烙薄饼。后来我发现稻香村里卖冷冻的烤鸭饼和薄饼,我爱人说,这就省事了。你买,我做。还说，做春饼，最省事了。但买回后，她只喜欢切酱肉、切熏鸡、切大小肚、切葱、摊鸡蛋，熬粥、炒豆芽菜、炒菠菜、炒肉末粉丝因为费事，经常有这没那。我和孩子每回吃好多肉和鸡蛋，渐渐兴趣淡了，她也不爱做了。

后来和人聊天，每逢说到春饼，大多数人总是说，知道。长方的，里面有胡萝卜丝、土豆丝儿，搁锅里炸。我说，那是春卷儿，不是春饼。对方往往就茫然了。还有些人，干脆直接否定，就是春卷，没有春饼，没有你说的这种东西。近几年，春饼大行其道，深入人心，可坑人的也来了。一次街头见一家店，标以"春饼店"，觉得特别亲切。进去一吃，葱老而少，酱干而咸，几片酱肉，可怜兮兮。尤其炒鸡蛋，估计只用了三五个。要了三十二块。我最爱吃鸡蛋，蒸着吃、煮着吃、炸着吃、炒着吃，因为爱吃，所以爱买，一眼就看出他们的"黑"。看看旁桌，一对青年夫妇，除要了春饼，还要了一份京酱肉丝和一份宫保鸡丁，京酱肉丝也裹进春饼，宫保鸡丁就小米粥，反正进肚也是一槽烂。

如今，立春日，争买酱肉，家家春饼，让人高兴。挂羊头卖狗肉的店，多关几家吧。

炸酱面

海碗居不知何方神圣,卖炸酱面出了名。进店您一挑门帘子,自有头戴小黑帽,身穿灰布长褂儿,肩膀搭块白毛巾的伙计(小二)低头哈腰迎上来伺候,大喊一声"(几)位,里边儿请!"(学得还不到家,应该叫"爷!里边儿请!")其他不忙或正在忙活的"小二",听到了,也群合一嗓子,"来了您哪(nèi)!"有时能吓人一跳。有回与朋友去吃,本来还安静的店堂,随着一声又一声"来了您哪!"或"走了您哪!"充满噪音,无法谈话。朋友不胜其烦,也喊了两嗓子"心脏病了您哪!高血压了您哪!"。

而这炸酱面,味儿越来越差,价格却越来越高,提价速度越来越快。从一碗八块,到十二,十六,二十多,让人无法欣赏了。想起小时自家的炸酱面,有天上人间之比。

第一,必须到西单买天源酱菜园的干黄酱,回来自己用水化开。第二,备菜码,黄瓜、萝卜(心里美)、豆芽、青豆、黄豆、芹菜等等。其他时令菜看季节,爱吃什么看您口儿。萝卜切块,黄瓜切条,也可以都切丝儿,随便。大蒜是不能忘的,多来几瓣。第三,炸酱。必须买上好的五花肉,切成肥瘦肉丁,下锅煸好后,酱上汪出一层金黄色的油,至少一两公分厚。第四,抻面。这门手艺如今没几个人会了。之所以要抻,是抻出的面筋道,有嚼头儿。第五,下面。讲究头锅饺子二锅面。因为头锅饺子水清,二锅饺子水浑了,饺子发黏,不爽口。二锅面刚好反过来,面要吃二锅,因为面条是黏黏糊糊的吃着香(清汤挂了水的面没香味)。吃完了,来一大碗面汤,俗话,馒头打底儿,稀粥溜缝儿。换个说法,面条打底儿,面汤溜缝儿。然后床上一躺,来一大午觉。再一睁眼,窗外日头已斜,晚霞满天。伸个懒腰,正是"草堂春睡足,窗外日迟迟"。

说起这些，就会怀念我的祖母。她的炸酱面，就是如此。而且，她会抻面，但人老体弱，只能给我祖父一个人抻。七十多岁以后，也抻不动了。祖父吃饭讲究，他吃，饺子每锅只能下五个。后来在家人的抗议声中，变通为一次可下十个。"文革"不能讲究时不知如何，太平岁月里，似乎一直这样。

祖母的一些北京话给我印象很深。比如，做菜咸了，她就说，打死卖盐的。这和做菜咸有什么关系？我后来想，可能意思是，把卖盐的打死了，把他的盐抢过来全放你做的菜里了。

如今，外边儿的炸酱面，是一点儿不想吃了。

肉食和青菜

我从小到大到老，都不爱吃菜，基本就是不吃。但有一样菜，韭菜，我吃。说来也有故事。二十岁左右时，有段时间，我住山东济南亲戚家，那是一九七一、一九七二年，老百姓饿着肚子闹革命，我在亲戚家闹笑话。

话说一天，我在黑虎泉边的一家副食店外看人排队，上前看看，原来在卖排骨。这够天上掉馅饼的，北京一年也没多少回，有，马上抢光，不等排队。骑上车狂奔到家，下车见一相识的姑娘正在大门口，下车都不顾锁，往她怀里一推，"雨萍，帮我看着点儿"。进家就说："三姨，快去，卖排骨呐！"三姨看看我说："排骨我们这儿老有。多少钱一斤你看了吗？"我说："肋排，四毛五。"三姨说："嗨！我说呢！我们这儿肋排没几个人买，太贵。我们都买大骨头和腔骨，两三毛，七八分一斤。"

后来在三姨家吃了韭菜鸡蛋大包子，觉得很好吃，让三姨做了好几次。三姨很奇怪，问："好吃？"大概她觉得这没什么好吃。回北京后，向祖母说想吃韭菜鸡蛋包子，但祖母从不给我做。我倒听她同祖父说，这孩子，在家什么菜不吃，这可好，到人那儿，没的吃，给什么吃什么，学会吃臭韭菜了！我心里还挺为韭菜不平，味儿多冲多香！

过些年，一回在学校食堂吃饭，有韭菜包子，我向同事推荐，同事说，是挺香，不过下午要见人谈事，吃完没法张嘴。又一回，在公交车上，没几个人，忽然泛起一阵浓烈的韭菜味儿，很快弥漫一车厢。回头看，一位少女在很远的后座上咬着韭菜盒子。这一路韭菜味儿，真把我"恶心到家"了。

味儿，只是特点之一，还有之二，这是养生堂专家说的。专家说，所有的菜都有营养，唯独韭菜例外。吃进去什么样，出来时还什么样（俗话：整吃整拉）。纤维太粗糙，那么强大的胃酸，都拿它没办法。结论就是，离它远点儿。

我在家里，是没吃到过韭菜馅。回想那时家里包饺子，有茴香，有扁豆，有白菜，有荠菜，有胡萝卜，有白萝卜，有西红柿，祖父最爱吃羊肉西葫芦馅蒸饺，用他自己的话说："一顿能招呼好几十。"

昨晚我在小馆里"招呼"了俩韭菜盒子，回家胃里不舒服了，找不回当年在济南三姨家的感觉。

语言学会

北京语言学会的成立,名义是祖父倡导,却不始于祖父。

北京语言学会,创立极早,大约在八十年代初。不知当年全国那时有多少学会,但它肯定是最早创立的几个之一。因为当时"学会"这个名词,对大家来说还很陌生。

谈到创立,始于北京师范大学的张寿康先生。他当时是北师大中文系的教师。有天晚上他来家,找祖父谈创立北京语言学会的事,要祖父当发起人。祖父一听就拒绝了,原因是祖父对有关自己的事一向很懒,从来多一事不如少一事。张先生并不灰心,继续劝,说绝不给您添一丁点儿麻烦。发起人五位,您领衔,后边张志公(人教社)、我(北师大)、徐通锵(北大)、胡名扬(北大)。具体的事我和小胡、小徐干。

祖父心里还是不愿意,但架不住人家劝。祖母讲话,一辈子耳根子软,架不住人家三句好话,三句赖话。果然,答应了。张先生的操作其实也简单,找来在北京的各著名语言学家的单位(基本是老一辈),发函说此事,请加入。留我家地址,他三五天来一次,把回信拿走,再筹备下一步。

没过几天,回信纷至沓来。都是说,陆老此议甚好,愿尽绵薄,共襄盛举。张先生几天来一次,将信收走。有时他没来,我就给他送去。好在他住得不远,和平门松树胡同,很方便。

但有回接到社科院语言所李荣先生的复信,说,陆老倡导,愿意参加。只是听说×××也要参加,我和几位语言所的同事就不参加了。您可能不知道,此人"文革"中表现恶劣,追随"四人帮",为"梁效"做事。我们绝不是对您有意见,只是厌恶此人,万望谅解。云云。底下签了一排名字。记得那时我看过×××的来信,措辞甚谦逊，表达甚踊跃。可惜"文革"中跟错人。后来，语言所几个人和×××都未加入。

又过些时，万事俱备，只欠东风。这东风就是排座次。一晚，张先生专来谈这事。让祖父做会长，祖父当然拒绝。张先生提议，由张志公做会长，让祖父做常务理事。又觉得祖父是发起人，不合适。祖父说，你别安排我了，开会时我去就行了。张先生忽然灵机一动，想起"顾问"一词儿，于是力劝祖父做学术顾问，还连带想起"首席"一词儿，说您做首席学术顾问。祖父摆手说："什么首席，你别瞎琢磨了。"张先生又安排一些老前辈也在里边，形成顾问团体。

祖父从不在乎"地位""荣誉"，但后来他做了中国训诂学会会长及名誉会长。其实，中国训诂学会始创于南方，祖父好友，武汉大学教授黄焯先生发起并力促。黄先生为此事给祖父写了二十多封信函，厚厚一沓。但对会长一职，黄先生力辞不就，力主祖父，认为这会更有助于训诂事业的发展。祖父晚年，还担任了十年北京市政协副主席，这对此前从未与政协发生过关系的祖父来说纯属意外。

所以，祖父一生，家里有人照顾，社会有人安排，祖上又有钱财，用朱家溍先生的话说，"你爷爷这辈子倒挺乐和的"。朱先生说得对，但这只是外部条件，没有努力向学，关心国事，宽以待人，祖父也不会有后来的一切。

老先生们

不少和祖父有过往的老先生们，都给我留下了或深或浅的印象。

杨敏如先生给我印象较深。改革开放后，有段时间她老到家来和祖父聊天。她个子小小，脸和身体都圆圆胖胖，爱笑。有一次她说，陆先生，您知道我，我多能说，就我这张嘴，能把死人说活。哈哈哈哈！又一回她说，我刚开完学校的妇代会，到您这儿转转。我这辈子有两个愿望，一是入党，二是当学者。结果现在一个没成，成妇女代表了！哈哈哈哈！当年"反右"，祖父事先得了市委领导的个别通知。后来校园遇到她，特意嘱咐，别讲话，于是杨先生躲过去一劫。"文革"了，老先生们要互相揭发。杨先生实在想不出揭发祖父什么，把这事想起来了，于是贴了张大字报，说祖父泄露党的机密。那时祖父早因是"黑市委的红人"被打倒，多一条少一条无所谓。"文革"后杨先生见到祖父时有些不好意思，祖父一笑置之。前些年，纪念祖父大会时，快九十的她由人搀着来了，还特意和我照了一张相。

七十年代中的某天，祖父不在家，来了个挂手杖的小老头儿，说："我叫钟敬文，你爷爷在吗？"回说不在。接着我们说了一会儿话，主要是他问我师大临汾干校的一些衣食住行。

过了几天，祖父说，钟敬文很夸你，说你说话谨慎。回想起来，我也不懂什么叫谨慎，只是他问什么，我答什么，没敢多说什么。有个细节，就是那天我请钟先生屋里坐，钟先生不进。他就站在北屋的廊子上，看着院子，还老看对面的那排南房，像在回忆什么。

二十多年后，我知道了。钟老告诉我，刚解放那会儿，北师大中文系为增进教授们之间的交流，号召每逢周末，教授们最好聚一聚，谈谈天。到哪儿呢？饭馆不合适。"就到你家，因为你们家院子大，屋子多，还有个厨子。吃饭就在后院南屋，大家每人摊点钱。后来形势变了,散了。"难怪钟老老看南屋那排房。那天钟老来家,是因为他也将去临汾干校,因为祖父先去了,他来问问需要带什么。那个年代,我牢记着"不要跟陌生人说话",尽是一问三不知(其实好多我也真不知),所以误认为我谨慎。

启功先生在纪念祖父冥寿的会上发言说:陆老是我的老前辈,我们从辅仁时就在一起。陆老比我大七岁,管我叫小启。后来来了个比我更小的周祖谟,他叫小周,我就升作了中启。对陆老,我有这几方面的认识。先说人品,人最坦率,表里如一,平易近人。再说学品,特别值得我们纪念。从来不摆架子,不摆训诂学家、音韵学家、语言学家的架子,讲一个字也不厌其烦。对文学、史学也有研究。当年辅仁时大家聚餐,等菜时,就在写菜单的纸上拿笔讲说文。比方"碗"这个字,怎么讲怎么写。"炸"的古意是什么,今天怎么给变过来的。不讲几个字,大家不吃饭,所以我们最怕这个菜早上。酒倒上,大家举着,不喝。讲一个字,喝一杯。当年那些席面上的人,今天就剩我一个人了。所以我心里这酸甜苦辣也真说不清。

有回校园里见着黄药眠先生,叫我跟去他家,拿了两盒三五、两盒中华,说:"给你爷爷带去,告诉他,少抽!"不久后,还送了一本他自印的诗集,很精致,题了字,盖了章。

张志公说,陆老家我常去,每次都是双丰收。学问的丰收和喝酒的丰收。

甘英(刘仁的夫人)说,每次政协开会,陆老都自带一小瓶酒。

任继愈先生说,我上学时,国文系办公室就是胡适和你祖父俩人。一个主任,一个秘书。任先生又说,那时很多后来名重位高的人都在干极一般的工作。比如废名(冯文炳)只能教大一国文。

金克木先生说,我见过你祖父,不过就见一背影儿。那是在北大图书馆,别人告诉我,这就是陆先生。我赶快回头,走过去了,见一背影,很高。

欧阳中石先生说,我虽然学逻辑,但也得算你爷爷的弟子,私淑弟子。闲聊中,先生说,解放济南时,两边真是逐屋争夺,打得很厉害。我就抢出了一块砚台和一套康熙字典,别的都没了。

有回陪祖父去开政协会议,一下电梯,一个驼背非常厉害的小老头使劲往电梯里冲。大家很奇怪,问怎么回事。他并不回答,只是张开嘴,用手往里面指。大家明白,他是把假牙落下了,现在回去找牙。原来他就是大名鼎鼎的朱光潜先生。会议期间,还送了祖父一本他的著作《谈美》,上头写着"颖民吾兄正谬"(他和祖父北大同事)。

回忆这些事,用张中行先生的话来说,就是"面对窗外的长杨和暮鸦,把这些尚飘浮于心的人和事记下",用作永久的纪念。

一次作文

小学时，一次作文考试，年级统一出的作文题，是《难忘的……》，我们班同学按照习惯思路，都是《难忘的一件小事》。老师点评时说："咱们班，五十位同学，全是一件小事，四十四个捡钱包，两个捡钢笔；还有三个捡什么我忘了，但也是捡东西。能满大街丢东西，还都让你们捡了吗？你们看看别的班，四二班就有同学——"说到这儿，老师特意提高了音量，"人家的题目，是，难忘的旧社会！听听，你们要跟人家学，脑子要拐弯！"看看垂头丧气的我们，为打气，老师又说："当然，他们班捡钱包的也不少。"

当时，我特别佩服这位同学，所以一直记到现在，五十多年了。但如今反思，却有些异样感觉。看到难忘的就写一件小事，一件小事准是做好事，做好事无非是捡钱包搀老奶奶背面口袋，老师不就这样教的吗？老师这样教，是主旋律、正能量。老师如此，学生自然不会拐弯。捡钱包和旧社会也是一回事，忆苦思甜和助人为乐都是主旋律。

由此发现，这样的线性发展必然迎来不久之后的"革命"，不足为奇。民可使由之，不可使知之。使民，头一条就是使他们变蠢，变蠢的头一条就是不让他们读书。除了烧、毁、禁，还要告诉他们"女人是老虎"，而这个"女人"，就是封资修。这个"封资修女人"全身沾满了病毒，沾一沾便死，碰一碰就亡。所以我们度过了十三年无书、禁书的岁月。

无所事事血气方刚没有约束的年轻人成群结队整日闲逛，不在大街上搞"血色"，让他们如何显露"本色"？

政府现在倡导书香社会，是一件大好事。头几十年看新闻，大连海关抓住几十个偷渡者，要出国打工。问："会什么？"回："不会什么。"问："有什么？"回："有劲儿。"和当年满大街会蹬车飞帽子扒军装的老兵很像。遍观古今中外，改变命运唯有读书。同时还要警惕你身边自己读书而劝别人不读书，劝给孩子快乐人生而不督促他读书的人。

  人，可以清贫，不可以愚蠢；可以无成，不可以无志。

我的逃学

早起买菜,看家长们把一群群孩子放羊似的往学校里赶,想起自己小学时的逃学经历。

小学我自然是好学生,但哪个小学生天性喜欢上学?原因两条,行动受管,强迫读书。而且我也有具体原因。语文、历史特别好,几乎无师自通。这是拜课外书和祖父所赐。数学、外语、手工、图画、体育绞尽脑汁,也一塌糊涂针插不进水泼不进。所以,想逃学。一共两次。一次在家装感冒,被看出来了,很尴尬。还一次在学校,到医务室装感冒,大夫让试表。时在冬天,趁大夫没注意,把表往火炉边烤,听同学说这样可以让温度升高。自然一点儿没管用。大夫光让吃药,没让回家。总计,一生逃学两回,没成功一次。

现在的社会,家长们无数正确的担心。升学、工作、娶有钱老婆嫁富贵男人,出人头地、光宗耀祖,锻成一柄大锤,使劲敲打家长。而家长接过来软化成橡皮锤接着敲打孩子,同时,以物质财富和不做

小学时的我,与母亲、妹妹合影

家务作为补偿。

没有一个家长不在骂社会压力，同时又往孩子身上转嫁这种压力。政府也想方设法减少减轻这种压力，孩子更想抛弃压力，统统没用。越减越重，越减越大。原因我看很简单，一是出人头地的社会地位和物质好处，二是尚不完备理想的社会保障体系。

卓别林在电影《摩登时代》里有一个神来之笔，在工厂流水线上终日拿着钳子拧螺丝帽的工人异化为机械，见了女人直冲上去，要用钳子拧她的乳房。工业革命早期，工人就是砸毁了机器，认为是它们夺走了自己的饭碗。

近百年过去了，如今，机器人时代已经来临，不玩命儿念书，逃出被淘汰的命运，难道等死？就像那位高速路上女收费员的喊话："我收了半辈子费，就会干这个，你让我干什么？！"

也许，她喊出的就是今天的"钱学森之问"，这不是一句"万众创新"就能挡回去的。想到这些，看看周围，也就自然了许多。

少年时光

大约从去年八月初始,我就开始了自己的买买买。先是日本的浮世绘,然后是各种笺纸,继之以各种版本的《金蔷薇》,再就是各种五十年代史果所著各书,如《佘赛花》《穆桂英》等。最后是各种苏联反特小说,尤其是后两类,曾聚集我少年生活的很多时光。

每次看到史果的书,都会想起政协礼堂。有一段时间,我总独自一人坐在三楼最东头,紧靠楼梯的大沙发上,看史果写的《佘赛花》《穆桂英》《罗成》《秦香莲》,等祖父开完会,带我下去到餐厅吃饭。沙发右边是洗浴室和棋牌室,靠墙还卖书,但只有几架子,也永远看不见有人买。售书阿姨常坐或站,一副很寂寞的样子。那里却是我最喜欢的所在。再向前是大厅,北面是小礼堂,政协用来开小会,里面不少桌椅,可以移动。一二层的大礼堂,则是政协开大会和放电影演话剧表演歌舞的地方,排排坐,电影院的形式。小礼堂的对面,是书画室,靠墙全是古香古色的家具,墙上挂满五颜六色的书画,桌上预备了笔墨纸砚,地上陈列着瓶瓶罐罐,摆放着沙发椅凳,但里边似乎总是无人。书画室的外边摆放着两套从故宫里搬来的家具。由于我曾不小心碰倒了其中一套里的一个凳子,所以印象特别深。印象更深的是,礼堂空间太大,感觉既空旷又辽阔,到处都没有人,一切静悄悄。时间一长,静得可怕,没有人气,没有人声,很少人踪,甚至想过自己会不会被抛弃了,祖父不会再上来接我。

每次看苏联反特小说,都会联想到老莫。老莫吃饭虽然有些贵,其实和平常下一些好的馆子差不多。所以去的次数并不少,对里面也较为熟悉。那时在北京,也许在全国,除了那些被关闭的老教堂,老莫是唯一可以自由出入的"异邦"。苏联人所建,俄罗斯风格,宫殿式的感受,激发和满足了我对异国他乡的幻想。有时想起老莫,就想起我读的一本反特书中有这样一个情景:清晨白雾弥漫的大海,半明半暗的天色,一艘潜艇的甲板上,一位美丽异常风姿绰约的女间谍,离别故土时说的一番令人难以忘怀的话和惆怅又落寞的神情。还有一本书中描绘另一女间谍停留在金碧辉煌的大厅里大理石台阶上的脚步。除去曲折离奇的情节,书中那些女间谍,似乎都那么美丽优雅,富有教养。

岁月蹉跎,一切如梦随风飘散,但好像又在风中一一找回。

前两天,收到少年时最爱读的《罗成》,又读了一遍,让我心动的依然是书中最后两句。沙陀公主对线娘说:"此一去,不知和妹妹何年再得相见。惟愿妹妹和罗公子百年偕老,瓜瓞绵绵。妹妹,别了!"线娘凝泪道:"保重!姐姐!"仍使我有入画图中的感觉。

少年的梦,总那么深沉,那么香甜。

我的中学

"文革"时,我小学毕业。闹腾了两年,就近分配去了校场口中学。这个中学赫赫有名,是有名的"流氓学校"。这样说,公允,也不公允。所以叫流氓学校,有几个原因:一是新建校,领导、教师、教室、图书资料、后勤行政一概"大跃进"式产出,质量可想而知。二是教师很多是华侨。当时印尼的华侨因受驱逐大量回国,挑一部分有文化的做教师,也算安置。三是这片居民大多是城市下层民众,文化低,生活差,儿女自然也不爱不懂学习。四是时当"文革",读书越多越反动,越混蛋。所以校风就是打架骂人,抽烟喝酒,故以"流氓"著称。我们还有个难兄难弟,菜市口中学,也是"流氓学校"。校龄比我们略长,资源好点儿,但学生家庭大体相同。"文革"中威风八面的"达智桥菜刀队"全进了这两个学校。传说这"两口儿"为了比谁狠,还掐过一架,口里口外刀子板带的见了红后,不分输赢。"本是同根生,相煎何太急",校址还近在咫尺,终于成了好哥们儿。

有个挺有意思的现象,人,谁都不甘心被压在下面,就是被压在下面也总想翻身。翻不了身,起码嘴上也要痛快。即便在那时,能在八大附中(俗称八大附)念书,也是人前荣耀的事儿。由于逆反心理的作用,这"两口儿"被本校学生称为"菜大附中""校大附中",过过嘴瘾,虽然是梦。

我的班主任叫王升增,印尼华侨。他坚定依靠工人子弟,和我在班里展开激烈的斗争,经常当着全班同学的面,咆哮着要我和我的家庭划清界限,警告我:"你是和你爷爷走,还是跟党走,必须做明确的选择!"他所依靠的一群工人子弟,也会助阵。但我的一位同学(后来成为我的终生好友,已逝)也出身工人家庭,因为擅拳脚,朋友多,使一些有想法的人不敢轻举妄动。

后来发生的事有些诡异。临近毕业时，有一天王升增把我叫到办公室，拿出两张纸给我看，说："和平门中学转来的，你两个朋友的揭发材料。"我看了看，他们揭发我有反对"文革"的言论。我心想，这两个软骨头！王升增问："你说过吗？"我心想，敢作敢当，回答"说过"。王升增一愣，说："你今天回去写份检查明天给我。这可是大问题。要不我就转给校红卫兵团。"我一听，有些怕了。红卫兵团里确实全是流氓，经常无故抓人吊打拷问。就在前不久，他们还打死了一个叫蔡传笔的同学，他的爷爷叫蔡飞，听说还是有名的烈士。公安局都来人了。于是我第二天交了检查，却从此无事。几十年来，我回忆至此，总想，他对我和我的家庭到底怎么想？又想起一件事，有回主席语录扉页前边的透明纸折了一下，正好横在主席脸前。被一个同学看见了，如获至宝地拿去给王升增，后边还跟着一群看热闹的。但王升增并未找我，只是几天后把语录还了我，却是未被折页的另一本。如果公开场合他一直是对我演戏，那他真是杰出的演员，因为我一直恨他恨了很多年。

有个同学，不是我们班的，姓张，住在我家前边的胡同。他父亲据说曾是少将或大校，但因为作风问题，被降级，可又不知悔改，继续犯错误，从将校一直降到豆腐厂。有人说在做豆腐，我不相信，起码还得是领导。我找小张时，见过他几次，矮而粗壮，热情豪爽，爱和年轻人聊，没架子，很有亲和力。小张身材个头都像他，穿过一次将校呢显摆。他有个弟弟高大帅气，老穿一身将校呢，伞兵靴，骑个锰钢车在外招摇。

小张爱看书，家里书很多。我俩经常换书看，也经常发表对时局的看法。后来，小张大概也被人出卖了，而且还被定为什么反革命，因为岁数小，简称"小反"。我倒觉得这么叫着很亲切，"小反"。他定为"小反"后，我去他家看过他。送我出来时，他有些不好意思地笑着说，你先别来了，以后我去找你。

回想揭发我的两个同学，感觉到人与人的差异。小张爱看书，有思想，话不多，有些木讷，从不吹牛。常在家，不招摇，不爱交际，不议论女孩子，却爱谈历史、看传记。我那两个同学，不看书，没思想，能吹善侃，会讲故事，谈起女孩儿整晚上不睡觉。一天到晚不着家，到处认识人，拉帮结伙，招摇过市，威风八面。可又怂。他们俩之一跟我说过，他们也会出去打架拔份儿，但一定得人多，有家伙。一回去拔份儿，仗着人多，他俩逞强去叫阵。没想到对方冲过来了回头一看，自己的大队先跑了。他溜得快，剩下那个，棍子一扔，地上一跪，双手抱头，大喊"爷爷饶命！"但还是被揍得不轻。

那我又怎么和他们成为朋友？想来一是他们家里都是高干，有许多我想看的书，这是最重要的。而他们又不看书，拿走方便。二是安全感。拉帮结伙，呼啸过市。自己虽不做，但会感觉安全，尤其在那个好勇斗狠无法无天的时代。

快毕业时，学校斗流氓。四五个，其中一个女的，绰号"天桥一枝梅"。大家都一脸兴奋，憋着看"天桥一枝梅"。等台上报出她的绰号，操场上上千人一阵大笑。但她的表现却与旁边的男流氓不同。尽管后边的人使劲往下压她的肩膀，她还是很努力把头尽量抬起来。我看见一张清秀也确实有些妖娆的脸，尽管这张脸因愤怒有些变形。听说后来还要斗"九龙一凤"，但因上山下乡在即，吹了。

很多年过去了，仍然忘不了"天桥一枝梅"。她身上的那种顽强，好像一直影响了我以后漫长的岁月。斗她的那天，天是阴的，风雨将临，远方一片青灰。以至我有时望到青灰的天空，她就会浮上心头。

血色浪漫

看了边作君先生《血色并不浪漫》一书，很亲切。作者是绰号"新街口小混蛋"周长利的生死之交，讲述当年周长利之死甚详，并由此谈及老兵和"流氓"的矛盾。这些也是我当年亲历过的，也想写一写。

所谓老兵就是根深苗正的老红卫兵，爹娘地位越高，在群里的地位越高，不管爹娘被打倒没有。所谓"流氓"，表面指小偷小摸寻衅滋事的小痞子，实际有很明显的指向性，特指平民子弟。红卫兵里连偷带摸的也不少，但他们不把自己人归入痞子。他们也想钱，因为很多高干地位虽然高，但很穷，一是子女众多，二是农村还有个被离婚的黄脸婆（带另外的子女），经济条件不好。这样，干部子弟就去"洗佛"。所谓"佛"，就是偷。有句话是"吃佛洗佛带佛"，意思就是吃小偷，抢小偷，叫小偷上供。平民子弟中能够上干部子弟对手的，自然也不能让干部子弟吃独食，于是"佛爷"两边都得上供。

干部子弟的身份比较整齐，散居的也少，一般都住宿舍，大院楼房。但如果散居住独院，就是副部长以上。所谓住部委大院，中干低干占了绝大多数，出来唬平民子弟。干部子弟之间为了划地盘，也常磕架。街上一见面，这边不知对面的是哪部分，好问对方"哪部的？"对方会报字号，如总参、总后、七机部、八机部、内务部、计委、301的等等，说不合就开练。有时碰上的是平民子弟，这边一问"哪部的？"，那边遇上横的，就回"煤铺的"。这就摆明要开练了。

女孩子们，干部子弟这边叫"婆子"，平民子弟这边叫"圈子"（这个词我极其厌恶，写文章时从来绕过。为了体现过去，现在没法绕了）。当时干部子弟称结交同类女孩叫"拍婆子"，而对平民女孩叫"砸圈子"，可见多么歧视。

但是千万别以为干部子弟和平民子弟水火不容，他们之间有千丝万缕的联系。首先干部子弟虽然自觉出身高人一等，但毕竟还是少年，能不能说到一块儿去，玩到一处去，投脾气对路子，也很重要。其次，平民子弟往往比干部子弟更讲义气，更勇猛。再次，有些干部子弟很讨厌同类的做派，愿意和平民子弟处。至于平民子弟，认识几个将门之子元帅之孙，有面子，能有一些官员的儿子罩着自己，不是坏事。但我认识的几个平民子弟，非常硬气，平等相处可以，不平等，当时翻脸。

有时干部子弟的做派的确令人讨厌。有回我和几个朋友逛颐和园，在苏州河上见两男一女划船，老兵打扮。就听一老兵对那女的高声说："咱一会儿出了公园逛王府井去，晚上到老莫吃饭。"我那几个朋友一听，直想揍他。说等着他，一上岸就花了他。就是因为他狂、张扬。其实我那几个朋友也都是干部子弟、老兵，但并非因为是同类而放过"这孙子"。

书中有一句话我特有同感，有回作者他们打架，被警察抓住了。一个警察说："你们这群孩子，不在学校好好念书，天天在大街上打什么架？！"

其实，平民子弟广大无边，他们的父母并非没有本事，只是受了政治的牵连。比如作者的父亲就是傅作义军队中的上校军医。再有许多右派，都是栋梁之才。许多"历史反革命"，改革开放后都平了反。很多家庭有问题的人只是有亲属在海外，这些人在海外有成的不在少数，回国探亲不少都成了政府的贵宾。还有许多底层年轻人善于抓住时机，很快先富起来，把干部子女甩了几条街。河东河西，天道轮回，世道就该如此。

前事不远，后事之师，愿过去发生的一切不再。

清单

这是我家一个解放前开裁缝铺的远房亲戚"文革"被抄家后,在清退时候写的清单。当然,一样没退。至于原因,我会在文章里说。亲戚文化水平不高,错字和不规范字遍地都是,为保原状,能不改就不改,如"茶壶"写"茶呼"之类。字行间空白处是因实在认不出某字,以□标志。

被抄翡翠珠宝等详单

翡翠观音1个,质量高

翡翠镯子2只

镶嵌珠石金托镯子3只

珠子金石耳环4对(金托)

珠子花3只(金托)

翡翠马凳戒指2个(其一质量高)

蓝宝石戒指1个(金托)

珠子戒指2个(金托)

金托翡翠石戒指5个(其二质量高)

翡翠烟嘴3个

翡翠石约四五小块

紫红宝石五六块

金手表1只(进口17钻瑞士)

金怀表2只(一金底 一珐琅底)

美制51型派克自来水金笔1支

家庭像片集1本

以上共 41 件 翡翠珠宝等

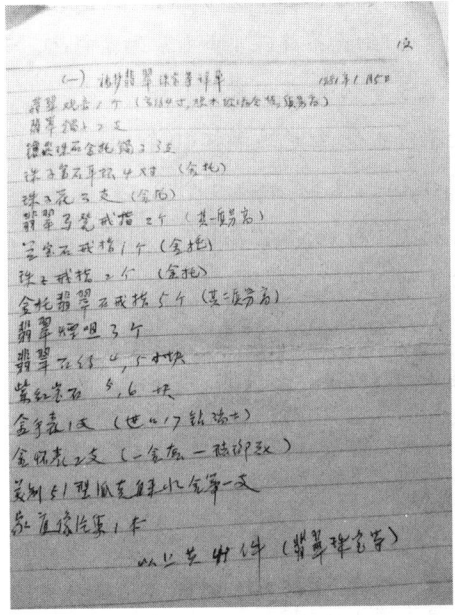

抄家物资清单

被抄衣物家具详单

家具类 78 件：

硬木实心八仙桌 1 个 硬木凳子 2 把

硬木实心茶几 2 个 硬木二斗桌 1 个

硬木大立柜 1 个

樟木箱 2 只 紫皮箱 2 只

黑色木箱 1 只 垫板手提箱 1 只

陕西碑林字帖樟木箱 1 对 内装字帖

木板箱 1 只 内装瓷器、茶呼、茶碗、杯碟、笔筒等

箱子铜锁 5 把及钥匙

大搪瓷盆 1 个 搪瓷脸盆 5 个

铜盆2个 铜茶盘1个

铜汤呼1个 铜茶托碟十多个

银托盘2个 细瓷茶杯碟4套（紫色、彩色、云母色）

搪瓷痰盂5个 小红花瓷家具1套

俄国瓷茶呼1个 红色玻璃杯10个

桃石砚台3块 日本铝水呼1个

江西瓷花盆1对 硬木食盒1个（内装瓷碟）

瓷捧盒1对 屋门铜撞锁1个

皮衣类36件：

灰鼠脊翻毛女大衣1件 新

狐腿长皮腿筒2件 新

灰鼠带□筒1件

猞猁□女皮猴1件 新

猞猁□男皮猴1件 新

水獭领狐脊里女斗篷1件 新

猞猁腿缎面女皮袄1件 新

狐腿女皮猴1件 新

珍珠毛女皮筒1件

狐腿女皮袍1件

金银□浅呢面料大1件　去领

进口剪绒领子1条

狐腿短女皮筒2件

狐素皮筒3块

羊皮绸面背心1件

塔□羊女皮袍1件 新

塔□羊男皮袍1件 新

羊羔男长皮筒1件 新

狸子男长皮筒1件 新

狐狸围脖3条 新

藏水獭1条 新

进口白兔皮2条 新

双面羊皮女短袄1件 新

水獭帽子2顶

进口黑□头翻毛女皮袄1件

毛毯类7件：

俄国毛毯2条 新

进口毛毯1条 新

美制采毛军毯2条 新

栽绒毛炕毯1条 5×7尺

栽绒毛炕毯1条 新 单人

衣料类124件：

红缎帐料30块 每块约10尺

兰缎帐料20块 每块约10尺

绸缎衣料30块 每块约10尺

羊绒料一块约10尺

红蓝软缎约10块 每块10尺

花布20多块 每块约10尺

白夏布1卷

白条府绸20多尺

烟色条府绸20多尺

漂白布半匹

本色白布1匹

白褡裢约30尺

花达呢衣料2件

蓝灰春绸1块 约15尺

（以下被面、床单、被褥不录）

衣服类29件，全是男女各式大衣，不录。

其他66件：

红毛线1斤

紫毛线1磅半

300号天□毛线1磅多

新棉花10多斤

驼毛1包

枕巾、毛巾20多条

绿袜子10多双

手绢20多块

元顶双人蚊帐1顶

大小包袱皮10多块

以上衣物家具共340余件

  因为从七十年代末起，祖父在市政协担任副主席职务，而那时又开始落实政策，所以很多人（认识不认识的）找祖父希望找回抄家物资。但他们不知道，退，也是要划线的。比如"文革"末期，退我家被占的两间厢房，椿树街道一位蒋姓干部就对我说，上边精神，先退四种人，华侨、教授、爱国人士、民主人士。你爷爷一人占了后三条，所以房很快退了。但地富反坏右资本家小业主当权派（还没翻身的），因"文革"并未结束，不退。直到拨乱反正，重新正名，才往下轮。

  而从实践来看，也是如此。那时用各种关系找祖父的人很多，有亲友也有学生。有的也不是为财产。比如有一个国民党空军飞行员，起义之后被送去劳改，希望落实政策。据他自己说，是我祖母的远房侄子，但我祖母完全不记得他。还有周作人的儿子等等，家里清单、申诉材料堆了半尺高。这些人或事，好像都没有结果。唯有一个人达到了目的，就是陈独秀的女儿。她从香港来，在京没有住处，后来通过祖父转的材料，给了她雷洁琼原来的房子。以后小孩要上学，上头又安排了。我当时就奇怪，她没在国内没经"文革"，落实什么政策？后来想，许是因为陈独秀的名气。这就是我说的，在体制内。也许叫出身。

东西都哪儿去了？烧。南北新华街的马路，因为烧抄家物资沥青熔化都卷起来了。毁。通县造纸厂等着进化浆池的古书排成一垛一垛，每垛都有一两层楼高，一眼望去，像无边无际的军阵。拿。我认识个区委书记的女儿，有天想看线装书。她爸的手下说，我让人带你去抄家物资大库，你随便挑。她进去一看，堆如山积，无下手处，又出来了。卖。当时许多单位都在内部展卖抄家物资。大家都抢桌椅板凳、衣服鞋帽、床单枕头，字画瓷器没人要。委托行（今称典当行）也常卖这些无主物资。记得去过几次菜市口委托行，里面全是这些，一股股陈旧的霉湿味儿呛人。

所以，我家这位亲戚单上的东西还上哪儿去找？我家还有一份文物清单，写单者是我国著名藏书家、银行家赵元方先生，他与祖父是终生好友。其祖父是光绪朝协办大学士、曾入内阁掌军机的荣庆，夫人是福建巡抚松寿之女。他的藏书有宋金元明各朝佳本及《永乐大典》，文物亦搜罗极富。其单上只列藏书、箱柜、墨砚、印章、纸笺、字画，余者不论。不列金银珠宝，更不用说什么脸盆痰盂、毛巾手绢袜子包袱皮了。两相对看，颇有世家和市井之慨。然而转念想到，无论世家市井，积蓄皆非一日之功。物有高下，人无贵贱。强人入家，百姓只能叩求饶命；太平之后，盼望多少寻回旧物，人情之常。期盼世间再无阴谋阳谋，大乱大治，无法无天，唯有岁月静好。

清退

记得在八十年代初,政府开始大规模落实查抄物资清退工作。有一天,北师大校长办公室的一个人来我家,拿来两个字轴。原来是著名教育家、书法家、辛亥元老,做过广东教育厅长,后任北大教授的黄节先生写的字。祖父很高兴,说当年朱家济先生(朱家溍先生之长兄,著名书法家)托祖父向黄节求字,黄先生一看,说,他这纸可太好了(蝉衣笺),这么着,我拿他这纸给你写,他家是世家,还会有。他要写,让他再拿纸来。"文革"中,我们交街道了。不过,我们没被抄家,祖父也没写过什么清单,有关部门怎么知道的?祖父回忆半天,想起政协可能问过一次,简单聊了几句,人家就去落实了,祖父也忘了。师大来的人说,过几天还会有,到时电话通知您。

过两天果然有电话,让去回民中学领查抄物资。祖父一再交代,最主要的是黄侃写的诗。进了回民中学,一直向北走,走到最头一排楼前,上了二层一看,原来的大教室里边,靠墙全是大木头架子,上面密密麻麻都是五彩缤纷造型各异的瓷瓶,特别壮观。下边一排大缸,插满了长短不齐肥瘦不一的画轴。进去后,有个四十多岁的人接待我,另外四五个人在一边儿聊天。我先问有无黄侃手迹,回答没有。有另外两件。我不清楚,打电话问祖父,祖父一听没有黄侃,很失望。说那两样东西是咱们家的,不过不重要,不要了。你赶快回来吧。我说,东西是我们的,不要了。工作人员一听急了,说,是你们的你就得拿走,扔我们这儿算怎么回事!我又请示,祖父说,那就拿回来。拿回来咱们送人。

那时很多东西根本找不到原主人,但一定要落实政策,要退赔。怎么办?干脆,你有几本碑帖没有了,从这一堆碑帖里拿几本。你有几个瓷瓶没有了,从相似的一堆里抱几个走。只要数目对就行。这叫退。还有赔。就是赔钱。祖父有个学生姓许,常来。有一次来家聊天时说,先生,我有十多颗珍珠,个个都有鸡蛋那么大,抄家抄没了。落实政策,找不着了,赔,一共赔我一块三毛多,真拿我那珍珠当鸡蛋了。

听祖父说,许先生世家出身,大学毕业后,好像就没怎么工作。可有个汽车(那时北京没多少私人轿车),还会开,经常拉着祖父东家走西家串,见了不少世家子弟名门闺秀。我对他的印象是交游广有路子。那时看外国电影最时髦,外国电影票最难搞,可他总有。比如我们看过一次《蛇》,讲英国军情六处头子菲尔比为苏联做间谍的事。印象深的是,他看电影时还背一水壶,随时喝水,注意养生。我去过他家,虽然不大,仍然古色古香。

还有一位宗先生,也常来家。一次我去他家为祖父传话,他拿出不少稀奇古怪的老东西让我看,给我讲,可我不大懂。后来他从里屋拿出一个小口袋,特别得意地说:"给你开开眼,这就是明朝的俸禄,小米(黄米?)!我们家传了多少代了!"

其实,清退抄家物资绝不是原物归还,也归还不了。"覆巢之下,安有完卵。"覆巢之下,尚存完鸟,已是大幸。至于完卵,只能作身外之物想了。

损失

我家在动乱中的损失不小,主要是藏书。大致有几封黄侃的书信和他批校的几部书籍,以及他写给祖父的对联都丢了。还有早年鲁迅先生以周树人的名字签字送给黄侃的《域外小说集》。说起这些,很难忘一件事,那是当家里乱七八糟时,我"清理"出祖父的一个书箱,把我的玩具像什么月球探索车都放了进去,把里面的书都搬到了廊子上。一天,祖父拿着一部厚厚的、黄黄的、破破的书对我温和地说:"这书很重要,你从哪儿拿出来的?还是放回去吧。"原来这是黄侃花了多年时间批点的《十三经》。从此,我知道家里的书很重要,以后又知道书稿的重要,所以是我把祖父"文革"前写完未能出版的《说文解字通论》,保存在多屉柜最下层十几年,后由北京出版社出版。而祖父去世后,历经坎坷,终由学苑出版社出版了五十多万字的祖父最重要的著作《说文解字同源字新证》,不负我三十五年的守护奔波。

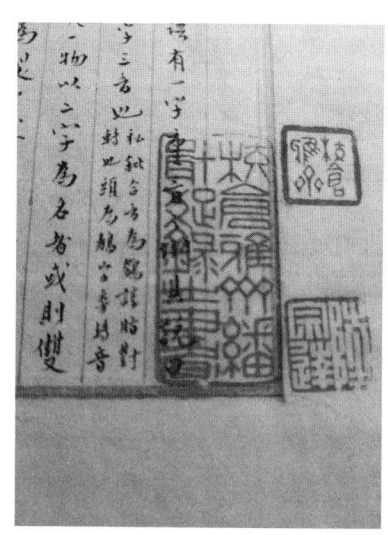

祖父陆宗达手书

因为街道占房,书大多都搬到了廊子上。厢房被占,厨房没了,祖母就在廊子上做饭,我们也就在廊子上吃。没桌椅,就用书。线装书都有函套,又大又沉,当桌椅没问题。一回,吃羊肉汤面,我的碗一歪,羊肉汤流下来,一路流过好几部书。我赶紧看祖父一眼,祖父装没看见,什么也没说。那是一套俞樾的书,书根写着"俞荫甫所著书",羊肉汤正好流在几函书的书根处,倒不影响看。动乱后,祖父处理过几次书,它也在里头。可能书太多、太乱,书店的人也没找全,当残书拿走了。多年后,我发现家里还有一函"俞荫甫所著书",又发现一函赵之谦的"鹤斋丛书",也是处理时没找全。我想送给中国书店,好配成全书,不想它们成残书。但我不知应去收购处,去了门市,人家不要,后来也就没了。

至于文物,纸墨笔砚,瓷器字画,玩物摆件,难以记清。不过祖父只关心书稿一类,别的于他似乎都是浮云。

动乱初起,我们有个住在前院的亲戚(街道积极分子)跑来对我祖母说,街道通知,谁家有金银首饰赶紧交。要不,红卫兵知道,进家抄,还得挨打。祖母全交给他了,就此没有下文。问,有收条吗?说,街道没给。多年后,一次祖母跟祖父磨叨此事,祖父却说,你那些首饰也没什么好的。祖母说,谁说的?我那一对耳环就特别好。祖父不说话了。祖母那对耳环过去常带,金托带翡翠(或猫眼儿)坠儿。其他首饰估计也不差,因为祖母家是通县有名富户,嫁过来光四季衣物就装满四只长近两米高半米多广东制造的大皮箱,怎么会没有好首饰?但文人可能就是这样,注重文化。不过今天没几个这样的文人了,起码双重,哪方面都不轻视。

还想说,老北京人,只要不是赤贫,只要没沾染恶习,家里都有些老底儿。金镯子银镏子,皮猴皮帽,一两件总有。这就是因为这座城的古老厚重,砖雕石刻、花窗彩柱时时可见。北京,我最爱的城。愿北京人北京城生生不息,安康幸福!

下乡之前

> 伟大的导师　伟大的领袖
> 伟大的统帅　伟大的舵手
> 毛主席万岁!
>
> 送给彼听革命小将
> 你响应毛主席的伟大号召，上山
> 下乡，支援祖国边疆建设，走向
> 防修反修的革命化大道，无尚
> 光荣。特向你祝贺。
> 　　　　　　　　王凤春 8.14

王凤春师傅在笔记本上的题词

一九六八年春，我们在工厂"学工"。带我的老师傅叫王凤春，他和另一位王师傅是车间的两个组长。他对我很好，看我动手不灵光，就让我跟一个青年女工开磨床。后来我们班"左"得要命的班主任王升增知道后，还发了感慨，说，我教育了两年也没让他划清家庭界限，在工厂，不到两月就转变了。我心说，我转变什么了？现在想，得亏没让你教育好，要不今天我不定在哪儿为领低保转腰子哪！王凤春对别人说过，这拨学生里就属他老实。那些个，不是在机器上乱鼓捣，就是拿厂里东西，又不老实又不听说。两月学工结束，我向王师傅要了地址。

没过几个月，上山下乡了，一天晚上我去王师傅家辞行。那时是夏天，王师傅一家人吃完了饭，正坐在树底下乘凉。都说了什么，不记得了，只觉得依依惜别。分手时，王师傅要了我家的地址。

转过没两天，王师傅来我家了，送我一个红塑料皮本，还题了词。然后跟我祖父把我一通猛夸，听得我表面上不好意思，心里直掉泪。东北几年和回来后，我们一直没断联系。后来他搬到很远的地方，就失去了联系。

东北岁月

家里书堆中不知何时混进一本《活着》。每当我看见它,都把它挑一边儿去。我倒不是对作者或作品不尊,只是这书名刺激我,对活着有过体验的我来说,谈活着,很虚浮。就如对人宣讲文学就是人学,人生就是奋斗那样可笑。回想,对活着最深的体验,应该就是当知青那些年。

一年,我生病了。其间,祖父母来信要相片,很急,因为离京一年多了,想看看什么样。病还没好利索,勉强去镇上,照了张相。连队离镇上有二十来里,走去时还行,走回时不行。刚出镇上了公路,天旋地转,站不住,也坐不下,就想躺着。本想躺在公路边的树下,想想,支撑着下了公路,躺在田埂边树下。田野无人,小风阵阵,十分凉爽。迷糊中将要睡去,还在想,要死,就死这儿吧。

为什么会这样想,有个缘由。前些时,我们坐卡车去河滩挖沙子(盖房用)。回来时,大家都四仰八叉地躺在沙堆上,阳光直射,沙子柔软而温暖,不一会儿就昏昏欲睡。回去要经过团部所在的镇上,正好迎面过来一辆团部的卡车,拉着团宣传队。两车相错时,就听他们在议论我们。"是知青吗?""不是劳改犯吧?""瞧着真惨。""许是看守所的。""瞧他们那样,累得跟死狗似的。"

我紧闭眼睛,一动不动,听他们说。车很快过去,我想,他们说得对,看看我们,长头发,烂衣衫,形如囚犯。个人无法反抗时代,但我也想维持人的尊严。如果真躺在公路边死了,可真像死狗。所以宁愿躺在没人的地方,听天由命。

不知过了多少时,我醒了过来。夕阳正射着我的眼睛,也许它叫醒了我。田野碧绿,晚风轻柔,身上居然有了些力气。只是渴得要命。天不绝我,爬上公路,走了一会儿,见个人家进去讨水喝。一个大缸,上面漂着半个葫芦瓢，我喝了两大瓢。后来好像还搭上了顺风车，回到了连队。

不久，托人从镇上取回相片，朋友看了，"就这相片，你还敢往回寄？爷爷奶奶见了，今儿晚上就得买票奔这儿来！"是呀，一脸病容，十分可怕。登时撕了，不仅不能给爷爷奶奶看，也不能影响自己形象。

如今，知青老搞纪念。如果是纪念自己的青春岁月，怀念逝去友人，理所当然。但是，居然有人要纪念知青运动，喊出"青春无悔"的口号，我真想问，几十年了，你们真的无悔？

肉和豆腐

当知青时,一天厨房杀了猪,把肉皮扔到房顶上,大概要晒干了做点儿什么。对经常闻不到肉味儿的我们来说,这是极大的诱惑。于是有人偷下来,切成块,煮成汤。享受时,论功行赏再加丛林法则,我自然没份儿。还记得,遥望一群人夕阳下围坐在地上又吃又乐,我心里无比羡慕。

不过也有补偿。连队有豆腐坊,豆腐总是新鲜出炉。附近连队的知青都赶来吃鲜豆腐。我也吃过,不怎么样。因为它再鲜,也还是豆腐,不是肉。

返京后,祖父对我不吃他介绍的各种青菜很不满(我专挑炒菜里的肉。祖父说,炒菜里的肉是给菜调味儿的,要吃菜),因此有次给我讲了个笑话:

过去青菜和豆腐比起来,豆腐算难得。所以有个人逢别人请自己吃饭,猛吃豆腐。人问其故,答:豆腐就是我的命。后又逢饭局,席中有肉,又猛吃肉,置豆腐于不顾。人请教于前,答:豆腐是我的命,有了肉,就不要命了。随后,祖父下一结论:你就是见了肉不要命。

我爱吃肉,朋友们都知道。有回朋友聚会,午间自助。有两巨盘,一为肉,一为虾。肉为杭州红烧肉,肉皮晶莹透亮,肉色红白夹杂,酥烂肥香,令人食指大动。夹了两块,友人说:"你爱吃肉,多来点儿。"又往我盘中夹了两块。但食至第三块,已觉油腻,不能下咽。自思,难道只有我爱吃肉?不如看看虚实。起身巡视,来至方才巨盘处,视之,肉,精光;虾,净光。瓜果时蔬,丰满如故。恍然。

挑担

闲时想起,当知青时第一次劳动,是挖土。从平地上挖土装到土篮里,然后走到一个土堆上倒掉。知青们每人都是一篮或多半篮土,轮到我时,装土的知青忽然朝我诡异地一笑,两个篮里每个放了一小块土疙瘩。说,走吧。我也学着别人的样子,把扁担上了肩,朝土堆走去。

好不容易上了土堆,刚要把两块土疙瘩扔下去,扭头看见"惊人"一幕,土堆下几乎所有人,包括当地老职工,大家都停了手里的活儿,笑着朝我看,还不时发出笑声。为什么?我想想也就明白了。

这是因为扁担一上肩,就往下滑。尽管自己用手使劲往下压,也没用。只好拼命弯腰,让背部以更多的面积接住扁担。所以,别人是挑土,我是"挑扁担",还弯成大虾状,难怪别人看着新鲜发笑。

而别的知青挑多挑少尽管不同,但没有不会挑的。这是因为,大家自小挑水挑惯了。过去城里没有多少自来水,大家都到街上去挑,这也是为什么家家户户都有水缸。即便后来自来水进了院,也不能保证每院一个,那种院套院的三四个、五六个甚至更多的院只有一个自来水龙头的院子很多很多。所以小孩们到街上挑水,是自小习惯的事。听说我家解放前盖房时就接了自来水,所以我不会挑水。

不过这激发了我的志气,一定不能让别人看不起我。从第二天就开始练。宿舍里有个大水缸,知青轮流挑水,我没事就拿它练。开始,肩疼,没几天,火烧火燎,又过了不多日子,皮破了,再几天,见肉了。但我一直没停,心想这正是考验自己的时候。

几个月下来,很见成效,并且无师自通。开始,得用两手抓住前后两个水桶的链子,减少晃动,脚下也走得生硬。再后,不去抓链子了,水桶能悠起来,脚下能颠起来,走起来忽闪忽闪。再后,两个肩膀都能挑,也不用手扶着扁担。最后,以脖子当轴,头一低,手一拨,扁担就轻松换了肩。而且自己总结心得,挑东西,一定要小步快走。摆动不大不小,脚底下的节奏合于晃动的节拍。大步流星也行,但晃动加大,脚底下要调节。慢吞吞不行,因为晃不起来,走不起来。

再后,挑扁担成为行家。一根扁担,拿眼一看,就知木质好坏。拿手一捋,就知弹性如何。从此,大家都奇怪,你怎么成了咱连知青里最能挑的人?

"成名"以后,凡是挑的一般人干不了的重活儿,都"推荐"我去。有回,要把一块好几百斤的大石板挪个地儿,连里出了三个老职工,还差一个人,知青推荐了我。我们拿了四副铁钩,两个横杠,杠子上肩,铁钩钩住四个角,有人喊号子:"哈了腰的挂呀,直了腰的起呀,迈开步的走哇,低头的撂哇!"事后,老职工都夸我,你真行!

还一回,在柯东采石场挑石头。我和另一知青一组。先蹲下,杠子上了肩,我腰部猛一使劲,就站起来,只听后边知青大叫一声,回头一看,杠子崩了,他被压得瘫坐地上,大家哄堂大笑。

以后干过的活儿还有拧拉合辫儿,打猪草,跟车,放牛,挖沙子,做颗粒肥,扛麻袋,给地球拔胡子(割麦子)等等。干得都不好不赖,说得过去,但唯有一个,干不好。

有一阵儿,指导员比较欣赏我爱看书,是书生,所以派我轻活儿,即赶牛车给连里拉水。牛车上有个大汽油桶装水,桶前有个木条,人可以坐在上面。还有个木棍儿,用来赶牛。我心疼牛,从不坐上面,也不用木棍打牛。好在老牛也识途,只要架上辕,它就知道去拉水,自己往那儿走,我在旁边跟着。不过它也通人性,你不打它,它就越走越慢,散步似的。

后来有知青跟我说,哪儿有你这么拉水的!你得坐在车上,用木棍打它。这畜生你不打它还行?牲口就得打!说完,还给我示范了一下,果然,牛挨了狠狠几棍后,跑了起来,效率提高了好几倍。可我还是下不去手,不愿打。

不久，女生们把我告了。她们爱洗衣服，说我拉水太慢，耽误她们洗衣服。指导员只好把我撤了，换了人。从此，我常能看见拉水车的牛在路上飞奔。

跟车也是这样。我跟的车车老板姓王，还是排长。他对我印象不错，想培养我也当车老板。但我总下不去手用鞭子打马，他说这哪儿成。我们赶的那匹马，还是生过小马不很长时间的一匹灰色母马，但他抽起来时很凶，还让我照着做。后来因为我做不到，被他解雇了。

虽然过了很多年，仍然难忘。

买票

我所在的一师七团,团部在赵光镇,各营连分散在上百里的地方,交通不便。团部汽车连派了辆卡车,当交通工具,但是要买票。票钱只有一个价,省事。售票员是个哈尔滨女知青,姓占,大家叫她小占。大约有十七八岁,长得有点像外国人,听说是中俄混血。

从她第一天上班起,知青们就和她斗智斗勇,想方设法不买票。她也不含糊,一脸严肃,不理人,不搭腔,给人一种"快买票,少废话"的感觉。大家很恨她,都在背后骂她。我在她那儿买过两次票,但后来就不买了。

那是有一次去二连,车上几乎没人。我刚要买票,她忽然问我,你去二连干什么?一笑。我吓一跳,从没见她笑过,我还以为她不会笑,但她一直笑。然后就聊起来。她还问,你紧张什么?我想,那还不是因为你?怕你。记得聊天当中,她问过我两个问题,你怎么那么文绉绉的?你是不是老看书?快下车了,我说要买票,她一摆手,你别买了。我刚一坚持,她不耐烦了,眉毛拧起来,我也不敢了。以后车上卖票查票,看是我,就过去了。我佩服她的是,有时人多,她就两脚踩在车帮子上卖票查票,也不怕掉下来。

但她查得狠,大家总想整整她。有一回,有三个知青核计好了,买票时每人给她一张大票(五块),让她找。她不动声色。让司机把车开回汽车连,进办公室让哥仨等,等了半天,她拎着一个包进来,往桌上"砰"一扔,"数吧!"一兜子钢镚儿。

干了几年,换了售票员,姓侯,北京人,性格和小占不一样。小占严肃,不苟言笑。小侯爱说爱笑,但那是泼辣的爱说爱笑。而且嘴特损,会噎人,别想占她半分便宜。知青们比恨小占更恨她,背后管她叫"猴儿",因为不仅得买票,还常被她连损带挖苦。她也不让我买票，而且把原因直截了当地告诉了我："你和他们不一样，他们又滑又坏！没几个好东西！"

后来又来了第三个售票员，姓李，出身当地干部家庭，知青给她起外号叫"本地造"。她与小占、小侯又不同，脸生得黑，表情也黑，比较阴沉。当然，她工作也很负责，知青们总想给她捣捣乱。有一次，几个知青到地方下车后，她收票，她明知有个知青没买票，而那知青手里却有一张票。她拿着票，反复看了半天，又反复看那知青，再看票，没办法，只好让下了车。而车下的知青们，一个劲哄她，看她没辙高兴。原来，她收票时，忘撕一张，同车人马上传给了还没买票的同伴。

现在回想，这些捣乱都是岁数小、不成熟的表现。表面看着很好玩儿，细想，也很惨。

零食

知青返京后回到连队，都会带些吃的。让我眼馋的一是白米和咸萝卜。一回见有人蒸了一饭盒米饭，香味窜出多老远。咯吱咯吱咬着酱萝卜，那个味那个香，至今不忘。但我没向家里提过，因为家里即便寄来米，我也不会把生米煮成熟饭。二是有知青从家里带来油炒面，整整一手提包，每天用开水冲着吃。我也没跟家里提，因为家里没人会炒。三是炸酱，看到有知青用大玻璃瓶装满炸酱，每天在馒头上抹一点儿，真把我羡慕死了。跟家里提了，想要。等寄来，有些后悔给家里出这难题。因为装肉酱的是一个小小的香烟筒，是那种装五十支香烟的中华烟筒，里面的酱也没了，像被猫舔过那样甑光瓦亮。家里肯定不知该用什么容器，才用这个小小香烟筒。随烟筒寄来的还有一大袋蜜饯果脯，连队赵文书，一位天津女知青，一边叫，卢新，你的邮包，一边从包上的破洞里往外掏蜜饯吃，同时向我解释，这洞不是我弄的，来时就这样。说着又掏了个金丝蜜枣放嘴里才给我。我拿着进了宿舍，晚上收了工，拿着到各个铺前走一圈儿，让大家都尝尝（那时如果有了些好吃的，又足够多，约定俗成）。连队七八十人，本以为不够，没想到还剩下小半袋。都只拿一丁点儿，有些人笑笑，摆摆手，没动，现在想想，还很暖心。

为了嘴，大家还爆过黄豆。因为我的脸盆是铝的，就专用来爆黄豆，我又买了个瓷盆当脸盆。大家还从牛棚弄来豆饼，用小刀拉成条，在汽油桶上烤着吃。指导员不同意，说这是偷牛饲料。

印象深刻难忘的是，有两样我最需要的东西，家里无论如何搞不到。一样是长筒胶皮靴（清理下水道的工人穿），一样是劳动布手套。东北春天雪化，满地泥泞，没有没法走路。割豆子，豆棵有刺，一抓手上一把血。但这两样都是劳保用品，只发不卖。家里又没人在工厂，着急也没辙。而为我寄来的狼皮褥子狐皮手套毡靴等都没用上，让我特别领会了什么是实际生活。

最后想说，那时代的青年文化不高，但好像孝自天成，每人都会根据自己的情况，买一些当地的土产寄送回家，如土豆、黄豆、烟叶、木料等等，条件好的会买鹿茸、丹参、蜂蜜等等。印象更深的是，有阵儿哈尔滨没白面吃，我们连队的哈尔滨女知青纷纷从团面粉厂买白面，坐火车往家里送，现而今给父母洗个头脚父母似乎就要感激涕零。当年相传某大使的儿子回家探亲，带了两瓶豆油，其父大怒："我要党票，不要豆油！"现在，能想着在三千里地外给你带两瓶豆油，孝莫大焉，还要什么党票！

探亲

我们在东北当知青,是有工资的。我们的名称是"黑龙江生产建设兵团",号称"不拿枪的武装部队",待遇是"国家农场一级农业工人",每月准时领到三十二块。不过我们连队知青从没如数领到,因为每月要扣掉五毛帐篷钱(即房租)。

一九六九年夏到了东北,春节时知青想家,纷纷往家跑。我为了革命理想和锻炼意志,就坚持在连队没回城。第二年夏,兵团有了探亲假,大家纷纷申请,我的老没批,就请事假探亲,探得长了点儿,一探三年。国家还是不错,从发整工资到发劳保,一共发了半年多。

在家时,就是给家里买五花八门的东西,做各种各样的事,送往迎来东北的知青朋友,最主要的是陪祖母到友谊医院看病和买药。祖父当时在师大临汾干校,中间回来探亲时,还从祖父学了一段时间古文。

我在家待得长,是觉得东北没意思。比如有一阵抓阶级敌人,肃反动言论,人人自危。一个知青对我说:"我跟别人说我十七年没得过温暖,可我说的是我爸我妈没给我温暖,不是党。这要上纲上线把我抓起来怎么办?"另一位知青,夜里睡觉,快凌晨了,指导员忽然闯进来,激情燃烧地大叫大喊:"卫星上天了!快起来!快起来!"大家迷迷瞪瞪,无人理睬,就他说了句"上天就上天呗"。这回要肃反动言论,也是吓得要命。

想想我自己,中学时就有犯上言论,有了案底。当了知青,又因玩儿算命被别有用心的司务长当成破坏革命形势动摇军心转移斗争目标的证据进行揭发,以求上位。好在营团都觉得他无聊又滑稽,以我挨了一顿批斗了事,断送了他本来蒸蒸日上的大好前程。

这样一算,虽然我还不到十七岁,已经是半个"老运动员"了。

再说又爱看书又爱想事又管不住嘴,要抓,肯定头一批。俗话说,虱子多了不咬,债多了不愁,什么不想了。吃喝拉撒睡,也就过来了。

现在总结,知青六年,一半在东北,一半在北京,一半在外,一半在家,真好。

远帆

知青时代，有些事情很有意思。

七十年代中某年冬天，我所在的一师师政委到我连蹲点，由此掀起了一场把取暖用的汽油桶改成"地火龙"的运动。

话说那天上午政委带着一群师团干部蜂拥进了我们宿舍，进门略作体验，便说"冷，不暖"。其他首长也顿生凉意，纷纷附和。正说着，政委朝墙上一望，发现了证据。原来就在我的铺位墙上，结了一层厚厚的冰霜，白花花的，十分耀眼。"你们看这儿！你们看这儿！"师长指着让大家看。接着问，"谁睡这儿？"我说"我"。话刚出口，就意识到错了。因为连指导员张玉峰几次提醒战士们，回答首长问话时，第一句一定要说："报告首长！"正想着要不要重说一遍，政委又问我："冷不冷？""不冷。""都挂霜了，还不冷？""我们睡觉头朝里（炉子），脚朝外（不冷，是真的）。"政委一笑，说，不行，这样会冻出病。然后说起他的改造计划，即废了炉子，建造地火龙（类似于火炕）。

那时我正办病退，不用下地，整天闲着，张玉峰就让我给他帮忙。两个多月后，地火龙造好了，政委先来看过，然后依次是二营营长率营部及各连连长参观火龙，再是七团团长率团部及各营营长参观火龙，再是师部各工作组参观火龙，最后政委率各团团长、参谋长、师部各单位负责人随他来参观。火龙验收那天，张玉峰怕人多嘴杂，让大家都上地里干活了。他告诉我通知张克敏，他那屋里的炉子（汽油桶）不要使劲烧，只要火不灭就行。我们那屋里要可劲儿烧，要旺上加旺。目的就是作对比，要让首长觉得自己总是高瞻远瞩。

我这边刚通知张克敏，张玉峰又急着招呼我赶快跟他进我们宿舍，因为外边放哨的通知政委他们正朝这边来。他跟我说："咱们得抢在政委他们前头看一眼。"其实我们已经放了一天假,清理内务。张玉峰的指示是"先凑合凑合,东西收一收,对付过这几天就好办了"。于是我们把破鞋臭袜子脏衣服都藏到箱子后头,瓶瓶罐罐塞到墙角,用木板一挡,乍一看,挺利落。可别往箱子后头看,一看就露馅。我们俩进屋一看,还行。但张玉峰眼尖,发现一双鞋摆得不够整齐,拎起来放好了。又回身一脚把云子的一只大头鞋一脚踢进灶坑,那叫一个准。再一回身把刘文革箱子上的瓶罐往后一推,正这时,政委带人一推门,进来了。张玉峰马上春风满面:"请政委检查指导。"随后补充说:"我们连最近任务较重,战士们没多少时间整理内务,请各位首长多多指导!"于是,参观团的人开始赞美,没整理还这么干净,整理后不知怎么干净!

紧接着马上转入正题,大家纷赞火龙,政委乐得合不上嘴(确实如此,烧了没两天,我脚下墙上的冰雪就没了)。有人说,这火龙,烧根木头都能暖和一天。政委得意地接道:"有了它,烧烧报纸都能暖和啊!"

张玉峰紧接着说:"我们留了一个屋子还烧火炉,为和烧火龙的屋子作对比。请大家过来比较一下。"进屋后,政委说:"这屋是当初我让留的,没改火龙,为的作比较。这屋原来是最暖和的,刚才咱进去那屋最冷。"这屋的火已经让张克敏弄得半死不活了,当然冷,众人自然又一通夸赞火龙。张玉峰为了增加效果,故意没关这屋的门,让它再冷点儿。有个年轻的参谋看出来了,当大家往门外走时,声音很大地对张玉峰说:"你刚才为什么不关屋门,是不是故意的?"张玉峰一时愣了,我说:"刚才人太多,关不上。"

接下来,视察女生宿舍。女生比男生勤快,政委大为满意,给部下训话:"你们看,这个宿舍多干净,多漂亮!这是我们全师宿舍的样板。以后我们要把全师的宿舍都打扫得和这个宿舍一样。"这时有个女参谋问:"前几天我来找老乡,你们屋可够乱的。"一女生说:"我们这好几个屋,我不知你进了哪个屋。虽然每个屋都挺干净,但我们屋是最干净的。你进的不一定是这儿。"

中午了，大小首长们高高兴兴去食堂吃饭了。吃完饭，我正想睡一会儿，张玉峰派人叫我赶快到厕所去。

厕所门口，张玉峰见我就说，政委特别高兴，吃饭时一定要把我们连立为样板连。不过，火龙、宿舍、食堂都视察了，很好，但厕所还没看，吃完了要最后再视察一下厕所。张玉峰赶快借故溜了出来，要抢在他们前头清理干净。张玉峰交代我说，赶快通知曲木匠，跑步前来给厕所把玻璃安上。玻璃应该早拉好了，不知怎么还没安。然后我看看谁还在家（宿舍），叫俩人，带上锹镐，赶紧过来。他去找沙子。一会人都来了，我们用锹镐清理尿冰屎柱子（东北冬天严寒，厕所在树林子边上，屎尿经常冻在一起）。这时老曲慌慌张张跑来说，母猪生小猪，他把玻璃先给猪圈安上了。张玉峰吼道，卸下，马上给这儿装。我们边清张玉峰边用沙子铺地。老曲回来后，先用钉子把玻璃凑合上。厕坑清干净了，俩知青扛着镐锹先走了。他们走了才发现，一堆尿柱屎棍还在墙边。我都给扫到墙角，拿两把扫帚盖在上头。这时，隔着窗户，已看得到政委他们了。

政委走到了厕所门口，下属们簇拥在旁边。政委拿眼四下一扫，指着厕所说："你们看看，人家的厕所，这才叫厕所！每个坑都那么干净，地上没一张纸，而且还是沙子的地面。最重要的，还有玻璃窗！"说到这儿，政委特别加重语气，重复道："玻璃窗！不但能挡风，还能进光。你们的厕所有玻璃窗吗？这个厕所不但比营部厕所强，而且比七团团部厕所都强。这个厕所，是我们全师的典型，全师所有的厕所都应该向它看齐！"

送走政委，张玉峰让我晚上上他家喝酒去，我不会，婉辞了。

晚上我和宿舍的两位知青散步，绰号分别为"老驴"（脸长）和"四棱子"（国字脸，我的绰号是"落难少爷"，但没人叫，只偶尔说着玩儿）。我讲了今儿的事儿。老驴说，这就叫苦干十年，不如奉承一年；奉承十年，不如给领导十块钱。我说，张玉峰这人不错，干这么多年基干（基层干部），早成蛇精了，但没从咱身上捞什么好处。就是精明。我又举了个例子：有回我俩在连部，来了两个林业局的，中午去食堂吃饭，张抢先看看单间。一看，桌上就摆了俩菜。张赶紧把门一关，对林业局的人说，这屋太冷，我让他们再烧会儿，咱们先回连部。然后悄悄嘱咐我，你去跟食堂说，再炒仨菜。你去供销社买瓶"北大仓"（当地自产烈性白酒，五十八度）。买两盒好烟，不要"拉爪儿"（东北产低档香烟，名"握手"，戏称拉爪儿）。他们真不会办事儿。"四棱子"听了说，这些事，将来想起都是笑话。

几十年过去了，事实证明，这不是笑话。这在今日，已是燎原烈火。两两相较，我还是很怀念关心知青生活的政委和精明活泛但不谋私利的指导员。

麦子地

柳传志得了肺癌后,很淡定地说,人有两种,一种过日子,一种奔日子。奔日子必然艰难困苦,我这辈子酸甜苦辣都尝过,满意了。说得好,可不全。因为过日子的人一样有酸甜苦辣,这里不分高低。张中行先生说过,人活着,是求生,不是求死。人,第一是生存,第二是发展,二者不可能同时展开。所以,过日子也罢,奔日子也罢,您怎么合适,怎么来。

脑袋除了吃饭,还有琢磨事儿的功能。不过这功能几千年来老被人忽悠来忽悠去,不被忽悠真的很难。记得在东北当知青那会儿,有回麦地着了火,知青们一看,觉得当英雄的时候到了,争先恐后地往那儿跑。因为当时有个口号,火光就是命令,火光就是行动。连长萧振海大喊,回来!回来!都给我回来!可知青都跑远了。老萧叫了几个老职工,让看着点知青。"别烧死俩!"然后慢慢在后边走,我也在后边"哨"(溜达)着。老萧看看我说,赞道:你行,老这么不着急不着慌的。我说,跑不过他们。老萧大笑,然后说,这麦子地夏天常起点儿火,用不着管,烧一会儿自己就灭了。到了跟前儿,那点儿小火灭得差不多了,有个上海知青,叫阿康,英雄之心未泯,看地上尚有一小堆余火,忽往地上一躺,取滚雷姿势,准备成名。老萧赶上前,抓着脖领子把他薅起来,又照着屁股狠狠踹了一脚,骂道:"活他妈腻味了!"

知青想当英雄,除了当时那个大环境,也有个具体的小环境。有个叫金训华的上海知青,因为驻地发洪水,冲走了几根做电线杆用的大木头,他勇救国家财产,抱着木头一块沉没了。于是兵团掀起了一拨又一拨学习、纪念高潮,给予无数哀荣,立了个大大的标杆。

我倒不为所动。因为我想,为救木头死了不值。而且木头也不会跑，洪水过了，捡回来完事儿。麦子地也一样，地又跑不了，别说它着不起来，就算它着起来，烧光了再种就完了，搭几条命，值吗？

我最讨厌"哄"，一哄而起，一哄而上，一哄而下，一哄而散。马克思主义认为，为了具体事物做具体分析，我们必须在肩膀上扛着自己的脑袋。

李德生（一）

我在东北当知青时，因为同学的介绍，认识了一师保卫股股长李德生。他为人豪爽，我们很处得来。某年冬天一个晚上，因为些事情，我在李德生家逗留晚了，要回连队，他不让，说："天黑雪大，别回去了，就在我这儿睡。"

我想，就一铺炕，这怎么住，执意要走。出来在赵光镇镇上找了个旅店，伙计带我进了一屋，特别大，没人。对着两排上下铺，一铺能睡十来人。一晚上五块，估计是大车店。我爬到上铺，躲到最里面睡了。屋子里一直没人来，又大，有些瘆人。

朦朦胧胧好像睡着了，忽然一声暴雷似的呼喝把我惊醒，"就睡这地方？！"我睁眼向门口一望，只见一个身高得有一米八五魁梧健壮的男人立在门口。他头戴狐皮帽，身披羊皮大衣，脚穿毡靴，满身雪花，正朝我望过来，后边还跟着几个彪形大汉。座山雕的队伍下山了，我想，缩了缩身子又睡了。

那人把伙计叫来，问他有没有别的屋子。伙计打躬作揖地说没有。他们在门口商量了一会儿，然后蹬蹬蹬地走了。

第二天，我告诉李德生了。他听了说，今晚你不能住那儿了。我给你找地儿。在他家吃过晚饭，他带我去了一个大四合院。一进去，就有两个年轻人迎过来。跟着，北屋出来个中年人，跟李德生说起了话。后来才知道，这是一师治安股的地盘，他是股长，姓刘，李德生的好友。当然，李作为一师保卫股股长，和他也算同事。

刘科长身量不高，貌不惊人，神情狡黠、狡猾、狡诈兼而有之。他这治安股，专配合公安管地面上的事，杀人放火抢劫盗窃之类。手下有一大帮捕头，他们喊他股长，背后叫他刘头。

我这次住的是一间真正的屋子，双层大玻璃窗、暖炕、热水、毛巾一应俱全,刘头还让人送了晚饭。

一觉醒来,天大亮,却发现李德生和刘头坐在我旁边商量事儿。原来是在商量我的事儿。前些日子家里来信,问能不能在这边买些木板。我问了问李德生,他说,没处买,不卖。可以用他家里自存的,反正他眼下用不着。而且他没告诉我就自己去找了木匠,挑木质最好的钉了个大大的箱子。眼下,他们俩就是在商量怎么把这大箱子弄到赵光火车站托运。

刘头地面熟,弄了个130①,没想到半道上轮胎放了气。这箱子怎么办?只见刘头朝他手下三个捕快瞪眼一嚷:"怎么办?扛啊!"说着以身作则,弯腰抬起一个角,四人愣是把箱子扛进了车站。

车站不远处有个小屋子,也是刘头的据点,李德生和他有事,在这里等他。我们几个进屋后,李德生已经到了,屋小人多,挺热闹。刘头正洗脸,李德生的爱人来了,刘头一见就说,一屋子大老爷们儿,你一老娘们儿往里挤什么!出去出去,不出去把你办了。一屋子人哄堂大笑,李德生也笑,他爱人边笑边骂,我被惊呆了。像这样当众"侮辱"妇女,头回见。

李德生生得高大威猛,浓眉大眼国字脸,背着手枪,一脸正气。刘头从外观到内里,都有些相反。但机警干练,处事老到,似更胜一筹。一似强龙,一似地头蛇。现在想来,不管什么事业,能有忠心不贰的强龙和地头蛇合力最好。

---

① 130汽车,指载重在两吨以上三吨以下的轻型货车。

李德生（二）

在东北，我最怀念的本地人是李德生。其实他老家山东，参加过志愿军，打完仗，集体复员到了东北。虎背熊腰，特别魁梧。长得也是浓眉大眼，说不上好看，但是威武。同学介绍我认识他，见面很谈得来。初见，就留饭，不让走。后来才知道他生活困难，弄顿像样点的饭不容易。我大受感动，再去时把"机关枪手榴弹"（知青将称成条香烟称机关枪，酒瓶称手榴弹）送了一半给他。从此，去他家，总要买上烟酒点心。好在我有工资，我们说是兵团战士，不拿枪的武装部队，实际算农场职工，按一级农工待遇领工资，一月三十二块，再加上祖父每月寄三十，我算很有钱了。

他知道我爱吃肉。一次，我去他家，他说，知道你爱吃肉，我们有肉没舍得吃，等你来。然后往上一指，我一看，在梁上吊着呢。然后叫进他爱人，拿去做。

他爱人是河北人。外屋有一大灶，她就在那里做饭。每回我去，她都在炕上摆一小桌，倒上水，然后退到外屋。碰上正上小学的两个孩子回来，她也带着他们在外屋待着。做好饭，端上来，她或自己或带着孩子，在灶边有时蹲着就吃了。她有个侄女，和我差不多年纪，经常来看她，也是和她一起在灶旁吃饭。

李德生有两个儿子，都在上小学。大的叫黑子，老二叫二子。大的性格倔强，不大灵活，不解人意，所以李德生不喜欢他。二子正相反，从小就刁钻，长得像极了梁天，尤其一笑，又坏又得意的那股劲儿，和梁天一般无二。

有次我去他家，李德生正审黑子，原来在他书包里发现了一把改锥，揭发人正是他弟弟，二子。开始怎么问，他也不说，最后承认，是受了同学欺负，准备干仗。李德生严厉训斥他不准，一边的二子看他哥哥挨熊，乐开了花，一脸梁天的招牌笑容。

李的侄女人很安静，来了就帮姑姑在外间做事，说话轻声细语，那种规矩本分，比知青强多了。李对她比较客气，所以有时我们聊天，她也可以进屋坐在一旁听。最后一次去李家，是秋天，向李德生辞行。出来不久，碰上他侄女，她很高兴地说，去我姑父家了？天要黑了，要不你跟我回去吃完饭再走吧。我说不了，我要回北京了，来告别。她一听，愣了愣，低着头没马上说话。随后把身后背的一个大书包拉到胸前，说，我们林场的苹果熟了，我来给他们送苹果。他们也吃不了多少，你带些在路上。说完，不等我回话，就往我手上塞苹果。那天我并没带包，只好用手捧着。她把书包里差不多三分之一的苹果都给了我，才道了别。我则捧着满怀苹果去商店买了书包。回来后，过了几年，兵团解散。李德生信中告我，他因生活困难，向上级打报告后，留在农垦总局或赵光农垦局工作，现在很好。我和家里人很希望他全家到北京来玩，他说现在工作太忙孩子太小，将来有机会，一定来。然后，就没有然后了。

读书琐忆

一九七〇年左右，我探亲回家。在中国书店西单市场门市部，买了一麻袋马恩列斯著作，只花了不到十块或五块钱。这是因为前一两年干部们全被赶去了五七干校，所以大量处理家中财产，书首当其冲（不能充饥果腹，可知先物质后精神是绝对真理）。我时正十六七，总想看书，就弄了一堆。

到东北时，书先人后，进了宿舍，发现知青早就拆了我的麻袋，躺在炕上，拿我的书边翻边扔。还互相说，这本，也就五天。这本厚，够半个月。我不明白不看书不读报的他们怎么看书如此之快。一问，他们一阵大笑。原来他们在说拿着上厕所。我赶紧把书收起来，可还是丢了几本，估计被他们擦了。

有书还得找地儿，近一百人的宿舍里没法读。反复观察，发现饲料棚是个好地方。一、没人去。二、清静，除了一堆饲料就是一口大铡刀。三、舒服，饲料堆就像一个大沙发。开始读书后，发现个问题，每天收工，都是傍晚，天色已暗，饲料棚又只有一个小窗口，更暗。我只能抢在天黑之前，仿佛与自己眼睛为敌似的拼命看，鼻子恨不得碰着纸。换来的代价是，眼睛从没有散光，到一个二百五十度，一个四百度。回北京配镜，把大夫吓一跳，说，你这么点岁数，这么深散光，全北京都没几个！

那么读书收获呢？如下：

读了一本巨厚的大砖头，《论列宁主义问题》，斯大林著。在一篇名为《胜利冲昏头脑》的文章中，斯大林说，社会变坏的标志是，有人发种种不义之财，大家却拍着他的肩膀说，哥们儿，真有你的！又从中读到列宁的著名论断，帝国主义是资本主义的最高阶段。所以，很快它就要自我毁灭了。但为什么多年来它就是不亡，我不明白。

普列汉诺夫的《论一元历史观之发展》，难啃，看了两遍，还是不大懂。听说哲学学得太深容易得精神病，还好，我没有。

《共产党宣言》看了好几遍，记住一句：廉价商品是征服野蛮人最强烈仇外心理的武器。深刻，后来看了不少殖民史和有关小说，确实如此。

当然，除了这些麻袋货，读得更多的是能到手的诗词歌赋，中外名著。

让我得到荣誉的是，在恩格斯给考茨基（德国工人运动领袖）的母亲的一封回信中说，情感应该从场景描绘和人物塑造中自然流露出来（考茨基母亲是位作家，向恩格斯请教写作问题）。大学时，一次文艺理论老师漆绪邦考试，问此句出处。发卷评点时，他说，咱们班八十八个人，只有一位同学答出了。

回想过去，读书对我来说，除了获取知识，还有一层更主要的人生意义。在那个处心积虑把人变成没有头脑的行尸走肉的时代，我不想浑浑噩噩生活，总想在肩膀上扛自己的脑袋。尽管为此一路磕磕绊绊，但至今无悔。

政协忆往

我一九八二年大学毕业后，分到市政协，又分到文史资料办公室。办公室的环境得天独厚，在中山公园里。

中山公园的中山堂和后边的大殿，所有权不属中山公园，属于市政协。大殿旁边有个院子，叫西小院。叫小院，可不小，又长又宽，而且花木繁茂。既有顶天立地的大树，又有野花青草。上了高高的台阶，是一长排别墅。西边一多半是文史办，东边一少半是学委会。

别墅很讲究，前边有避风阁，窗是穹顶窗，地是花砖地，有东、西两个大房间，两个大房间后还有两个小房间。院子后边有卫生间、澡房、厨房和值班住人的小房间。

我的同事们值得一说。坐我对面的曾是国民党长春市市长，大家叫他老尚。他很不幸，是围城时的市长，毕业于清华大学。他耳背，听人说话总用手指把耳朵弄成扇风耳状。我左后方坐的是冯玉祥部的一位中将参议（虚衔，如太平天国后期之王），称老冯；右后方坐的是一位老革命，称老梁。祖父说，北平围城时，地下党通知祖父，若和谈不成，准备由德胜门攻城。老梁说，没错儿，我们当时就跟在部队后边，准备接管。

东屋有一位禹姓妇女，听说其父是辛亥功臣，影响深远。另一位是北大七七级毕业生，女性，姓秦。还有一位老廖，是一位副主席的夫人，管收发，不做具体工作。她对我说，南京大屠杀，她就在南京。吓我一跳，心想她真命大。她说，鬼子在城郊杀得厉害，中心区域好点儿，她家在最中心。

我们东边的邻居，学委会，是组织安排委员们学习的地方。领导是老刘，很和蔼的人。有个小赵，复转军人，我跟他关系不错。多年后，我问政协的朋友，小赵怎么样了？对方说：还小赵呢？人家早局级了！后来见到他，问，好干吗？他说，倒是还没扔砖头的！

市委、市政府也来了一波大学生，主要分在组织部、宣传部、统战部等处。中山堂有活动，他们也陪着领导来。他们来后，总会到我们这儿待一会儿。话题多是发牢骚，吐槽。这是因为当时我国各政府机构受过大学教育的较少，普遍缺乏文化，因此工作时常不周到。比如我们秘书长，在培训会上对我们说："政协是搞统战的地方，一定要讲方式方法。咱们有一位同志，开会时见到一位老没见面的老文化人，觉得特亲热，过去狠狠一拍人肩膀，说，你老家伙这身子骨，真棒！眼镜差点儿给人拍地上去！"

由于他们开会时也不管不顾地到我们这儿来坐，日久天长，遭到领导批评，后来就不敢来了。其中两位还有印象，一位好像和李大钊家有关系，高个儿，开放，爱说。另一位叫郑安平，父母都是高干，更开放，更爱说。

要说市政协在我们来之前，还真有一位大学生，而且是解放前辅仁大学学生，叫范光斗。我不清楚他的具体情况，好像不在编制却又有薪酬，平时在学委会那边帮忙。他无家无业，五十多岁，身体倍儿棒，有闲，爱说爱笑，自行车后座一边挂一铁丝筐，找关系为大家买紧俏货，如排骨、带鱼、大虾、白面包等，看我们争买很得意。

他是老光棍，时常动凡心。那时政协的女人不多，女青年更少。除了我们文史办的小秦，还有一位做后勤的小张。他把两位都冒犯了（只是触摸，但违反治安条例），小秦的反击强烈，小张只是哭，我们都去安慰了小张。

但老范并不收敛，换了个方式。那时街上有很多上访的，他就去那儿代上访妇女解决问题。直到有一天，中山公园管理部门告到市政协，说他老带些蓬头垢面衣衫褴褛的妇女晚上到公园来，第二天才出去，让政协管一管。同事说，有天晚上去后边，老范屋里床上躺着个妇女睡觉，老范正在旁边屋里噼里啪啦地炒菜。

老范爱读书，文史知识很丰富，也有见识，不知为何潦倒。想起他，有个画面很难忘。一天我处理完稿子，最后一个离开院子。晚霞满天，夕阳遍地，四处金光缭绕。树荫蔽天，野草闲花，四下静悄悄。老范在东边大槐树的树荫里，一手拿瓶酒，一手拿个猪肘棒，跷着腿，点着脚，独得庄周之乐。

不久之后，老范半身不遂了。那时，他刚刚新婚不久。爱人是一位在山西插过队的女知青，曾来我们文史办帮过几天忙。脸色蜡黄蜡黄，头发枯黄枯黄，非常憔悴，岁数很大了。是因为嫁了老范，才能回京。后来又听说，她把老范甩了，俩人离了。大家一致谴责她，说她当初就没安好心，我不以为然。因为我国习俗，有坏事多爱骂女人。男人如此，女人也这样，女人跟着男人学。说她现在觉得老范是累赘，甩了，有可能。若说当初就没安好心，有可能是诛心之论。

我的工作是编北京市文史资料，名字叫《文史资料选编》。我们文史办的任务是一年编四期，由北京出版社出版，我接手时是编第二十二期。那时我刚上班，马上接任务，一脑袋糨糊，问领导，领导只淡淡地说，问别人。等于没回答。后来说让老冯帮我，总算踏实了。编完了，老冯指出我的问题，太认真。不久，我的认真又让老冯恼火了一把。每期编好后，要向编委会领导们汇报。那天我汇报完后，老冯说我，你怎么说那么长时间？俩多钟头！别人都是把文章题目念一遍就完，这就是过场，你还把每篇文章的内容说一遍，这得什么时候完！你说得越多越细，别人越容易挑刺！和老冯接触，让我成熟了许多，比如，他看我爱说话，就指出，人说话都是有目的的，没有目的的话不说、少说。他爱喝酒，但我不喝，屡屡辜负他的美意。

和我对接的出版社编辑是刘宁勋，知识丰富，人很严肃，指出过书中一些问题，最后说："毕竟你太年轻了（我那时二十八九），一上来就编文史。"署编辑名，他自然在前（估计是出版社规定，出版社编辑在前以示负责），谁在后，老冯和我来回推让，争属最后。最后到底谁在最后，四十年前的事，早忘了。

对文史办来说，我曾有过不小的贡献。大概还在我手中《文史资料选编》的扫尾阶段，领导就考虑我们不能老出文史选编，也要出专题书。什么专题呢？因为没做过，破天荒头一遭，不知道。这时，文史委员会副主任孔昭恺（曾任《大公报》副总编，全国政协委员）提议，不妨找一找还在的京剧界老人和去世京剧老艺术家的后人，写一写京剧界的往事，书名就叫《京剧谈往录》。事定下来，谁干呢？让我干，理由是，别人手里都有活儿。同时趁热打铁，再编一本曲艺界名人的往事，名《燕都艺谭》。谁编呢？由我一块儿干。理由还是别人手里都有活儿。其实，我那本书也还得扫两下尾，并非没活儿。几年后，才从过去的同事们那里知道，主要是领导和同事们都觉得我有文史底子，又有文字功夫，只有我干得了，干得好。

  选题定了，找北京出版社谈，刚巧，副总编王纪刚是个老戏迷，这选题选到他心里了。于是，我就开始骑着自行车满四九城跑了。孔老家去过几次，是请示。一次敲门，把有礼貌的应断续敲成的"哪、哪、哪"敲成无礼貌的连续的"哪哪哪"，回家好儿天惴惴不安，怕孔老不高兴。王纪刚那里常去，是汇报。有次去，他正和田耕（田是北京出版社总编辑，解放前参加革命，一九五〇年入党，燕京大学毕业。王是一九四五年入党，解放后曾任北京日报社首任社长、《北京晚报》总编辑，时任北京出版社副总编辑）聊天。田耕兴致勃勃地讲他为发表《晚霞消失的时候》（我最喜欢的一篇文学作品）一文的曲折经历，很是得意。他讲完，王纪刚同样兴致勃勃地讲起京剧，讲得入迷。听他们讲的时候，我好几次想背叛王纪刚，投奔田耕。甚至幻想过找机会拍拍田的马屁，在他这儿当个文艺编辑。因为我讨厌京剧，一看见五颜六色的衣服就晕，一听"哐哐哐锵锵锵"就烦，没想到如今倒编起了什么《京剧谈往录》，真是讽刺。现在想，虽然我编了这本书，但如果要考我什么是老旦、花旦、小旦、刀马旦，我得分一定零蛋。

  工作中最大的大头是跑作者。收进书中的京剧演员、京剧演员的后人、有关剧本的作者、有关的爱好者，以及跟书中事情八竿子打得着的人，都要见，有的见好几遍。京剧演员普遍文化不高，我经常捉刀上阵，而同时编辑的曲艺人物，文化更差，费的心力更多，但影响远不如《京剧谈往录》。

一年的时间里，编好了三本书，然后大病一场，因怀疑心肌炎住了院，最后确诊为甲亢。书出时，我已不在政协，去了中国政法大学。听说书出后，很畅销，所以同事们继续编辑，如今已经编了四辑，也算是北京出版社的"保留节目"。

我如今对京剧仍然敬而远之，但对梨园行的轶人轶事有了些兴趣，因为我对人生有兴趣。还有时会想起田耕和王纪刚的容貌，田清秀瘦高，很有文艺范儿，王方正敦实，很有领导范儿。所以一爱文学一爱京剧，很自然。收获还有，学会京剧方面的两个词："刀马生旦"和"响堂打远"（后来教书要有一条好嗓子，这词很有意义）。剩下的？全忘了。

编《文史资料选编》，也让我见了四面八方许多奇奇怪怪之人。比如，我发过一篇郑广元（伪满大臣郑孝胥之孙）写的说毛主席接见他们一家和其他人的文章。发不发，我们研究了很久，因为除了他自己说，没有其他资料佐证。为了考查，我请他来谈了好几次，最后决定发。后来他又来找我，说生活有困难，领导让我去了解一下。他住在鼓楼一带的平房，一座破旧不堪的大杂院。一见面，他的太太（溥仪的二妹）就跟我诉苦，说这院里住的人都不大有文化，经常欺负他们。邻居是位三轮车工人，小孩淘气，经常拿根小棍敲打郑广元的后背。邻居不管，还笑。又伸出两手让我看，十个手指黑黑糙糙。说，小陆同志，我在一个街道工厂烧锅炉。我真努力了，还总烧不好，广元又没工作，我们想请你给上头打个报告，反映一下。郑广元倒没怎么说话，一直儒雅地笑着。他穿得很整齐，长裤衬衫，表情温和平静，和夫人对照鲜明。回来后，我打了报告，听说还起了些作用。

又一回，清王室毓朗（晚清警政机构的创始人）的后人来，已行动不便，由冯其利君连抱带拖，脚尖几乎不沾地地弄进办公室，白内障已看不清人，却双手抱拳，向人、向墙、向天空连连作揖。这种对礼数的讲究，使我顿生敬意。再说一下冯其利，他是椿树整流器厂的工人，对王爷坟情有独钟，利用业余时间自费四处探寻。我编发过他的文章，他做事认真，不惮劳苦，可惜英年早逝。

我们还收到些内容翔实文字生动的文章，如志愿军战俘们的回忆，遇罗锦弟妹写的回忆文章，都非常好，但限于当时环境，只好先作为资料封存。

落实政策的事我也做，如东岳庙长期被市公安局一部占据，管理处领导找到我们，希望在退还上给呼吁呼吁。我和老廖去看了，大殿前不少妇女洗衣服，拉着铁线晾晒。一个有赵孟頫碑的小院好像被二处占了，管理处领导苦着脸说，他也进不去，只能用个大铁壳子把碑罩起来，很不利保存。又看了些地方，确实到处拉电线，有火灾隐患。回来我写了报告，送到市政府，居然在不很长的时间里解决了。

来的人还有棋界元老过惕生老先生的哲孙，后来成为著名剧作家的过士行，他那天来时还抱着小被子、保温瓶、饭盒等。问，原来是夫人临产，谈完稿子直奔医院。其他各行各业各种身份各种境遇各种经历的人很多，很长见识，开眼界。

"两会"旧事

上世纪八十年代初,我在市政协当干部(如今称公务员)。有年春天开北京"两会",驻地之一是西苑宾馆。我负责其中一个委员组的开会、通知、议案、简报、生活工作,以及各种杂事。

有天吃过晚饭,代表们回屋休息,我也抓紧时间回屋写简报,忽然有人邦邦邦使劲敲我房门。开门一看,原来是我领导,火急火燎地问,李某某是不是你这组的?我说是。哪单位的?生产队的。他说,这就对了,你赶紧把他找来,带他到南门去,我在那儿等你们。我问,什么事?他一摆手,没时间说了,你赶紧带他过去。

李委员是个个头高高的黑瘦老汉,近郊某公社生产大队老队长兼书记。我带他赶到南门,领导正和几个农民说话,再一看,吓一跳,旁边一辆手扶拖拉机,后面车厢里挤满了人。男女老少,一应俱全,有几个妇女还抱着孩子。一问,说是来看望老队长,实际干吗来了,明摆在那儿。

李队长很生气,让他们回去。他们不肯走,领导对我低声说,怎么也得管他们顿饭。你带他去餐厅,甭管什么,让他们吃饱了,赶紧走。我还有事,这儿就交给你了,说完拔腿就走。我招呼他们下了车,数了数,连大人带孩子,快四十个了。我让李队长带他们奔餐厅来,慢点儿走,自己一路小跑。

进了餐厅,我赶快找经理,一说,经理也懵了,说,哪儿能弄出这么多人的饭?但他不愧经理,马上又说,刚收拾完桌子,剩的不少,给他们上来,你看怎么样?我说,行,麻烦您嘱咐服务员仔细点儿,拣好的上,完整的上,不整齐的别上。另外,您一定要让大师傅们炒几个新菜、好菜,能炒几个炒几个,不能一点儿没有。

说话间,大队人马浩浩荡荡进了餐厅,他们脸上都显得新鲜、好奇、陌生、胆怯、拘束，尤其是妇女们。倒是孩子们，不一会儿就乱跑起来，孩子跑，大人管，餐厅很快沸反盈天。

女服务员们上菜时都有些厌烦，李队长也不高兴，总呲的他们。我也为他们的不请自来不快，但又同情。一句话，如果我像他们这样生在农村，别人不是也会同样这样看待我？终于两三个小时后，我目送手扶拖拉机在夜色中踏上归程，赶紧回房间开夜车继续简报、提案。

从那时到现在，四十多年过去了，有时经过早已鸟枪换炮的西苑饭店，还会想起当年。八十年代农村妇女们进城，有些妇女会挽起手臂形成一排在路上走，受到城里人的耻笑。她们这样做的原因是，怕丢。即便如此，农村妇女们仍如浪潮般涌进城市，实现她们的梦想。而我们这些生于五十年代，几乎与共和国同生共长的人，早已老去、凋落、消失。属于我们记忆中七十年的风云变幻，海田沧桑，亦将随我们的离去而永远消亡。因此，每当我夜晚散步，眺望如今这与七十年前迥异的万家灯火，心中总有些失落和惆怅。

政法琐忆

八十年代末在政法大学,是段值得记忆的日子。有几年,既不评职称又没有科研,除了上课和写书写文章(自己爱写的),日子很轻松。所以我们一群有家没孩子的青年教师,没事时经常聚到小院(另一群青年教师的住地)聊天。有一天,我们所一位未婚青年女教师,正和大家聊得热闹,忽然想起一会儿有事,就问房主,小吴,你脸盆呢,借我用一下。小吴一愣,说,你等等。进了里间。就听里边乒哪乓啷一阵乱响,他拎着一个黑不溜秋的脸盆出来了。说,你等一下,我刷刷去。说着出了门,十多分钟没回,二十多分钟也没回。女教师还去院里张望,影儿都没有。快一小时过去,大家估计他去买脸盆了,女教师赶紧走了。

小吴是温州人,北大博士。那几年正是温州货席卷天下的时候。他不少温州老乡,在京卖皮鞋皮带。走时把没卖掉的皮鞋皮带送了他,扔一床底下。他让大家去挑。我说,就你们那温州货,皮带一系,三秒就崩;皮鞋一穿,三秒底儿掉。系上皮带,得准备随时拎裤子;穿上皮鞋,腰里得揣双千层底儿。他不高兴了,可我真说的实话,我觉得改革开放从某种意义上说,就是从假冒伪劣开始,温州是它们的大本营。

他的吃饭,也让我拍案惊奇。一天,他打饭回来,我一看,上面铺着一层猪头肉,下面一碗米饭。我说,这多难吃,你应该用馒头或烙饼夹着吃,香!他说我们南方人不吃面食。想起我小时候一次祖父带我吃烤鸭,忽然对我说,你看咱旁边那个人。一看,一碟烤鸭和一碗米饭。祖父说,这肯定是南方人。那是我第一次听到南方人这个词,并对他们的入乡不随俗有了深刻印象。

我们常聚的一位女教师姓张,很年轻,爱交际,常给大家做饭吃。她有个表姐姓于，在我校读刑法专业研究生，总在她那儿。一天，我们去了，姐俩跟我们聊了会儿，就琢磨晚上吃什么。俩人商量完了，一个买一个做。我过去问，能帮着干点什么。小张说，去，一边跟他们（男教师们）聊天去。小于比较温和，笑笑说，没事儿，一会儿就好。小张又说，你还挺有礼貌。不过这是我们女人的事。打这以后，除去在家，到别人家去吃饭，女人的事儿（除了夸菜好），我就不问了。

有一天，在某办公室，聚会的老师中有一位是教人权法的。大家很感兴趣，请他讲讲。他兴致勃勃地刚开讲没两句，门"嘭"的一声给撞开了，一青年女子直闯进来，长得十分漂亮，让人惊艳，此刻却柳眉倒竖杏眼圆睁，喊道："我说你去哪儿了，原来又跑这儿瞎侃！我接了孩子回家，还得做饭，还得盯他，你倒在这儿躲清闲！"大家忙替他解释，是我们把他扣这儿讲人权。女子不听，一边把他往外赶，一边说："还讲人权呢！讲人权，我的人权呢？我是不是人？我有没有人权？"一边骂一边把他赶回了筒子楼。

过了两年，大家纷纷有了孩子，方知，孩子的哭声才是分量最重的发言权，他的吃喝，才是真正的人权。

政法忆往

八十年代，政法大学刚在昌平建了一个教学楼，老师们便坐着班车颠颠儿地来上课了。那时政法挺人道，说谁愿意来昌平住，分两室一厅，还有住房补贴，因为你受苦了。面对学校的诱惑，青年教师说，别说两室，你给八室也不来。那时昌平就是个乡下，我亲眼见刚入校的几个女生一边拉行李一边哭，说，我们也是大城市来的，没想到给扔这荒郊野外了！

不过我倒不是想回忆政法，我是想起了一个有关酒的事。那是一年冬天，学生考试前，我和几个老师来辅导。因为班车的原因，没吃饭。到了学校，想找个饭馆。学校门前的街，黑灯瞎火，一条晴天一身土雨天两脚泥的土路，通向遥远的黑处，任你用黑色的眼睛如何寻找，也找不出半点儿光明。黑暗中看了半天，才分辨出学校对过儿有个小饭铺，进去一看，碎砖铺地，挺大的屋子，就亮着一个黄色小灯泡，也没人出来。喊了几声儿，有个姑娘睡眼惺忪挺不耐烦地出来，问，干什么？同事说，你说干什么？吃饭！她说，没了，都卖光了！后在盘问下，她说可能还有啤酒汽水和豆腐干花生米。于是同事们坐下喝啤酒，我不喝酒，喝了两瓶汽水。

吃喝完毕，进了学校，学生一见我们，特别亲切。因为他们到了北京，两眼一抹黑；到了昌平，就两抹黑了。平时没人来，她们也没地儿去，见了老师就像见了家人，辅导不久就成了聊天。正聊得热闹，我肚子忽然疼起来，从隐隐疼到阵阵疼，学生拿来开水，一连灌了三大碗，才缓解。

我看其他同事和学生们还聊得热火朝天，有些好奇，低声问一同事："你们刚才喝冰镇啤酒，我喝了两瓶冰镇汽水，你们怎么肚子不疼？"他说："你真逗。酒喝进肚子里是热的，怎么冰镇它也是热的。

但你那冰镇汽水是越喝越凉,你连这个都不知道?"

从来滴酒不入,此时方开茅塞。

经典电影

找书，忽然发现还有几十张上大一时没销毁干净的日记，看看，有几张还挺有意思，录于下：

今天看美国电影《鸳梦重温》，末尾深受感动，小小的栅栏，朴素的农舍，满树粉白的杏花，柔软的绿草、磨盘、水井以及正午和煦的阳光。浓荫蔽天的树下，在不远小河边静静的垂钓者。刚刚恢复记忆的史密斯急步向农舍走去，等在里面的波拉早已泪流满面。

（一九七九年三月九日）

今天去看《春闺泪痕》，又名《明天是永存的》，女主角伊丽莎白太美了。从她明如秋水的眼睛里，能看到她同样清澈纯净的灵魂。约翰是伟大的，不愿拖着残肢连累妻子。二十多年隐姓埋名，远远注视并默祷妻子的幸福。那封该死的阵亡通知书，没它，又怎么有故事？

（一九七九年三月二十六日）

今天去平安里人民剧场看《魂断蓝桥》，看完出来取车，碰见漆（绪邦）老师。他说，你也来啦？然后拉着我的手说，太好了！太好了！我知道他是说电影太好了！我可能更受感动。他们在星空和烛光下的相爱场景以及女主人公（费雯丽）临死前的绝望表情，让我一夜难眠。

（一九七九年四月八日）

今天看了《太阳浴血记》。格里高利·派克演得太好了。影片告诉我，身上有着野性的女子，会尊敬甚至嫁给传统好男人。但一旦听到远方野性的呼唤，她还是会朝那个方向奔去，哪怕危险重重，即便前面是死。影片最后的情景触目惊心，荒凉的美国西部，黄色的高山之巅，两个死去的男女互相伸手，努力够向对方，身下碧血磐石。蓝天无垠，阳光直逼他们，尸体好像在燃烧，四周一片亘古的沉寂。

（一九七九年四月十六日）

今天看了《卡萨布兰卡》，名气虽大，英格利·褒曼也不愧大牌，但剧情一般。

（一九七九年四月十九日）

今天和小惠去看《蝴蝶梦》。琼·芳登也是大明星。但剧情类于侦探。

（一九七九年四月二十日）

今天第二次去看《舞台生涯》。卡贝罗（卓别林饰）对姑娘说：也许在将来的一天，你们会散步在伦敦的街头，你们对着泰晤士河共进晚餐。黄昏的伦敦像梦一般美，天空中散布着丁香花的气息。你穿着粉红色的纱衣，显得那么美丽。在朦胧的暮色中，他对你说，他爱你。

（一九七九年四月二十五日）

今天去看《出水芙蓉》，方知我国过去说好莱坞是诲淫诲盗的大本营一派胡言，欺骗民众。把高雅的艺术说成卖大腿，当年还用谐音把肯尼迪漫画成啃地皮，给美国女性起名猴儿拉稀，缺德，弄得周恩来发话制止。看电影时，大家直劲儿笑，我倒没有。只是觉得，花好月圆太不容易了，尤其在中国。祝他们地久天长白头偕老。

（一九七九年四月二十八日）

今天市政协派人送来两张票，一张电影票《白蛇传》，一张大会堂宴会厅舞会票。

舞会去的人不少，但姑娘们很少漂亮的，打扮也都是上边毛衣，下边牛仔裤或喇叭裤，还有高跟鞋。男人们也非常朴素，最讲究的也就是呢子或料子中山装。大家基本都不会跳，围在那里看那些会跳的跳。那些会跳的不知怎么都穿军装，陆军海军都有，岁数也不小，让这帮四五十岁的老头儿老太太大出风头。后来听说，他们原来都是三政（总政、空政、海政）文工团的。白耗俩钟头。唯一吸引我的，是一身材苗条、长发披肩的女子，穿一身蓝，五官纤巧，老坐在椅子上，一脸淡漠地看着人群，一副唯我独尊的架势。

（一九七九年五月三日）

看看自己当年的日记，人家才四五十岁就称人为老头老太太，够年少轻狂的。其实，更多的是羡慕嫉妒恨。如今，又几十年了，谁能嘲笑谁呢？

除夕

明天就是除夕了。除夕夜,该是个最热闹的时候。不过,我从小过到今,除夕夜都很平淡。

少年记忆,年三十下午陆续来亲戚,吃饭时大人一起,孩子一堆儿,有时也混坐。孩子们还小,走动少,并不熟。吃完饭,功夫不大,也就都走了。祖父母睡觉时间雷打不动,祖父八点上床,祖母略晚一点儿,也过不了九点。我自己常坐在书房的沙发上发呆。书房墙上有一古老大挂钟,每隔一小时打一次点儿。铜钟摆很大,又黄又亮,总在左右晃,安静时能听见滴答声。钟摆后有个小门,打开后里面放着一把铜钥匙,用来给钟上弦。

古老的钟,黯淡的墙,紫红的老家具,黄黑的线装书,半圆形瓜皮帽式灯罩里幽暗的光,死水样的寂静,不困,一会儿也就一阵又一阵困意来袭。

所以,三十夜,都是很快睡过去。

闹"文革"那些年,三十夜怎么过,不记得了,像是挺热闹,因为提倡过革命化的春节。革命化,就是要轰轰烈烈,就是要热闹。所以,年饭前大概也要来敬祝唱歌挥语录,更上层楼的还有忆苦思甜。不过咋呼了没两年,没动静了。所以我家三十夜还是早早睡觉。

后来去东北当了知青,第一年三十夜,领导看我在文化上有两把"刷子",让我刻蜡版,是一首忆苦歌,现在还记得词和调。词是"年三十,无月光,刺骨寒风透心凉。寒灯暗淡屋里冷,破床烂絮挂寒霜,挂寒霜。爹爹给地主当牛马呀,年年还不清阎王债呀,可怜他,累得吐血卧病床……"歌词男女生人手一份儿,有人教唱。不过,有知青当晚就用它上了厕所,让我很生气。

三十那天,连长把女生们叫到男生宿舍一齐开会唱歌,唱完才准吃年夜饭。男生坐铺里,女生坐铺沿,足有一百五六十口子。我发现女孩子是听话,唱得很认真。男生狂吼乱叫几句后,就是瞎哼哼,女生却唱得整齐。同时,女孩子唱歌有情。良心话,这歌,词儿不怎么样,曲儿还不难听。悠扬婉转,颇类"月亮在白莲花般的云朵里穿行,晚风吹来一阵阵快乐的歌声……"我正欣赏女生的歌声,一男生拧着眉头问我:"这他妈烂歌是不是快完了?"我说:"一共五段,唱了一段半了。""这他妈得什么时候吃上饭?"旁边几个人几乎同时嚷,"你也太老实了,就不知道少刻两段?!"

后来回到北京,三十还是老样子。年夜饭都是祖母十来天前带着保姆做,北房廊下有个极大的三层大笼屉,做好放里冻着,吃哪样拿哪样。晚上仍然早睡。朋友们知道祖父母睡得早,都不来打扰。所以除夕夜,除了街上的鞭炮响,屋里院里到处静悄悄。

祖父母下世,有了自己的小家,不过年夜还是没什么"年味"。首先吃饭没有大买大做的习惯,平时炒一个或两个菜,三人围着一吃了事。节假日也是如此,惯了。而且我从小就不爱吃,不会吃,也不好吃,许多美味不去尝试,不愿接受,一生被批评无数次也改不了。其次,家里没有烟酒,不置零食,不懂品茶,五谷杂粮养生保健一概拒之门外。从小不爱运动,老了更不锻炼。也不搓麻将,打游戏,玩扑克,唱卡拉OK,关键是没兴趣不想学。再就是不爱看电视。最后,没事可干,看看书,接下来,老传统,睡觉。所以,孩子说,"咱家过年不像过年,没气氛"。

其实,我也挺喜欢"气氛"的。三十多年前,还住北师大。一回三十晚上,王宁老师快十二点时到我家,叫她从外地来暂住在我家的同学去她那儿吃新年的头锅饺子,"热闹一下"。我当时和以后多年都很羡慕这"热闹一下"(那时我因为照顾祖父,几乎须臾不能离前后)。不过到了现在,这"热闹一下"的想法愈发淡了。家越来越小,人越来越少,身体越来越差,离热闹是越来越远了。

明天,又是三十,对自己说点什么呢?把一副别人作的对子送给

自己吧。联曰:

> 年难过,年难过,年年难过年年过;
> 事无成,事无成,事事无成事事成。

勉之!

过去

很喜欢邓丽君的歌,不光好听,而是为了纪念一个时代。尤其是歌词作者庄奴先生。如在一首歌里,他写道"如诗如画,似梦似幻,这就是我的初恋",又一首写道"你看那鸳鸯戏水情深重,你看那晚霞片片意重朦",真把我震了。那时代的人,有几个懂初恋?还"如诗如画,似梦似幻"?鸳鸯戏水更没见过。那时男女,结婚习俗就是男大当婚女大当嫁,俩人把铺盖卷儿搬一块儿,搭伙过日子,炕头生孩子,如此而已。为了浪漫,几次冲动想到动物园看鸳鸯,但想到动物园是把所有水鸟都放一块儿养,见了鸳鸯我也不认识,打消了念头。

在东北时,得了一本《海涅诗选》,爱得不得了。一回在宿舍里朗诵"乘着歌声的翅膀,亲爱的,我带你飞翔",招来"哈哈哈哈"一片嘲笑。我就不明白了,知青们只要聚在一块儿,不是编就是说下流笑话黄色段子,为什么不能接受个爱情诗?后来想明白了,生理上的种种感觉大家都以为理所当然,一旦进入情感之中,哪怕只是幻想,就"不好意思"起来,哪怕自己本就是"抠脚大汉"。

过去几十年不重生产,物资极度匮乏,国民经济到了崩溃的边缘。比如一月一个副食本只能买一条灯塔牌肥皂,除了洗衣服,洗头也用它。感谢邓公,改革开放,终结了把脑袋当衣服洗的岁月。只是如今,听到"嗨起来"的闹声,仿佛听到"哄起来"的鼓噪,有点不受用。

说到男女情感,有许多言简意赅、感人至深的例子。"二战"时,有位苏联青年出征前,去恋人家告别。姑娘帮战士收拾了行囊,最后塞进一大瓶战士最爱吃的果子酱。

台阶前,他们拥抱,吻别。

"祝你平安!"姑娘说。"我们等着你,我和他。"

"你和谁?"战士问。

"我和果子酱。"

很多年过去了,但有时走在夜深的街上,望着朦胧的灯火,我总仿佛听见那首俄罗斯的《灯光》。

燕子

北京的雨燕，是北京古老的名片，只是很多年看不见了。"小燕子，穿花衣，年年春天来这里"，不知说的是否是它们。我倒是见过家燕，它们相对多一些。我家院里北房廊子上，很多年前搭了一个燕窝，生下了一窝小燕子。每天大燕子出去捕食，它们就喳喳叫，一刻不停。有次好奇，我踩着高凳上去一看，一个顶多两拳大的窝，挤着四五只小家燕，个个闭着眼睛，把嘴张到最大，使劲儿叫。也许它们察觉到气味不对，接下来的动作真让人难忘，所有小燕子同时住了嘴，也差不多同时掉过身，脑袋使劲往窝里扎，屁股却高高撅起，齐刷刷对着外面。不久大燕子回来，它们又一齐使劲鼓噪。

过了一段时间，大燕子带着它们练飞。两只大燕子一前一后，它们在中间成一队。累了，就抓着院里晾衣服的铁丝休息。练了几天后，一个下午，它们腾空而起，飞向蓝天。

第二年，它们没回来，期待落了空。再一年，还是"空梁落燕泥"。再后来，就没有后来了。

美食

看了些网评老饭馆的文章，也想写写。先说全聚德烤鸭。有一年，祖父想吃烤鸭，但去不了了，他事先电话联系了全聚德烤鸭店的老杨经理。老杨经理那时已不大上班，托付给他的徒弟小杨经理，定好时间，我和爱人去取。到了，直接奔后厨，小杨师傅用叉子挑着一只鸭子在炭火上转着烤。他招呼我们坐下、聊天。我看旁边转炉里转着几十只鸭子，小杨师傅说，这都是给他们的（顾客），咱老爷子哪儿能吃这个？待会儿我再烤一只，你们来一趟也是来，带两只给老爷子。我一看，墙上贴着几个条，外交部两只，总参外事局一只，外交学会一只等等。看来这都得小杨师傅亲自动手。

过了二十来年，再去全聚德，店里沸反盈天，全是外地朋友。半只六百，外加15%服务费，刀工差，鸭肉老，服务更不怎么样。出来大厅门口看见外地人跟挂在吊钩上的死鸭子合影，个个满面笑容。

还有更绝的。烤鸭老店便宜坊，在崇文门起了大楼。进去吃，没葱没酱，上一大盆豆苗。饼分红绿两色。我一看，我也会。榨汁机里先扔西红柿，后扔芹菜，出来汁往饼上倒。没有碟子，用一盆不盆碗不碗的家伙，四面围一圈儿洋白菜。没有葱、酱和黄瓜，饼里卷豆苗和鸭肉。问他们这叫什么吃法，回说这叫改革。话音未落，那边一大汉拍上了桌子，"有没有葱？！酱？！黄瓜？！""有！有！"这边服务员赶紧往那边跑。"快拿上来！"又一拍桌子。我也想拍桌子，没拍下去。结账，心知巨贵，果然。

北京的好东西不少，比如王致和臭豆腐。几十年前，祖父一位学生来家，说去逛庙会了，给老师买了罐臭豆腐。有天我一打开，臭气熏天，赶紧扔了，就这样还把家臭了一星期，真叫货真价实。后来有次在外吃饭，背后一阵恶臭。回头一看，一对时尚小夫妻点了一份臭豆腐,好在是带走。我憋着气心说,快走!快走!不过去年外出吃饭,爱人点了一份炸窝头,配酱豆腐和臭豆腐,尝了尝,居然能接受。也由此明白当初为什么说知识分子是臭豆腐,闻着臭,吃着香。

祖父祖母都是爱美食的。现在回想起来,过去,北京的各大饭馆,他们都去过。那些老字号的看家菜,如数家珍。后来他们出门不方便了,我就拿着饭盒满市街端。但他们最大的遗憾就是我不会吃,我有肉就行,口味太低,讲究的东西几乎全不吃。"没培养出来。"祖父说。

不过正如启功先生所说:"没吃过猪肉,还没见过猪跑?"没吃过什么,饭馆名字倒记了一串。什么曲园、淮扬饭庄;鸿宾楼、萃华楼;致美斋、美味斋;砂锅居、同和居;烤肉季、烤肉宛;功德林、全素斋;四川饭店、峨嵋酒家;晋阳饭庄、聚贤堂;老正兴、都一处;东西南北四大顺外加又一顺等等。印象深刻的不是吃,是有时随祖父进了饭馆,上了岁数的经理会过来说话,常听祖父问这个人那个人,经理大多回说:"走了。""他也走了。"(那时岁数小,还不懂走就是死的委婉说法,心想他们都上哪儿了?)有时经理亲自上灶,做好亲自端上来,过一会儿还过来问:"您吃着怎么样?"后来祖父说,当年他们还都是小力巴儿(学徒),不能上灶,只能旁边儿瞧。那一代人走了,退了,他们顶上灶了。

说起吃,零星印象是同春园的肉包子,来今雨轩的梅菜包,同和居、丰泽园的大馒头。同和居是山东馆子,北京菜最早的风味就是山东味儿、葱烧海参、糟溜鱼片好像最有名。同春园做鱼最有名,干烧尤其好。但我只吃做配料的猪肉丁,祖父瞧了直叹气。我涮肉不吃,只吃烤肉。素菜不吃,只吃荤菜。鱼虾不吃,只吃大肉。牛羊一般,最爱猪肉。吃这方面,真是没练出来。还记得有回去西单的淮阳饭庄端菜,等的时候,来了几个小伙子,其中一人翻完菜谱,不满地对服务员说:"怎么除了鱼虾就是肉?青菜在哪儿呢?没青菜怎么吃饭?"我听了暗想,够事儿的。没青菜有什么关系,没青菜我照样儿吃饭。

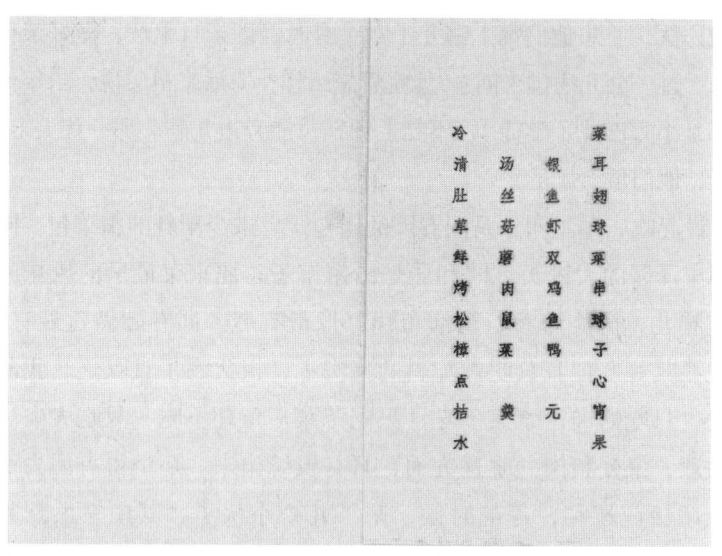

20世纪80年代初期的北京饭店菜单封面及内页

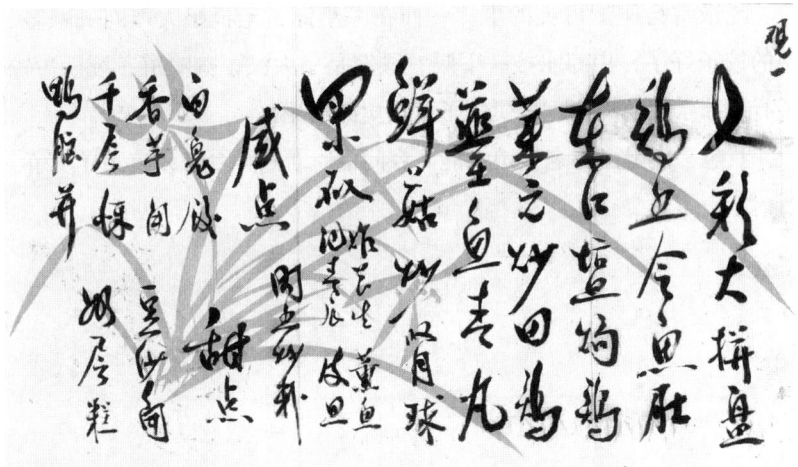

20世纪80年代初期的广州泮溪酒家菜单封面及内页

北京真是个吃的福地，爱吃的人在北京，算有福了。我不爱旅游，吃也是个原因。一回在泰山顶吃饺子，满满一大碗水里仰面朝天地躺着几个形似饺子的东西。问，这是饺子？女服务员愣了。一汉子过来说，水饺，水饺，水饺不在水里吗？！这回轮到我愣了。

去镇江，进一大饭馆，要点没吃过的。菜里有一道叫"炸子盖"，好奇，点了，上来，一尝，原来是炸大油。在无锡，点了一个拔丝苹果。来了一看，一个干干净净光光溜溜的大苹果，端坐在一个又大又圆的糖坨子上。叫服务员过来一问，她用外国人般生硬的普通话，指着苹果说，苹果。又一指糖坨子，拔丝。

所以我的经验，点菜别好奇。一回在家门口，一个叫龙轩宾馆的餐厅里，点了一个，"炸银鱼"，上来一看，每条小手指的一半大，整齐划一。又点了一个"牛肉粒"，上来一看，得用放大镜找。问，振振有词，"小，银鱼吗！牛肉，粒！"出来后，我爱人说，这分明是炸热带鱼加牛肉芝麻！

吃饭常会碰上可笑的事。一回在一小铺，老板娘大声问一顾客，您的饺子好了，用凉水拔一下吗？顾客是一大汉，嚷嚷道，废话！饺子有用凉水拔的吗？！你卖饺子还是卖凉面呢！

我想一定是南方老板娘未能入乡问俗。君到异乡来，应知异乡事。

吃辣

我不会做饭,但会炒菜,而且什么菜都会炒。无论什么菜,买回来冲洗冲洗,剁巴剁巴,坐上锅,油一热,菜一扔,扒拉扒拉,最后,扔一把辣椒,齐活。所有菜,一个味儿,辣!

我是不能吃辣,一丁点儿也不行。北方人体质,容易上火。南方卑湿,以辣去湿,所以南方人习惯吃辣。北京人原不好辣,改革开放,人口流动,也学着吃,而且越来越辣,我在外吃饭也越来越难。

教书时,学校在专家楼小餐厅有工作餐。主副食挺丰富,但就一条,菜里基本都扔辣椒。有时问,为什么西红柿炒鸡蛋里还扔辣椒?答曰,勺子上沾的。或,铲子上沾的。去饭馆吃饭,嘱咐服务员六遍,免辣!端上来,还是辣的。理由有:大师傅没看单子;不放辣不好吃;不放辣没法儿做;大师傅的口味认为已经不辣了,铲子上沾的。处理方法一律是,看着你,不说话,希望你凑合。我们也善解人意,都是要碗开水,涮着凑合吃。

北京什么时候辣椒满地开花?我把改革开放后北京的饮食变化捋了一下。

记得最早是延吉冷面,地点在西四中段,排得人山人海,没俩钟头吃不上。好像跟着是山西刀削面,曾在面馆门前看见服务员头顶一大面团,一手抡刀,狂削。路人们纷纷驻足,交口称赞。从此,我就认为削面很脏。接着兰州拉面满天飞,刚好那时日本电影《追捕》风行天下,主题曲"拉呀拉"和它同时,记忆十分深刻。然后就是四川菜,宫保鸡丁火北京。我觉得就是从这时起北京人吃上了辣。然后有湖北菜,九头鸟满天飞,后来夫妻失和,又分出九头鹰。吃过他们的竹筒排骨珍珠丸子,淡而无味。以淡妆浅抹作喻,我还是喜欢浓妆艳抹。真是想什么就来什么,湖北菜过去,来了东北菜,招牌菜猪肉粉条加乱炖。不过艳妆的美人儿上场急了些,粗糙了点儿。于是来了粤菜,一时高大上的人们以吃粤菜为荣,副产品是吃野生动物。我还给有关部门写信检举过某餐厅,没用。后来猫狗也成了食材,我见过某家餐厅门口放着铁笼,里面关着几只垂头丧气的小猫。再后来了河南菜,主打羊肉烩面。老外也趁机而入,加州牛肉面也曾火得底儿朝天。再后是重庆火锅、乌江鳜鱼、花江狗肉(被禁了,太好了!),老外的肯德基、麦当劳、星巴克火得一塌糊涂。啤酒熊等等又败得一败涂地,回了老家。各种快捷食品联袂登场,烤串麻辣烫,跟它们对打的家乡菜,是,烤鸭涮羊肉。

岁岁都有美食出,各领风骚一两年。

饭馆

说来自己去得最多的馆子，晋阳饭庄是之一。晋阳是山西馆子，主打刀削面和山西菜，菜里过油肉、小炒肉出名，面食还有拨鱼。卤里小炖肉的卤还不错，但现在都比过去差些。主要是面条不粘，卤咸肉肥，过油肉肉片不舒展，七扭八歪，放醋手里没准头。倒是开发了一款新菜，香酥鸭。仿照烤鸭吃法，有点儿创意。

按说我爱吃肉，砂锅居的砂锅白肉应该最爱。砂锅居如今的地址，原是一片王府。王府每年过萨满节（满族节日），要煮白肉祭祀。过后，家人、佣人吃不了，就散给周边街坊四邻。没想到大受欢迎，还有人慕名而来。相传管事的脑洞大开，墙上打洞，生意兴隆。后来王爷倒了，王府卖了，白肉倒留下来，成了今天专卖白肉锅子的砂锅居。但是几十年没大长进，佐料简单，肉汤不浓，粉条不够火候，越来越近似如今哪个街边小铺都有的酸菜白肉。剩下两道名菜，干炸小丸子，还是相当棒。另一道"三不粘"，不沾粘，不粘勺，不粘牙，是道甜点。我不爱吃甜，味道好像也一般。

涮羊肉真不必东来顺，倒不是它不好，而是如今好的太多。由于涮羊肉在北京在全国的名气，大家都打这张牌，都拼肉嫩花样多佐料香，所以老字号的优势不明显。但要吃烤肉，就必须老字号"烤肉季"。有钱凑一桌，来个"武吃"更过瘾。

吃西餐，北京有名的几家，莫斯科餐厅（俗称老莫）、新侨、启士林、大地、马克西姆，以及后起的伏尔加、小白桦基本一个味儿。不过西餐总体说就是一个味儿，和中餐确实没法儿比。让我失望的是，皇宫般的老莫，如今也学路边店，在餐厅里拼命塞桌子，进去有食堂的感觉。与过去那种餐桌不多，摆放错落有致，进去后自我感觉优雅从容，没法儿比。不过优雅不能当饭吃，能卖点儿是点儿，可以理解。

我很少在各饭店酒店附设的餐厅吃饭，也慎重去早地拔葱似的突然冒出来的，自称是外地老字号的餐馆。因为它们大多给我的感觉是，死贵，死难吃，死坑人。

所以网上说，凡打着当地旗号的餐厅最好别进，进去就是挨宰，我比较同意。比如说满市街的"老北京炸酱面"，能把老北京恶心死。一小坨黑里吧唧的酱，翻个遍也翻不出两块小手指甲大的肉丁。菜码几根黄瓜丝，几根豆芽，几粒青豆，几片青菜，仿佛让你做加减乘除算术题，最后要你好几十块。钱还好说，我最怕外地朋友以为，老北京炸酱面就这样。

不过人很容易先入为主。记得二十来年前，有回和同事们去日本，买了一个闹钟，非常喜欢，向同事们夸耀，你们看，灰中带浅蓝的颜色，多雅气。白色表盘，还一圈绿色和紫色小花，排得疏朗有致，一看就用了心。下边还有一个银色的小兔子，国内怎么就做不出来，要说还得人家日本。正说得热闹，一位女同事拿过去翻过来看了看，又递给我，让我看。我一看背面，"中国制造"。

所以不要一到了北京，再一看商家打着北京的旗号，就以为是北京，还老北京。

但老字号有一样有保证，就是几乎没人在餐厅里撒野。我在不少饭铺酒馆里看见撒酒疯或借酒撒疯或不喝酒也撒疯的。有的要女管事过来劝酒，有的要女服务员过来吃剩菜才肯付账，有的说自己刚被放出来，只愿付一半钱或干脆免单。这些，老字号里看不到。

说顾客是上帝，但那是有先决条件的。条件就是你掏没掏钱，有人精准概括为"没掏钱时你是上帝，掏钱以后你是孙子"。有次在甘家口大厦，看一女顾客和一女经理说着什么。女顾客越说声越高，越说越愤怒，女经理一言不发，不动声色，静静倾听。女顾客涨红了脸，说到动情处，还不由把手中皮包抡几下。"这就是上帝变成孙子的感觉。"我想。

活着真难，活舒服了，更难。

习俗

外地人来北京，对老北京文化的方方面面起了很大影响。就我个人来说，首先是口味。北京人过去的口味，吃咸不吃辣。现在被外地朋友改造过来了，到哪儿都是一口辣。

其次是语言，最明显的是用"啥"代替"什么"。"什么事"说"啥事"，"干什么"说"干啥"，不知将来会不会推广成"甘哈"。也许不久的未来，天津味儿的"嘛事儿""做嘛儿"也会占有一席之地。其次就是"娃"。北京话里没有"娃"这个字，只称"孩子"。但现在到处都是生娃养娃看娃带娃的说法，就我所知，这应该是北方农村的叫法。虽然我不太喜欢，但我也随大流，不经意间也带出几个啥事、干啥，或有意把柳树生孩子写成柳树生娃。

反过来，外地人也学北京话。最难学也学得最用力的就是儿化音。有回饭馆吃饭，一南方大汉跟几个北京人学"哥们儿"，老学不成，舌头不打弯，犟着不肯卷起来，总发成"梦"或"闷"。劝他算了，他还不干，酒又喝多了，老是"梦"和"闷"的叫喊，还哈哈大笑，一饭馆不安宁。但也有学得好的。我家旁边的早点铺，小姑娘们收完钱，会唱"二十了您哪！"抑扬顿挫，还挺好听。为听这一口，多去了好几回。听说老板是北京人，教得她们。

很多年前，一次在南来顺，有一南方老太太和售货员理论什么。别看老太太又瘦又小，弱不禁风，但说话又急又快，没完没了。一小伙子笑着对我说："这老豆皮儿！"我不明白，回家问祖父，祖父说，豆皮儿拿筷子一夹，滴里嘟噜，不成个儿，比喻啰嗦唠叨。南方人也瞧不上北京人，管北京人叫豆汁儿腿。因为老北京都爱喝这口儿，讽刺他们腿长豆汁上了。

祖父有回说，中国地域辽阔，方言众多，所以一定要统一文字，李斯这方面功劳很大。你广东人,他东北人,说话不懂语言不通,但一写成文字,全明白。我说文盲怎么办?祖父笑道,那就画画吧。于是讲了这么个故事:

有个人托朋友给家里带了二百两银子,弟弟收到银子后,给哥哥回了封信,托来人带回去。哥哥打开信,全是画,但哥哥一看就懂。第一行画两只鸽子一只乌鸦,第二行又是两只鸽子一只乌鸦,意思是:哥哥啊哥哥啊!下一行画俩人掰手腕再画一只苍蝇再画一个倒扣的水梢(水桶),意思是:二百银子(蝇子)捎到啦!

真是处处有学问,什么时候都要学习。

女红

如今不讲究女红，在过去，这是女人们一道必需的功课。下至黎民百姓，上至侯门千金，必学必会。红楼梦里的小姐们个个都在行，并且是定级大丫头、小丫头、粗使丫头的标准。民间有"乞巧"节，到那天，妇女们祭拜织女，求师学艺。

女红，是很实用的。记得我小时，一天忽然发现双人床的床单绣上去一朵色彩艳丽的荷花，问祖母，祖母说是祖父躺着抽烟烧了个洞，她补上的。好像过了不很久，床单左下角又添了个五彩小孔雀，准知又是祖父抽烟烧的。一问祖母，然也。家里书房有一大两小三个沙发，有一年让我发现了"秘密"，原来我在大沙发的背后看见，沙发背后的布没了，被人整整齐齐地裁掉了。这又解决了我的一个疑惑，沙发正面被补过好几次，都是同样的布，我还老琢磨这同样的布从哪儿来的。小时，常看见祖母拿着做衣服的木尺和一块类似粉饼似的东西，在布上比画。然后就动剪子，戴顶针，穿针引线。因为我爱在一边看，所以常帮祖母穿针。祖母说，她出嫁前，给自己做过十双绣花鞋（绣鞋面）。但我一双没见过。我见到时，祖母已经穿在外边定制的小皮鞋了。祖母讨厌缠足，老说新社会好，不让缠足还教妇女学文化。

做针线，很有用。比如被子，什么腈纶被鸭绒被蚕丝被，也不如棉被。为什么？三个字，不追身。棉被，怎么滚，怎么贴身。那些被子，好像总飘着，像若即若离的夫妻关系。有钱，最好去挑块料子，到高级时装店或老字号店找高级裁缝量身定制，因为那里才可能有工匠精神。否则，你就是穿着十万从服装店买来的衣服，还是没提高多少档次。

说到工匠，就不能不提手巧。手巧，就是会用巧劲。记得小时家里有位帮佣的沈姨，高大有力，但有时使力过猛。祖母有一把十分漂亮的茶壶，俄罗斯的，是一位与她感情极好的表姐妹送的，结果沈姨在清洗时一把掰掉了壶嘴。有次我夸沈姨有劲，祖母说，她是有劲，一把子拙劲，把我的壶嘴都掰掉了。拙劲，真恰切，联想到俗话手底下没深没浅、手底下没准儿、手笨一系列词儿。手的笨与巧，与好看难看无关。有人长了一双好看的手，可是做饭难吃，女工拙劣，让人泄气。反之，手不漂亮，却是能工巧匠，比比皆是，事在人为。

最后，想说，最讨厌动不动就说男尊女卑。其实，对男尊女卑的误解主要来源于男女分工，男主外女主内。男人挣钱养家，女人相夫教子。在女人不能外出工作养家前，这是分工所造成的合理现象。如今，早已天翻地覆，现在只看本事，否则，男的也尊不上来女的也卑不下去。至于体力心理上的不同，则是另外的问题。

随想

俩礼拜前，去了趟潘家园，看了来淘宝的熙熙攘攘的人群，感慨不已。

现在讲做文物生意赚钱，倒退回八十年代初，没人干这行，因为没人懂，也没市场。但不懂和没市场，却又有人买，为什么？两字，喜欢。就是不管什么原因，你好这口。

所以最早搞收藏的人，除去老人，都是瞎买，看着喜欢，能掏出钱，就买了。至于什么真假好坏，一概不懂。因为，在八十年代初期，政府第一要理顺政治，百姓第一要填饱肚子，没人顾上这些看去灰头土脸又肮脏残破的东西。因此，在文物知识上，一没书，二没人教，三没学习班，开句玩笑，最初搞收藏的，都是一个老相声中的"满不懂"满大少爷。

说人们不重视文物，举个例子。我有个小学同学，他父亲曾是中央委员，做过部长、省委书记，家里有地毯沙发金鱼缸（公家按级别配的）。他还爱读书，算有见识的人，我们聊得来。我家有个红木圆桌配四个圆凳，一天，他对我说，跟老爷子说，把它们卖了，买套沙发坐着多软！

他所说的沙发，是当时农民在村里做好的简易沙发，简陋可以想象，关键是沙发座下安了几个弹簧，然后让已习惯坐硬木头的臀部突然感到新奇的柔软。这些农民在自行车后边横一长木条，一头挂一个小沙发，走街串巷吆喝。我们家有沙发，尽管旧了，所以我没听他的。

农民在许多事上，是先行者。记得老西单商场斜对面，有个不大的门，老有农民骑自行车，车后一边挂一铁筐，里面用麻袋及其他东西裹着包着瓶瓶罐罐，往里边送。那时，我老去西单菜市场买菜，老能碰上。他们往往都有些失望，因为国家收购，给不了多少钱，偶尔有路人问，说上几句，三吊五吊的，也就成交了。

所以，那时没有收藏家会去打买文物挣钱的主意。人们太穷了，穷急了，穷怕了，穷得能把钞票攥出水来而不舍得花。而且对国家推出让百姓买的任何东西都有本能的戒心和抵触，以至于不得不由各单位分配完成任务。比如现在一张能值十几万，一个四方联值几十万，一版能值百万的小小猴票，当时国家邮政局要各单位大力推销。一单位领导推销不力，最后还剩十来版，只好苦着脸，由自己包圆了，以完成任务。如果他一直没用，留到现在，价值就不用说了。国家最初发行原始股票，老百姓先抢后到北京市政府门口静坐（因有段时间市场跌了），给出的理由是：社会主义国家怎能让老百姓赔钱！

记得八十年代，中国书店海王村店卖印章砚台很便宜。小石头两三块，大石头五六块到十几块，砚台十几块。我对此一窍不通，但当时有俩闲钱儿，买了块砚台和七八块石头。回家祖父让我拿砚台给他看看，他一看，用手一摸，说，是端砚，还不错。我一高兴，又去买了一块。头一块盒盖裂了缝，这回我挑了个盒盖好的。祖父看了说，这也是端砚，不过没那块好。积极性受了打击，就没再去买。现在回想，当时心态有点像小时候买芝麻糖。那些印石，爱人出国时送了两块大的给祖父一位搞文物的老学生，他看了说，都是好石头，这是好青田，这是寿山。寿山大，可以一破四。爱人一高兴，把那些小的也一股脑儿都送给了他。几年后，他到北京，聊天时还很奇怪，说，我看商店柜台里摆着的几百上千的石头，怎么还不如你们送我的！

改变这一切的，是一场风暴，拍卖风暴席卷一切！自从有了它，家家户户翻箱子底，期望翻出元青花罐明鸡缸杯或一本永乐大典。从此破烂不是破烂，要经过几次认定，再确定为破烂，即便如此，也尽可能要卖出个破烂价。这样就对老东西形成了最强有力的保护，当然也为警察带来了繁重的工作。

庙会

从小逛厂甸,很少去庙会。十多年前,厂甸式微,庙会兴起。前天,机缘凑巧,去了最负盛名的地坛庙会。虽被人推来挤去,尚能立足,颇以廉颇自许。今年庙会有一创意,各摊点大卖文化创意产品,一哄而上,故宫领衔。购者踊跃,盛况空前。为作歌谣以纪之。

你炒文化,他炒文化,
大家都来炒文化。
钥匙链上拴帝后,
传国玉玺站乌鸦。
你搭个太和殿,
我造个储秀宫,
将相嫔妃好来串门配对,
说说悄悄话儿。
大爷您瞅上哪个开金口,
我这儿不是一口价儿。
无问东西不分南北,
您得玩意儿我挣钱,
咱们一块儿笑哈哈。
儿子买串糖葫芦,
老婆来个小金瓜,
屁颠屁颠回了家。
喜大普奔,弄串炮仗,
您吉祥!啪啪!
过了年,
吃嘛干嘛还是嘛!

歌曲

我最喜欢傍晚的树色和暮天之光。

每逢这时,深沉的静谧和美好,水一般流过身心,一种被完全释放出的疲倦使身体彻底放松,松懈慵懒使人沉沉欲睡。不过,这昏昏欲睡打开的是记忆阀门,你所难以忘怀的一切即将纷至沓来。

我对朝鲜不了解,但是在改革开放之初,朝鲜的电影歌曲,对我们当时的年轻人,影响很大。这不仅仅是当时没有他国电影,更是因为朝鲜歌曲好听。它的颂扬战斗的歌曲,词虽然不怎么样,但是曲调徘徊忧伤深沉遥远,带着战火中的悲壮和沉重,没有那种雄赳赳气昂昂豪气冲天的轻浮感。

这里,我最喜欢的一支电影歌曲(歌名忘了)有四段歌词,我最喜欢的是第三四段,男女主人公战后重逢,海边散步,歌词是:"战斗中,结下了,深厚的友谊。海岸边,又在倾诉,偶然相逢的惊喜。……夜色已经深沉,月儿在空中荡漾。只有大海的波浪,伴随着脚步声响。啊,是谁啊,还在高声歌唱,我们的爱情,激越在水面上。"

而当时我们这边,青年男女,晚上一过八点,还在大街上并肩走路,就要被工人纠察队拿去审问。如果谈恋爱,很难逃过"流氓"行为。理由:大黑天,不回家,一男一女,大街上遛,想干什么?搞对象还要找树荫、墙角、路灯照不到的地方,能干好事吗?不过他们也确实抓对过人。有一年冬天,一天晚上,吴晓铃到家来,见着祖父就问:"陆先生,哈哈哈,您知道您那个亲戚吴×吧?"祖父说:"知道,他不是在京剧团吗?"吴晓铃说:"对。他们团的人说,前两天,他搞对象,被工纠抓了。一审,您猜怎么着,那女的是个假的,男的扮的,吴×当时就哭了。亏他唱戏还老扮女的,愣没看出来。我还帮他介绍过对象，真的他没看上，这回弄个假的他倒认真了。"

所以，以当时而论，爱情上，朝鲜是开放的。不像我们，看见青年男女一亲热，就认定是流氓。再加上朝鲜歌那深沉的曲调，非常打动我。

记得有个夏天傍晚，和一群胡同里的哥们儿去中山公园看露天朝鲜电影，就是有这个歌儿的片子。演到半截儿，下雨了，大家都蹿到银幕前的台子上躲雨，可后边的放映机没马上停。于是我们的人影就上了银幕。看到这情景，大家顿时兴奋起来，又蹦又跳又伸胳膊又比画，要在上面展示自己的高大形象。不过等人家把放映机一关，个个成了泄气皮球。

但那天我很满足。黄昏、细雨纷飞，听电影放出这动人的歌曲，很美很美。

斗转星移，几十年前的旧事了。有时想起我那些胡同里的朋友们，还会莞尔一笑。那些过去的旧事，正如《飞行员圆舞曲》里的两句歌词，"年轻人欢聚在一起，永远也不会觉得寂寞"。

祖父冥寿

今天是祖父阳历生日。祖父生于一九〇五年，殁于一九八八年一月十三日，冥寿应一百一十六岁。一九九五有年祖父九十冥寿之际，王宁先生倡议并组织、举办了庆祝祖父诞生九十周年学术纪念会。来了许多老先生，挂了不少联语和颂言。当时抄了一些，现就手边所能找到的，抄录于下：

陆颖明先生（宗达）诞辰九十年学术纪念会颂言二首

学溯蕲黄承绝诣，微言故训首名家。后堂丝竹传经乐，多少英贤出绛纱。

回首交期六十春，人间已换几番新。《汉书》下酒微伤雅，何似擎杯听《说文》。

昔年宴聚必推颖老讲《说文》数字，四座举杯而听，今惟不佞一人在矣（此诗文后收入《启功赘语》）

一九九五年八月一日　启功

风霜难忘十年梦，文字犹怀一代师。

祝陆颖明教授九十冥寿
钟敬文一九九五年八月一日于工人疗养院

六十余年前，颖民学长肄业北京大学，从先师蕲春黄（侃）先生受业。其后先师移教中央大学，颖民学长复南来听讲一学期。其时规厕蕲春师门下，故得与颖民学长时相过从，获益良多。睽违数十年，流离海峤，遽闻颖民学长成学施教，名溢国际，兹值九十冥诞,及门诸子,特撰文述德以资纪念。重规闻讯不胜雀跃,爰缀数语,同伸庆贺之忱。

颖民学长九十冥诞纪念 潘重规①

训诂学大师。(白寿彝)

笛声惊倦鸟,曲意澈冰心。(朱家溍)

三尺说训诂,五斗醉刘伶。(张中行)

还有些未见,如周祖谟等(因我没有原件,只能凭记录和记忆)。来的老一辈学者还有马巽、周有光等人。

散会后,我送启先生回家,他说:"刚才我有几句话,好几次到嘴边了,最后还是没说。"我问什么话?启先生说:"黄侃跟你爷爷说,一个提法,一种观点,只要你能自圆其说,就不必太多顾虑。"我问,为什么不说?启先生说:"我看上边坐着那么多专家学者,哪儿能随便说!"

现在回看,老一辈学者已走完,当年的壮年,纷纷进入老年。当年的中年,进入壮年,青年进入中年,没有人能留住永远。但作为一名教师,最高兴,也是最有价值的,就是学问能薪火相传,成为滔滔不绝的江河,万古不废。

---

① 学者,黄侃之婿,在台湾,已逝。

怀念启功

十多年前的一个秋夜,约有七点多钟,吃过晚饭,难得没杂事而有闲心,于是我到启功先生家串门。

那时我住北师大,与先生家隔马路相望,来去只三四分钟,十分方便。一敲,先生亲自应门。一瞧是我。笑道:"你呀!里边儿坐。"

屋里没像平常那样亮如白昼,只是桌灯幽幽地亮着,满室昏黄而朦胧,四下一片沉寂。我问,景槐夫妇呢?先生说,都有事出去了。而平时如流水般的客人此时也未见一位,真正难得。

先生说:"你来得正好,陪我玩牌。"我一瞧,桌上散乱地堆着几十张类似麻将牌的东西。先生说,这叫骨牌,三十二张,玩法有多种,一人两人三人都能玩,推牌九用的就是它。先生说:"这是我母亲在我小时候拿来哄我玩的,有百来年的历史了。我还糊了个官帽盒儿装起来,省得丢。"我说:"不会玩。"先生说:"我教你,很容易。我出一张,你出一张,顶牛儿。"

我试着玩了一会儿,先生看出我在心不在焉地穷对付,就说:"不玩了。说话儿,说话儿。"随后一边收拾牌,一边说:"前几天我又出了一本书,你看看。"接着起身到旁边拿了,我刚要接,先生说:"等等,我给你题上。"说着,摊开扉页,拿起毛笔写了起来。

窗外,夜色如银,树叶婆娑,秋风从树间吹过,反倒更觉室内寂静清冷。我瞧着老人伏案的侧影,忽然觉得,先生的生活多么随意多么洒脱。

先生边写边问:"近来怎么样?""不怎么样。""怎么说?"先生停笔瞧了我一眼。我说学校大小公务多如牛毛,简直应接不暇,整天疲于奔命,还得琢磨着在外如何挣钱,补贴家用。先生说:"那自然。人都得吃饭,混口饭吃不容易。"先生这句话不知触动了我什么地方,我脱口而出:"您跟我们哪儿能一样,您多洒脱。"先生也许听出了我的弦外之音,但并未抬头,只是慢悠悠地说:"我也不洒脱。你是不了解我。待会儿我题完了,我给你剖析剖析我自己。"

先生将书题完,我接过,谢了。先生说:"现在我剖析自己。我为什么不洒脱?是因为我洒脱不起来。我一岁时死了父亲,靠祖父生活。可十岁时又死了祖父,所以我有一般人所没有的孤儿寡母的生活,也比别人早懂了一些世态炎凉,我在这方面有一些早熟。我跟你说件事儿,头两年有个人来我这儿,说是我们这个族里的。说他的长辈是谁谁谁,我一时想不起来。可猛然间我想起来了,连这位长辈的大名小号全想起来了,而且很清楚。那是我十多岁时,有回在亲戚家瞧见这位长辈在我头里走,我们满人规矩多,我叫了他一声,在他的后边单腿请安。可这位长辈嘴里唔唔两声,连头儿都没回,赶快走了,唯恐我们沾上他。所以我对这些个亲戚朋友有个标准:凡在我祖父去世之后仍和我们来往的,我今天也和他们来往;凡在那时候躲着我们不敢沾我们的,现在我也绝不会理会他们。这是从环境上说。"

"我小时候拜过一个喇嘛,是个有名的喇嘛。因此,我自小受佛教的影响很深,甚至可以说影响我的一生。这种思想就是要积德行善,而更重要的是'勿以善小而不为'。假定你说了,有钱有势的可以行善,我一个卖豆腐的,我怎么行善?一样可以做。比如路上遇见谁拿不动东西,上前搭把手,送送生病的街坊上医院,帮帮有事的邻居看小孩,日积月累,这就是大善大德,所以叫'勿以善小而不为'。这也是佛教思想的根本。人应该以慈悲为怀、博爱为怀、超脱为怀,悲天悯人,普度众生。我能做多少,我做到了多少,那单说。但打心里说,我确实是努力往那方面做了。因而我觉得佛教对我的影响比书本子上给我的教育深刻得多,这也是我人道主义思想的来源。所以我也不能洒脱。因为你个人可以无所谓,但对他人你就得有所谓,这样才能积德行善普度众生。这是从教育上说。"

"我的母亲、姑姑没有工作,祖父一死,带着我一个十岁的孩子毫无办法，连饭都要吃不上。我祖父的两个门生，一位姓唐，一位姓邵，这两个老伯一看这种情况很着急，发起募捐，得了几千块钱，每月吃利息，算下来，够我们一家三口每月生活和我上学了。可等我高中快毕业时，家里的经济情况已经很窘迫，我也想赶快挣钱侍奉母亲、姑姑，于是我中学没毕业就去教家馆谋生。但教家馆毕竟不是正式工作，也非长久之计。于是邵、唐两位又带我找到傅增湘，傅增湘又带我去见陈垣，陈垣是辅仁大学校长，觉得我还算孺子可教吧，让我到辅仁大学附中教一年级国文。说起老校长，我和他的感情那真是没法儿说，有了他才有了我的生活乃至学业。我到附中教了一年多，就被当时分管附中的辅仁大学教育学院院长刷了，他的理由是，你中学还没毕业，怎么能教中学？这不合制度。后来陈校长又安排我到辅仁大学美术系去教书，可是分管美术的还是那位教育学院院长，一年多后，他又以同样的理由把我刷了。后来，还是老校长找到我，让我回辅仁和他一块儿教大一国文，从此我有了稳定的职业。而且，他不光替我谋一职业，还非常耐心地一点一点教我怎么念书，怎么做学问。一九五七年后，陈垣还特意派他的秘书刘乃和来看我，问'这是怎么回事呀？'真是信有师生如父子！那时候我们这些人旁人见了都不敢接近，自然，我们也不会主动接近别人，这在当时差不多是不成规矩的规矩。但对老校长，我也顾不上这些了，每年都要去看望他。我那篇《夫子循循善诱人》写出的只是很少的一些。'文革'中他去世了，我心里那难过就别说了。这是从我求职工作来说。"

"你说你看着我洒脱，有一点很重要，就是我没有儿女，没有兄弟，没有姐妹，一个人，好像无忧无虑。可你得知道，我最爱的人，也是最爱我的人，全去了。我的母亲，我的姑姑，都在一九五七年，我最惨的时候，故去了。然后是陈校长，然后我老伴儿。我生活中几个亲人，除了陈校长，跟我过的全是苦日子，没沾我今天一点光。钱这个东西很怪，往往你最需要它的时候，它偏偏不来，你不那么需要它了，无所谓了，它又偏偏找上门来，好像成心开你的玩笑。所以我作了那首《中夜不寐，倾箧数钱有作》，你还记得吧？'纸币倾来片片真，未亡人用不须焚。一家数米担忧惯，此日摊钱却厌频。酒酽花浓行已老，天高地厚报无门。吟成七字谁相和，付与寒空雁一群。'这是我作得最悲哀的一首诗。还有我那老伴儿，提起她我心里就难过。我们虽然是包办婚姻，可是感情太好了。你们年轻人搞对象，叫追求。追求，就是得追在后头求。可我这人出息不大，脾气不小。我才不追着求呢！你看不上我？我还看不上你哪！这下可坏了，冲我这脾气我这辈子还不得打光棍。所以我特别感激我母亲给我找了这么位好老伴儿，她对我那是太好了。我给你说个事。我当年在辅仁美术系教书时，常带学生参观美术展览。学生自然有男有女。我有个老舅母有天悄悄跟我老伴儿说，'你可得留神了，启功带着女学生瞧展览'。我老伴儿说，'我相信他不会有那事儿。就算是有，我还高兴呐！谁让我没给他生下一儿半女'。"说到这儿，在幽暗而朦胧的灯光下，我破天荒地看到先生的眼中有隐隐的泪光。

"我自己原来住六间房子，可我白天得上班、开会，总不在家，我老伴儿一人害怕，后来我们就搬到小乘巷我内弟家去了。我们没子女，也说起过抱个孩子，从亲戚里头过继一个，但我最后还是决定不抱养。我是这么想，假定你要抱养，你就得对这个孩子负责到底。我说的负责还不光是吃穿住，更主要在教育，要教育好。可要没教育好，失败了，那这领养也就失败了，还不如不领养。假定你教育好了，等他十八岁成人了，我一定要告诉他他亲生父母是谁，让他在亲生父母和我们之间做一选择。如果他需要亲生父母或者亲生父母需要他，他有权离开我们，这也是我坚持的人道主义。假如他的父母不需要他而他也愿意跟我们，我们才能拥有他。这样说来，不可预料的因素太多，关系也太复杂，所以最后还是决定不抱养了。"

"师大有套房，一间半。一间有人住着半间空着。我因为常在学校上课、开会，就跟师大要了半间做歇脚的地方。后来张景怀结婚，没房，就住那半间里。再以后，住一间房的人搬走了，那一间腾出来，我就去住那一间,他们住半间。再以后,师大说,你们都搬来吧。于是我们住进了小红楼,直到今天。"

"我现在最怕夜里,夜里睡不着,过去的事全出来了,你不想也得想。头些天,你来,说你爷爷在世时,有次跟你说,夜里做梦,梦见赵元方、赵季方,他们俩拉你爷爷走。你爷爷虽在梦里,却还明白,说:'你们是已死的人,拉我上哪儿?'他们说:'我们都走了,你一个人活着还有什么意思!'其实,这不是梦,这就是你爷爷白天清醒时的想法。元方、季方都是你爷爷最好的朋友,这你知道。老人最怕孤独,最感寂寞。头一样是过去的事没人说去。因为知道的人全死了,岁数越大周围死人比活人越多。第二样是就算有朋友的后人知道当初那些个事儿,可当初那种感觉没处儿找去了。比如说当初有几个人,当初上哪儿玩,到哪儿吃饭,上谁家聚会,发生过什么有意思的事儿,说过什么有趣的话,那种感觉,如今是再也找不回来了。别人虽然能理解你说的事儿,但你不可能从他那儿找回当年的劲儿。"

"我给你讲了这些,你还觉得我洒脱吗?我这一生磕磕绊绊,哪步也没走到点儿上,如今什么也都无所谓了。过去的那些事儿想起来太痛苦,我是不愿意再想再提,这也是为什么我不让人给我写传记的原因。好多人要写,我没同意。因为他一写,就跟你要资料,一要资料,我就得回忆,一回忆,就是痛苦,我何苦一遍遍折腾自己?外边人不知道我的内心,拿电视报纸杂志这么一吹,弄得我臭名远扬。别人以为我多风光,其实,越这样,回忆起过去,越让我难受。我母亲、我姑姑、我老伴儿,跟着我,受一辈子苦,没过上一天好日子。现在我越老,反倒越得劲儿,对我有什么用?再加上许多我想干的事儿干不了,我不想干的事儿又非得让我干,弄得我不愉快。所以,我给你剖析剖析我,你就更了解我了。"

岁月流金,浮生若梦,此后十多年我跟先生之间有过无数谈话,还给先生写了两本小书《笔走龙蛇笑古今——启功先生印象记》和《静谧的河流——启功》,但唯有这次谈话却如烙印般深深烙在心上。

现在先生已归道山，我应该说些什么呢？

我不禁想起这样一个情景，有次我在先生家吃完中午饭，送他上楼休息。眼瞧他走到门口，我说："您睡觉，我回去了。"先生说："好！好！"然后仰头自语道："安息吧。"随后又十分带感情地拖着长声重复道："安息吧！"一笑，摆摆手，进屋了。

因此，我不说安息吧或您走好之类的话。我觉得，在先生看来，生死就像一场转换，就像一扇门，这边进去那边出来。就像朝晖夕阴之变幻，就像永恒的黑夜与白天。何况，阳光虽然温暖，月色也同样灿烂，且还有那么多星辰点缀其间。

我只常常无端想起那个微带凉意的秋夜。万籁俱寂中，秋风、明月、树影直扑窗上，和窗下昏黄灯火一起，屏气凝神听先生讲那似飘忽而又真切的过去。这是一次让我永远难以忘怀的谈话，它抛弃一切假面充满人间真情，使我恍若置身梦境。有时，我想，我今后的人生是否还会有这样的情景再现？每念及此，眼前耳畔，就会隐约浮现昏昏灯火、低低语声。诚然，逝者如斯，昨日不再，然而，人生有幸沉浸到梦一般深沉的意境，哪怕只有一次，还少吗？

忆张中行

听到张中行先生去世的消息并未让我感到意外,因为中行先生年近百岁且多年旧疾缠身,如今驾鹤西行,本在情理之中。但不知为何,心中突然升起一种空落落的感觉,令我惆怅不已。于是在这月落星沉的静静春夜,撰此小文,以表哀思。

最初知道先生比较偶然。那时我陪祖父住院,有天收到一本书,书名《负暄琐话》,里面有题词并信笺。题词为"颖民学长正谬",下署"中行"。我一翻,顿时被吸引住,因为我从没见过那么优美生动而幽默深刻的文字,且里头尽讲北大旧事,我挑了两段跟祖父有关的给祖父念了,祖父笑笑说:"是那么回事。"当时我想日后一定要认识这位作者。

祖父去世一年多后,我终于在人教社的办公室里见到了张先生。先生瘦而高,行动麻利,衣着朴素,慈眉善目,表情平和,但看不出睿智和聪敏。用先生自己的话说,极似"香河一老农"(先生生于河北香河县)。我报了家门,先生略事寒暄后,头句问话就让我一愣:"你家里还有多少书?"我大致说了一下后,先生有些不满意,不厌其烦地问有多少书箱、书架,有没有一面墙或两面墙、三面墙那么多,有多少册、部、卷、函等等。随后先生闲聊中说起:"当年我和李耀宗是好朋友,他常去瞧你祖父,我也跟着去过几回。印象中你家里的书是特别多,所以问问你。书可是咱们读书人的命根子,要保护好。"

文人对书,并不仅仅是保护。读书、思考、写作是读书人的三部曲。先生自《负暄琐话》开始新著迭出,同时,又为各类报纸杂志撰文,文章著作再加各类选本一波未去一波又来,势如潮涌,诚如启功先生私下对我说:"挡都挡不住。"由于先生思想深邃,文笔优美,很受社会重视,曾有某大报称先生为"白发状元"。

虽然先生文名远扬，但很长时间，我一直对先生有这样的印象：如果论风度，先生既不潇洒，也不轩昂，更无傲气，甚至也没有学者的雍容与儒雅，不过寻常一老者。但细察，方觉先生身上隐隐透出一种静气。论到口才，先生既无雄辩之才，也乏娓娓而谈，谈起话来或是随意，或是木讷，甚至自说自话，仿佛并不理会对方的反应。但你若注意听，也常有真知灼见从一盘散沙的话语中显露出来。所以，先生直观给我的印象，只是一位极朴实的老人，除了他那极硬朗的骨架，看不出哪儿还有架子。

但是由外而内，情形则有所不同。如果把性情修养加到印象中去，先生则极像埋身于芸芸众生间的高逸之士。虽身处市井，却"道通天地"；虽家居陋巷，而"思入风云"。一卷在握或一物在手，便可神游千古兴亡，目极百年悲笑。若再将先生的文章诗赋加入印象中，高士却又跌落为一俗人，一位"风声雨声读书声，声声入耳；家事国事天下事，事事关心"的俗人，俗到见了公共汽车上不给抱小孩的少妇让座的事都要动肝火写文章大加挞伐。

随着岁月的流逝和接触的深入，我对先生的个性更加了解。关于先生的学术文章，已多有时贤评论，而我则想将与先生交往过程中的琐事记述下来，以见先生的日常生活和处事为人。

先生性喜节俭，他最爱说的一句话是，"我出身农村，深知一餐一饭的不易，最看不惯挥霍浪费"。有次我和某出版社负责人与先生谈话，傍晚时告辞，先生说："别走，咱们一起吃饭。"我们刚一推，先生又说："听我的，我都安排好了。"随后领我们出门，灯红酒绿之处一概不进，至一胡同内一家小铺坐定，所食用者为京东肉饼加小米粥及咸菜。先生说："这是我老家的美味，这家做得很地道，我每次来吃都觉得亲切。"言下，不胜沧桑之叹。又一次，我到人教社正赶上午间，社里每人一份工作餐，先生不让我走，说："咱俩一块吃。"同屋小刘不知从何处又找来一份给我，先生说："别打开，吃不了就浪费了。我吃不了几口，陆昕和我吃一份没问题。"家中吃饭亦如此，最喜小米粥咸菜，而我从未听先生对饭菜有何评说，且绝口不提美食，似乎美食游离于他的生活之外。先生酒量不大，但每餐要略饮几口，以求微醺。先生家居也因陋就简。据人告我，搬进新居时，家家户户都忙于装修，干得热火朝天。惟先生家无声无息。原来先生说："我瞧着四白落地挺好！"所以直至今日，屋内仍是白粉墙水泥地。先生的一张老式写字台，年久塌腰，下边放一个今日绝难一见的长条木凳支撑。一张藤椅已有不少窟窿，两旁把手用塑料绳层层捆扎。这其中虽有先生怀旧之意，亦可见其自奉如何。

先生为人随和谦逊。每出一书，必送我，不仅普通版本，其中还有自校本、毛边本以及早年的绝版本等。而且在那些讲述语文常识的书上，如《说八股》《谈文论语集》《诗词读写丛话》等书的扉页，先生总是题为"陆昕君参考"，实在令我汗颜。当时外界有许多人求先生墨宝，据我所知见，先生总是来者不拒，也从不以此而有得色，仿佛只是平常之事。

但先生有时又极为认真。有一次我拿了自己的什么稿子请先生看，过两天，我去取时，先生板着脸说："我可得给你提个意见！你这文章的标点符号有问题。每到用引号的时候，下头的句号老点在引号的正下方，哪有这么用的！你或者点在引号外头或者点在引号里头，这可是基本功！我们做编辑的在这上面最认真。"又如我为启功先生写了本《印象记》，拿去求先生作序，没想到先生不仅细细浏览了十万字的全书，而且还动了笔，校样上隔三岔五就有先生的修改。特别在我写到曹操征张绣时，看上了张绣的嫂子之处，先生将"嫂子"划去，改为"婶子"，纠正了我在史实上犯的错误，使我怵然自警，令我今后不敢再以懒惰之心对待历史。从另一件事上，也可以看出先生为人认真的处世态度。那是一次闲聊，先生说："有天，我和××去×处，那里是佛教圣地，寺庙香火很盛。××是佛教徒，进庙后倒身下拜，我不拜，因为我不信佛。"说明先生绝不逢场作戏的耿介性情。

先生也是有嗜好的，即收藏。先生最喜砚台，自号"五十砚田老翁"。我有一方砚台曾请先生鉴赏，先生翻来覆去看了半天，说："这种砚台我还是头回见，澄泥没错。时代至少是宋，也许更早。那时砚台为的是用，所以砚面高。后来为玩，就没这么高了。你留好了罢。"

有次陪先生逛海王邨旧货市场，大概因为先生一身书卷气，引得摊贩们议论纷纷，"这老先生一瞧就是高人！""没错儿，瞧那个派头儿就懂！"于是纷纷从柜台后边乱嚷："老先生，您瞧瞧我这儿！""您给看看这×××是真的吧？"更有甚者，一些摊贩前呼后拥将先生围在当中求先生鉴定。我护着先生出了重围，心才落地。先生说："以后可不能再来了。"又说："刚才左边转过去第×个摊儿，有方砚台，是好砚台，明朝抄手砚。他要四百，要是八十我就要。你可以注意，打价儿能到一二百块你可以考虑。"

先生后来虽然不大去文物市场，但喜欢看文物的嗜好并未改变。某年冬天，我曾陪先生去了一趟王世襄家。先生知道王世襄是大收藏家，很好奇，特别想看看王先生收藏的一张条案。一路上先生兴致勃勃地给我讲那张条案的历史，说是流传有绪的名迹，经过清初大名人宋牧仲的收藏，那上面刻有长跋，是件重器。结果到王先生家才知道，王先生的家具那时都已归入公藏。但王先生十分热情地请张先生看了不少其他的东西，而我印象深的是王先生在火炉附近安置了一些油葫芦在笼中吟唱不休，很有生趣。

关于字画，先生给我讲过这样一件事，有回家人收拾东西，将他一张由扬州八怪之一黄慎画的画儿当破烂扔了。先生说有点可惜，但也无所谓。我问为什么，先生说：过去玩画儿讲究真、精、好。我那张画是真的，不假；精品，也没问题；就是不够好，保存的状况不好，所以扔也就扔了。可见先生心中收藏字画的标准是真、精、好。有次陪先生逛荣宝斋，出来后，先生的评价是，与过去比，现在是质次价高。

虽然先生的生活还算丰富，兴趣也不算少，但整体来说，我觉得他还是思想多于行动，思考多于言谈的人。这样的人一定会拿起笔来宣泄思想，而使先生名扬四海的正是他许多饱含人生哲理的著作。

据我所知，先生著作虽如春兰秋菊，各逞一时之秀，但先生对自己的著作心中自有评价。他曾对我说，哲学方面最重要的是《顺生论》，启功曾评论说，"整个一部《春秋繁露》"。回忆方面，是《流年碎影》。在写作这本书的时候，先生几次说怕身体出意外，完不成。书出后，先生说，总算能轻松地出口气，再没遗憾了。散文方面，是《留梦集》。按说，《留梦集》只是从先生诸多文章中拣选出的选本，有何特殊意义？但先生很认真地对我说："我最喜欢的集子，或者说我最有感情的集子是《留梦集》。"而且类似的话说了两三遍。其实，答案就在书前自序上。序中说："对于其中多写白日梦的，我总是有偏爱。原因有浅的，是我复读，能够重温旧梦，再过一次值得眷恋的生活，哪怕只是片时的。原因还有深的，单说写时候的心境，是含着眼泪写永远放不下的深情。"写永远放不下的深情于梦中，与其说是直抒胸臆，不如说更像一种宣言。生活中许多人都在写这种梦中深情，却又往往表面上给予否定。因此先生敢梦、敢说、敢写，就更可贵，更动人。就我个人来说，我很喜欢这种梦带给我的感觉。这感觉就像在凄清幽暗的黄昏倾听行云流水般的歌吟，于是那些已逝岁月中的明朗与真纯，此时以一种诗意的忧伤从心底悄然划过，抚平了因物欲横流而浮躁不安的心灵。所以，人生需要白日梦，需要说出白日梦，使自己不再感到孤独。因此，我也喜欢《留梦集》。

思想方面，先生说："我的《民贵文丛》最能体现我的思想，你可以好好看看。"民贵，是取《孟子》"民为贵，社稷次之，君为轻"的民本思想。先生有次闲聊中说："老百姓最可怜，也最重要。"翻读先生的著作，我常体会到这样一种意境，这意境是岳阳楼的一副楹联："八百里湖光，奔来眼底；十万家忧乐，涌上心头。"先生之文，确如湖光山色，幽深浩渺；而先生之情，则时系国计民生，进退皆忧。这情景又使我想起另一副楹联。此联咏平湖秋月，一反众多良辰美景之赞，叹道："四季笙歌，尚有穷民悲月夜；六朝花柳，几无隙地种桑麻。"与先生之情正同。

通观先生的文章,我觉得贯穿先生思想始终的,是他无论做什么,都用情。无论激情、伤情、真情、深情,都不虚伪,不做作,怎么想怎么说,不怕人讥弹指摘。许多人都说先生悲天悯人,我不同意。因为悲天悯人有居高临下的凌人之气,而先生始终是把自己定位于普通人,在乡村是老农,在城市是平民,在仕途是布衣,所以他是以普通人的身份对人生做不普通的思考,以寻常百姓的地位对社会做不寻常的剖析,以最简单的生活方式写出了最深刻的思想感情。

先生在《通州怀往》一文中幻想了他的"息影之地"。

"一晃几十年过去,多种梦,只剩下一种,找个心爱的安静地方结庐,门外看流云,门内理残籍。枕上,春日听啼莺,秋日听蟋蟀。如此,数晨夕,尽余年。如有机缘,我将选择哪里呢?……不多计算就选了第二故乡的通县,界标西边不远的'大红牌楼'。……石路以西是一片树林,由小径望过去,有稀疏的人家,柴门小院,鸟语花香。……有一次还入了梦,好像那里还是那么幽静,树林里,竟有了我自己的一个小院,窗下一棵海棠树正在开花,窗内有轻轻的语声。"

这是梦,但人世间谁能无梦?愿先生息影梦中。

悼王学泰

参加完王学泰先生的追悼会,刚刚回到家,想说两句。

因很少去八宝山,下地铁就糊涂了,问人,公墓怎么走。人反问,你是去革命公墓还是人民公墓?王先生无权无势,笔杆谋生,很好归类。我说,算人民。人又问,你去扫墓?我说,开追悼会。他说,那你去公墓干什么?然后指了明路。

来的人不少,有司仪引导。告别时,司仪要求大家,"单位领导在前,其他人三人一排跟上"。大家于是鱼贯而入(只是三人一排中有不少老年学者,站的东倒西歪,需要搀扶。我一直搀扶着蓝英年先生)。倒是领导,瞧着都很健壮,场面圆熟,应裕自如。

追悼会上没有可太多说的,一切可以想象。回到家,许多回忆接踵而至。

我认识王先生有三十年了。而奇怪的是,我把脑子想破了,也想不起最初怎么认识的。只记得较早一次是参加光明日报社《博览群书》在前门饭店组织的学术讨论。

我对王先生有很深的感情,原因就是在我事业(勉强叫作事业)上混得比较惨的时候,王先生拉了我一把。到现在我还是不清楚王先生看中或发现我什么。只是从那时起,只要有开会的机会,沾得上边,他就叫我一起去。只要有出版社编辑在,就向他们推荐我。我每出一本破书,王先生就写一篇书评。而且他的文章好。印象深的是有次有篇书评在《北京日报》上发了,另一版的编辑看了说,文章真好,请他再写一篇。我说,他太忙。编辑说,那我把这篇在我们版再发一遍。他是老北京,讲礼数。我电话请安或是请教问题,他总是一连几个"不敢,不敢",常让我有时空错位的感觉。

我对他最为佩服的,就是知识的广博。上天入地,古今中外,凡你能想得到的，问得出的，就没有他不知道的，不能娓娓道来的。真神。如果加以验证，又没有信口开河的。严谨。第二，见识高远，特别是对游民社会的研究和阐述，在今日中国首屈一指。《游民文化与中国社会》是他研究的集大成之作，也是今日此类研究的扛鼎之作。李慎之先生说此书"发现了一个中国"，并非过誉。第三，市井文化的研究。举凡中国人的衣食住行，五行八作。脾气秉性，笑话幽默，样样在行。

古语：受人滴水之恩，必当涌泉相报。这么多年，我报了什么？只是每次都要在中国传统文化课上讲述游民文化，并且一年又一年欣喜地看到有更多学生以此作毕业论文题目。此外，就是在能够得着的报纸杂志上发文鼓吹。正是滴水与涌泉之比。但，心香若能化作涌泉，我便可以安慰自己，尽管在暗夜中，它只有一点光亮。

再见，王先生！我不说，您走好。因为，您并未离去。

大康

我和以古文字学和治印闻名的大康先生，有过一段交往。

事情是这样。七十年代初的一天，父亲当年在公安局的一位同事，也是好朋友来家，与他同来的还有一位同在农村劳改的朋友，就是大康。

大康先生的罪名很可笑，而且后来广为流传、天下皆知——"画粮票买烧饼"。三年困难时，粮食紧张，人们吃不饱饭。大康先生说："那时我年轻饭量大，饿得难受。有钱没粮票，画了张买烧饼吃，结果被售货员发现，进去了，判了个投机倒把罪，你说有这么投机倒把的吗？"

大康先生同来是有原因的。他喜欢古文字，艰难岁月里也没放弃。所以同来，是想认识我祖父。他带了几篇油印的文章，和祖父聊过两三次。祖父对他的钻研表示赞许，但对其学术观点不赞成，认为缺乏音韵训诂知识，类于看图解字。

但大康先生多才多艺。他本是美院西画系的学生，父亲就请他为我和我妹妹各画一张肖像。他满口答应，还说："你们不用为我多张罗，我这人吃东西最简单。一瓶二锅头，半斤酱肉，足矣！"

大康先生好聊，画的时候，一直和我聊天，印象深的有这么几段：外国不管你是多高贵的贵族，过去画肖像，都得把脑袋伸进一木框子固定。你不用了，多幸福！古代最好的帝王，就是自己在宫里吃喝玩乐，不给天下生事。……我把你画成斯维尔多洛夫了！（俄共早期领导人之一，电影《列宁在十月》《列宁在1918》里的人物。当时社会上只有这两部电影来回演，里面人物耳熟能详。但我更愿意他把我画成列宁，因为那时我崇拜列宁。）

我不喜欢这张画，一直藏起来，不给人看，认为太丑。丑的原因是太瘦，脸瘦削，身瘦削，十分憔悴，显得无精打采。如果拿去搞对象，肯定吹；结了婚，也得离。直到前些年，一位电视台的朋友无意中看见这画，吃了一惊，问，谁画的？这么好？我说，大康。他又吃一惊，大康还会画油画？我说他本来就是美院学油画的。他说，肖像画是油画里最难画的。你看这画里青年人的朝气，蓬勃欲出，带着年轻人的稚气，温和又坚定。画得真是太好了。我说，我自己看，像仨月没吃饭。他说，你哪会看？得我们学画的（他出身央美，画油画）人看。从此，我把它认真收藏了。

改革开放后，大康先生的处境得到改变，听说去了首师大美术系。一年他要申报副高职称，找祖父鉴定他在文字学的成果，祖父当即写了。他又需要鉴定美术方面的成果，祖父让他去找启功先生。后来我见到启先生，先生说："回家跟你爷爷说，康殷来了，我也给他写了。我一看你爷爷在前头写了，我哪儿能不写？！不过康殷这人有个毛病，你跟他说话，他一定要先反驳一下，然后说他的意思，好像自己很高明。"

"文革"后期，大康先生在香山脚下住过一段时期。后来，住在劲松一带。我去看他时，惊讶于房间的大和好。他说："按说，我是住不上这房子的。不过，我还是有些办法，毕竟会个写写画画。"我问，我的画像上，他的签名怎么不像康殷两字。他说，那时候我签名就那样，外边一个广字，里边一个白字，写成花体。中午吃饭，他夹起一大片白花花的肥肉一口送进嘴里。看我惊讶，老伴一旁解释：大夫说，人过七十，要适当吃些肥肉。话音未落，一块大肥肉又被他送入口中（由此，以后我每吃肥肉，都会想起那位医生的教导）。

又过了两年，《北京晚报》有个专栏，一张名人相片，配一句他说的话，大意是你所崇拜敬仰的什么什么，下边是一段个人介绍。前几期几位名人说的话都很谦逊。一天，一看，是大康先生。一张侧面像，略为仰望，配的话是"我最崇拜我自己"。看着图上抬头仰望的侧影和桀骜不驯的目光，我想，如果我们都不人云亦云地盲从，我们的社会是否会进步得快些？

牌子曲

祖父说，民国时，天桥卖艺那一带也叫城南游乐园。艺人们在那儿卖艺叫撂地儿，犹如改革开放后街头卖货叫练摊儿。祖父又说，艺人们卖艺很难，举了个例子：天桥有个唱牌子曲弹三弦儿很有名的艺人，叫德寿山。一天登台时，观众里有人说，你别弄那老一套了。今天你要来个新鲜的。德寿山问，这位爷，您给出个题目。那人说，你来一段表面上夸你自己，实际上损你自己的曲儿。德寿山想了会儿，唱道："纶巾羽扇德寿山，运筹帷幄数十年。空前绝后把牌子曲儿演，谈吐风流人大贤。"然后解释道，头一句，我是诸葛亮，二句，我好比张良，三句，我的技艺无人可比，末了一句，我谈吐风流，人中大贤。这是夸我自个儿。那人说，这又怎么是骂你自己？德寿山说，您听我给您解释。头一句，纶巾羽扇德寿山，其实我说的是，观金与善德寿山，谁有钱我冲谁说好话。二句，运筹帷幄数十年，我不是指我有谋略，我是指我躺在帐子里头抽大烟。三句，空前绝后把牌子曲儿演，是说我唱曲儿时的姿势，驼背撅屁股。末一句，谈吐风流人大贤，我说的是痰吐风流人大嫌——满地吐痰迎风流泪人见人嫌。

但就这样，艺人们还是经常衣食不继，生计艰难，老病之后，形如乞丐，还要受流氓恶霸地头蛇的敲诈勒索。解放后，政府把坏人们一抓，枪毙的枪毙，劳改的劳改，艺人们组织起来，成立各种剧团，终于拨云见日，过上了好日子。

但是后世对艺人的歧视并未彻底消除。浩劫时，当年的女演员接受审查，说到恶霸对自己的侮辱，审查的人却一边冷笑一边说，谁让你长得漂亮！你长得这么漂亮不侮辱你侮辱谁！所以，今天的艺人应该不忘前辈的艰难困苦，知道羡慕不等于尊重，有名不等于有德，低调做人，高调做事，永远不过时。

南穷北贱

北京四九城的格局，是东富西贵，南穷北贱。之所以南穷北贱，是针对东富西贵。而为什么东富西贵，也很好理解。清朝立的是满族政权，对汉人从根本上来说，当然是不信任的。紫禁城居中，东西两侧最重要，成拱卫之势，所以王府、官署、禁军多在此，多用满人，统帅之人自然富贵。但君主官员也须生活，要有人运煤送水，背柴挑粮，所谓供役使，这些人也不能住太远，从南边说，就住在崇文门以南（今与东城合并）和宣武门以南（今与西城合并）。

所以崇文宣武以服务为主，工商业发达，娱乐业发达，建筑差，教育差，生活差，过去，有"破崇文，烂宣武"一说。

但是也不尽然，要看你居住的地方。汉族许多大臣住在城门附近。我家住宣武门外，紧邻城墙，附近就有康熙时重臣朱彝尊故居、孙承泽故居，清末沈家本故居，再往南一点儿有纪晓岚故居。但是越往南越显出娱乐服务而缺乏教育的本色。由宣外大街往南往东，即大栅栏。这里几乎聚集了百分之九十以上的老字号，如卖绸缎的三大祥（瑞蚨祥、谦祥益、祥义号），卖鞋的内联升、步瀛斋（千层底、礼服呢、当年领导人爱穿的老头乐、年轻人爱穿的白边懒）都出自它，卖帽子的马聚源，卖药的同仁堂，卖茶叶的张一元、胡裕泰，卖刀剪的王麻子、张小泉，卖珠宝则专有珠宝市，戏园子有名的中和戏院，旁边是八大胡同。

文献载，八大胡同名目有韩家潭、杨梅竹斜街、百顺胡同、王寡妇斜街等。解放后，王寡妇斜街改称王广福斜街，但觉得还有字音联想，再改成棕树斜街，直到今天。

那时头等风尘女子卖艺不卖身。屋里窗明几净，纤尘不染。墙挂字画，案有香炉。头上插花梳髻，身上旗袍绣鞋，身边有小丫头伺候。

会唱曲，会下棋（围棋），会官话（北京话），会皮黄，略知文史，诗词歌赋都能应对。接待时间多少，不光看你花多少银子，还要看姑娘对你印象如何和姑娘当时心情。各青楼分等级，招待不同。前些年，我曾实地考察，忘了进的哪条胡同，一家昔日烟花地已成民居，大门洞开，一看，仍是旧日格局。不宽的门道，一个小小天井，三面两层小楼，有走廊连接。窗上磨砂玻璃，估计还是当年物。出了门，回头看门楣，"清吟小班二等"（几个女孩子浅吟低唱，级别二等）。不远一家，门楣有"福缘春"三字，但院里格局大变，没了模样。当时拍了两张照片留痕，幸亏拍了，现在再去看，字已被铲了。

遥想过去，文人士大夫吃花酒打茶围叫条子，皆与这里结缘。而作为《骆驼祥子》里写的，下层阶级去的专营皮肉生涯的"白房子"，相传，吹出的风都是又臭又酸，令人掩鼻，可想里面卫生条件如何。

紧邻大栅栏的东西琉璃厂，则以专卖古玩字画闻名世界。想当年，不少人在这里成名，更多人在这里失落。不少人在这里发财，更多人在这里破财。如今被写成了书，拍成了电视剧。

再向南，虎坊桥、虎坊路、陶然亭，再向南，就是天坛、天桥。天桥，百艺丛杂之地。使枪弄棒卖大力丸，练跤吞火说相声，吹拉弹唱逗哏子，撂地儿逗你玩儿，有句俗话就是从这儿出来，"天桥的把式，光说不练"。而他们对观众的说，也有套话。"有钱的，捧个钱场。没钱的，捧个人场。"抱拳一揖，"小的先在此谢过"。《啼笑因缘》里唱大鼓的沈凤喜，就是这里出身。

再奔南，就到了城边上，永定门一带。而天坛以东，则是因老舍剧本而赫赫有名的《龙须沟》附近。龙须沟解放前是臭水沟，城市污水和雨水从这里排泄，因疏于整治，臭气熏天，两边住满了穷苦百姓和流氓恶棍，是有名的贫民窟。因为贫民窟最是藏污纳垢，所以下等黑社会最爱在这里安营扎寨为非作歹。标志性打扮：头戴巴拿马（草帽），眼睛蒙个黑晶墨镜，满脸横肉（即便不是横肉，也得把脸扭成横肉），身上黑绸裤褂，脚蹬"踢死牛"（一种黑色圆口鞋，鞋口到鞋面中间隆起一条线，两边有袢，非常结实）。每日里四处闲逛，欺男霸女。比如，你娶媳妇，他瞧上了，拿块砖头，地上一躺，冲你叫："小子！有种往爷爷脑袋上来！不敢？不敢今儿晚上你媳妇儿我睡！"有名的有"十三太保"，还有"小十三太保"，解放后，都被政府枪毙了，终还地方太平。

南城还是会馆的聚集地。所谓会馆，是为应试的举子们建立的临时住所，由个人出资。比如我是湖北人，考了进士，进了朝廷，做了大官，有了钱，便买块地，建立房舍，供应食宿，为以后来京城赶考的湖北举子提供方便。后来做了官的湖北人可凭自愿加大投资。最盛时，有近百所。鲁迅初来京，就住在绍兴会馆。讲究的还有戏楼，中山先生来北京，做演讲，就在湖广会馆的戏楼。会馆是南城一大特色，别处没有。

但由于先天不足，宣武的教育确实很差。即便今天，顶级的好中学，一所，师大附中。好小学，两座，实验一小和北京小学。老字号一块儿沦陷，除了同仁堂。大商场，有天桥、虹桥，但从现代意义的商场看，这二桥还不够。只有宣外大街上的庄胜崇光，还勉强。论古迹，王府，一座没有，倒有几座王爷坟。园林，没有，陶然亭原本是野公园，天坛并非园林，只是祭祀场所。唯有东西琉璃厂，古董文物，雄踞京城，傲视四方，承载文明，源远流长。

十多年前，坐出租车，和司机聊，司机说："我们不爱奔宣武来。您要来，我不能不来。可拉完您，没客人。这边儿太穷，没人打车。"后来又碰上几位司机，都大同小异。即便在二环，宣武的房价也比别处低一些。是因为北京刮西北风，把脏空气都紧着往南边赶。

这些年好多了，司机们不再说这话了，生活确实在提高。很安慰，作为一个在此生长了三十多年的人，无论如何，那份对生长地的感情总是难以割舍。

礼数规矩

北京人礼数多,有个笑话。

话说北京乡下有个村子,有个农妇怀孕了。肚子渐大,快到临产期,身体健壮如常,大家很替她高兴。可到时候没生,仍能吃饭下地干家务。第一年没生,第二年没生,第三年还是没生。到医院检查,没毛病,干活下地,一切如常。转眼几十年过去了,终于有了剖腹产。送去一剖,里边一对双胞胎。时间太长,变成俩白胡子老头了。俩小老头儿还一边说话一边打手势。大家一听,明白了。就听一个对另一个说:"您先请!"说着一伸手。另一个一摆手,回道:"您头里!"一让,几十年谁也没出来。讽刺北京人礼数多。

其实礼数多是优点,比如:

请人吃饭,最好一星期前通知朋友,让人准备。老话,三天叫请,两天叫叫,当天叫提溜。

劳驾,时刻放嘴头上。

见面打招呼,别装瞧不见。见人带笑,别整脸子。

除非主人邀请,夏天别去人家里。

家里来客,盛饭半碗,倒茶半盅,壶嘴别冲人。

留人吃饭,别把饭字说出来。到饭点了,可以说,还没聊够呢,咱们边吃边聊。或者,都做好了,咱一块儿。

说谁病重,可以说"不好"。比如"张三爷有些不好",就是张三爷病重了,甚至不起了。

人家问你贵姓,要把名字一块儿说出来。

街坊四邻见面,点头微笑,同时问上一句:您遛遛?您走走?您出去啦?您哪儿去?

跟人聊天,要你有来言,我有去语,跟人聊到一块儿,避免冷场。

（启功先生一次聊天时跟我说："你发现没有，跟张中行聊天比较费劲。你说话，他不怎么听。他说话，也不在乎你听没听。结果你说你的，他说他的。这聊天得你有来言我有去语，才能聊到一块儿。"）

到了人家，主人带你去哪去哪儿，别自己乱走乱看。

到人家，别碰人家东西。手上有汗。

别人拿东西给你看，没递到你手里时，不要硬拿。

到人家做客，不要抢着说话，也不要一声不吭。

待客之道，要察言观色，有眼力见儿。

有些话委婉，很绕。比如，你带着几个学生出门，碰上朋友，朋友说："这都是您的高徒？"你说："哪里，蠢生，蠢（徒）。"其实这与学生无关，而是借用了"名师出高徒"这句话。对方以高徒夸你有学问，你以教不出高明的学生自谦。

礼数，用于社会；规矩，用于家庭。礼数，用于上辈或同辈；规矩，用于下辈。从小守规矩，长大好做人。所以，规矩要打小立。小孩子吃饭的规矩印象最深，如：

大人没上桌，你不许动筷子，不许敲碗碟，吃饭时不许东张西望上蹿下跳，不许把菜端到自己眼前，不许剩饭，不许掉饭，不许挑菜，不许评论（启功先生说，他家就是如此。不准孩子说这个好吃那个不好吃。给什么吃什么。因为你没挣钱，没资格说）。饭桌上挤眉弄眼出怪相，胡噜头发吧唧嘴更不行。吃完收拾碗筷，桌上掉的捡起来吃了。这是在家。

到外边吃饭，最主要的是，大人们、客人们聊天，不要随便插嘴。先吃完，两个选择，安安静静坐旁边听大人们说话，或在周围走走、看看，绝不能跑、跳、叫，和别的孩子一起闹。我的办法是带一本书，或听大人闲话，这倒也让我成长了不少。这是在外。

习惯成自然，但有时会让别人觉得奇怪，而自己不知道该怎么办。比如孩子最初的训练都从叫人开始，不叫人的孩子不招人待见。这方面我没问题，但另外的问题来了。

我家住后院,是独院,但没有单开门,出来进去要经过前院。我有个表姐住前院南屋。小时候一天我出去买酱油,经过前院,她正在廊子上忙什么,叫了她一声姐。回来她还在那儿,又叫了一声。刚回去,家里又让我买什么,经前院,她坐在廊子上,又叫了她一声。回来她还在那儿坐着,还朝我望过来,只好又叫了一声。她笑道:"你怎么老叫我?"我心想,谁让你不进屋?!看不见你我不就不叫了。

北京人其他规矩也很多。比如有句话,"买扒拉,卖扒拉,不买别扒拉"。这是青菜水果摊的规矩。这话我还是先从家里体验的。那时家里养了许多花,我有时拿手去摸花叶子,祖母就说:"别拿你那熟手去碰。"我就不明白了,我这手没蒸没煮,怎么就熟了?后来明白,人体血液流动,热的,花的叶蕾受不了。同理,青菜水果也一样。这两句话的意思是,您买,您扒拉挑选(也要轻拿轻放)。我的货物,我可以扒拉。不买,您别动。

每个行业都有自己的行规。比如我的一位朋友,他的父亲是老营业员,女儿开了个小店,身后有个小凳子,没顾客时坐会儿,老爷子一见就骂。女儿不服气,说您站一辈子,站出脉管炎。我自己开店,我为什么不能坐一下?老爷子说,你既然做这行,甭管有人没人,你就得给我站着!

过去做小买卖,卖个包子,也是白衣白帽,包子上下白布遮着垫着。有回路边有个副食店,酱好的各种肉食看着很新鲜。玻璃罩很大,也很干净,我正看着,一个女服务员冲另一个女服务员不知说了句什么,那位顿时把头上的白帽子一掀,就在柜台后,把脑袋拨浪鼓似的来回甩,披肩发狂舞不止。完了,把白帽扣上,见我站在柜台外,特亲切地一笑,问:"您买点什么?"我看着惨不忍睹的一柜子肉食,一笑:"什么都不买了。"

一次在潘家园买书,一本十块钱的书,一位顾客要摊主再便宜一块钱。俩人正商量,过来一中年妇女,对顾客说:"就十块钱,你还打价?真是!"顾客和她差点打起来。没人活着容易,不要说侮辱人的话，流露看不起人的意思。而且，要体恤人。有回，我去商场买了两双拖鞋，那位有五十来岁的男服务员，高兴地冲他旁边的服务员说："嘿，看见没有？我也开张了！哈哈！"事后我想，站一天，多不容易。一个顾客没有，多丧气。也许不完全在乎卖出多少钱，在乎我这一天没白站。此刻，在理解他的同时，我也更珍惜眼下的生活。

规矩太多，说不完。说两个缺规矩的。

有回，带一位朋友采访某位老先生。老先生是某领域的权威，辈分极高，我是怀着诚惶诚恐的心情，生怕哪句话有闪失。没想到老先生说完后，我的朋友居然举着手指头，点老先生的胸口，侧过头冲我说："说得真好！说得真好！"我的心当时就蹦到了嗓子眼儿，然后就是止不住地狂跳，久久不息。幸亏老先生教养极好，视而不见。我知道朋友是发自真心的赞叹，但这方式太可怕了。

还有一次，我们住北师大时，老师和学生都在师大浴池洗澡。一次洗完穿衣服，一个学生从衣箱中取出衣服，拿着内裤，举起一阵狂抖。旁边有位老先生边躲边瞪他（老先生多是与人为善，不愿开口）。令我难忘的是学生居然一脸茫然地望着老先生，充满委屈，仿佛不知做错了什么。

前些年，社会上有个关于规矩的讨论。有个女孩说，感谢我的父母，从小就不给我立什么规矩，让我自由成长。

唉！没文化，真可怕！没规矩，更可怕！甭管男女。

北京大妞

看了一篇写北京姑娘的文章,好像看见一个北京姑娘站在胡同口骂大街或在大杂院里哈哈大笑着和街坊聊天,太浮光掠影了,作者根本不了解北京姑娘。

文中讲北京姑娘敢爱敢恨,哪里的姑娘又不敢?说北京姑娘脾气火爆,湖北湖南重庆四川的女孩不爆?真要动手,大妞还真不一定打得过辣妹。说北京姑娘善良勇担当,别处的女孩也一样。但有一点我同意,北京姑娘简单率真,缺心少肺,遇事要没辙就哭闹,哭闹不起作用,傻眼了。南方女孩未必哭闹,遇事眉头一皱,计上心头,很少没主意的时候。

北京姑娘的性格类似北京男人,简单豪爽,直来直去。特点是没心没肺,心里搁不住话也藏不住事。比如,出门见什么人,你嘱咐她,有些事别说,她说,那我还不知道,还用得着你教我。到了人家,跟对方聊得一高兴,自己觉得一投缘,竹筒倒豆子,说一底儿掉。末了一来劲儿,一指你,他还不让我告诉你哪!

北京姑娘的这个特点,究其根源,我觉得是因为居住在皇城,沾上了"皇气",什么都不在乎。

其一,见的官多。古语说京城"侍郎遍地走,郎中多如狗",今日"没去上海,不知钱少;没去北京,不知官小"。

其二,见的人多。四面八方客,海内海外人。

其三,自古及今,哪儿乱不能乱皇城,哪儿饿不能饿天子脚下的百姓。

由此,京城的男女就容易狂,容易躁,容易思维简单,天塌下来有皇上罩着,男女在这上一样,所以女称大妞,男称大爷,女的豪放,男的粗疏,皇气使然。

北京姑娘的第二个特点是刀子嘴豆腐心，爱说道爱吵闹，吵闹过去就完。如果吵闹没达到目的，就会哭。只要一哭，就说明她对你真没辙了，不知怎么办了。她们往往只有发泄的脾气，没有善后的本事。

北京姑娘的第三个特点就是所有事都摆明面上，不会自行其是。比如，一件事，如果她不同意，商量不成，她会和你吵、打、闹，但不会背着你按自己的主意办。南方姑娘往往相反，自己就按自己主意办了。理由是，反正你也不会同意。而且，往往是她周围的亲朋好友都知道了，最后一个才通知你。

北京大妞又称"傻大妞"。她不是真傻，她就是因为头脑简单有时就显得傻乎乎的。这是她们特别有别于外地姑娘的地方，也正是显得可爱的地方。反之，如果没有一定的天真（傻乎乎），也就缺了一点儿北京姑娘的特点。

当然，北京也有不少柔顺婉约或娴静典雅的女孩子，只是她们很少走到胡同里或住在杂院中。所以，北京大妞虽是主流，但也不是一提北京女孩，都是北京大妞。

北京爷们

北京男人俗称北京爷。作为地域文化，"爷"最能体现北京男人的特点和做派。

比如，拿姓氏说，张、王、李、赵，就是张爷、王爷、李爷、赵爷，姓什么，什么爷；排行上说，大爷、二爷、三爷、三爷、四爷；职业上说，官爷、兵爷、倒爷、板儿爷；从特点上说，脏点儿、脏爷，黑点儿、黑爷，傻点儿、傻爷，笨点儿、笨爷，丑点儿、丑爷，胖点儿、胖爷，瘦点儿、瘦爷，能说、侃爷，老实、实诚爷。八月十五一到，连兔子都成爷，兔儿爷。

作为"爷"，北京人有这样几个特点：

首先，心胸开阔，性格豪爽，事做明面上，不背后算计人。不斤斤计较，不抠抠索索，最忌小肚鸡肠。

既然做了爷，面子就是第一。面子有了凡事好说，不给面子当时就能打起来。如土语给面儿、有面儿、没面儿、摘面儿、掉面儿、跌面儿等等。所以死要面子活受罪，是北京人的通病。例如，请客吃饭，讲究不剩下不叫够。他请客，一桌饭菜，吃到最后，还剩不少。你心疼饭菜，紧着一吃，他一看，叫服务员，再添仨菜。你是不愿意浪费东西。他是觉得你吃的猫儿舔似的，这让我脸哪儿搁。哪怕把钱花秃噜了，回家给媳妇跪搓板。当然，这都是以前了，现在外头吃完饭，"爷"也拎着一串饭盒满大街转悠。

其次，能吹善侃，爱慕虚荣。却又古道热肠，为人仗义。比如，有个笑话编排北京人。说有个人，家穷又虚荣。每天出门前，用一块肉皮把嘴蹭得甑亮，显示我家天天吃肉。一天正跟街坊神吹，孩子跑来告诉他，爸，您擦嘴的肉皮让大黄猫叼跑了！家里睡稻草，嘱咐孩子，在外要说鸭绒被。一天门口又跟邻居神哨，孩子说，爸，您嘴上沾着两床鸭绒被！

　　古道热肠，性格急躁。有时遇事没弄清楚，便不问青红皂白，上去就是一顿拳脚。一次我在医院，一哥们怀疑对方插队，上前质问。没说三句，当胸就是一拳，两人顿时打成一团。刚散开，这哥们发现打错了，对方是排了队的。对方这时已走了，他又朝着对方追了两步，大喊："哥们，对不起，闹错了！"不打不成交，化干戈为玉帛，说的可能就是这个。北京人这个好动手的急性子，很突出。比如见俩上海人光吵架不动手，他在一边儿急得慌。都吵吵俩钟头了，怎么还不动手？！恨不得自己上去替对方打一架。

　　最后，对家庭负责，没事时，是家里的钱袋子，养活一家老小。有事时，是家里的顶门杠，罩着全家老小。总而言之，你得是个爷们。北京女人们也往往这样评价男人："（像）不像个爷们！"或"还不如我这个娘们！"再有，就是北京男人心胸大，讨厌事多的人，所谓"事儿爹事儿妈"。一切简单明了，快刀斩乱麻，求一个痛快。

　　北京男女，说不完的话题。

神奇的北京

想起北京,真是个神奇的地方。说它神奇,是说作为都城,金以后,它再未遭兵祸。元朝建都北京,元末徐达北伐,元顺帝跑了,回了草原,徐达入京兵不血刃。明末,李自成进京,崇祯煤山吊死,未做抵抗。清兵进逼,李自成提前带兵退出京城。清末,八国联军入京,慈禧带着光绪西逃。武昌起义,清帝逊位,北京无恙。此后,北洋军阀围着北平四周乱打,但谁也没在城里动起刀兵。北伐,张作霖退出北平,张学良反正。卢沟桥事变,宋哲元抵抗,只在城郊,然后南下。解放战争,傅作义起义,北平未受战火,双方都想保下这座古城。

北京,真是不能再拆再毁再折腾。不然,死后何以见祖宗。

家乡的风

春天来了,大地复苏,黄昏将带来东风沉醉的晚上。

虽然经历了沧桑巨变,但假如你不急不忙走在能唤醒你回忆的大街小巷,你仍能找回过去的影子,哪怕是一棵树后的一抹晚霞,一座房后的一片星光。

记得读某位老学者的文章,他家世代居京,抗战时去了后方,做着文化的工作,心里却一时半会儿不在记挂、想念北京,甚至怀念北京春天的大风,那风刮得那么惊天动地,气势恢宏,痛快淋漓,慷慨激昂!是的,这就是北京的风。

但北京的风,又有它的特点。记得在东北当知青时,大家聊起风,说,东北的风,大,往骨头缝里钻,伤人;北京的风,也大,可不钻骨头缝,多大,没事儿。

家乡的风,好像知道你是它的孩子,再大再猛,一扫而过,没有伤害。

北京的雨雪风

北京的雨,春雨绵密,夏雨急骤,秋雨淫湿,冬雨阴冷。但只要下雨,就让人觉得美好。因为北京是一座干燥的城市,一座古老的城市。所以只要一有水的浸润,就清爽、明亮,树木花草,宫阙楼阁,甚至断壁颓垣,都带出些若有若无的惆怅,令人遐想。

北京的雪,从过去来说,不大不小,所以结出的冰也是不薄不厚。那时有双冰鞋是很大的奢侈,能招来不少羡慕嫉妒的目光。但打冰出溜、滚铁环、抽陀螺、堆雪人、打雪仗等等一样玩儿得不亦乐乎。房檐下结的冰溜子,是天然的冰棍儿,伙伴们撅下来比着吃。帝都独有的雪景,无数金碧辉煌的宫殿,红墙黄瓦的建筑与皑皑白雪交相辉映,也只有在北京才能看到。冬夜,家家户户,围炉取暖,欢声笑语,墙影炉光,一屋子烤白薯和橘子皮的香。回忆当年夜晚回家,穿过那些漫长的胡同,经过大大小小的院落,在深深的黑暗里,迎着小精灵般飞舞的雪花,感受它们落在鼻尖、脸颊上的清凉,真想不出如何生活在无雪的南方。

北京的风,以凶猛著称。遮天蔽日,扬沙播尘。但,它痛快利落,淋漓酣畅,就像豪爽干脆的北方人。许多客居他乡的北人,回忆中总想敞开胸襟,把这大风纳入怀中。

北京的天空,高。不仅高,而且深。不仅深,而且远,像大海。所以,太阳特别亮,月光特别明,晚霞特别灿烂。而南方,天空多是一片雾气,太阳总泡在湿漉漉的云里,衣不干,房潮湿,人容易疲惫。

月是故乡明。

公园的功能

如今公园的功能不断增多,但有个功能却消失了很多年,就是阅读。

几十年前,人们愿意去公园读书。大,安静,风景好。读累了,可以散步,散心。记得我第一次感觉在公园读书,是刚上小学时,一个星期天,母亲因为部里考试,她要复习,带我和妹妹来到动物园。她找个地方坐下,嘱咐我们别跑远。我们爬上假山,记得当时我回头望了一眼,看见母亲坐在柳树下的绿椅上,聚精会神地看着一本很大的书。

以后"文革"了,自然无人,也无人敢在公园看书。十多年过去后,可以考大学了。备战高考时,也是个周末,家里因为有事,让我和妹妹到公园里读书,我们到了离家最近的陶然亭。我们的共同特点是数学不好,于是就攻这关。但我发现,人一烦一焦虑,减压方式的首选就是吃。没到中午,就饿了。兜里有点儿钱,吃什么,当然是肉,小卖部里真有好几种,有平时吃不起只能过屠门而大嚼的酱排骨,为了高考也豁了。真香!但一生就这一次,以后再怎么吃,也没当初的味儿了。下午四点刚过,又想吃。这回还想得高级了,跟妹妹说,真想吃老莫。可没钱。妹妹说,我有。没多少,省着点吃,够。于是出陶然亭,坐109直奔动物园。一天"学下来",就是连逛带吃。高考成绩一公布,她数学三十多分,我七分,好在都考上了。

上大学后,有些年,去公园里看书的人很多。我很喜欢在那里写生的人和读书的人,显得从容沉静。尤其是女孩子,优雅庄重,给人无限想象空间。直到有一天,班里一位漂亮女生说:"高考那会儿,我老拿本书去公园。想看,就是看不下去,低着头装模作样,好像多文静,其实谁从身边过都想看两眼。"从此,我的想象之门被她关上了。

回想过去，读书受益，还是在家里。记得"文革"中，家里的书扔了满院子，我从里边挑我能看，喜欢看的看。一天挑出两本民国出版的《侠隐记》（大仲马著《三个火枪手》），伍光建、沈端先译，大人告诉我，沈端先就是茅盾。第一次知道了本名和笔名的区别。

一天下午，我坐在南窗前杏树下的藤椅里看，看得太入迷，几小时一动不动，直到眼酸颈疼。抬头一望，晚霞灿烂，杏花盛开，院里没有人声，只有乌鸦飞过。西厢房一派光明，北房连同廊子一片黯淡，隐入暮色深沉。

天光

　　无论走在北京的穷街陋巷，还是宽敞整齐的林荫大道，我都有这样的感觉，光线变化，是最美的风景。

　　不必是雪夜霜晨、春花秋月这些明显的变化，一天里的不同时间以及同一时间日月照耀的地方，都让人感到美妙。比如午后阳光照在林间、青草上形成的深浅幽明，暮色到夜色之间，树叶从明到暗从深到浅的丝丝缕缕的变化。没有光线，高山不壮丽，大海不深沉，天空不辽阔。

　　按说，阳光、月色照在哪里都一样，但对我，就有差别。在外地，总觉阳光、月色与北京的不一样。为什么？开始没明白，后来明白了，就是乡情。北京以胡同和四合院闻名，其实，全国各地，也都有类似的地方，只是叫的名称不同。名胜古迹，倒是不同，但也只走马观花。除了家乡，到哪儿只是看而没有情。所以，我并不十分爱旅游。

　　家乡，当然不同。一缕炊烟，就升起一个情景；一段暮色，就伴随一段柔情。在这里，埋着我的祖辈，养育着我的子孙。晚风里，夜色中，时会听到远去亲人们的语声；公园里，街道上，时会看到过去生活中自己的身影。而这一切，无不在日升月落晴晦明暗中。所有的光都无限美好。因为，每一刻光线，都在变幻万紫千红的世界；每一天日月，都在记忆色彩斑斓的人生。

南北

"人人都道江南好",江南是好,杂花生树,群莺乱飞。春水碧于天,画船听雨眠。概括就是:小桥流水人家,杏花春雨江南。所以一旅游,北人大多往南跑。

其实细想,一股脑往南方跑,不必。就说"小桥流水人家",是马致远描绘今天通州一带情景,并非南方所见。至于杏花春雨,北方更是随处可见,哪条胡同里没有杏花春雨?说到江河,南有长江,北有黄河,说到山林花卉,更是各擅其胜,各有千秋。没去过南方,不妨过去看看,回来了,不必如醍醐灌顶,夸成人间仙境。仙境,随心所欲,随足而生。

不过南方确有一点与北方不同,就是水多,尤其江浙一带。河湖港湾,星罗棋布,水养人,所以一说歌儿舞女,首推六朝佳丽。南方女子,小巧清秀,世有公论。而北方女子,窈窕艳丽,是其特征。水多,也好也不好,好处显而易见,北京缺水,就那么几块水面给百姓玩儿。傍水而居,非富即贵。而在江浙,你想不住水边也难。不过坏处是,永远、到处水雾蒙蒙。记得我在杭州半个来月,太阳似乎总是泡在水里,天低得让你压抑,身上从来没清爽过。一朝返京,看见故乡的太阳光芒万丈,天高地阔,云淡风轻,真正体验到什么叫沉醉。

要说各种物产,北方似乎远逊南方。北京的物产有什么?过去似乎只有蜜饯。但北京有一种特产南方没有,外地也没有。就是出产皇上。除了民国,近千年的皇帝都出在北京,随之还有文武百官。由此构成中央政府,辐射四面八方,汇集了它的权威和文化。文武百官来自五湖四海,所以北京特别有文化,特色鲜明。帝京、帝都,并不单指皇帝,而是一种氛围。今天虽然有了手机电脑,但你要想接上天气儿地气儿,不来北京,恐是隔靴搔痒。

无论南北，都是先人辛勤开垦耕耘的土地。古人称中华为华夏，夏，中国各民族统称，华，光辉灿烂。意为，光辉灿烂的中华之人。愿祖先的光辉，永远荫庇后人，后之来者，永远不忘先人。

爱

春天,男女交往最好的季节。春心、春情、春意、春宵,是自然的催动,天人的合一,人如此,动物如此,植物也如此。现在满天的柳絮,就是柳树们在繁衍生育。

但是在六七十年代,男女在一起成了罪过。好像男孩子只要一提女孩子,马上就会去想鲁迅先生讽刺的"女人雪白的胳膊",然后向下一路想去,最后停在"脐下三寸"。对美好纯洁的感情,却毫无感觉。记得当知青时,我带了本《少年维特之烦恼》,几位知青边翻边大声念:"哪个少女不怀春,哪个少男不多情?"随后哈哈大笑,好像很淫邪,又好像在笑声中过了一把瘾。不多久,他们都交了女友,女友们还常来我们宿舍,于是,他们的坏笑渐渐消失了。

男欢女爱,人之本性。"有女怀春,吉士诱之。"少女思春,男孩攀谈。少女倾心,愿得连理。孔圣将"关关雎鸠"的爱情诗放在诗经之首,不愧圣人。

昨天傍晚,走过增光路。丁香如云,花香似海。想起卓别林大师《舞台生涯》中的一段台词,他救下了因前途无望而自杀的女演员,开导她并描绘了这样的情景:"黄昏时的伦敦像梦一般美,天空中散布着丁香花的气息。总有一天,你会邂逅你爱的人。你穿着粉红色的纱衣,坐在泰晤士河畔,眺望对岸的灯火,和他共进晚餐……"

此刻,家乡的街道也像梦一般美,空气中充满了丁香花的气息,三三两两的情侣闲适地向四下走去。春天真是一个爱的季节,梦幻的季节。虽然"爱的春天也会有天黑",但月将升起,更明媚。

东岳庙

前两天过东岳庙，寂静无人，正好看泥塑地狱七十二司，小鬼夜叉对阳间犯罪的人施以各种刑罚。因思，国外有种理论，认为中国人没有宗教信仰，所以无法无天，无所不为，很可怕。我国古代，确实没有本土的宗教信仰（道教除外，但它非主流），但我们本质上同西方一样，有天地神明鬼神报应。中国的封建社会所以能长达两千多年，并且大多数时间里在国力、文化上都超越了西方国家，因为有下面这两个原因。

第一是"罢黜百家，独尊儒术"。汉武帝功劳不少，但他最伟大的贡献是选择儒家学说为治国之本。秦用法家学说，汉初用黄老，武帝独取儒术。政治路线确定之后，干部就是决定因素。武帝又任用了一大批能臣贤相，造成了今天人们仍为之津津乐道的大汉雄风。这是一面。

另一面，是民间的劝善惩恶和鬼神报应之说。一言一行，都有神明在看、在记。"举头三尺有神明。"报应必有，只争早晚。和西方大同小异。有的县衙前堂挂"明镜高悬，爱民如子"，后边悬"小民可虐，天不可欺"。从儒家学说和天道神明两个方面对官吏加以约束，也自上而下的蔚然成了社会风气。这就是中国封建社会为什么长达两千多年的原因。

信步在东岳庙，心想，人民要什么？就是天下太平，生活安定，日子富裕，少点戾气。祈主政者说话算话，把民生时刻放第一。

出庙，诗以纪行：

松柏森森朗朗天，瞻拜神明在廊前。寂无人声风拂面，恍见众鬼押人犯。森罗殿上不安宁，工作太多总加班。判官书簿腱鞘炎，小鬼叉人累偏瘫。都说阳世重法制，为何坏人总翻番。纷纷来到阎王侧，要求歇班并加钱。玉皇大帝嫌官少，排列不成一仙班。太白回道拣人难，大多去了阎王殿。玉皇闻言大震怒，喝令仙子去下凡。助力人间清污秽，功成回来再作仙。太白一听急上前，万万不可下人间。那里的厉害您不知，不到三天准污染。忽然一阵喇叭响，原来已到庙门前。伸手掏出乘车证，登上公交做散仙。

公园记

在北京城区有数的几个公园中，北海，应该是老北京人最熟悉的也是最亲切的，比起其他公园，我去得最多。原因是，七十年代以前的北京人基本居住在现今二环内外。颐和园太远，扛着或腿儿着（走着）没法儿去。如果坐车，车票、门票、买个面包（那会儿有种面包叫甜圆面包，长得挺黑，一毛一个，很好吃，大众食品），喝口水（路远，中午回不来），如果还划船，是一笔不小的花费。印象里，去趟颐和园，相当于如今高档人群的特级消费，够得上"奢侈"。相对不奢侈的中山公园和文化宫，虽然有太庙、社稷坛和柏林，却没有水，地方又小。西边的中南海又不让进。玉渊潭是个野公园，水面不小，却被东边的国宾馆割走了一半。陶然亭有水，但公园小得可怜，进门转不了两圈儿就出门了。天坛很大，但除了树就是树，捉迷藏不错，可也没有水，而且古迹就一个坛，没多少看的。圆明园就是一片荒地，石头遍地，野草丛生。唯有动物园，又古老又年轻。古老是清末所建，赐名"万牲园"。年轻是它总不断关进新动物，是我们小孩子向往的乐园。可缺点是没有水面，没有名胜，只是个关动物的大笼子。所以，北海，有大片水面，曲折长廊，众多古迹，繁茂花树，又在市中心，腿儿着蹓着就去了。

回想过去，我们这些五十年代出生的人，逛公园最多的时候就是动乱时期。那时大人们或被抓被押进了监狱牛棚学习班，或整天大呼小叫乱跑乱闹以响应在上"天下大乱达到天下大治"的号召，孩子们全在家"放羊"没人管。每天除了串胡同认识人打架拔份儿，就是约到一块儿走街串巷呼啸闹市燃烧自己的激情。公园当然就是首选之一，因为地儿大景儿多，有的逛。名震京城的"小混蛋"就是和弟兄们在逛动物园的路上遭了暗算，被老兵们乱刀捅死。

我也是那时逛公园最多，主要是北海和动物园。记得动物园靠老莫这边有个铁栅栏有些弯（大概是被人掰的），小学生可以钻过去（如今的小学生长得胖，要钻估计还得掰大些）。钻过去对面是猴山，直接上山看猴子。北海有段时间有段墙坏了，可以翻进去，因此省了不少票钱。那个三观颠倒的立新破旧的时代，循规蹈矩是要受到羞辱和抛弃的。只有敢作敢为满大街扒军装飞帽子的，才能在忠义堂上论英雄排座次。既然"读书越多越反动"已成定论，哪个少年又不想随着打倒一切的时尚在梁山坐把交椅？

四十年改革开放总算把大部分的愚蠢清除了。如今走进公园，难免追怀往事。"访旧半为鬼，惊呼热中肠。"逝者已矣，生者加餐，愿天下安定，国祚永存。

北海

昨天下午逛了北海。北门进，南门出。进去先看见水闸。从小就对它有一种又惧怕又好奇的感觉，惧怕掉下去又想下去看水下什么样。活过一定岁数后，特别爱听水声，每次都要水边站一会儿，今天也不例外，好像非要把小时感觉找回来，才罢休。风吹柳条，很美。柳下一对垃圾箱，兄弟般倚靠着。一溜斜阳，从西到东，留痕碧波。岸边坐的全是老年人，从当年排排坐，吃糖果，到后来排排坐，啃面包，再到今日排排坐，喝稀粥，将要完成一个又一个轮回。特别喜欢树，正面的，侧面的，都照了相。看见一中式院落，喜欢。不比西方的建筑奢华而空阔，中式院精致而紧凑。徘徊庭树下，把梦做足，才走。接下来，是布满爬山虎的墙。我从小喜欢爬山虎，曾希望家里的院墙上长满这东西。后来听大人说，这东西不好，潮墙。但它就是好看，绿茵茵的。而且生命力极其顽强，即便从墙上扯下来，也砍不断，烧不烂。美国的名校常青藤，不知是否受它的启发。就是现在，只要看见它，我总禁不住多望两眼。向前不远，有一处曲径通幽，很喜欢这意境。然后是壕濮涧，长长的红色矮墙，假山、绿树、黄绿参差的草。与这东边相对的湖上，则是一大片枯荷。心中默诵义山名句"留得枯荷听雨声"。但眼前枯荷，似无论如何也"站"不起来。不过明年桃红柳绿的时候，它将复活。正如人们一茬一茬被收走，后代又一茬一茬争相生长。来到南门，找一棵最大的柳树照，然后在水中留下它的倒影。最后照最美的柳条被风吹起，旁逸斜飞的样子。昔我到此，杨柳依依。今我复来，秋光柔媚。然后出门，回家。

白塔

　　北京公园最有影响的地标，一是白塔，一是佛香阁。原因一来其古老，二来其是帝宫，三来有宽阔的水面。但是对老北京人来说，在八十年代以前，去北海的很多，去颐和园的较少。因为那时没有私家车，公交又少，更关键，低工资下，几毛车票钱就是大数儿，加门票钱，再加吃喝（颐和园在城郊，中午回不来），这些花费加在一起不得了。虽然那时北京的孩子们都会逃票，也省不了几个。

　　相对来说，北海省钱。北京人大都住城里，如今二环以内。远点的，逃个票就去了。不太远的，"腿儿着"（走着）就去了。记得"文革"中和返城后，经常和伙伴们"腿儿着"去北海。而地儿偏，道儿远，费钱的颐和园那时就去得很少。

　　北海的图片（老笔记本里的），最多的是白塔下一片荷花，或一片水面，或红墙绿瓦，对我没多少吸引力。几十年后的今天，一张网上的照片却深深吸引了我。白塔雄伟，柳条飞扬，蓝天辽阔，多少往事飘拂在深沉遥远中。

景山

景山，前年暮春，牡丹盛开的时候，我和"万春亭"来了个告别游，因为此生再爬不上如此高度了。

万春亭是五亭之首，古代北京城的制高点，而且它瞭望的是故宫，是佛香阁比不了的。坐落在南北中轴线，亭上南北望，千年古城尽收眼底。

所以碰上悲伤或高兴事，来到这里远眺，很能抒发心情。我有个小学同学，一九七八年考上大学，跟我说，拿到录取通知书后，你猜我怎么着？立马来了景山，上了万春亭！那天也绝了，万春亭里一人儿没有。我伸着胳膊握着拳头蹦着跳着朝天喊："我终于考上大学啦！我某某某也有今天哪！"要不是地上脏，我真想打俩滚儿！我看了南边儿看北边儿，看了东边儿看西边儿，觉得什么都是、连太阳都是我的。头回懂得什么叫乐疯了！

四十多年前，以"高龄"考上大学，人生从海底升出了海平面，"乐疯了"很正常。

景山还有一大看点，就是崇祯吊死的那棵树。我很小就看过那棵树，因为吊死过人，心里留下恐怖的感觉。其实那棵树早就死了，后来原地补种了一棵。那天有一体形健硕的外国人，坐在树下，两眼望天，不知在想些什么。

睹物思人，不由想起崇祯。从个人品性来说，他是历史上少有的严于自律的皇帝。清心寡欲，老百姓想象中皇帝的奢侈荒淫，他没有。励精图治，兢兢业业，日理万机，不肯休息。尽管越治越乱，越治越坏。然而急躁偏狭，多疑好杀。即位到亡国，短短十七年，换了十九任首辅，长的不过一两年，短的才二十来天，不给大臣表现的机会，大多被诛死。但客观来说，他接手时明朝面临败亡，他力挽狂澜，诛灭魏忠贤、客氏等，驱逐阉党，一时朝纲大振，颇有中兴气象。作为一个只有十六七岁的少年皇帝，了不起。可惜他面对三大难题，外有后金侵掠，内有农民起义，朝廷里党同伐异。明朝灭亡，东林党不能辞其咎。本来阉党失势，首恶已诛，投附之人作鸟兽散，甚至不少愿附东林。但东林党"宜将剩勇追穷寇"，务要除恶必尽；弄得阉党也只好"敢教日月换新天"，绝地反击，斗到南明时终于一块儿完结。

上课时，我曾跟学生说，一个当领袖的要成事，从自身来说，只需八个字，"知人之智，自知之明"。而自知之明是知人之智的前提。历史上最典型的例子就是刘邦。崇祯做不到，亡国就必然了。

远眺故宫，气象万千。黄昏之时，云蒸霞蔚，壮美无限。但忽然想到，一年多前裸女闯宫，赤身拍照，一时轰动。裸女与技师狼狈为奸，赚名赚钱，置故宫于何地？置我们伟大的文化于何地？

我好像越来越不认识这个世界，越来越不喜欢这个世界了。

天坛

昨天秋分,去了天坛。由天坛西门进,一条大道漫无边际。北京所有的公园,我对天坛最不"感冒"。古迹太少,没什么玩儿的。只是树林子又大又多,什么鸟儿都有。七十年代后期,听说林子里还冒出了剪径的贼人,印象就更差了。

好像有二十年没来了,公园没什么变化,我倒有了变化。最大的变化是顺应潮流。如今人们越来越重视自然,重视原生态。

天坛,以古树名木扬名京城。如果你游心骋目,或沉思默想,天坛绝佳。记得"文革"时,不知哪个朋友弄了本香港杂志,一些女孩在里面谈喜好。一女孩说:静静思想,默默幻想,深深梦想。另一女孩说,我想穿一身白衣服,在白色的房间里一边喝茶,一边看小说,终生不走出房间。比较同时我们身边的斗争岁月,多么令人向往,一向往就是几十年。

走累了,坐下来,还真沉思默想了一会儿。远远望去,大道直上天边,好像要把人带入遥远的云端,倾听云霄深处历史传来的回声。其实,古今真没本质区别,皇帝诏曰:一夫不耕,或受之饥;一女不织,或受之寒。所以要拜祭天地,保护农桑。如今,只不过用机器替代人力,使人们更享受更轻松。但是,人们过得更好了吗?世界更太平了吗?贵贱消除了吗?贫富缩小了吗?不知道,似乎也难以说清。从精神层面说,我国自古以忠孝节义立纲。从忠里把皇帝拿出去,换成忠于国家,加上孝敬父母,提倡情操,重信守义,不就是主旋律正能量?

黄昏真是美丽,尤其是高处空阔处的黄昏,照了不少照片,留作纪念。

从天坛东门出去,在李先生家吃了牛肉面。归途,灯火阑珊;到家,夜色如铅。

动物园

北京动物园，是我心中的圣地之一。之所以这样说，是因为在最小刚认识世界的时候，动物，让我懂得了爱，感受到温暖。所以我非常感谢赵忠祥先生，他的《动物世界》，许多场面让我深受感动，浮想联翩。我有许多料器小动物，小学时，冬天睡觉前，我会用棉衣在枕头前搭起一个"棚"，把它们安置在里边，想象它们在开会。至于开会的内容是什么，我会在梦里知道。

启功先生也非常爱小动物。客厅里东墙前两个书柜里，挤满了各式各样的小动物，以熊兔居多，形态都是胖胖的、圆圆的，憨头憨脑，一副世道人心满不懂的样子，瞪眼瞧着对面的来客，仿佛有说不出的惊奇，令人顿生温柔怜悯之情。

一次在先生家，先生拿了几个小动物让我给我的孩子。两个唐老鸭，一个背后插国旗的树袋熊，先生的小动物里猛兽不多。有次我说"您不爱大灰狼"。先生笑道"大灰狼我也爱"。我从小就不反感狼，出门嘱咐孩子："我和你妈出门了，好好看家。咱家除了大灰狼可以进，谁都不许进。"我喜欢任正非的狼性精神，看完《狼图腾》这本坏书（杀狼），一脚踢垃圾堆了。

人的情感好像和动物有天生的某种沟通。据说一些不与人类沟通的孤独症儿童，却能和小猫小狗亲近。国外报道，许多连环杀手杀人残忍至极，却对小动物富有同情心。中国一样。电视法制节目里，某人以钱骗一妇女至家，强奸、杀人、分尸、埋猪圈。他老婆不信，一脸不屑地对警察说："就他，还杀人？让他杀个鱼，就哆嗦。杀个鸡，连逮都逮不住。"他说："杀那些我是不行。杀人，一点儿不犹豫，从不手软。"

动物捕食，吃饱即止。人类贪欲无穷，互相残杀。所以我爱看

《动物世界》。我反感猎人，反感吃野生动物，对广东有看法，但我又爱吃肉。所以我常想，死后把骨灰扔到江河水泽喂鱼，以应天道。

前些时，去动物园探望动物，走到最北边时，想起那里早先有个土坡，坡上有个亭子。有年在里边休息，见柱子上写满、刻满某某某到此一游。忽然一行字引起我的注意，因它与众不同，"为祖国多思考些问题"。

那好像是一九七五、一九七六年左右，人民最关心的还是吃饭。一次家里吃饭，炸酱面，一人一碗。我吃完意犹未尽，发出"炸酱面什么时候管够"之问。虽然没有钱学森之问高大上，却也直实真。

当时看到这行字，虽然我那时年纪很轻，却如电光石火，振聋发聩，由此生成家国情怀，一生未忘。今天回首，尽管无成，但总算几十年一直努力，对得起生养我的这片土地。

玉渊潭

玉渊潭在八十年代还是个野公园，叫八一湖，旁边是玉渊潭人民公社，北师院（首师大）在其北。我从城里上学，骑车出阜成门往西，不多远，即穿园而过，直到学校。四年来，穿行无数回，毫无感觉。直到里边种了樱花，一夜间成了独一无二的赏樱胜地，才一跃成名。

在里边赏樱的观感，我有三大名言：人比花多；人比花丑；好久没游行了，游行的感觉真好。

人比花多，是因为人们在挤来挤去的同时，还不住发问，怎么人这么多？都看不见花儿了；花比人丑，是照相的人巨多，还要把花枝拉到自己脸前。可无论是黑脸、黄脸、大粉脸，一下都让花儿比没了影儿。游行的感受是，从小游行示威喊口号惯了的我，又一次体验到摩肩接踵推推搡搡的感觉，孤独忧虑抑郁症一扫而光。

樱花分两种，一种早樱，一种晚樱。早樱，花瓣舒展，花色粉白，花心淡红，像泅开的胭脂水；晚樱，花瓣闭合，花色红紫，花心紧密，像一个个艳丽的火炬。早樱，日人喻为飘雪；晚樱，日人喻为落霞。我喜欢早樱，它给我的感觉，清秀雅洁，带一种孤独落寞之美。静静来，悄悄去。不为谁而开，不为谁而落。恬静淡泊，从容一生。一天黄昏，吃饭时分，微雨。我去了公园，如我所料，没什么人。春风春雨，落英缤纷。站在树下，一片静谧。在夕阳的黯黯光线里，看着身前身后的樱花，一种寂寞浸透身心。

大学期间，这里发生过轰动全市的"天鹅事件"。一年，湖上忽然飞来四只野天鹅，在水面上嬉戏。消息传出后，人们纷纷来观看，甚至扶老携幼。好景不长，几天后，一声枪响，一只天鹅魂断水面。报道出来后，大家极端愤怒，公安局也迅速破案，两个青年想尝尝天鹅肉，用猎枪打的。就此蹲了班房，品上了牢饭。社会上纷传天鹅夫妻多么恩爱，一方死后另一方会用脖子缠在另一只脖子上殉情。以北大学生为首，来了好几个学校学生，在湖畔安营扎寨，昼夜观察，准备救援。听说剩下的三只天鹅随时会飞走，来看望天鹅的人更多了，湖畔常常黑压压站了好几层。但是，不幸，余下的三只终于在某天夜晚起飞，不知所踪。动物园马上送来四只天鹅，希望它们能安抚人们受伤的心。

人们为什么如此？公园东门外墙上的小字报给出了答案。"天鹅是爱和美的象征，我们打死的是天鹅吗？我们打死的是爱和美！""我们离开斗争才几天，又见野蛮！""无爱的民族没有希望！民族振兴，从爱开始！""吃肉，我理解，但你配吃天鹅肉吗？""兄弟姐妹们，打死天鹅，打不死我们的希望！振兴中华，任重道远！""天鹅是美好的象征，它们来到北京，带给我们多少期待。一枪打死，带走吃肉，他们是癞蛤蟆吗？""经历了多少年的黑暗，我们才走到今天。我们要爱！只有爱，才能挽救我们，挽救国家，挽救民族！"

那时我每天上学，都会在此停留抄小字报，哪怕为此耽误上课。"文革"刚刚结束，国家满目疮痍，祖国百废待兴。觉醒了的青年们自感重任在肩，愿为国为民做出贡献。我在抄录时常会感动得激情澎湃，心中像有火把滚动，相信祖国定将涅槃，如不死凤凰，浴火重生。这样的抄录一直持续了二十多天，小字报才渐渐消失。

如今，四十多年过去了，我们振兴了。但我们对爱的追求，对美的向往，是否像当初我们期待的那样？

颐和园

常有这样的感觉,在北海、故宫、景山、天坛、颐和园这类地方的宫殿楼阁里,不用提醒,也不会有人堂而皇之地弄出随地吐痰、高声喧哗、放声大笑等等"国粹",但若进了穷街陋巷,不吐两口,不嚷两句,好像就对不起这地方。吵嘴打架,撒泼打滚,菜刀擀面杖,和这地界太般配了。不来两下,好像都不好意思。

而宫阙中,一片肃穆。此时无声胜有声,于无声处有惊雷。壮丽恢宏的地方自有气象万千。这无声的万千气象令不规矩的人也规矩起来,屏息静气,收敛自己,不敢也不能放肆。

颐和园就是这样的地方。

如果你想穿越时光隧道,要来;如果你想探究帝王秘事,要来;如果你想一览湖光山色,要来;如果你想抒发思古幽情,要来。几十年的生活中,我几乎将颐和园各处走遍,所有陈设看遍,结论是,皇帝的生活也不怎么样。其一,皇帝终生不得出禁闼。所以乾隆在后山建了苏州街。其二,皇帝所用器物,民间大多都有,精巧不输御窑。其三,皇帝终生只能守着眼前这一点儿风景,干着自己未必想干的事情。

不过皇帝人人想做。搁在过去,我也想做。

因为无限的权力,无边的山河,无数的百姓,虽有无限的危机,但毕竟,危中有机。登上万寿山,放眼远眺,佛香阁下,碧波起伏;德和楼上,锣鼓无声。千年兴衰荣辱,如走马人生。

这就是颐和园的魅力,海阔天空的遐想,纵横古今的追问,我爱来的原因。

佛香阁远望,石舫隐隐约约。很多很多年前,我还是小孩子,祖父和他的挚友赵元方、马巽伯带我来此。我上上下下跑了一会儿后,找到他们时，看见他们后背对着我，并成一排，坐在石舫最前面，正朝远处望去。那天阴天，顺着他们的方向张望，水天一色，白茫茫。我觉得像海，就是海。

上了小学就知道不是海，可直到今天，还愿意那是海。或许，人在海里可以永生吧？

黄昏的昆明湖

圆明园

圆明园是民族的伤心地，也是我的伤心地。一想到那么多园林被毁，文物西去，非常痛惜。所以几十年来，只去过一次。倒是《圆明园四十八景图》，买过好几次，心里愿意留下它全盛时的样子。

你富，别人就会抢；你阔，别人就来夺；这没什么可说的。清政府外交上再失误，英法连抢带烧，毁掉名园，也是罪恶。另一方面，政府的无能也耸人听闻，有三个故事，马桶阵、面具兵、五虎出征。

鸦片战争，敌人打到了广州。清政府派了一个叫杨芳的将领统兵御敌。老百姓欢喜非常，因此人在镇压白莲教中战功赫赫，很有能力。他果然不负众望，第二天就去海边观察。然后召集众将，说，敌人船只在海上，摇来晃去。我军炮台在地上，坚固不动。可敌人打我们一打一个准儿，我们却打不着他们。为什么呢？敌人必有妖术。你们准备五百只污秽马桶，口向敌阵，我这边一声炮响，你们即去掉桶盖，我带军冲上去，必获全胜！（古小说写两军对阵，对方妖道作法，登时天昏地暗，飞沙走石，虎豹冲阵。己方早有准备，令士兵抬出数十大号唧筒，里面装满粪便经血，冲妖道一通狂打。因为妖法怕脏，一脏就不灵了。老道也怕脏，一脏无法作法。果然，马上风沙平息，虎豹落地，原来是纸剪的。趁妖道傻眼，我军冲锋，大获全胜。）

杨芳如此打仗，结果可知。

英法军继续前行，来到江浙。此地守吏名宋国经，日夜思考退敌之策。终于思得一计，令人于集上买得千余鬼怪面具，又募得千余乡勇，昼夜操练。及对敌时，还选择白天，千余乡勇齐声鼓噪，"跳舞而前"。最终，这只"大神"队伍全部殉国。

侵略军打到了北方。咸丰派某亲王带兵迎敌。亲王找人打一卦，卦人说，今年寅（虎年），吉。亲王大喜，决定寅年、寅月、寅日、寅时出兵。又以五虎为大吉，于是选了一位属虎的将领做先行官，以合五虎之数。战役结局可想而知。

我在中国书店看见过几十本由清末江南制造局翻译出版的讲理化声光电的木版书，当时就对搞洋务运动的先人们涌起了层层敬意。如果那时故步自封，打开国门，维新变法，何至后来！

不忘国耻，致敬先人，永远改革开放。

陶然亭

陶然亭公园民国间是块荒地，泥沙污秽遍地。解放后，政府组织包括机关干部学校老师等等大量群众挖沙除泥，聚土成山，清淤见水，建阁修亭，才有了后来模样。

我家住琉璃厂，与陶然亭一箭之隔，和朋友们腿儿着（走着）就去了，所以对那里的一草一木非常熟悉，以致熟悉到没了感觉。但有些回忆，还十分清晰。

比如在陶然亭，我和死神曾交错而过。那是我十二三岁时，和院里街坊去游野泳。因为不会游，还带了一个救生圈。野泳的地方分了深浅两块，但并无标志，只是脚下有一条沟。一不小心，我就滑进了深水。同伴虽看见，并没当回事儿，以为我在这边学。我扑腾了几下，就一直往下沉，但脑子还清醒，幻觉中看到我死后家人悲痛欲绝的样子。忽然，我感到有人从身后把我向上一托，又把什么往我头上一套，我就浮出水面。一看，原来是一个十六七的小伙子。我一边喘气一边道谢。同伴说，他开始没当回事儿，后来看我脸色发白，特可怕，他赶紧请旁边的人救我，并把救生圈给了他。

看网文，好几个人在人群拥挤的游泳池里被淹死，我完全相信。因为我被淹时，四周有很多人，满耳朵都是欢笑喧嚣。但没人知道我将淹死，即使我呼救，人们也会以为我开玩笑。人真不可随便戏水，老子说，天下莫柔于水，而攻坚强者莫之能胜。当知青时，两位会水的同伴，一个在水库扎猛子，扎到泥沙水草里死了，另一个水坑扎猛子，扎到坑底，脊椎受伤而亡。俗话说，水火无情。其实水的可怕胜于火千万倍。外国有诺亚方舟，中国有大禹治水，都是人类险遭灭绝的传说。春秋时子产变法时说过，为什么人死于水的多于火？就因为火猛水柔。火猛，人见而避之，故少死；水柔，人见而戏之，故多死。

所以，法要严苛，严苛保护百姓。可是，水又是生命的摇篮，大海是人类的母亲。

我虽不会游泳，倒善划船，荡舟水面，自由自在。陶然亭的水面上，消磨过不少快乐时光。可惜水面太小，游野泳的又越来越多，没法划得痛快，慢慢不划了。如今早没了木桨，改成脚蹬，没感觉了。

论古迹，陶然亭只有一处，香妃冢，但早就找不着了，埋没在荒草乱沙中，很像她的身后。记忆里，祖父有几次和朋友们来过，都是在一个亭子里喝茶聊天，然后去附近的晋阳饭庄吃饭，顺便看看纪公手植的紫藤。

陶然亭旁边，有几处热闹的地方。一个是与它隔马路东西相望的陶然亭游泳池。那是很多年来唯一对民众开放的公共游泳池。不过里边有一部分是专供国家游泳队训练的，如跳台。我去过次数不少，不过没学会游泳，一是没人教，二是人多煮饺子，没法练。最大享受是出来时花一毛钱买上一个黑黑的"甜圆面包"，很香，几口吃光。若再能添几分钱，买一个果子面包，就是奢侈。义利白面包那里不卖，如果卖并舍得买，就是再上层楼。

然后是它南边的北京舞蹈学校。相传从它里面出来的女孩子都是天仙般的大美女，但很多年，即便改革开放后很久，它的定位仍是中专。作为娱乐，演电影、演戏剧、唱歌、演奏都有很高的地位，似乎就它差。但十年期间，就我所知，哪怕是三政文工团下来的女舞蹈演员，很多都去工厂当了工人。能去各区文化宫教孩子们跳舞，就是有幸了。

再往南，有个先农坛体校，里边运动员不少。七十年代时，一个初秋夜晚，我看见两个很小的女孩子，各自骑着没有把，只有座儿和一个轱辘的车，嘻嘻哈哈地在街上追逐。我疑心她们是宣武杂技团的，同伴说她们穿着运动服呢，那上面印着体校。

再向南，就是有名的天坛、天桥，随着开放，它们却是不断衰落。

快三十多年没去陶然亭了，并不怎么想念。听说那里早就是老人们的天下,每日群舞能舞出上千人的水兵舞,很想去看。但迁延至今,仍未能成行。

陶然亭月色

中山公园

从文化上说,世界上最好的地方是北平,北平最好的地方是中央公园(即中山公园)。这是上世纪外国人对中央公园的评价。

一九一五年,中央公园里边有三家饭馆(茶座):来今雨轩、春明馆、柏斯馨。来今雨轩,福建馆子,主营福建菜;春明馆,主营茶水、茶点(中式);柏斯馨,主营西餐、西式茶点。因在城市中心,所以成为文人们的雅集之地。又因门票、游览、设施颇贵,所以游人不多,闲人很少,环境清幽,利于交谈。

来的人基本是中上阶层,以各大院校教授为主,也有医生、律师、记者、书画家等等。

客人们很有意思,大家自觉站队,对号入座。来今雨轩,国务院公余之后,官员们爱在此谈天,文人爱在此宴客,外国使节及夫人也爱来此品茶尝饭;春明馆,多为长袍马褂老先生在里边谈旧学;柏斯馨,多为西装革履留洋归来的教授讲新学。如果一个人有兴趣,可以春明馆里听听国学,柏斯馨里听听科学,来今雨轩看看中外官员。这就是外国人认为中央公园最好最有意思的地方。还有个饭馆叫长美轩,又称"五方元音"。因为物美价廉,受旅游者喜爱,所以能听到各地方言,因而戏称此饭馆为"五方元音"。

中山先生一九二五年逝世后,这里便改称中山公园。

卢沟桥事变,抗战军兴,北平沦陷,一切宣告结束。不过在聚集了大批不愿在日人治下的辅仁大学,还有教员们可以论学问道的地方。

启功先生在《启功口述历史》中回忆说:"辅仁大学给我印象最深的地方之一是教员休息室,那里可以称得上是真正的学术沙龙,大家自发地在那里组织各种轻松自由的读书会。大家都愿意早来会儿,晚走会儿,或者干脆到这里坐一坐,海阔天空地聊一聊。来的又都是各专业的专家，无拘无束，没有一定的话题，没有固定的程序，大家就最近所看的书，所发现的问题，随便就一个话茬就发表一些见解，各说各的，用不着长篇大论，三言两语，点到为止，反而更现真知灼见。即使有时有不同意见，谁也不用服从谁，平等交谈，点到即止。有的话题大家都感兴趣，也许会持续说好几天，有的人会回家查查资料，第二天继续说。有的话题是本专业的，发表意见的机会可能更多；有的是非本专业的，听起来更觉新鲜，也有许多收获。比如，当时李石曾之子李宗侗翻译了一部摩尔根的《世界古代史》，在学术界影响很大，成了大家一时的话题，大家都纷纷发表意见，我也从中了解了西方史学家的史论，确实人家有人家的一套，值得借鉴。就连陈（垣）校长也受到影响，赶紧找来看。这再次证明陈校长思想一贯开明开放，虽然他是搞中国古代史的，但他绝不死守一面，故步自封，还时刻关注学术界的最新动态。

"有时教员休息室又变成书画展览室。老师们会把自己的作品陈列在这里供大家观摩。余嘉锡老先生爱写隶书，有时将自己的作品拿到休息室，用图钉钉在墙上展示一番。一次我花了十二元，买了一张破山和尚的条幅'雪晴斜月侵檐冷，梅影一枝窗上来'，也挂到休息室供大家欣赏。"

我教书的时候，也有教员休息室，很大，能容不少人，但没有启先生说的气象。究其原因，一是学校在城外，离城里很远，教师主要住城里，来回赶班车，在休息室待不了太长时间。二是有些教师为少跑路，把课集中上，还忙里偷闲地办事，更没精神精力待在休息室。三是大家比较隔，除了本专业的同事，对别的专业别的教师基本没兴趣。其实我能看出来，有些人，尤其是青年教师，是愿意互相认识、交流的，但没这气氛，一段时间后，也就蔫了。四是即便说话，也多是家长里短，或是一同出去办事（男教师多），或是一同出去逛街（女教师多）。谁要在休息室谈学问，特别不合时宜，简直成了"另类"，更别提展示书画才艺了。最后是最最重要的，说话要三思，大的不要无意中在正负能量的转换上迷糊失误，小的不要道听途说传递信息时无心伤了同类。所以，最后能在教员休息室看到的就是，大家玩手机，看电脑，闭目假寐。

有年我去鲁博，看见院里停着许多出租车，问馆长孙郁，你开出租车公司了？孙郁说，这不为了创收？是不像样，我已经停办了，这两天就让他们走。我这块地挺大，又好，还在市中心。我想拿它办文化沙龙，春秋时候到我这儿喝喝茶聊聊学问，你看怎么样？

我说我看你办不成，随后说起了当年的中央公园。现在的教授已不是当年的"那一蟹"。没家尚可，有家，接送儿子或闺女；儿女有了家，接送孙子或孙女。回家路上别忘了买菜，回到家帮太太或老太太做饭。保住自己不是"多愁多病身"已经不易，现实太骨感。反观过去的教授，有包车，有佣人，雇得起老妈子，买得起书，住或租或讲究或宽敞的房子，当然可以方便来你这儿。

最后我说，前校长徐显明曾表示，学问要养。校长最主要的责任，就是保证教授有好的生活，使他们无后顾之忧，安心做学问。几年后，徐显明升职离开学校，走时承认，很遗憾，这件事，他没干成。

如今，徐校长去了全国人大，孙馆长也去了人大（人民大学）。应该看到，如今，书房已经飞入了许多寻常百姓家，是时代的进步。但我很反感网上老炒"钱学森之问"，为什么出不了大师？中央公园早就做出了不二回答，学问靠养。

街心公园

北京有几个街心公园,东单公园、北土城公园、西土城公园、北二环公园。除了东单公园建于一九五五年,其他都是改革开放后陆续建的。

我小时候就知道东单公园,不过,它的鼎鼎大名,却非因它的公园身份,而因为它是茬架的地方。

"文革"时,青少年放羊,羊群里拔份儿就成了主要的生活内容和活动。再加上放羊的牧守有意纵容、鼓励,羊群更是泛滥。除了口里口外,公园是常光顾的。地儿大树多,又方便逛又方便打还利于跑。东单公园还加一条,基本无人管理,好像二十四小时开放。又在市中心,来去方便,就成了拔份儿的好地方。

过了两年,"拔份儿"过去了,换成了"拍婆子"。公园又成了约婆子的地方。理由和茬架同一,地儿大,没人管,树多光线暗,交通便利。打群架交女友选在同一地点因为同一理由,也真够特色。

再过两年,又去上山下乡接受再教育。再过几年,灰头土脸逃回了城,一下巴胡子茬进工厂当学徒,管比自己小六七岁的青年叫师傅。因此,学徒娶了师傅或师傅嫁了学徒很常见稀松。

改革开放后,少部分人大展拳脚,实现抱负。多数人下岗、再就业、再下岗,领低保、申救济,扑克牌、广场舞,了此一生。少年时拔的"份儿",一片烟云。

回顾到此,我又想向圣人致敬。夫子云:"君子有三戒:少之时,血气未定,戒之在色;及其壮也,血气方刚,戒之在斗;及其老也,血气既衰,戒之在得。"

前几天去大华路,进东单公园逛了一圈儿。风景秀美,安宁祥和。这就是我们要的生活。"日出而作,日入而息,凿井而饮,耕田而食,帝力于我有何哉?"

纪晓岚故居

昨天午后去虎坊桥办事,瞻拜纪晓岚故居。纪公文采风流,余以为仅下苏轼。院中海棠一株,传纪公手植。纪公幼与姑母家侍婢文鸾相识交好,姑母亦许以纪公。讵料之后文鸾之父多索钱财,事遂作罢,文鸾亦郁郁而终。纪公知后,因忆幼时常与文鸾在姑母家海棠树下嬉戏,故于家中亲植一株,以为纪念。并作诗曰:"憔悴幽花剧可怜,斜阳院落晚秋天。词人老大风情减,犹对遗踪一怅然。"俗谓,海棠命苦,信然也。

纪公手植紫藤

紫藤纪公亲手所植,每逢春日,紫花如瀑。几百年来,观者如堵。苏轼知徐州,作《永遇乐》,末两句,"异日对,黄楼夜景,为余浩叹"。愿己名能传。圣贤必永远,凡人只枉来。

距此地不远,有陶然亭。园中相传有乾隆爱妃"香妃"墓冢一座。香妃据传西域之贵女,体有异香。以贡入宫,颇受恩宠。因思家乡成疾,厌厌而终。民国时,有一无名士子为作一歌,歌曰:"浩浩愁,茫茫劫。短歌终,明月阙。郁郁佳城,中有碧血。血亦有时尽,碧亦有时灭。一缕幽魂无断绝。是耶非耶,化为蝴蝶。"

土港洋

年轻人，总嫌自己父母过得太节俭，剩饭剩菜不舍得倒，老吃，吃出病来上医院，更花钱。所以他们比较狠，看见就倒，保平安。我对剩菜不手软，对肉比较留情，因为从小不爱吃菜爱吃肉。但父母为什么不舍得，是有原因的，就是改革开放前不发展生产，想吃，一没有，二没钱。举个例子，每年秋末，市政府都会成立秋菜指挥部，指挥部从市、局到各街道、居委会，发布一、二、三号通令，号召打好一场冬储大白菜的人民战争，每家几十棵，严防冒领。那时不发展生产，没有细菜（大白菜以外的菜，即养在大棚里的菜。就是有，也很少，都特供了），老百姓就靠大白菜熬冬天，称为看家菜。粮食要票，布匹要票，日用品要票，各种奇葩票层出不穷，有千分之一肉票，百分之一油票，"大姨妈票"。我家人口少，也还富裕，钱粮不愁，但愁布。祖母曾用五个面口袋拼成一床被里（粮店每年发一条新面口袋，街坊送几条）。忧虑会变成恐惧，恐惧会养成习惯，习惯就很难根除。比如，我买来新衣服不舍得马上穿，压箱底儿，过一阵儿忘了，再看见，想，我什么时候还买了这么一件儿？一试，裤子，短了；衣服，小了。再买，想着接受教训，习惯上又压箱底儿。循环往复，以致无穷。

过去，总结起来，就是，没粮票，没得吃；没布票，没得穿；没有蜂窝煤，冬天受冻；没有大白菜，冬天吃白饭。这不是老一辈人的问题，是生活实际的教训。

不过就在那时，人也变着法儿地要美一美。记得那时一次在家里看见一个硬领，没袖子，别抬胳膊，一抬就露馅。穿上一看，挺美。后来听说这叫假领子，上海人的发明。现在想，南方人就是聪明，比傻实诚的北方人强多了。清朝家具的"包镶"和"京作"已经说明了这点。

改革开放之后，日子越来越好。大致经历了三个阶段：土、港、洋。

土是第一阶段，比如结婚讲究打家具，三十六条腿儿，日用品三转一响儿，老太太做薄厚不等十二或十六条被子，叠成长条床上靠墙一码，这回俺闺女可冻不着了！少女们的流行装是红上衣，黑弹力裤，黑盖鞋。又一阵流行红裙子，有个电影就叫《街上流行红裙子》。

港是第二阶段，代表是录音机、录像机、磁带、录影带、墨镜、花衬衫、高跟鞋、喇叭裤，这份穿戴，人称"真港！"

洋是第三阶段。彩电、冰箱、洗衣机、照相机、摄影机等一哄而上。

物质的变化一定会带来精神的变化。

从社会来说，就是全民读书，全民向学，全民创作，诗人作家不得了，个个天王巨星。大学里就是不断地思考，不断地学习。从潘晓的"人生的路为什么越走越窄"开始，大学生开始人生大讨论，共青团北京市委为此连发三批讨论材料。随后荒谬派、卡夫卡、萨特、存在主义、尼采、叔本华等等联翩而至，使我们对未来充满希望。

现在想，改革开放顺序应该是开放改革。因为中国四十年的成就，动因就是四个字，穷则思变。如果不意识到自己的穷，也不会思变，更不知道怎么变。国门一开，吓了一跳，原来别人这么过日子，穷则思变，奋起直追，才有了今日的辉煌。

老宅子

看一个宅子如何，不是光看它门脸修得如何，而是还看它围墙有多长，墙上有多少窗，都什么式样，有无后门、侧门，当然，还有车房。这样，大致可以猜出是几进院，然后根据建筑格局，能推测占地多少，大概有多少房，再推想主人大概的身份。一般说来，王侯贵族，门大院深。但由科考而仕宦的文人，就不一定了。比如晚清重臣大学士翁方纲，据记载，其家门又小又不起眼，连台阶也只一两级。好似一介寒儒，但要看围墙，便知此中绝非寒儒所能居住。

以传统文人来说，不事张扬。做人低调，行事谨慎，是世代遵循的传统。不过社会进步，这传统太落伍，被弃如敝屣了。说到这儿，我倒想起件往事，那是我老家拆迁，要盖椿树园时，我回去看过一趟。那时，房屋已被拆得乱七八糟，住户早已走光，所有院落空无一人，我可以一个院落一个院落地进去随便看，很高兴。

进去后，大开眼界。原来那些我从未进去过的院中，虽然狭小陋房居多，却真有大出我意外的。比如在我家房后，有一小门，普通寻常，本不想进，还是进了，顺着狭窄的门道左拐，院落不大，可房子把我镇住了。两三间厅堂，每间都有几十米开阔，房高五米，宽敞豁亮。彩绘房梁，依然艳丽。虽然门窗皆无，只剩梁柱，但壮丽如故。可我印象里，我家以南，直到椿树街道办事处（余叔岩家），没听说有好房，可见主人行事低调。我家那片儿，梨园行多，像余叔岩家（后为椿树街道办事处）、尚小云家（后为椿树派出所）、荀慧生家、袁世海家、徐连沅家住讲究的大宅子不新鲜，但是那天我随便进了很多宅子，发现有不少房很好，尽管是杂院。房高、窗大、带廊子的也不少，院子深的也不在少数。比现在东四十条、西四八条所谓的老四合院强很多。后来看文献，知道宣南这里集中了民国时不少媒体，设有不少报馆，大概后来就成了民居。

向东一点，忽然冒出一栋西式两层别墅，经典英法风格，吓我一跳。离我家这么近，几十年我从不知道。后来有人告诉我，这是民国一个大报的报馆，解放后用作街道工厂。当工厂时你肯定不在意，现在又拆出来了，你以为它新从地底下冒出来。

又进了几个过去有人经商的院落，他们都有百万的绰号。如张百万、林百万。不过据传其中一个百万，是趁八国联军进京，城中大乱之际，抢当铺发的财。若真，应当把他从百万中开除。

那天最大的奇遇，就是我走了二十几条胡同，进了几十个院落，居然没碰到一个人。如今，就算还有这样的兴致，又哪里还能看到这样的景象，体验一个人走在废墟里的感觉？

野孩子

讲北京世俗生活，有个已经消失了的词儿是绕不过去的，就是"野孩子"。

"野孩子"从何而来？野孩子其实是指家教差，而家教又和家庭的经济情况，父母的地位相联系。比如，过去部委云集的和平里、三里河一带，野孩子就少，散落各处的各机关、高校宿舍的野孩子也不多，野孩子主要产于胡同。而这还要具体分析，虽住胡同，但独门大院，没有；虽住杂院，家教严格，少有。一般来说，野孩子就是大人不管，基本放羊，整天长在街上疯跑疯闹，打架骂人，不爱念书的孩子。相对来说，好孩子不长在街上，不疯跑疯闹，不打架骂人，爱念书。

虽然二者划分主要以文、野区别，但阶层是有的。记得在东北当知青时，连里有个哈尔滨知青，文质彬彬，不说脏话不打架，爱看书不爱讲话，和我很好。不知为什么连长总看他不顺眼，觉得他阴。有回不知为什么，全连开会时，大喝一声："孙宇宁，什么出身？"他想了想，慢慢腾腾地说："市平。"会后我问他，什么叫"市平"？就是城市平民，他告诉我。现在回想，这个词儿真好，市平犹如农村包围城市，大水漫灌般围绕着城市各处。

我有个好朋友，住在我家附近北京医药公司的院里，他爹是公司党委书记，少年时参加八路，从游击队干到正规军，特憨厚，乡下人本色。爱人自己做衣服，还教几个闺女纳鞋底子。朋友说，他和几个姐姐从小就不许上街，怕跟野孩子学坏。有时他们好奇，会从大门缝里往外看野孩子什么样。有时发现野孩子对他们也有兴趣，也会顺着门缝看他们。

这一切在"文革"中一夜坍塌，我那朋友走上街头不久，打架骂人（那是时尚潮流，不会被人欺负），无师自通。那片儿住着一瘸子，和我们年纪相仿，没教育好，虽拄拐，却很凶。跟他爸说话一言不合，他爸抄棍子他抡拐。整天在街上，见多识广，张口骂人，抡拐打架，结交各处绿林，洗佛砸圈子，也没人敢惹。

我那时常去朋友家玩儿，他还有两个好朋友，一个叫狗子，一个叫黑子（大名不知道）。一天我们上街，瘸子有点儿挑衅，黑子一言不发，上去把他一根棍儿抢过来，扔了。他还骂，我朋友指着他说"再犯贱，把你那条腿也撅折了！"不过瘸子爱看书，我们后来成了朋友，我常从家里拿书给他看，他也总请我抽烟，不过每次我都谢绝了。

我家不远的女孩子群里，有个女孩儿也挺出名，叫凤儿，疯得可以。"文革"时，有回上街，碰上她，冲我叫"眼镜！眼镜！"我过去说："你叫谁呢？""叫你呢！这片儿除了你，还谁戴眼镜！""我有名字！我不叫眼镜！""呦，还生气了！眼镜，问你个事儿，听说你们家特大，里面还有一条河，真的？""我们家没河，有自来水！""比我们强，我们都得挑水。"又凑过来，仔细往我眼镜上看："这上头一圈儿一圈儿的都是什么呀？""这叫学问！""这么多学问，一圈儿又一圈儿的！"凑过来要数圈儿，我扭身走了。"什么时候带我上你家里瞅瞅！"她在我身后嚷。

后来一来二去，也熟了，即便知道了我的名字，也不叫，就招呼"学问！"后来我发现她不坏，就是性格鲁，缺教养，不爱读书。有时看见她在街上打架，如果对方是女孩子，就特勇，揪着头发拳打脚踢，对方就是几个人，也不怕，结果女孩子堆里打出了名。可如果换了男孩子，就反过来，很少还手，有时甚至抱着脑袋任男孩拳打脚踢。有回我问她怎么回事，她说："女的当然得打了，要不别人看不起。男的打不过。""可你还没打，怎么就打不过？""肯定打不过。再说也打不坏，就是疼点儿，忍着呗。"回想过去，想起在她生活的圈子里，男人打老婆很常见。中国很多缺乏文明的地方，新媳妇过门要痛打。理由是打怕了，一辈子就顺了。而且很多时候是婆婆要求儿子打，因为自己就是被公公打过来过了一辈子。

  很小时候，我就知道人是分阶层的，这是从拍三角里感受的。在街头拍三角，我总无往不胜。为什么，不知道。后来一个伙伴说出了原因。因为三角是用香烟盒子叠的，长辈抽什么烟，孩子叠的就是什么三角。那孩子说："你那三角都是好牌子，中华、上海、双喜这些，我们都是大生产、千里马、团结这些。好牌子纸硬，起风；我们的纸软，不起风，扇不过你。"后来我不玩了，三角散给小伙伴，由此结下了好几个哥们儿。

  想起这些，总希望当年所有的朋友，如今都快乐无忧地生活着，尽享天年。

胡同行（一）

昨天趁天好有风，去了南小街的拐棒、炒面、礼士、灯草、演乐、本司、内务部街、干面几条胡同。瞧这名目，就体现了传统文化的博大精深。从政府部门到礼仪典制到举贤纳士到百姓们平时吃的用的，一样没落下。我为什么来？在胡同出生长大的人，对胡同当然有感情。但我有个感受独特。小时，在夏初正午的阳光下，没事时在胡同里逛。不知去哪儿，也没地儿可去。就想让太阳把自己晒成干草堆、棉花包，把浑身的骨头一根一根抽走，瘫成泥。要不就一身轻，飞上天去。走累了，坐在人家门口儿台阶上，迷迷瞪瞪地马上就能睡着。温暖的阳光，淡淡的微风，静静的胡同，当时没觉得怎么样，现在想起来特别美好。天空明亮，白云闪光，绿叶深深能把人埋起来。可是无人可埋。街巷空空，偶尔有几个渐行渐远的人影也消失在遥远。少年以后，该来的一样一样来，几十年光阴，再无一身慵懒走在正午阳光下或黄昏晚风里的感觉。一切当变则变，但有一样变不了，阳光、蓝天和绿树。我尤爱绿树，阳光把树叶照得晶莹剔透的绿，树叶把阳光衬得刺人眼睛的亮。一棵大树，一片阳光，风中，树叶托着阳光浮动，泛起一片绿色的光涛。在每个巷口我都朝里望望，树少，就不进了。树在，浓荫蔽天，过去的感觉仿佛还会回来。

史家胡同里史家小学，现在了不得，大家争入。过去好像不是很出名，不知为何。现在是孩子上学，家长竞争。想起自己，少年时即志存高远，又不惧低贱。能成名成家成名成家，不能成名成家当工人售货员去，反正没人看不起你。忘了逛到哪条胡同，看见卢森堡大使馆。可能国家小，使馆也不用大，把它搬进了胡同。我在它前面拍地上的树影，很美很美，风吹，徘徊，忽明忽暗。

北京的槐树

今天又来到北小街,逛了炮局、大菊、草园等这些从东四十条到十四条的胡同。

看胡同,就是看沧桑。但是在过去,逛胡同就是闻一鼻子臭味儿,看一大堆烂房子。所谓臭,当然是公厕。别说特大型城市,就是一个小城市,如何管理几十万人的吃喝拉撒,都是最头疼的事。听祖父说,清末,各家的粪便都是夜里倒在自家门前附近的便道上,清早净厂(传统文化讲究反向说不洁的事物,厕所叫净房,粪厂叫净厂)的人处理干净后,往路面上洒一层黄土。过去的路,中间走车,两边走人。年深日久,两边的路比中间高一些,就是这个原因。八国联军打进来,我家老太爷带着全家跑到顺义,在一个做生意的朋友家避难,家里留一个人看门。夜里他出来倒马桶,被联军巡逻队发现了,倒没拿他怎么样,只认为不讲卫生,让他弄干净。

处理垃圾不容易。我从记事直到八十年代,垃圾就是往街上倒。每条街都有一片较大的空地,家家户户用一个或大或小的铁桶装垃圾,所以那时不叫倒垃圾,而叫倒土筐。随着社会的进步,"倒土筐"这个词已经消失了。垃圾车每晚八点以后来,一辆大卡车,坦克似的轰隆隆巨响,车后一块踏板上扒着车梆子,并排站着四条大汉,个个膀大腰圆,捂得严严实实,从脑后到脖子到肩膀,瀑布似的披着褡裢。车未停稳,飞身而下,四把大铁锨运作如飞。完事把大铁锨往车上一扔,喊一声"走!",一跃而上。看着他们飞来飞去,我总幻想侠客就是这样。

记忆中好像是每天傍晚左右倒垃圾。垃圾车没来之前,很脏很味儿。讲究的人,年轻的人,会捂着鼻子快步走或一溜小跑,特别是夏天。但最让人发愁的是冬天,倒炉灰。没风,炉灰也吹一脸。有风,大风,刮得满身满脸。大家都羡慕住楼房的人,不生炉子,不用上公厕,自来水进家。

几百年胡同,几百年沧桑。许多大树一看就是百年以上。但有些破烂得看不出模样的破房烂窗却还是明清时的建筑。看它们拼着老命,默默为二十一世纪的人遮风避雨,心中无限遐想(感谢祖宗把房造得如此结实）。有几个小院子门前修得很漂亮，门檐彩绘，金碧辉煌。但一看就是私人小宅。因为大宅，不仅看门口，更主要看围墙。围墙有多长，围墙上开出的窗户什么样，能看出里面大概。至于最普遍的那些开着门、敞着门或干脆连门都没有的院子，阵阵酸臭逼人，由里往外滚滚而来。

一家门外的一张大木椅上，坐着一老太，树下阳光里，打盹儿。穿得圆圆的，长得胖胖的，脸上沟壑纵横，膝上卧着一只肥肥的老猫，也闭着眼。我走过时，她们几乎同时睁开一条缝儿，有气无力地望望，马上又垂下眼皮。想想时光，小丫头儿、小姑娘、大姑娘、小媳妇儿、婆婆、奶奶、老太太、老寿星、老人瑞，很多很多人一生都消磨在胡同里。不远，一群五六个六十上下的妇女，激辩着什么，有华为，有体育，有广场舞，有养老金。声音洪亮，颇有气势。望下看看，都坐着轮椅。墙边树下，一辆电动三轮车不大的座位上，挤着一对青年男女，一人一个手机，专注地盯着屏面，不时交头接耳。

时光倒退，人们的生活在贫困中自得其乐。

房子，分配；工作，分配；看病，拿三联单报；教育，九年义务制；家有急，有互助组；有小三，找党组织。也有贫富，落差不大（基本）；也有高低，没有大小（表面）；没有竞争，没有攀比，因无豪奢，不懂炫富。虽是全民低保，倒也无虑无忧。不知胡同以外的世界，也不想知道。

树叶掉，树叶长，花开了一季又一季；人走了来，来了走，换了一批又一批。年年岁岁，岁岁年年，日出而作，日入而息。

前些时，去了趟南锣鼓巷。这是条很长的南北向胡同。东西两边，又各横着十几条胡同，那里的居民，因为南锣的旅游者洪流，出入成了问题，下班的人回家很费力。一位骑车下班回家的大妈被人流挤得差点儿掉下来，她一边发狠地按着车铃，一边恨恨地嚷："看什么！看什么！破胡同有什么可看的！"

破胡同真没得看吗？她只是不愿被打扰自己平静的生活。

胡同行（二）

上午从虎坊桥的清华池出来，在十字路口给"大楼"照了相。大楼民国年间是京华印书局，解放后给了中国书店当仓库，以古书为主，但是碑帖字画，手稿信札，文献档案，不计其数，堆得太多，有时都得踩着东西走路。好东西车载斗量，为国家为个人做了大贡献。大楼对外叫中国书店收购科，主要负责大库的整理。但加上修书、后勤，也就二十来人，一百年也整不完库存。他们告诉我。

中国书店原经理沈望舒干了件好事，就是八十年代末办了古旧书市，把残书拿出来大甩卖。第一年五毛一本，第二年一块一本。全书没有，宋元没有，但明清汗牛充栋，遍地都是。这个广告可打响了，别说北京的爱书者奔走相告，沈阳的坐火车，上海的坐飞机，天津河北的坐长途，卖书那些日子成了爱书者的盛大节日。但不少中国书店老师傅私下说他败家，因为那些整理出来的残书，原本不是为卖，是为配，配成全书卖高价。传沈望舒为卖书，甚至动了铲车，事先也不让师傅们筛一遍，所以不少明清的稀见好书（尽管残）就成了漏网之鱼。

我却赞同沈望舒，中国书店有的是好书，通过卖残书让天下知道书店有好书，有头脑。家有美女，窖有佳酿，就得让人知道，养在深闺人不识，酒好也怕巷子深。这不叫败家，这叫富家。通过广告打出的资产价值，远超卖一本要赚一本老师傅们陈旧的经营观念。不过残书毕竟有限，过两年，别说用铲车，用铁锨也铲不出两本了，古旧书市也就此慢慢消失。

沈望舒有次打电话给我，转托启功先生件事。中国书店老师傅们跟书打了一辈子交道，每个人都有一肚子故事，但是他们文化不高，会说不能写。他不想让他们把故事烂在肚子里，正找人帮他们写。找我是想请启功先生题个书名"古旧书业人员访谈录"。我找了启先生，先生对书店老师傅的那两句评语，对国家是有功之臣，对咱们（搞传统文化的）是衣食父母，就是这次一边题书名一边跟我说的。

大楼的一层变成了咖啡厅，看着这儿，让我回忆起了田涛。藏书的人，一般都知道这位九十年代初首先写作书话，提倡古旧书收藏的先行者。我和他认识很早，来往很多，住得也不远。他为人豪爽大气，言语魅力十足但渲染夸张，听时不必较真。做事风风火火痛快淋漓，有时考虑不周失之全面。八十年代末九十年代初，有拍卖之前，逛中国书店的人不多。我、老田（田涛）小孟（孟宪钧）三人常在书店碰见。岁数田居长，孟居中，我居下，每人间隔六七岁。田买古代法律，孟买法书碑帖，我买民国说部，各得其乐。

有一回，就在这大楼的一层，举办一个展览。田涛算是中国比较早富起来的人，九十年代中就买了辆韩国的大宇，后来又买了别墅，

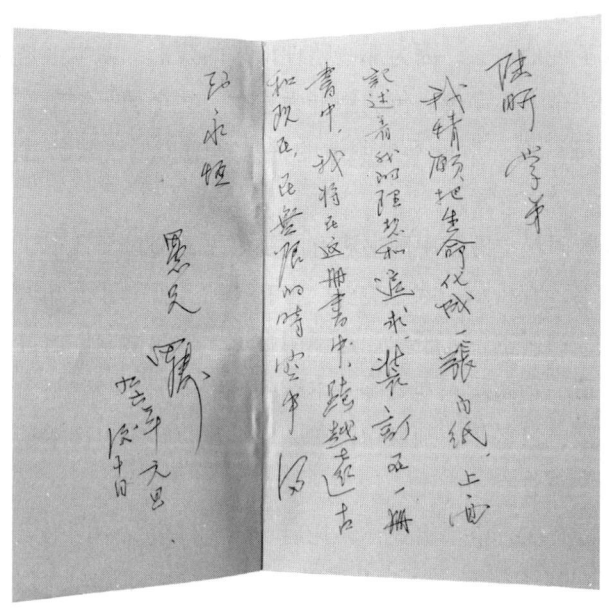

田涛手书

所以各种消息得的也最早。他给我打电话，要开车接我一块儿去。第二天，走到西四路口，他停了车，说他在"造寸"（有名的服装店）对过也开了门脸卖衣服，非让我进去参观。刚一进去，他就对经理说，这是我兄弟，他看上什么衣服你就给他拿上。接着又跟我说，别客气，看上什么就说，咱哥俩谁跟谁。闹（北京话里闹就是弄）两件闹两件。我说，你干吗呢？把我当什么人了？他看我要急，才罢休，出门上车，来到眼下这大楼。

  站在这儿，又想起他。二〇〇〇年后，他外出讲学，不幸心梗，逝于机场，如今墓木已拱。有次夫人对他说，书太多，万一被砸怎么办？答曰：死得其所。看来，人生能得其所，也很难。想当年，我出车祸，他当晚即来家中看望，还带来两本明代小说。不久我要复查，又是他和夫人开车来家接送。往事如昨，却已阴阳两界，人不能苟活，亦不必强求，张中行先生作顺生论，良有已也。

胡同行（三）

昨天沿南新华街向北走，最喜欢的是两边的街树。一提街树，很容易让人想到南京的法国梧桐。某年要砍，南京市民还发起保树运动。北京的街树，槐柳榆杨，无所不有。但最多的是槐树。它很像我们的朋友甚至亲人。风雨来时，进去躲风避雨。骄阳酷暑，坐下喝茶乘凉。冬天落雪，夏天听蝉，槐花槐叶，槐风槐香，陪人们度过多少风晨雨夕雪夜霜晨。

政府这些年确实干了些事，比如我顺马路西走，过去，路边全是一个接一个破烂院子，穷苦的人们从明清的院落中走出，并未有多少翻身道情的欢欣。但现在不同，破房不见了，代之以一块块树木繁茂的绿地。

走过两条胡同，都是少年时熟识的地方。我觉得现在的电视剧有个缺陷，就是弄个公司，闹点杯水风波，来个一男三女或一男六女，争风吃醋，吵嘴打架，配以时装大展览，豪宅大展示，名车大比拼，齐活。有人说，老百姓太穷，老想看富人怎么过日子，让他们看着过瘾。我觉得，这是不懂富人，起码不懂多数富人。

富人，都是关起门来过日子。因为不安定感，时时在心。改革开放之前，高干倒无所谓。比如我当年的一个同学，家里司机勤务员炊事员阿姨一应俱全，沙发地毯鱼缸应有尽有，都是公家配的。所以"文革"中他说，我们不怕抄家。抄，那叫"公物还家"。我们就胳膊上的手表，屁股底下的自行车是自己的。改革开放后，私有财产增加，富人们整体活得小心翼翼。炫富，并不是他们自身，而是他们的子女，或是八竿子打不着的人。出于安全防范，他们的大门是不开的，尽管他们也想知道，老百姓们心里在想什么。

当然，老百姓们更想知道，他们在关起来的大门后面干什么。这就给编剧本的提供了大量想象空间。于是，滥情、情色、豪奢、庸俗、荒诞风生水起，自认为是开胃大餐，供百姓过屠门而大嚼。

我从小在胡同里长大，感到最丰富的人生，不仅在富人家里，更在街巷，在院落，在大杂院。张中行先生有回经过某故地，还原当年，说他回忆里，这间屋里，曾有欢笑；那间屋里，曾有泪痕。不过现在一切烟消云散，只能说句人何以堪。如果找出或编出当年的欢笑或泪痕，一定好看，但如今谁又愿去费那劲。

大杂院里住的人三教九流，生活三六九等。比如我家旁边一个几进的大杂院，居民有孙科（孙中山之子）的机要秘书（常找祖父讨论养猫），研究墨子而挂少将高参的文人（只为能到食堂免费吃饭），吴佩孚的马弁（对吴极其崇拜，张口闭口永远大帅），小业主、老工人、裁缝、大厨、磨豆腐的、扛大个儿的、皇亲国戚、富商大贾、教员、干部、华侨，听说还有一个当年的暗门子，还有不少我没说到或不知道的。我们的杂院，他们的人生，多么丰富。但有几人能像老舍先生，把他们写出来，而且活灵活现。

向前再走不远，"文革"前是个茶叶铺。小学时，祖父有时给我十块或二十块，让我来买一两或二两茶叶。进去总是满屋茶香，噎得我透不过气。再向前走，就到了路口，最后一张照片，照的是"华夏书画社"的东墙。之所以照它，是好几次从这儿过，祖父都说它像祭奠时的牌坊。我那时还不知道牌坊什么样，为此还查了书。

胡同行（四）

今天从我的小学，北京第一实验小学后院的红楼外面走过。

它的对面，马路对过，解放前是北京师范大学所在。那时师大就在和平门外，解放后院校合并才去了北太平庄。北师大幼儿园也在这儿，家里最初也把我送到这儿。但我想家，至今清楚记得，一天午睡，我看见坐在门口的阿姨低头打盹，好像睡着了，于是蹑手蹑脚下了床，溜过她的身边，冲下台阶，飞快地跑出大门，但是一辆大卡车就从我眼前由北向南飞奔而过，我似乎一下刹住脚，傻了，同时脖领子被人狠狠揪住，被阿姨拎了回去。后来家人觉得这里邻马路，太危险，于是又把我送去了家旁边的永光寺幼儿园。

我祖父、父亲、妹妹和我五姑，都上的这个小学，应该都是考进去的，可我不是。考试那天，我还记得有一道题是看图编故事，雨天过马路给老奶奶打伞。但整个考试，我很绝，一句话没说，害怕。祖父多年后老说，回家我一问你，就知道坏了。你在那儿不敢说，回家倒会学舌。你胆儿太小，不敢张嘴，一道题没答出来。我马上对关世雄（时任市教育局长，解放前与祖父一起做地下工作）说你要去实小，他说没问题。我是这样走后门才进的实验小学。

我的同桌回忆说，你小时候是不是保姆照顾你穿衣服，你自己不怎么会穿？有一天，大概是二年级吧，你反穿着两只鞋就来了，就是五眼的那种棉鞋，左脚穿右脚，右脚穿左脚，右腿的裤子还没拉到底，露着一截棉裤。好像罩衣也没抻平，露一圈儿棉袄边儿。你特别老实，从不淘气。我功课好，可很淘。听讲不专心，老爱搞小动作。有次我忽发奇想，把一条腿塞进课桌斗里。正塞另一条腿时，老师叫我起来回答问题。一时间腿抽不回来，你还帮我往外抻。好在把腿抻出来了，回答了问题。你胆子特小，点你名字，你就脸红，还哆嗦，但每次都回答正确。

记得有一年冬天刮大风，特别冷。祖父说上学要戴帽子，我说没有。祖父拿出一个蓝色的瓜皮小帽，说这个紧扒脑袋，一点风进不去。那天有珠算课，祖父给我拿上一个很大的红木算盘。还到门口叫了人力车，给了钱，叫把我拉到学校门口。我坐在车上，越坐越不是味儿，那时刚看过反映农村阶级斗争的电影《槐树庄》，自觉很像地主家的账房先生，于是半道上下了车，把帽子塞进书包。

红楼始建于民国早期，如今已成文物，建了铁栅栏保护。我今天看了看，长长的绿色雨搭和我家一样，十分亲切。

小学过去的传达室还在。旁边的师大附中民国时叫"附属中学校"，解放后叫北京师范大学附属中学，简称师大附中，是宣武唯一一所好学校。

北京师范大学附属中学

如今的达智桥胡同

胡同行（五）

昨天下午出了地铁宣武门站，抬头就看见东方天空上的彩虹，许多人在照相。

沿宣外大街路西一路向南走，记得过去这里全是大大小小的老旧院落，院外是树，树中间是公交车站站牌子。如今乍一看，整齐多了，细看，原来破院子被夹在中间，更败落了。前行不远，是达智桥胡同。其实，真正的达智桥胡同，在马路对面。为什么挪到这儿，还弄成步行街的样儿，我猜可能因这儿有明代杨椒山祠，即后来康有为公车上书的松筠庵。顺胡同西行右拐，再向西不远，就到了我中学的母校，著名的"流氓"中学，"校大附中"（校场口中学）。向南不远，是它的姐妹校，"菜大附中"（菜市口中学）。顺着宣外大街一直向南，路西已是不再遮掩隐藏的破院子，然而成片破院子之中，也有一些看去齐整的房瓦和山墙。再向南，是一个又长又大的街心花园，一直到十字路口。

经过达智桥时，想起了菜刀队。菜刀队的成员，并不仅限于达智桥，而是包括周边几条胡同，什么香炉营、头二条等等。那会儿所谓"流氓"，其实就是比好勇斗狠，还兔子不吃窝边草，有一定规矩。但要说流氓，还差得远，这让我想起一个人。

那时我刚从东北回来，一九七六年秋，有个机会去师大附中代课，教高一语文。我那时将近二十，比学生大不了几岁，学生就老想捣乱。比如，编歌谣："我姓陆，出门过马路，坐车坐十四路"（学校门前有14、15路两趟公交）。再比如，我戴黑框眼镜，有一学生就找一副黑眼镜框戴上，逗大家笑。但有一学生比他们都难对付。

一天，我正讲课，有个学生忽然站起来，用手一推他前边学生的脖子，说："老师，他骂我，他说，×你妈。您说，我妈能让他×

吗?他还说,×你姥姥,就说我姥姥上地底下听蜥蜥蛄(蟋蟀)叫去了,也不能让他这么骂,对吧?您得给我解决。"全班哄堂大笑,然后看我怎么办。

我说:"没问题。但现在是上课时间,下了课,马上解决。"课上完了,我把他带到办公室。

我说,你叫什么名字?他说,刘环瑶。我听了心一沉,刚来就听说这个学生是有名的"流氓",连天桥派出所所长都说想认识认识他。不过我没动声色,我说:"我一来就听说了你,所以我知道你想干什么。我跟你说实话,我经过'文革',去过东北,什么人都见过,什么事都经过。咱们来个约定,你上课干什么,我不管。你来不来上课,我也不管。考试,我让你过。但你不能捣乱,不能影响别人听课。怎么样?"他就回了一个字"行"。后来,他还真说到做到了。

另外一件事给我印象更深。有一次课间,两个学生打架,头破血流,难解难分。无数学生围着看,几个老师大呼小叫,声嘶力竭,那俩学生就像没听见。有人说,快去找刘环瑶。一会儿他来了。学生们给他让开路,他分别攥住那两个学生的一条胳膊,说,打他妈什么打?那俩学生果然分开了,围观的学生也随之散去。

刘环瑶并不高大有力,面相也不凶恶阴沉,但听说他人脉广,朋友多,混得开,无人敢惹。那俩学生打架时,看着真是玩儿命,为什么刘一骂,就溜溜儿地成了孙子?你们不还是怕吗?你们怕什么?国人两怕,一怕官府,二怕流氓。而这二者归一,就是怕暴力。国人不怕仁人君子,但如果仁人君子动起刀兵,也一样怕。所以,暴力不能解决一切问题,但解决问题的后盾,一定要有暴力。古今中外,概莫能外。

一边想一边坐地铁来到和平门,上来往北走,来到北新华街。北新华街向北走不远,西交民巷西口,有一所大宅子,现为北京文物保护单位,是原北京双合盛五星啤酒创始人的家,占了两条街的西北角。过去的大宅子都这样,或是前后两条街,或是把着两条街的角,形成带花园的几进院落,前门、后门、角门好几个。他家祖上不知做过何官,有乾隆、嘉庆两代皇帝御笔留题。这所宅子建于一九一五年,东院住人,西院花园,花园里不少石雕、石刻,都是从圆明园搬来的。南墙就长长不见边儿的一大溜,转过来,西墙长得简直漫无边际。墙上能看出墙后一个个房间,我数了数,十八个。有一两个开了门,变成小铺卖东西。夜晚寂静,灯光昏暗,又是雨后,挺有沧桑感。

旁边是西来顺的分店,进去吃饭,很惊艳,比鸿宾楼强太多了,糟溜鱼片扒牛肉条很地道,价钱也还公道。北京牛羊肉馆子有东西南北四顺,东来顺、西来顺、南来顺、北来顺,都在。还有个又一顺,原在西单,也很好,不知现在何处。

出门再向北走,风凉,人少,街静,很舒服。眼看到了六部口,向前就是长安街。老宣武、崇文和东西城分界以宣武门、正阳门和崇文门为线。俗话,东富西贵,南穷北贱。破崇文,烂宣武。崇文宣武自古是穷人扎堆的地方,也是贱业丛集的区域。过去没有一所王府,如今没有一所大学。好中学好小学一只手就能数过来。古迹就是天坛,皇帝一年也就来一回。陶然亭还是解放后发动包括机关干部在内的群众堆土清淤建成的。上档次的大商场,除了庄胜、荟聚,好像也没什么了。但它也曾经很热闹,厂甸庙会,古玩字画(海王村一带),梨园青楼,字号买卖(大栅栏一带),撂地卖艺,百技杂耍(天桥一带),非常兴盛。

斗转星移,今天,不说教育商业产业机关驻地,单就民

双合盛五星啤酒创始人的家

居,宣武和别处也差不多了。不过,买房大家还是偏爱北边。冬天一刮西北风,脏空气都奔南来了,所以南城房价总比北边便宜些。我去逛过有名的东四十条(其实不止十条)和西四八条,那里的破院子和宣武现存的破烂程度堪称难兄难弟。但有一点截然不同,那边的院子再破烂,中间总夹有几座王府。而宣武这边,无数胡同,其中没一座王府。

最后,发两句感慨。秦始皇所以自称始皇帝,是想从他而始,传千秋万代。清军入关,凡旗人,跑马圈地,同时给钱、给粮,甭管生多少孩子,一出生就一份钱粮一块土地。干什么?什么都不许干。连读书参加科考都不准,只准当兵,自以为天下自马上得之,只要弓马娴熟,必长治久安。但天下哪有那么多土地钱粮白分生起来没完没了的孩子?到了咸丰年间,很多旗人即饥寒交迫,向汉人借钱过日子。父母溺爱毁孩子,满族也因溺爱被皇帝伤害。因此,一个家庭家族,不全看父母老辈如何。但如果这一辈溺爱下一代,下一代好结局的真是太少太少。

胡同行（六）

从和平门地铁站下车，向南，经烤鸭店、正乙祠戏楼、实验一小，到海王村左拐，即进入东琉璃厂街。

东琉璃厂是真正的古董街。西琉璃厂因为有荣宝斋，名气大。其实除了它，就剩对面卖碑帖的庆云堂，再就没什么卖文物的店了。东琉璃厂从街口进去，向东直走到邮局，两边全是大大小小的古董店，是真正的古董街。

不过古董店的生意不怎么样，早先那些年，没人玩儿什么古董，进去的人很少。房子陈旧而破，光线阴暗，到处充斥着一股霉潮味儿。几乎看不见年轻店员，都是中老年人在里边袖了手呆呆地立着，一点儿"柔媚的阳光，青春的力量"都没有，好像只能受潮、发霉、朽掉。

现在，人们摆脱了过去形而下的温饱，开始追求形而上的享受。如今，街还是这条街，但房屋高大敞亮，装修讲究，有的可称富丽，霉味儿一扫而光，店员也几乎全是年轻人，看不见眼神呆滞、行动迟缓、老态龙钟。一切都在变样。只有一样变化不大，就是进去的人还是少。

人少，货卖的就少，卖的少，钱少，怎么生活？

这让我想起古董行的一句行话，"三年不开张，开张吃三年"。意思是别瞧平常没卖出几件东西，卖出一件好玩意儿，就够半年多、一年的"嚼裹儿"。

"嚼裹儿"是一句大众阶层传统行业里流行的话，档次不高，平民爱用。不少人不大懂这话，把它写作"嚼谷"，解释为吃饭。但只理解了一半意思，因为这话是嚼裹不是嚼谷。嚼裹儿是指嘴里嚼的，身上裹的，即温饱。碰上一位贵人或有钱的爷，卖出一件好东西，就能保证一段时间的温饱，也就是古董业文物行拍卖公司"三年不开张，开张吃三年"的由来。

走了不远,就是以九十多高龄去世的魏广洲老先生家。魏先生一辈子以买卖古书为业,民国时,有家自己的小书店"多文阁",解放后关了店,自己夹包袱做生意。有回聊天儿,魏先生很动情地说:"刚解放那会儿,古书没人要,好多卖废纸,没办法,夹着包袱皮(包袱皮里包着要卖的书)到处跑。有回到了北图,说馆长开会,让我们等。等了两仨钟头,他出来了,冲我们说,你们瞧瞧你们俩这样子,跟叫花子差不多!我们能说什么?自己没出息,穷!听着呗!"又说:"你爷爷、赵大爷(冀县口音,爷念耶,即赵元方)、汪大爷(即汪绍楹)那是好人。知道我不容易,每次买我的书,在我要的价上还多给几块。好几回,中午在琉璃厂碰上,叫我,广洲,要没事儿,跟我们吃烤鸭去(琉璃厂和全聚德很近)!"说到这儿,眼泪都下来了。

新旧社会交替那会儿旧书业的情形,李殿臣老先生也跟我说过。他说:"古书没人要,成吨成吨往废纸厂拉。有人告诉了郑(振铎)先生。郑先生一听也很着急,古书不能就这么毁,店家也得吃饭。于是让我们把方志一类的资料书先挑出来,卖给图书馆。因为这些书都是资料,不像那些宣传忠孝节义的。一下救活了上百家书店,多少人吃上了饭。过了两年,搞科研了,情形好了。那时候我们给郑先生送书,他要的当时留下,但不当时给钱,等三节(春节、端午节、中秋节)再结。结时也不是一次结清。给你一部分,给他一部分。他出事后,大家都有还没结的书在他那儿,没一个人提,这就是感念他的好处。"

走到东头了,返身往回,坐地铁。腹有诗书气自华,没错儿,前提是吃饱,最好吃上烤鸭。不然,陈蔡绝粮,满处找饭辙,就不是满腹诗书气自华,而是满腹诗书气断了。想到这儿,忽然感觉有些饿,赶快回家。

胡同行（七）

八十年代初，家里修房，房管所的一位负责人带了几位师傅来。负责人交代好活儿后，跟祖父在院里闲聊，说："陆先生，我也是念过书的。我还会背《离骚》。帝高阳之苗裔兮，朕皇考曰伯庸。"然后摇头晃脑一吟诵，大家大笑。他走后，师傅们歇工时，一位朱师傅跟我聊，说："我家里是河北农村的，刚解放那会儿，城里缺人，政府号召农民进城做工。来了，先得租房，那时候城里的空房太多了。一个大四合院，整整齐齐，东南西北四面都空着。五间大北房，前出廊后出厦，还好大的进深，我就租了中间一间，一个人嘛！你猜多少钱，月租一块，等于白住！"

我看文献知道，北京历史上有两次有大批空房，一次是民国成立，政府南迁，大批官员随行。还一次就是一九四九年，鼎革之际，官员逃亡，抛弃产业。抗战时三校南迁，知识分子随行，北京并未出现多少空房，可见有钱的一直是达官贵人，读书人跟钱沾不上多少关系。

改革开放后，一次和张中行先生聊天。说到老东西，先生说，经过"文革"，百不存一。能留下百分之十就很不错。后来旧货市场出现，我还陪着先生逛了两回。先生说，看来还真留了些东西下来，不过这得说是漏网之鱼，多不到哪儿去。再后来有了拍卖公司，满市街搜罗古物，还真就搜到无数漏网之鱼。先生又说，中国地方太大，朝代太长，东西太多。就算毁了百分之九十九，剩那百分之一也不得了！还有一回和俞敏教授聊天，他说，解放前有一个亲戚家书房，摆了一整套殿版二十四史，呵，那叫一个镇人，一屋子！我是穷小子，买不起好书，最好的书也就是殿版。我说，那现在搁到拍卖行里卖出去，卖出一本，用书行的话说，够仨月嚼裹儿。俞先生摇摇头，那会儿这算什么呀。

想起当年，最让我留恋和怀想的，是胡同里的生活。

夏天，一到傍晚，吃过饭，胡同两边立刻热闹起来。几乎每个院门口都摆上了藤椅躺椅，板凳马扎。爷爷奶奶，大爷大妈，爷们媳妇，姑娘小子，幼童婴孩，各得其乐。扑克象棋是少不了的，吞云吐雾的神仙比比皆是。星光灿烂，灯火朦胧，吃点水果，嚼点零食，侃侃大山，聊聊家常，其中也会飞短流长，传点不实信息。晚风吹过，夜色如水，回家冲凉，倒头就睡，年年岁岁。头两天，和定居北京的南方人聊天，她认为北京人缺乏活力，没有青春，有点死气沉沉。不像江浙，充满朝气，渴望明天，而且高效率，少关卡。最后，她总结，可能北京是由双重政府领导，也没办法。

她说得有些道理。不过，我也不想搬到上海江浙。北京是根，根扎下了，一挪会死。"胡马依北风，越鸟巢南枝"，生于幽燕，终老蓟辽，很好。道理是一回事，行动是另一回事。

北京的冬天，和朋友们围在炉边烤火是最美好的享受。烟筒里北风呼啸，屋子里温暖如春。火上坐着铁壶或铝壶，烧着开水，炉台上放几块橘子皮，或红薯，或清香四溢，或香甜扑鼻。好友们促膝而谈，亲切、温暖、温馨。好像屋外的严寒，把人们驱赶到一起，使彼此成了对方的依靠。朋友们走了，关上灯，墙壁立刻扑上许多火光的影子，人就像坐在如梦似幻的梦影里。而猫，此时会悄无声息地跑过来，大脑袋往你脚上一搁，不一会儿就打起了呼噜，使你也睡意沉沉。

胡同、街树、四合院，规律、有条不紊，北京人的生活，我怀念的为之向往的生活。

胡同行（八）

在胡同长大的人，对胡同当然是有感情的。出来进去，衣食住行，都得仰仗着它。平时它也是消磨时间，打发日子的地方，过去一说"走走""上街"，除了公园商场，就是进了胡同。

如果说有目的地去，最熟悉的胡同，就数围绕着中国书店各门市的那些胡同。我一辈子两大嗜好，吃肉和买书。中国书店各门市，海王邨去得最多，有许许多多故事。

比如八十年代末，一次去东廊，和孔里千、李殿臣两位师傅聊了会儿天，孔师傅忽然弯腰从书架下边的柜子里往外拿什么东西。一边拿一边对我说："小陆，有人在我们这儿寄售点东西，有董其昌的字，也有书，要两万来块钱，你看看。"我赶紧拦，"您别拿了，我看了也没钱买。"孔师傅说："不买看看有什么关系。看看，看看。"正说着，隔断前边有一大嗓门说："什么好东西？我看看！"

孔师傅一听声音，赶快把东西往回塞。这时人已经进来了，是书店的一个大买主，也是我最熟的好友。进来就要看，孔师傅就紧着收。嘴里说："没定价哪。""没定价我先看看。""没定价看什么。"孔师傅一点儿不让。朋友一看，也弯下腰，伸手要从孔师傅手里硬拿，孔师傅用身子挡着他，就是不让，结果俩人都红了脸。朋友一生气，出了卖古旧书的小屋，我赶紧追出去，朋友生气地说："老孔怎么这样？他跟咱们多熟。我买过他多少书？！我看看怎么就不行！"等他消了些气，走了，我又赶紧回小屋，孔师傅还很生气，说："我就讨厌他这咋呼！他有钱怎么了？他有钱我还不卖给他哪！"我这朋友是北京人，为人豪爽。但豪爽一过头，就变成张狂，再架不住有钱，更容易搂不住。我正跟孔师傅解释，门外进来两个中年妇女，其中一个手里拿着一叠旧纸板，上面画着彩色的画儿，要卖。孔师傅看了看，问："想要多少钱？""一百。"孔师傅说："可以收，十块。"妇女说："太少了。"孔师傅问："谁定的价儿？""我们老太太。""她懂？""不知道，就知道是祖传的。"孔师傅想了想，说："这么着吧，翻一倍，二十。""您给一百吧，要不没法儿跟老太太交代。""不行，走吧。"两个妇女刚走到屋门，孔师傅又叫："回来！""你们看看这东西，不全，又破又旧，这画儿也画得一般。你们大老远地来一趟，也不易。这么着，再加十五，三十五。""我们回去真没法跟老太太交代。""走吧。"俩人刚出屋门，孔师傅又叫："回来回来！"俩人又转回来。"你说说你们俩，卖点儿东西这么磨叨。告诉你们，东西不是越老越好，祖传的好多东西一钱不值。老太太有八十了吧？别老留什么东西了。这么着，再加十五，凑五十。"两位说："才一半啊！"孔师傅动怒了，说："走吧走吧！"两位妇女刚一转过隔断，孔师傅又叫和："回来回来！""我告诉你们，我虽然收书，可给多少钱，是领导说了算。我最大权限，就六十。我现在给你们六十，爱卖不卖。"两位妇女商量一下，决定还是先回家向老太太请示。

在他们交易过程中，我一直知趣地躲在一旁。但屋子不大，能看到妇女手里拿的东西。凭我有限的知识，知道是难见的文物。他们交易结束后，我很想由自己继续，但没有。她们走了，想去追她们买下来，也没有，但心里总有遗憾，还是忍不住和孔师傅说了。

孔师傅听了一愣，说："那你为什么不买？""觉得不合适。""怎么不合适？""您没做成，我要做成了，不合适。"孔师傅又一愣，"那你可太迂了。我和他做生意，生意没成，我们这就算完事了。你想做，接着做。下回再碰上这事，你不好意思，告诉我，我帮你。"孔师傅告诉我，妇女手里拿的是个明代名画家画的酒筹子，很难得，但他的权限也只有六十块钱。

买书藏书，让我在中国书店各门市结识了不少人，许多往事既美好又失落。很多老人已经去世，这其中有几位认识我、我父亲、我祖父三代人。而今从书店门前走过，想起张明敏的《陇上行》，改几个字,聊抒心曲。

"我从街上走过,街上处处秋色。盛宴已经不再,故人多零落,难温往日的欢乐。"

胡同行（九）

结婚那年，舅舅陪我从前青厂到菜市口买暖瓶脸盆，回家对我母亲说："小昕还真行。这一路，路边蹲着站着的，哪条街上都有好几个跟他打招呼的。那些人，要看着没几个像读书的，可都跟他挺亲热。"我心想，少见多怪，这才哪到哪儿！你才见了多少！

要论认识人，我算挺"江湖"的。这也有里外两个原因。外部原因，在当时对外封闭对内争斗的环境下，年轻人无所事事。特别是晚饭后，常常聚到大门口，靠墙根，坐门槛，站门口，山南海北地胡聊张家李家的闲话。小时候，大人常把没事就在街上疯跑疯玩的孩子叫"野孩子"，女孩叫"疯丫头"，男孩叫"野小子"。我也常常溜出去看他们玩儿。和他们说话聊天，是个新鲜刺激的体验。记得趁家里人少时，我把大家带到家里，从小后院的厕所上房，再上到南房顶。小厕所也就三米多高，我顺着高凳上，就是不敢。后来他们有的推，有的拉，终于上去了。上去也不敢站起来，腿发软，头发软，趴在房脊上看北房，远远看见祖母在屋里走动。看着伙伴们踩着房瓦来去自如如走平地，心里羡慕极了。

内部原因，是我从小就对传统的英雄侠义公案小说感兴趣。对那些三山五岳五湖四海奇奇怪怪之人有好奇羡慕之心。胡同里的伙伴们好像打开了一扇门，让我看到另一个世界，从另一个方面让我感到新鲜而且亲切。

还有重要一点，那时的青少年好斗，好勇斗狠，以此拔份儿，但是不狡诈，不阴险，不大会设陷阱（因为不发展经济，生活差别不大，很少钱的概念）。所以大家相对单纯，可以放心交友，大多数家是不设防的，没有那么多顾虑。

现在，胡同拆了，院落没了，靠墙根没墙，坐门槛没槛儿，站门口没门儿,野小子疯丫头不是背着书包去课外班,就是工作后去了三里屯喝啤酒或星巴克喝咖啡,然后回家锁防盗门。一种生活方式消失,另一种生活方式崛起,时代在进步,只是有时漫步街头,会感到失去了些什么,所以总想去可能还留下记忆的地方看看。

胡同行（十）

过去走在街上，经常会看见、听见中老年人互致问候，就一句"吃了吗？"对方的回答都是"吃了"或"还没。您呐？"一般在饭点前后，但有时也错开很长，比如上午十一点，下午一点多，一见面还是这句。外地人听多了就不明白了，北京人怎么这么好吃？一天吃多少顿？怎么老吃？

其实，北京人吃饭特规矩，一天就三顿。那又为什么总用"吃了没"问候对方？这是一种文化，还是古老的文化。民以食为天，两千多年前，《古诗十九首》有"弃捐勿复道，努力加餐饭"。就是朋友相别，祝福朋友。什么是祝福？健康、幸福，这两样都不能离开吃饭。所以，老文化人给朋友写信问候，最后祝福语，有时写"加餐"二字。

一顿饱饭，一顿好饭，一顿大餐，一顿美餐，有了钱，叼着样儿地吃，变着花样地做，不仅是中国梦，也是人类梦。所以，吃了吗？并非实问，是祝福语。

吃固然重要，排同样重要。改革开放之前，上边这两样做得都不好。北京公厕的臭气熏天世界知名。顶风臭四十里，只要闻见臭味，循味定能找到公厕。

公厕都是蹲坑，蹲不下去的老年人在家用便盆上完后，若家人未能及时清理，常见他们哆哆嗦嗦颤颤巍巍地自己端着到厕所倒，个别的还拄一根棍。不知过了多少年，在公厕一进门处，用水泥砌了个蹲坑。但水泥太凉，很少见老年人用。

人多公厕少，特别在高峰期，非常拥挤。早晨上班时，常见厕所门口横七竖八停着自行车，人们在排队。大人们比较自律，孩子们会闹，为了减轻压力，憋得直蹦。因为都是街坊，互相认识，就笑骂起来："三子，你拉线屎哪！"还有的实在等不及，冲进去，让朋友往前挪挪，一人一半。

　　冲洗公厕是竞争上岗，可能也得走后门。一次两个大妈大嗓门儿在厕所门口聊："那老王可有本事啦！自己闹了八个坑，还给他媳妇弄了四个！"看来是计件工资，按坑算钱。

　　公厕的交流作用是现在一般人想象不到的，去掉饮食、娱乐功能，它相当于今天的肯德基、麦当劳、星巴克、棋牌室、麻将馆、聊天屋、茶座，正负新闻小道消息传递飞快。好朋友聊天，一人忽然想去，那人会说："走，我跟你蹲会儿去。"厕所里接聊，女孩子也一样。

　　我家虽有厕所，但我爱去公厕，去了能交朋友，快速扩大朋友圈儿。附近有个公厕比较大，也比较干净，我常去。我去时总拿本书，常常一蹲半天，有时看上了瘾，不看完不起来。等看完了，也起不来了，腿麻了，就对完事的人说："哥们儿，拉一把。"有时人家会问："你看什么书呢？你怎么这么爱看书？你（住）几号的？我也有书，咱俩换着看？"

　　公厕也有传话功能。我去的那个厕所，中间不到顶，这样厕所照明放一个灯泡即可，省下一个灯泡。这样男女两边说话声都听得很清楚。一次，我和一个外号"二头"的孩子正聊，那边有个女孩说，二头，你在这儿哪！妈找你哪！原来是他二姐。找我干什么？让你买豆腐去！你怎么不去？我帮妈做饭呢！你不会先买回来再做？少废话！我还得择菜呢！我完事了，你快点啊！

　　前几年，忽如一夜春风来，北京各处现代厕所一夜开花，总不算太晚。希望上边时刻把民生放在心头，吃喝拉撒睡五件事，最切身，最可以考验政府。

胡同行（十一）

教书时，我习惯说北京话，学生也爱听。选我的课，一方面听课，一方面听北京话。普通话和北京话很好区别。随便举个例子，普通话说，"天气冷了"，北京话说"天儿凉了"。我们家旁边早点铺，收钱时，一般说个"十五"或"二十"就行了，忽然小姑娘们收钱时都会唱了，"二十了您呐！"尾音挑得高高的，悠得韵味十足，真正"唱收唱付"，听说是老板教的。

任何语言都有雅俗之分，过俗的北京话，我是不说的。比如摔跟头，文雅的，摔了一跤；俗的，形容姿态，大马趴、仰巴饺儿、狗吃屎。睡觉不安静，文雅的，说睡觉不老实；俗的，咬牙放屁巴叽嘴，满炕打把式。难过，哭得哞哞的；高兴，乐得颠颠的。眼巴前儿、眨巴眼儿、耳贴子、撒丫子、栽了、折了、不忿儿，我都不说。北京话雅俗都有对应，并非互不相通，说时要看对象、场合、条件，底线是身份。太失身份，民间认同，也不能说，比如哩格咙、闷得蜜等等。

外地学生掌握不好北京话语音，我告诉她们（不知为什么，男生似乎对此没什么兴趣，总是女生在学），北京话有三个特点，吞音（她们形容为骨碌着说话）、儿话和轻重音。吞音，比如大栅栏要发成"大石烂儿"，中间的石字要吞掉，也就是"骨碌"过去，才好听。第二个就是儿化。儿话的作用是把字音发得软，灵活。一次提到"小三儿"，一位浙江女生说："我们就说小三。"我顺手黑板上写"兔儿爷"，让她念，她一字一顿"兔、儿、爷！"估计买牛肉干儿也一定说牛、肉、干，可真够干的。第三就是轻重音搭配。南方人好像不分轻重，字音咬得很死，有回我说"哈拉（二声）子"，几个女生一齐纠正我，"哈拉（一声）子"。我说："毛毛虫有个别名，我们叫它洋拉（二声）子，你们叫洋拉（一声）子？"再如小孩子吃饭不专心，掉得哪儿都是，大人往往说一句——"好好吃饭，别拉拉（二声）哪儿都是！你们说拉拉（一声）哪儿都是？"

北京话好听，就因为吞音、儿话、轻重音互相配合，她们也有同感，北京人说话像唱歌。

北京的语言极其丰富，举两个例子。一年，我从东北探亲回家，走时不到十六，回来已过十九。进家时嫄姆赵姨正在院里杏树底下洗衣服，见我特高兴，嚷了句"喝，都长成的老爷们了！"我特不爱听，的老爷们让我想到满街晃的膀爷。后来知道，的老爷们就是大小伙子。的，形容分量，比大还大，重如泰山，如的哥。

再如演员梁丹妮报上说，她有一段时间没接到戏份，很苦闷。后来人艺找她，演一个风骚的小妓女，上来就是这几句词儿："爷，咱干的是灯影里的活儿。您老人家怎么这大清早就把咱提溜起来了？"真地道。

坐出租车，司机们最爱说的几句，其中就有："城里再见不着多少北京人了，都揣着户口本弄七环外了！""一天到晚拉不着几个说北京话的！"

是这样，我们一个不算很大的大学，几千职工，几万学生，没多少北京人。要能碰上老北京，真有"他乡遇故知"，不，"故乡遇老乡"的感觉。有一回，东城那边买炉肉，打听道儿，一个树底下乘凉的大汉朝我一笑，说："怎么着哥们儿？想这口啦！"很是亲切，很少遇上。

所以不少北京人很不甘，鸠占鹊巢，不是不可以，不过占得太多了。我倒还看得开，北京自古就是移民城市，我家老祖宗也是乾隆时南边过来的，祖父籍贯一直填浙江慈溪。但哪辈子从慈溪过来，恐怕连老祖也不知道。人们的抱怨，很大程度是觉得老北京人不如外地人生活得好，外地人抢占了老北京人的生活资源。

是这样吗？好像是，也好像不是。在南城闲走，常能有"破崇文烂宣武"的感觉，很少机关大院、部委楼房。胡同里的女孩子下学就帮母亲洗衣服做饭带弟弟妹妹，男孩子除了打酱油就是满街疯跑，吵嘴打架。课外书，没有，买不起。买什么？二分钱一大筐烂西红柿，拖回家去做成酱，蘸着馒头就是饭。生存为上，自然书很难读好。长大了，父亲炸油条，儿子承父业，接着炸。所谓木匠的孩子识斧锯，兵家的孩子弄刀枪。改革开放初起，因为有底层经验，大多做买卖发家。但紧跟着科技兴国，纷纷败下阵来，回归原生态。总结历史，我有句名言，"富不过三代，穷能穷八辈子"。

我母亲家旁开了家饭铺，名"孙二娘"，里边服务员，一水儿"孙二娘"。墙挂对子"赚钱非剪径，谋财不害人"。主打腠子面肉夹馍。这让我想起《水浒传》里的孙二娘。孙二娘为什么卖人肉包子？《水浒传》解释道，二娘的爹只有这一个女儿，自小生得面相凶恶，力大无穷，又不好女红，专一使枪弄棒。与庄客比试，当胸一拳，三丈开外；飞踹一脚，躺倒半日。年岁渐长，爹可怜她，想传她技艺谋生。自己开黑店，杀人做包子，并无别的本事，只好传了闺女这个。真是出身论的先行者。

网上说，有钱的越来越富，没钱的越来越穷。但网上说的，和我的名言都有个漏洞，就是教育。有没有钱受教育，家长让不让孩子念书（过去不让女孩子念书），才是穷富的关键。受了教育，才能有明天。

前些年，有天在故地瞎转悠，忽然背后有人叫："昕，什么时候过来的？"一回头，老街坊，福来，很亲切。告我后青厂还没拆，力邀我一同去看看。去了，更破旧了，处在拆的前夜。我嘴上留恋，心里祝它早拆、快拆，愿街坊四邻早日过上称心如意的好日子！

人生百态

猫

今天双十一，今夜我也想在天猫上买个什么，以示支持。没什么意思，只是因为它叫天猫。如果它叫天狗，我就不买东西了。当然，我不歧视狗，但我更爱猫，从小到大，四十多年没离开过猫。从小与它们相处，不知不觉中就产生诸多感情，如弱小、怜爱、帮助、保护、期望、失落、欢乐、悲伤等等，甚至可以从动物世界透视人间和人生。人，不过是高等动物。从某些品性来说，比动物还差远了。

我家四代养猫爱猫。许多趣事栩栩如生。记得我上小学时，家里有一只黄猫一只黑猫。一年夏夜，雨水绵绵。我们随祖父祖母坐在廊子上看下雨，黄猫突然从院子里的花草中蹿上廊子，湿淋淋地就想往椅子上跳。祖母一轰它，它跳上窗台，把祖父心爱的一个花盆撞到地上摔得粉碎。祖母又一赶它，它慌不择路，往下一跳，跳到一个花墩子上。这下可闯了大祸。

原来，花墩子上放了一篮子还没来得及收的鸡蛋。只听噼里啪啦一阵乱响，黄汤儿流了满地。本来安安静静赏雨的祖父大怒，刚好看见墙边有把老祖传下的龙泉剑，抄起拔剑（拔了好几下才拔出来），要斩小黄猫。我们赶紧拦，其实小黄猫早跑得没影了。祖父还要找，祖母说找什么呀，没找着再摔着，让祖父进屋睡觉了。我有个表姐还不放心，于是我们一块儿到处找猫。找到后，把它用衣服裹起来，藏到最远的屋子里。这样表姐还不放心,又到祖父母的卧室门外打探。过了一会儿,回来说,没事了。他们睡着了。但是几年后"文革"来了,红卫兵挨门挨户屠猫杀狗拔花铲草砸鱼缸烧文物,我家两只猫都遭了他们的罪恶之手。

狼

看了篇欺负导盲犬的文章，很难过，人不应该欺负狗。但狗也有问题，它为什么活在人的世界里？它为什么吃狗粮？甚至吃人屎？

我很喜欢狗。甭管价值千万的贵族狗土豪狗，还是一钱不值的土狗草根狗。天真憨厚，摇尾而来，令人顿生温柔怜悯之情。但我不尊崇它们。

因为它们被人类驯服。不仅狗，所有能被人类驯服的动物我都本能的排斥。有些猛兽，如狮、虎、熊，弄到马戏团里演戏，让我觉得很丧气。它们的家在笼子里吗？

有人说，动物会和人处出感情。我就奇怪了，动物凭什么要和人处出感情？人有什么权利要求动物和自己处出感情？就拿狗来说，夸狗的不少，骂狗的更多。什么笨狗、恶狗、贱狗、癞皮狗、打狗棍、狗奴才等等。高兴时抱怀里，心烦时一脚踢开，反正狗不会也不敢反抗。

我喜欢所有不能被人驯服的动物，排在第一的，就是狼。不管什么狼，从不会让人牵着脖子去演什么马戏。还有些动物，如黑豹、云豹、灵猫、苍鹰、秃鹫、金雕等等。猫和麻雀也一样，猫爱自由，想走就走，拒绝脖子上拴绳。麻雀更是刚烈，关进笼子不吃不喝，头撞笼子而亡，终归要活进自由的天空。

其中，我最喜欢狼。

狼，凶猛、坚忍、顽强、不折不挠、忍饥耐寒、遵守纪律、极其团结。有位朋友很多年前曾说，狼行千里吃肉，狗行千里吃屎。骂狼的语言很少，顶多就是个白眼狼、狼子野心之类。而以狼象征力量的很多，独狼、孤狼、群狼、北方的狼、狼群下山、狼群四出，总让人感到力量和恐怖。人类也喜欢用狼比喻威慑。二次世界大战，德国海军潜艇部队司令邓尼茨,改变战术,令潜艇以集群的方式攻击美欧舰船,即命之曰"狼群战术"。一时间,大西洋上火光冲天,欧美舰船不断遭到重创。

少年时,就记住了鲁迅先生一段话。假使我的血肉该喂动物,我情愿喂狮虎鹰隼,却一点也不给癞皮狗吃。养肥了狮虎鹰隼,它们在天空,岩角,大漠,丛莽里是伟美的壮观,捕来放在动物园里,打死制成标本,也令人看了神旺,消去卑吝的心。但养胖一群赖皮狗,只会乱钻,乱叫,可多么讨厌!

假若我死了,希望把身体抛到荒野大漠,山陵草原,喂那些狮虎猛兽,鹰隼猛禽。即便被打死,制成标本,也依然威武雄壮,凛凛可畏,令人消去鄙吝的心。如果教哈巴狗吃了,便只会摇着尾巴汪汪乱叫,多么讨厌!

其实,哈巴狗并非生来就是这副模样。据说是人按着母狗的鼻子,生生按扁。又把母狗的腿筋截短,不知经过多少实验,死了多少母狗,才把狗美容成这样卖钱。另一点,如果说意志强悍,狼要强过狮虎。因为它们不住笼子,不演马戏,喜欢在山巅向月长嗥。

观舞

昨天下午闲逛紫竹院，没想到整个公园变成一大舞池。走了半个公园，看见五六堆跳舞的人。少则十几二十对，多则三四十对。也有女士带群女跳广场舞，也有男士带群男跳健身舞。观者如堵，乐声震天。后至林中亭畔，一群男女放置音响，随后一男手持老麦，第一支歌唱的就是我喜欢的《西游记》主题曲。唱得很好，掌声热烈。只是我想到唱词与此景不甚相符。即依律改词如下：

你随着我，我跟着他，翩翩起舞紫竹之下。踏平顽石成大道，一曲长歌向晚霞。一番番春秋冬夏，一重重酸甜苦辣。借问路在何方，养生就在脚下。

你教着我，我学着他，从容潇洒夕阳之下。山青水绿人未老，雄心犹在又出发。一番番春秋冬夏，一重重酸甜苦辣。敢问路在何方，健康就在脚下。

清浊

说来可笑，我当了学生社团红楼梦学会十几年的指导老师，却对《红楼梦》没有兴趣。当初学生们找我时我就明说了，她们还是要我做。后来发现她们主要是跟学校要钱时让我签字，我也就不固执了。当然她们也抱怨，说我从不出席活动。所以有一次她们请来红学家胡文彬先生演讲，我就"狠狠"主持了一把，算作一个交代。

我对贾宝玉不太"感冒"，原因是他说话没有辩证法，往往太绝对。尤其反感的是他那段名言，男儿是泥做的骨肉，女儿是水做的骨肉。见了男儿就觉浊臭逼人，见了女儿就觉清爽可爱，是这样吗？

小时看了是存疑，现在写在这里是要借题发挥。今日回家，打车，站在路口。一女孩从我后面过来，老老实实站在我身后，我很高兴，因有多次打车被二八佳人抢先的经历，心想这个"女儿"真好。伸出手，一辆车迎面而来，这女孩忽然从我身后三两步蹿上马路牙子，抢在前面，绝尘而去，我连神都没回过来。又一次在地铁，排队的人们如雁翅般排成两行，这时从后面雄赳赳气昂昂地过来四位身高体壮的女孩（并非一伙），堂而皇之站在最前。我忍不住问，怎么不排队？一壮女大声答道，这儿是起始站。车来后，四人蜂拥而入，一人抢了一个座位，喜笑颜开。

这样用水做的骨肉我看着可真不清爽，反倒让我想起了斗争哲学，造反有理人若无耻百事可为脸皮薄吃不着脸皮厚吃个够，等等。反向想，这让我想起了现在全社会津津乐道的贵族。喝口红酒，戴块破表，有了豪宅名车似乎就"贵族"了。有个朋友说，从树上下来才几天哪（沐猴而冠，损点）？那么，什么是贵族，贵族精神？我好友的父亲曾举例，在外吃饭，如果有人碰倒了佐料瓶，贵族的做法是，照旧吃饭，头都不抬，好像什么都没发生，不让别人感到尴尬。祖父的好友赵元方，夫人为福建巡抚之女。听母亲说，一次在外吃饭，大人小孩近二十人，她把每个人都照应好，谁都不使有被冷落之感。而且这照应很亲切，不是做作。

　　法国大革命非常彻底，为非作歹和正直善良的贵族一律杀光。狄更斯的《双城记》写得好，看过好几遍。令我久久难忘的是，两个青年贵族爱上了同一个女子，最后，一个青年代替另一青年死，以成全他们。死刑架下，青年仿佛看到，若干年后，在结满绿苹果的树下，女孩已成为母亲，坐在树下的椅子上，看着孩子玩耍。而他自己，会从天国注视着她们，守护她们的幸福。他也相信，当孩子长大后，母亲会告诉她，在遥远的过去，曾经有一位青年，为了她们，献出了自己的生命。

　　贵族精神是什么？人道和尊严。这世上，既没有泥做的骨肉，也没有水做的骨肉。

流浪

每回去书店，在世界文学的图书架前，总想找到一本我少时读过的关于流浪儿的书。几十年了，都未如愿，看来它没有进入名著之列，但对我来说，印象太深刻。因为看过之后，我曾经非常想去当流浪儿。

故事情节很简单，几个因贫穷而成了流浪儿的男孩儿聚成了小小团伙儿讨生活，后来一个女孩儿也加入进来。女孩儿比他们岁数大，成了他们的姐姐和领导者。他们不抢不骗，只是偷东西。最感动我的，就是这女孩儿。偷东西被人发现时，尽管自己被打得很惨，也要保护这几个男孩儿。偷的东西不够吃，就自己饿着。找不到睡的地方，让男孩儿尽量睡得干燥，自己睡潮湿的墙角。尽管颠沛流离，却一直美丽温柔善良。最后结局是被一位有钱的太太看上，认了女儿。因为她非常像这位太太死去的独生女，从此安定下来。并且帮助她这几个弟弟也有了各自的人生，发展的方向。结尾是几年后弟弟们结伴来看姐姐，温情无限，美好动人。

这书好像是法国人写的，我小学时读的。以后的年月里，有时夜里在胡同里穿过，望着临街房参差不齐的灯火在古老破旧的窗户里闪烁，就没来由地想起这位小说中的女孩儿，心想她会不会就在哪一盏黄色灯光的后面。

同样，《少年维特之烦恼》中的绿蒂也非常打动我。原因和维特一样，看见绿蒂给她的几个小弟弟喝牛奶。那种温柔、从容、耐心、怜爱，并非哪个女孩子都有。

生活中男女各有其动人之处，不能都一样。《晚霞消失的时候》中的南珊也是我喜欢的那种类型。作品的名字也起得好，晚霞消失的时候。

土豪

网上看文章，中国游客在世界到处花钱，而得来的却是很低的评价，为什么？

我想原因大概有二：一是部分人素质太差，毛病太多，电视里已很形象地形容为"抠脚大汉"，抠脚大汉与脱鞋大妈们共同游走世界，确实惨不忍睹。另一原因，就是土豪情结。土豪情结就是进了人家的店，大呼小叫，唯恐人家不知道有钱的来了。可是往往对所买东西又不了解，大把撒钱，一副我是土豪我怕谁的模样。买完人家东西结果还被人耻笑"钱多人傻"。

记得过去在旧书店买书时，有时熟悉的老师傅会把一些名贵的好书从后面（最好的书往往不放在前面货架上）拿出来与我共赏。我有时会说，您别麻烦了！我经济条件有限，没什么钱，买不起。师傅往往一笑，说，我知道，但是我愿意拿给你看。你是读书人，你懂。你知道这是好书，好在哪儿，知道我为什么定这个价儿。有的人是有钱，可什么不懂又紧着乍呼，好像他有了钱就怎么怎么样了。我们愿意把书卖给念书的人。这样，我虽然没买过什么名贵版本，但也确实见了不少好书。

有钱当然好，当了土豪也不是坏事。只是有了总想炫富的土豪情结不好。既花大钱买了人家东西又被人家在背后耻笑，两头吃亏，何苦呢！

珍爱

近四十年前,我还住在北师大,有一年十二月底,去北太平庄邮局寄信。门口,一个衣衫褴褛的汉子坐在台阶上,面前地上扔着一堆贺年片。我刚过去想挑,汉子不耐烦冲我吼:"快点!要收了!"我一下就把一张形态美丽表情天真的小狐狸拣起来,那上面的词儿是"暮色中,晚风里,犹然生起的思念"。拿到手里,问,多少钱,汉子瞥了一眼,再次吼道:"一毛一张!"买了。等我办完事出了邮局,看汉子已经走了,地上扔的都是贺年片。

几十年,我再也没见过这样让我心动的贺年片。

返校

今年是七七、七八两级学生入学四十年的日子，不少学校这两天举办活动，欢迎这两届学生回去看看。活动做得很认真，很平等，当年同学纷至沓来，温情无限。

不过活动能做到这样，也是历史的发展，社会的进步。记得几十年前，北师大某年召开校友会，招待分三等。一等，官员（大官。小官除外）由大领导作陪；二等，商人（富商。小贩除外）由二领导作陪；三等，非官非商的广大校友。无人作陪，可称自由行。自由行其实最热闹，最愉快。但听议论，大家对学校的等级接待存有不少不满言论。

其实，我特别理解领导，和大官紧周旋，有可能为学校提升档次；和富商套拉拢，有可能为学校拉来钱财。而校领导如果没混进大官富商的行列，退休后虽然主观上可以唱唱"想当初……"，客观上也还是要被划入自由行。这都是迫不得已，和社会同步。

但我因此特别讨厌心灵鸡汤和一切它的变种。它教你把自己生活中的种种不如意，种种失落，变成种种自慰。这个也好，那个也好，最后你发现，就你最不好（心智上）。当官为什么不好（只要不是贪官），可以治国理政，一展平生抱负；有钱为什么不好（只要不是奸商），可以利天下，富国强民。如果当不成官，经不成商，也不用别人告诉我怎么生活，因为，先人有训：

达则兼济天下，穷则独善其身。

改变

今天听了听邓丽君的歌,想起她风靡大陆的时代。她唱得确实好,但这只是她风靡的原因之一,还不是最关键的原因。最关键的,是她让国人,特别是年轻人,发现、醒悟、震惊,原来歌还可以这么唱。

在她进入大陆之前,我们还在唱"东风吹,战鼓擂,现在世界上,究竟谁怕谁"。主席语录,配以雄壮的进行曲,鼓点敲得那叫一个慷慨激昂。

邓丽君的歌曲,赋予了我们人生新意义和乐趣,好像步入了一个新的世界。这里有阳光雨露,青草微风,明月星辰,更重要的是,我们找回了自己。那么多的美好,那么多的纯真,那么多的甜蜜,那么多真正的诗和远方。记得一首歌里唱"如诗如画似梦似幻,那就是我的初恋"。这两句记了一辈子。这些词大多是庄奴先生所创,每首都充满古典诗词美,我曾工工整整抄了一个大本子。

那是一九七八年,我正上大一。想当初,改革开放举步维艰。不说政治、经济、外交的层面,就是文化,也是要冲破一关又一关。记得就在那时,李谷一用气声唱法唱了《乡恋》,立时招来那帮保守势力顽固派"老家伙"们的疯狂围攻。想想,她不过是一唱一喘的一个唱法,就黑云压城,这样下去,未来还了得?作为新一代大学生,我们自然拼命反击。以后,演唱时的肢体语言、摇滚、美声都经历了冲击、反冲击,年轻一代的人们,在反冲击中推动着改革开放前行,奠定了后来的辉煌。

今天,当思潮回到过去,我想,当时的年轻人,无论是整体自觉还是整体无意识,也无论后来是如何分化重组,他们都顺应了历史大潮。那些说别人螳臂当车蚍蜉撼树的人,最后都落到自己头上。年轻,无限美好,就因为有无穷锐气(只要不是在不正常的体制下被人利用做了工具）。如今，自己也迈过了"老家伙"的门槛儿，因此时时自我告诫，永远不要成为年轻人的绊脚石，否则，就像我们当年如何对待那些保守顽固派，我们也将被这样对待。

多年前，在电视上看到邓丽君逝世后，台湾"三军仪仗队"为她举行悼念仪式，不知不觉中，泪流满面。不仅为她对我们这一代，几代年轻人所做的奉献，也为我们曾有过的激情燃烧的岁月。过去的岁月虽不会回来，但过去的追求却不一定不在。

炫耀

不久前，一次聚会，尽是不识之人。吃饭简单，点到而已。忽然，一装束体面之老太飘然而至，自称来晚。有人介绍，此老太年轻时文青儿，曾与莫言同班学创作，后一路向上，拿到文学博士。老太摆手，我早就不弄那个了。学文学，搞创作，太穷。拿到博士后，我的人生信条就是"挣钱、挣钱、挣钱！"我今年六十了，这几十年，我真没少挣，有了财富自由，文学、艺术，干什么不成！比如我，开画廊、办展览，想干什么干什么！所以，最主要的是"挣钱、挣钱、挣钱！"

大家作点头称是状、哼哼哈哈状、无言谛听状，形成老太训导状，最后陷入一片沉寂状。我从老太一开始讲挣钱，就低头吃饭（其实只吃了几根菜丝），目的是不想做表情状。老太这时盯上了我，说，陆老师一直低头，没听我们讲话。我说，没有，在听哪！抬头看了看老太，感觉颇似"老黄瓜刷绿漆"（罪过！罪过！）。有人要去结账，老太说，进来时我结了！大家忙着感谢。老太又向对面一位讲挣钱之意义，一位坐在侧位的律师听不下去了，说，人家是物流公司董事长，有的是钱！老太终于不说话了。

想起退休前一次同事聚会，有一中年女老师向一位美术教授大声说，唐教授，您买某某某地的别墅吧。我刚买了，还赠一个车库哪！连说三遍，声音越来越大，好让我们都能听见。唐教授一直不接话，最后忍无可忍，说，我在西直门的房子，带四个车库！

又在一席上，一中年女人频频向一老者敬酒，为其夹菜，伺候周到无比，左一"局长"右一"局长"叫着。老者终于说道："别这样叫了，我退休都二十年了！"女子面不改色："那您也是局长呀！"原来此公曾是北京××局局长。同时女子以不屑的神气把我们在座的都睥睨了一遍。

人生不是演戏，胜似演戏，演戏做戏无穷戏。

身份

十多年前,老看纸媒,发现有些人写悼文爱这样开头:"我刚刚从美国回来,一下飞机就接到噩耗",或"后天我要去巴黎讲学,正在收拾行装,接到电话",要不就是"我在哈佛大学刚做完演讲,就……"。看多了,也烦了,心想,你怎么不说你刚弹完棉花回来或正在家刷锅洗碗,就如何如何?上行下效,这种桥段影视剧里满天飞。昨晚我刷完锅碗出来,厅里的电视剧正演一俊男问一靓女,你还会攀岩呢?靓女云淡风轻地回道,在美国上学时喜欢上的。这种攀附看多了,不由想起黄侃。

有一回黄侃赴宴,有一少年为主宾,但久久不来,因其是主宾,众人也不好开席。过了多时,少年方翩翩而至,既无歉意也无客套,还说不能久坐,有贵人相邀商议演讲。众人惟惟。黄侃过去问,你有学问吗?少年反问,我在美国留学四年,我会没学问?黄侃说,我在中国留学四十多年(黄侃时年四十多岁),尚不敢称有学问,你留学四年,就有了学问?抡圆了给一嘴巴,登时大乱。

抢购

老西单商场，曾爆发过一场武斗，由当时财贸口的两大组织上演。一派叫财贸尖兵，一派叫红联。一个头目叫洪大海，另一个叫姜大千。在商场里武斗，自然把商场砸了个稀巴烂。江青去视察，很生气，听说还流了眼泪。令组织群众发票参观，我也搞到一张票。

一进去，就看见天棚顶上一个大窟窿，不知造反为何要捅天棚。满地酒味，是拿酒瓶子当手榴弹。听说战士们头顶钢精锅，身披毛毯，拿着体育器械向对方冲锋。据说手表丢了不少，其余财物损失不算太大。但让我印象深刻的是靠北的一溜柜台。

这里是熟肉柜台。别说平时让你垂涎欲滴食指大动的熟肉，就连盘子都丢了不少。听说武斗一开始，这里就成了这德行。香肠一口一根，肚丝一抓一把，拼命塞，我看时，连块肉皮都没剩下。

过了一年来，还是在西单。一辆大卡车，上头站着四个人，三男一女，低着头，手在后（不知绑没绑），身后堆着厚厚的高高的被子褥子脸盆暖壶等日用品在游街。什么罪名？车上宣传大喇叭里说他们"抢购生活物资扰乱国家经济"。好像那时工厂里不知为何补了些工资，大家出来购货，可能买的人多了，社会有些慌乱。西单商场的玻璃门上就写着："抢购者，滚滚滚！"

昨天下午，和爱人去超市抢购蔬菜。去晚了，只抢到一把蒿子秆和两个土豆。但内心平静如水。因为知道，第一，即便抢购，出门也不会有人把自己押上卡车，举着蒿子秆儿游街示众。第二，政府会安排民生，不让我们有后顾之忧。

北京，是我深爱的城市。不仅因它有帝王之瑞，龙兴之象，最重要的，它有别的所有城市所不具备的浩然之气。北京，也是一座伤痕累累的城市，天灾人祸，轮番上演。即拿天灾说，无论先在哪里爆发，最终一定移驾北京,如上次的萨斯和这回的"新冠"。它所受的每一次伤,都深深地伤在我的心里。但它每一次的挺过,也使我希望倍增。凤凰涅槃,劫后重生,不死不灭的北京。

节约

如今倡导节约粮食，反对浪费，真是一件早该做的大好事。说一件印象深刻的事。应该是在七十年代中期，有一次，郑天挺先生、章川岛先生、马巽伯先生、我祖父还有几位学者（记不清名字了）在同和居或砂锅居聚餐，吃完，用自带的饭盒，把剩下的菜品、主食装好带走，连汤都要用勺子捞两遍，能吃的尽量带上。临桌一席，吃完没剩半席也剩三分之一。走时，虽然几个壮汉恋恋不舍地看了好几眼，也还留那儿了。学者和一般人就是不一样，是榜样。我那时就这样想。

祖父爱吃，常下饭馆。去之前，我的任务就是到厨房拿上几个大大小小的铝制饭盒，装进布袋子。吃完饭，剩菜剩饭装饭盒，拎回家交祖母或保姆，下顿热着吃。这种形式，一直很多年。

有一回，带孩子外出，中午去新侨餐厅。多时未去，自觉费用还可支撑。坐下一看菜单，价码如洪水上涨。太贵，不值。起身欲走，孩子小声嘟囔"别走了，都坐下了"（他已上初中，要面子了）。服务员也拿着笔，在一旁侍候。我心想，冲着孩子，绝对得走。于是朝服务员说声"对不起"，带孩子出了门。

孩子一路上耷拉着脸，不高兴。我特意在马路对过儿找了个四川小吃店，吃的包子馄饨。跟他说，你看，这不也吃得很好。他没理我。希望他长大后能明白我一片苦心。

其实，我当年也曾像他一样，要面子，爱虚荣，而且社会也习惯这样看人，有钱当爷进去吃，进去没吃又出来，多寒碜。所以尽量不寒碜，死要面子活受罪。彻底抛掉虚荣，摒弃面子，我可能是三十多岁以后才做到的。

人活着拼什么？拼读书，拼能力。要是拼享受，拼面子，国家会同着个人一块儿玩儿完。老说，中国人是世界上最勤劳努力的人。这一点，我绝不怀疑。但为什么，至今不能进入发达国家行列？原因很多，我认为其中有一条是，未富先安，未富先吹，未富先奢，为富先贪，这几十年媒体天天鼓噪享乐奢侈，人心大躁，风气愈浮，大民"小民"层出不穷。

说到个人，读《通鉴》，有帝王立太子时说，"多欲不宜为人主"。多欲，别人就可以从多方面下手，达到他们的目的。做普通人也一样。人若害你诈你坑你骗你，无非以利为饵。你不吞饵，自然百毒不侵。除了那些四处寻饵的贪官污吏，真希望普通人少"欲"远"利"。

屁赋

《笑林广记》载,一秀才见阎王,阎王打一屁。秀才即献一赋,曰:大王高耸金臀,洪宣宝屁。依稀乎丝竹之音,仿佛乎麝兰之气。岂知阎王听后不乐,曰:吾闻,屁不臭必有病。秀才即以手掩鼻,曰:才来!才来!

人生有许多屁诗屁赋。但一类是应制诗,皇上令你作,不得不作。大诗人所作,虽是诵诗,因功力非凡,也是名作,传之千古。如王维的名句"云里帝城双凤阙,雨中春树万人家"。再如李白的三首清平调"云想衣裳花想容……"等,不在屁诗之列。

反之,另一类,连皇上御驾的土腥子味儿都逮不着闻,但一有机会,也要抢先献礼,于是,题目一到,只要自己粗识文字,即横刀跃马,杀上阵来。一时间全天下屁赋滚滚,屁诗纷纷,展开比赛,竞争上岗,好不热闹。

现在,喜欢做这事的人好像越来越多了。

膀爷

一看到那些无知无畏指点江山激扬错字天天诛远的爱国网民发的疯子言论，就想起有一种丑态和他们十分般配。这就是前两年还没有把他们从夏夜的路边摊儿上赶走时的样子。他们多数人的样子是：

膀子光着，腹肉堆着，文身露着，胸毛滋着，头发油着，眼睛斜着，裤头松着，两腿盘着，脚丫抠着，口臭喷着，唾沫溅着，凶光露着。牛皮吹着，大山侃着，小二喝着，罐啤攥着，毛豆剥着，肉串吞着，油烟熏着，微火燎着，汗酸蒸着，白沫吐着。脑袋晕着，酒疯撒着，瞪着喊着，叫着骂着，揪着打着，躺着爬着。警察押着，班房关着。局子进着，公安拘着。家人急着，儿女哭着。

要说当年动乱培养出的这代黑旋风大街上散德性被赶回了家，这两年倒与时俱进，学会了在键盘上撒酒疯。何日他们能变得温柔敦厚，是中国梦。

逛街

昨天从地铁前门站下车，一路向南，去大栅栏步行街，真是一路荒凉萧疏，没见几个人。不过变化是有点儿，路东不知何时建起外观城堡似的耸入半空的大商场，从北向南，先英式后德式，一大排，外观深黑，阴沉沉的。路西则依然故我，小门小脸，烤鸭糖葫芦老布鞋一溜儿排开。进了步行街，有些吃惊，往日的"游行"不见了，从步行街的西头居然能一眼望到东头外前门大街的公交车。先进了康师傅吃面，再进祥义号买衣，再去文玩街，最后进小铺。所到之处，皆需先扫码、登记、测体温。店员待客尚可，毕竟有客进，就可能有生意。就是卖个三五块，心理上也是安慰。

从西口出了步行街，准备过马路去东琉璃厂，胡同口站了一群人把着口儿。我一问，一人很不耐烦地说，这儿不准过。我问，怎么能绕一下过去。一人说，怎么绕你也过不去。我说，那我想去东琉璃厂怎么去。一人说，你从这儿就别想去，所有胡同都封了。个个都显得很烦，不爱理你。有个没穿保安服的年轻人从后边说，您得从这儿向北走到头，向西向南，从后边绕过去。我一听就明白了，从小这儿生这儿长，能不知道。只不过有了个疑问，北京胡同三千六，条条都封了，住里边的人凭出入证进出，外边人想穿胡同抄近路可就没戏了。也就是说，您想去的地方哪怕近在眼前，穿过一条几十米的胡同就到，您也去不了。一定要绕出二里地的马路，才能到地方。说是北京没封城，把社区和胡同一封，除了没断交通，等于封城。

走到前门，坐上地铁，和平门下了车，一路向南走到海王村。又一群人把着路口，外边一群游客吵着要进。把口的保安们的态度比刚才的人要好，耐心解释，里边的店都关门了，你们进去也什么都看不着。看不了这儿，我想去画廊看看。门口，一个黑大汉坐在桌子后，桌上放着体温表、二维码、登记簿，瞪眼瞧着对面的墙。我一进，转头瞪了我一眼。喝道，干什么？找谁？我说，进去看看，谁也不找。他又瞪起眼，扫码！登记！我对字画本来兴趣不大，一看他这凶恶的服务态度，便想去旁边的邃雅斋去看书。不料，那边的服务也不怎么样。虽不凶恶，但十分冷淡，也是没进。后来随内人进了四宝堂，买了个摆件和两块石头。出来后想，政府天天这儿清零，老百姓这脾气可天天见长。耳听为虚，眼见为实，说什么经济快速恢复，以我这点管窥，我是打疑问的。

清晨

　　早起散步，自行车道上，车流滚滚。人人奋力，个个争先，前弓后撅，左摇右摆，瞪眼咬牙，估计都把上班时间掐到了最后一分钟。我很羡慕。记得小时候说看过一本书，名字是《工作着是美丽的》。很对。回想快退休前不久，一天也是在街上看滚滚车流，想到不久后自己只能做路边的看客，很伤感。

　　情感和工作一样，也是不可以停滞的。死水微澜只是假象，只要有风吹过，就会泛起阵阵涟漪。比如被假靳东骗得团团转的大妈们。谁不想做个廊桥之梦？廊桥之梦何错之有？大致记得书中女主人公儿子的回忆，从他记事起，妈妈不是站在锅台前就是碗池边，那好像就是她的位置，但她如果不站在那儿，又应该站在哪儿？很多年来，她好像并没有似乎也不会表现出什么情感诉求，一生简单、实际、重复，这就是她的命。女主人公似乎也认为这是理所当然，直到那个过路的陌生人使她醒悟到自己内心并非没有需求，只是已经习惯被压抑了，感觉不到。

　　大妈们觉醒了，很好，欢呼。只可惜我国尽是杀猪刀，并没有几个"过路人"。呜呼哀哉，伤哉悲也！

　　路边，树变黄了，风中，树叶飘落一地，衬以明朗的蓝天，美丽不输春日。我最喜欢风霜雨雪，它们是双重美丽。本身是美丽的，又在不知疲倦的工作，因此又是美丽的。虽然不能再加入这上班的车流，但自己还能在自然之中，谢天之厚我，知足了。

表达

一个学生社团组织给我写信,信封上写"陆昕老师敬启"。为信封上的这行字,我特意开了两节课。

你不能让我敬启。因为你本意是表示你对我的尊重,但这样一写,却变成要我以恭敬的态度打开你给我的信,而这正违背了你的本意。你可以用敬上、叩上、拜上、顿首等等词语表达。

我碰到过许多文化中类似的问题。比如有位很有才华和名气的学者,遇到一件事,一位学者的孙子告诉了自己先祖的经历。他在自己书中是这样引述的,"据某某某的孙子说……"显得十分生硬。其实他并不想这样说,但真是不知如何表达。礼貌合规的表达应该是"蒙某某某之哲孙(或孙公子)某某某赐告(赐知、相告、告知、转告)"。如果是儿辈则用"哲嗣"(或公子)。

想起在东北当知青,有个可笑的事。因某事,要给某知青的父亲写信,知青不在,无法询问,又不知其父亲名字。知青叫"于万友",指导员说"好办,写于万友父亲收"。大家哄堂大笑。指导员脸一红,又说,"那就写于万友的父亲收"。大家又笑。现在想,真是不好写,太绕。有一叫阿康的上海知青,因老实而被大家视作傻。但每次写家信,抬头和信封上写完母亲姓名后,都加上"母亲大人"四字,令我印象深刻。

再如某人作文完毕,结尾写道"时外面正下中雨"。你是天气观测员吗?如是小雨,可用雨声淅沥。如是中雨,雨急风骤。如是大雨,雨声如瀑。如雨停,风停雨霁。如写落寞,冷雨敲窗。如求优雅,雨丝风片。春夏秋雨,各有不同。喜怒哀乐,雨声各异。非天气预报也。

又如问学生,写信结尾处如何写,基本都是"祝好"或什么都不会,也就什么都不写。我想教他们"善保金安"或"善自珍摄"他们未必记得住，不如就教一个字，以不变应变，"祺"。

祺的意思是祝对方幸福吉祥。对方是文人，写"文祺"；编辑，编祺；教师，教祺；书家，书祺；画家，画祺；祝近日好，写近祺、时祺；时节问候，春祺、夏祺、秋祺、冬祺；问全家，家祺；纯祝贺，撰祺。比那个以不变应万变的"好"，好上千万。

教了后，有些效果，也有些笑料。一次论文收上后，一女生写："陆老师辛苦，小女子这厢有礼了！"另一女生写："陆老师在上，小女子纳福了！"不知她们从哪儿抄来两段戏词儿，用到这上了。但不管如何，看点儿古书，对她们总是有益。我觉得。

挂钟

前天，有事回政法大学，进了端升楼一层教师休息室。抬头一望，还是那块只剩了板芯的大黑板在那儿挂着"示威"。黑板没面儿怎么写字？什么叫示威？这里有段故事。

黑板上方本有个挂钟，教员们进了休息室，都习惯地看看钟，掌握上下课的时间和班车时间。二十多年前，一天钟坏了，也被取走了。大家心想，还不三五天就换上。谁知一星期，十来天过去了，毫无动静。大家很生气，有人拿了粉笔在黑板上写：快安钟！别人也纷纷跟上：学校什么意思，一个钟你还买不起！要瑞士的！大本钟！自鸣的！国产的也凑合了。什么以人为本，服务教师！扯淡！还有人在黑板上画了一些钟，旁边标注了价格。大家越写越多，一黑板几无隙地，不过挂钟的地方仍然空空荡荡。打电话问有关部门，回答总是"研（音燕，念四声）究研究"。大家也没辙。忽然一天我一进休息室，眼前一黄。原来黑板面没了，只剩了黄黄的板芯。听说被学校派人卸跑了，粉笔自然全体失踪。由此我悟出了管理之道，对下边提出的意见要求，不进行正面接触，省得生乱，却来个釜底抽薪，你们不是写吗？我把黑板面卸走，叫你们写？叫你们写不成！这就是"威权"。

从此，怀疑主义在我心里又占了上风。每年听各大校长的毕业演讲，从一开始心潮澎湃到满腹狐疑到今天已然不屑一顾。人，当然要有家国情怀。不过，人，是个集合名词，做一套，想一套，说一套的骗子，校领导里不是没有。

怪梦

教了三十多年书,三年前不教了,终于不再作怪梦。怪梦是说,总在梦里梦见上课出了问题。

最多的是出发晚了,赶不到学校,自己住城市中心,胡同里很少见有出租车,有也没法半小时内赶到昌平。想起自行车,三辆里只有一辆好的,刚骑上又放了气。梦里也明白,它就是风火轮,再插俩翅膀,也无济于事,但还是使劲蹬,拼命蹬。或者赶到学校见了班车,但车已发动,又跑又嚷又挥手,班车还是一溜烟跑了。或者虽然挤上了车,可人太多,人挤人透不过气,总是气喘心口堵,最后胸口一憋,醒了。

再就是到了学校,忽然忘记进哪个教室。眼看上课了,赶紧打电话问办公室,办公室又没人,急得团团转,后悔怎么没把房号写在记事本上。或者进了教室,一看没带书,但是不慌,还记得是讲中国法制史,烂熟于心,没书一样讲。或梦见学生来了一大群,或来了一小撮。或几位教师同用一个教室,面对同一群学生,只好将他们分拨。或者上课铃响后,学生们不进教室,在外边看演出,无数人,你说上课根本无人理。更新鲜的是,学校变成一个大公园,亭阁楼台,一步一景,自己的教室在最后,和许许多多学生往后走,老也走不到,终于到了,一看,一个大湖,烟水苍茫。再一看四周,学生一个不见。

昨夜凌晨,许久不做的教书梦又回来了。是上完课,上午、中午、下午、晚上四趟回城班车一趟没赶上。夜色如漆,我还在昌平转悠,不知怎么回家。一急,睁开眼,只见一盏金黄的灯高挂眼前。心想,谁家的灯挂到了天上?朦胧过后,才意识,这是月亮,金黄的一轮圆月。

醒后回想,教书三十多年,没晚过一回。只有一次班车司机与人发生事故,等交警处理,到学校晚了。这么些年,自己为保证时间,做了很大努力。冬天,为保证自己八点准时坐上班车,夜里三点就睡不踏实,四点起床,六点下楼,为了保证时间,我和一位出租车司机说好,凡有课时他六点来接。到校常常六点半不到,在教员休息室里坐等八点。

这样的日子过去好久了,一直觉得可以踏实睡觉了。怎么又做这样的梦?难道还幻想着重新开始?

选择

二十多年前，一次下了课，一位和我关系较近的学生和我聊天，说到另一位老师，有些不屑，"他说，他这么辛辛苦苦教我们，学校才给他开这么点钱。他这是什么意思？难道让我们再给他凑点儿？再说，我们还是你学生，你都混成这样，我们怎么办？"然后看看我，"您倒从来不说这些。"我一笑，心想，你把答案都说出来了。

再有，我一辈子都"不敏于事"，偏于理想主义，小时傻，长大呆，从未被人看作精明。所以我守古训，师者，传道授业解惑答疑。工钱亦从圣训，知肉味即可。意淫财富，没想过，也干不了。

我喜欢历史，一九七八年高考，七分的数学成绩把我送进大学又让我在历史系门前止步。因为历史系只有一个班，只招四十人。中文两个班，招将近二百人。但文史不分家，纵观中国两千多年历史，国势强盛时全民习礼乐，国势衰弱时全民齐捞金，不久就会危机频发，要力挽狂澜了。

从小喜欢文学，很早就被人警告，"会饿死"。几十年习性不改，今天还略有发福。正如歌里所唱，"从来不怨命运之错，不怕旅途多坎坷。向着那梦中的地方去，错了我也不悔过"。

一辈子能一直向着梦中的地方去，又未被饿死，还不是幸福？

作弊

夜来忆当年教学生涯，忽然一件事袭上心头，印象非常深刻。事情是这样的：

我有一门"中国传统文化"选修课，是以写论文的形式考试。判卷时，有四个学生抄袭，依律，报给教务处。没过两天，其中一作弊女生给我打来电话，说了两句就开始大哭不止，我也慌了，问她怎么办。她说您可以求教务处，我重写一篇。我依"计"行事。但教务处说，陆老师，您别管，已经进入程序了。我又反复求了求，没用。不久，学生又打来电话，听了反馈，痛哭，极其伤心，反复安慰，同样没用。就一个要求，我错了，您去想办法。我毫无办法，她又哭又说了一个多小时，才挂上。

半年后，奇葩的事情发生了。在又一轮的传统文化课上的最后一周（第十八周），按规定是可以不讲课，只收论文的。我看他们挺感兴趣，就问，如果想听，我下周还讲，课后收卷。大家举下手，我看看人数。学生们纷纷举手，这时，忽然一个女生一边举手，一边用手指捅前边一个女生的后背，大声说："你为什么不举手？！"全场大笑。那女生胆怯地望着我，嗫嚅着说，那天我有考试。

学校有规定，每当十八周时，在选修课当堂发调查表，不是每人一张，我几百人的课，总共也就几十张，随机发，学生主动要也给，然后把意见反馈给任课老师。

过了些日子，反馈回来我一看，前所未有地出现了负面评语：讲课逻辑不清，思维混乱，观点过时，缺乏理论，语言呆板，沉闷无聊，知识面狭窄，上课气氛死气沉沉，一潭死水。凡是教务处给出的反面选择，全画了勾。最怪的是，在"（是否）无故不上课"这一条下，也画了勾。再一看，刚好是四个人，一下就明白了。

当然，喜欢你的学生也并不实事求是。我直到退休，也不会用PPT。但在"是否使用PPT"这一栏里，几十个学生在"是"下打了勾。

多说两句，教务处的朝令夕改又不及时通知到位也会让老师受伤。比如，原来规定，选修课的论文考试，只能以优、良、及格和不及格论成绩，以后又说也可以百分制。这就给一些不认真的学生和老师都留下了活动空间。因为85分以上都算优，学生当然都愿意百分制。你得了优秀，但它的含金量是85%还是100%不知道，当然有具体分数体现最好。而有的老师为提高自己的课堂人气，就以这个为诱惑，同时手下有意放松，一学期不来，抄篇论文得个95、96分并不新鲜。这就使那些不知教务处新规，坚持五级评分制同时严格认真的老师上课人数锐减，以至好几位青年教师对我说：您可不能太认真，要不没人选您的课怎么办？咱不能得罪学生，得罪不起！

他们说得没错。学校有个什么学生论坛，超过三分之一都是学生互相问，选修课里，哪个老师手松（给分高），讲课稀松（好混）。

记得有回在教务处，有个学生坐在那儿不走。教务处老师问他什么事，他不说。直到他看来办事的老师走得差不多了，才说，什么什么考试他们班不少人作弊，监考老师没管。问他为什么当时不说，他又不说话了。他走了，教务处老师互相说，他这是因为自己没考好，心里有气，才来揭发。他要考好了，也就不管了。

现在想想，幸亏自己为之服务的大多数学生还是好学生，否则，太没意思了。

坐班车

政法大学校本部和本科生在昌平，研究生院（老校）在蓟门桥。住城里的老师们每天百川汇海地往这里来，坐班车，一坐几十年。有回我们几位老师昌平下了车，有位女老师笑道，刚在班车上脑袋还迷迷瞪瞪晕晕乎乎，心想一会儿还上得了课吗？没想这一下车，它倒清醒了，还挺精神。我说，这是因为一到这时，你脑袋里就有个小人在打你，把你打醒了。教师，就是个焦虑的职业，没完没了的担心。领导的考察，学生的反馈，填不完的表格，科研成果的计算。诗以戏之：

  青灯绿纱几厨书，河汉西流乌夜呼。笔走龙蛇非今古，海田沧桑制表图。不等鸡鸣拾行囊，岂待月落登路途。唯恐学子得之少，典衣质书犹不足。

新词语

三观 —— 世界观、人生观、价值观
呆帅 —— 呆呆的样子很帅
呆萌 —— 呆呆的样子很萌
剁手 —— 购物冲动
败家娘们儿 —— 自嘲
喜刷刷 —— 刷卡
刷分儿 —— 刷分数
挂了 —— 人死了；挂科，考试不及格
翘课 —— 逃课
拍砖 —— 谩骂
小编 —— 青年编辑的自称。如古代说书人自称"小的"
晒幸福 —— 与大家分享自己的快乐
正青春 —— 与负青春相对
正能量 —— 与负能量相对
新常态 —— 与时俱进
颜值 —— 长相
男神 —— 自己喜欢的男人
女神 —— 自己喜欢的女人
小鲜肉 —— 小男生
邻家小妹 —— 小女生
隔壁老王 —— 有贬义的市井小民
囧 —— 愁眉不展
哇噻 —— 卖萌的惊喜
哇哈哈哈 —— 夸张的快乐

神经大条 —— 大大咧咧

灌水 —— 在网上说一堆与正在讨论的主题无关的话

水军 —— 在网上雇人谩骂对方

洗地 —— 在网上帮被骂的一方辩护

酒驾 —— 喝了酒开车

毒驾 —— 吸了毒开车

毒舌 —— 恶毒辛辣又入木三分地骂

捞人 —— 托人把进了局子的人给放出来

裸官 —— 一人在内全家在外

裸泳 —— 露出原形

裸奔 —— 作秀

和谐 —— 拿掉反对意见

集体失语 —— 无人负责

选择性失忆 —— 推掉过失

突发性短暂性精神障碍 —— 脱罪

潜规则 —— 游戏规则

黄牛党 —— 票贩子的组织

谁穷谁有理 —— 可怜之人必有可恨之处

溜冰 —— 吸毒

玩儿（几回了）—— 吸毒（审讯用语）

权威、核心、一般（期刊）—— 文分三等，师为九流

算（蒜）你狠，将（姜）你军，逗（豌豆一类）你玩，由（油）你贵，就（酒）你狂，要（药）你命 —— 物价

盆友（朋友），童鞋（同学），青椒（青年教师），叫兽（教授），砖家（专家）等等 —— 谐音

今年过节不收礼，收礼就收脑白金 —— 老不要脸的广告

华丽转身 —— 转型

巅峰对决 —— 辩论

擦火——一见钟情
一拍两散——离婚
请喝奶茶——酬谢（大学生间）
蠢萌——蠢而可爱
萌翻天——太可爱
萌萌哒——可爱
棒棒跶——棒
么么哒——亲亲
宝宝、宝儿——少女自称
穷逼——穷光蛋
苦逼——苦日子
装逼——装蒜
逗比——搞笑
卖萌——可爱
脑残——蠢货
吐槽——带有调侃意味的感慨、疑问
然并卵——没蛋用
呵呵——冷笑
默默飘过——无话可说
笑而不语——心领神会
弱弱地问一句——小心翼翼
我也是醉了——无奈且纠结
美哭了——美到极致
真嗨——特别热烈
嗨起来——使劲欢乐
粉丝——追随者
刷粉儿——人为添粉丝
掉粉儿——粉丝少了

大叔 —— 成熟男人

神马 —— 什么

托儿 —— 不用解释

碰瓷儿 —— 讹你的人

情儿 —— 情人

粉儿 —— 毒品

冰 —— 冰毒

广场舞 —— 大妈专享

擦边球 —— 钻法律空子

零距离容忍 —— 不可容忍

无龄感人生 —— 不知老之将至

房叔、表哥 —— 贪污犯

你懂的 —— 心照不宣

洗钱 —— 黑的漂成白的

莆田系 —— 民营医院

双开 —— 党籍和职务没了，但保留国籍

怎么证明我妈是我妈 —— 官僚体制

王八蛋工程 —— 房塌塌楼歪歪桥垮垮

你妈喊你吃饭了 —— 亲情

唱歌 —— 含意复杂

跑路 —— 老板跑了

人间蒸发 —— 跑得没影儿了

喝茶 —— 出事前的序曲

内卷 —— 在内部做无用功

集体失忆 —— 逃避责任

巨婴 —— 吃父母一辈子

硬菜、横的 —— 肉菜

人设 —— 形象

婊 —— 各种装

大牛 —— 有大本事、大名气

狼性 —— 企业文化

暖男 —— 疼女人

打卡 —— 上班报到；到网红地一游

寂寞孤独冷，羡慕嫉妒恨 —— 某种处境和感受

精致生活 —— 有限的钱往精致里过

二次元 —— 日本动漫画

小萝莉 —— 清纯可爱的女孩儿

控 —— 形容自己喜欢和追求的事物，女生用

喜大普奔 —— 喜不自胜，大快人心，普天同庆，奔走相告，如丢了钥匙又找到的自乐

尊享 —— 掏人裤袋时的马屁

维权 —— 被人掏光裤袋后的补救

青春祭

昨日闲谈，友人告我，"文革"中，他所在的中学有一女孩给一男生写了封信，没想到那男生交给了班主任，班主任将信公示了，还组织学生们进行批判。结果，女孩自杀了，死前围了一条当时算得上时尚的白纱巾。死后学校并没放过她，继续组织全校学生批判，连同那条白纱巾。

在那个暗黑年代，两情相悦，就是大逆不道，必须用铁拳砸得粉碎。女孩一无所有，她唯一拥有的是自己的生命，她就用生命进行了抗争。这也就是她为什么死后还会遭到批判，连同那条白纱巾。

我中学时一位女老师，买了一条新裤子却不敢穿出去。为了能穿上这条裤子，她先在臀部补了一个烙饼似的大圆补丁，又在两膝处各补了一个方补丁，才敢穿，以此表明自己是正桩儿无产阶级。邻居女孩儿有香皂不敢使，只能用"灯塔"牌洗衣皂洗头洗脸洗手，以混入劳动人民又红又黑的本色。那时的女孩子，有不少都有些驼背。后来才知道，原来她们因为乳房的发育而害羞，弯腰以掩饰。可成人以后，有些就真的成了驼背。

所以，今天少男少女们看似顺理成章的一切，却是那并不遥远的时代里父母们遥远的梦想。

真荒唐

　　小时看连环画，有一本讲一个车夫大冬天拉一地主路上飞奔，车夫越跑越热，衣服一脱再脱，最后光了膀子。地主越不动越冷，把皮袍裹了又裹，终于冻死。

　　《光明日报》刊回忆文章，五十年代学毛选，有一医生，给病人开药后，嘱其服用时，同一种药，今天早上服，后天改晚上服，过两天再改中午服，再改下午服。这叫虚虚实实，真真假假，声东击西，指南打北，让病毒摸不清规律，把病毒肥的拖瘦，大的拖小，最后把病毒累死。见报以后，宣传推广，结果被上边领导按下了。

　　除"四害"，消灭蚊蝇，各城市展开竞赛，北京、上海两地比赛时，各挑一些身材丰满皮肤白嫩的女青年，黄昏时坐在自己城市的公园水边，任蚊虫叮咬。待规定的时间一到，两边数包，包少者胜。

　　麻雀进入"四害"今天看来真是无辜。为了消灭麻雀，人们站在房上敲锣打鼓，把麻雀吓得坠地而亡。踩坏了无数房瓦，踩漏了无数房子。麻雀又性情刚烈，关进笼子，不吃不喝，撞头而亡，坚决不给人类作宠物，使它们的子孙后代，仍能飞翔在自由的天空。

胖厨娘

看了一篇回忆一九八四年的文章，回想过去，忽然想到了一九七五或一九七六年左右，在西琉璃厂东头北边，改开后"孔膳堂"的位置，是个食堂，有时我上那儿去给家里买馒头花卷。一天，眼前一亮，原来柜台后边来了个漂亮的女服务员。不是一般的漂亮，而是非常漂亮。不仅容貌漂亮，而且身材苗条。因为有了她，我馒头花卷也买得勤了，经常向家里自告奋勇。不过她不在柜台后收钱拿货，总帮着师傅干活，两手老粘着面粉。

食堂靠北墙，有几张桌子，可以坐在那儿，要点儿小酒，吃个小菜。我不喝酒，但有时会要个菜，慢慢吃，为的多看看她。结果时间一长，看出问题了，只见她吹气似的，越来越胖，小腰围变成大水桶，脸越来越圆，两腮越来越红润，像一边挂了一苹果，就像苏联小说中经常出现的娜塔莎大婶。

不久，原因知道了。一晚，我在吃饭，两位在旁边收拾桌子的女服务员，一个用头朝远处柜台方向的她示意了一下，对另一服务员说："就她，怎么那么能吃？一顿吃仨（馒头）！"那位说："你没看她吃菜呢！那叫一狼乎！一会儿一盘子！"

以后，我就很少去看她了。

现在想，改革开放真好。不改革开放，把美女变丑女。改革开放，个个变美女（化妆）。今逢改革开放四十年，以此为献。

养花

有位朋友，爱养花，手潮，自我总结，养什么什么死，种什么什么不活。我也养，不养花，全是绿植，手艺比他强，活一半死一半。最近看网文，醍醐灌顶：有一女孩看舅舅家的植物总是郁郁葱葱，便向舅舅讨秘方。结果舅舅说，我的方法就是死了就扔，扔完再买。

这方法真是让我脑洞大开。我的绿植，最贵八九十，大多五六十，还有不少十来块。照这方法养，省时省力不费心，还一年到头郁郁葱葱，满室春色。

其实这才是正确的做事方法。如果你的目的是房间里有绿色，就应该在条件允许下以最省心省力的方式达到目的。比如多年前，去韦力家，许多装满线装书的书架，夹着一巨大雕花条案，条案下一巨大鱼缸，里面温度计、水草、石子、假山一应俱全，各类鱼儿缸里击水竞自由。我问，你还养鱼？他说，不是。是为了屋里有点儿湿度，保护书。没多久，再去，鱼死光了，剩一空缸。他说，谁有功夫养？我说，不养了？他说，养，再买一批，一倒，完事儿。果然，过几天一看，又一群鱼在里头生龙活虎。但是最终，鱼不见了，缸也没了，连条案也失踪了。原先的地方，放了两个顶天立地的大书柜，里头塞满了线装书。结论，韦力养鱼不成，养书成。

我自己人生最大的失败之处，就是不舍。倒不是不舍钱财，而是不舍感情，一旦和什么接触久了，不管有生命还是无生命，很容易处出情感。就拿绿植来说，一看它黄了吧唧垂头丧气的半死相儿，就要抢救。等打了各种强心针，搭了不少工夫都无效后才送行。而且平等视之，九十买的和九块买的一样。李嘉诚教导我们说，不要和自己的商品结婚。我好像总在结婚，还从没离过。也是，和自己的回忆、寄托、梦想如何离？人生失败，就让它失败吧。

痴想

八十年代的时候，家里请了一位小阿姨，文化水平不低，上过高一。我发现她平时不是很喜欢看书，可有一阵儿，看上了瘾，活儿都懒得干了，叫时，常常迷迷瞪瞪的，好像还沉浸在里头。而且这些书在她们保姆群里传来传去，破烂不堪，但她捧读如获至宝。于是引动我的好奇，要过来看，发现都是一个叫琼瑶的人写的。

一看之后，脑洞大开。严格地说，里边既无故事，也无情节，主要是家庭和人物。一般都是富家公子爱上贫家女，当然，贫家女必然貌若天仙且努力自强；反之，穷小子爱上豪门女，当然，穷小子必须高大帅气且前途有望。二人携手，冰释曾经的无数次杯水风波后，再冲破社会、家庭各种成见，终成眷属。

只有一事不解，书中男女几乎看不见他（她）们工作，却大风里来钱。不知从哪里刮来的邪风，可着劲地往他们手里、身上送钱，她们唯一的职责就是谈恋爱。

看了几本，本本如此，以后就不看了，听说一共有十几种甚至更多。我和小阿姨探讨，问她信不信，她的回答似是而非。但我也明白了，她不信，但她爱看，因为这是人民对幸福生活的美好向往。

如今，有了电视，这风刮得没边。有个什么烂电视剧，女主角是位大美女，身边几个有权有钱又帅气英俊的男人转着圈儿地求爱。女主角自己办的公司遭遇财政危机，不过回家睡一觉，醒来一看，没事了。后来终于千挑万选地结了婚，婚礼在大海上一艘豪华游轮举行，高潮时放起满天焰火，照亮夜空。

想起我幼时"十一"看焰火，有时在天安门广场，有时在家门口煤铺前的空地。当焰火冲上夜空，撕破黑暗时，心里总是充满希望以及对祖国的自豪,我们就是照这样子教育出来的 。所以,看到今天的一些现象,感觉格格不入,倒也自然。

文化集市

北京市搞文化集市,在隆福寺,七、八、九号这三天的下午三点到晚上十点,于是昨天傍晚去赶了集。

我所以去,是因为"北京日报"反复突出宣传的亮点是:故宫文创产品首次摆摊。但是去了后,才知是广告,噱头,问了几位摊主,也都是一脸茫然。

集市印象如下:一、人多,摩肩接踵,拥挤不动。二、主要是四十岁以下的人,占百分之九十五,女人又占了百分之八十。三、摊主也多是女人,所卖基本是小饰物、小挂件、小摆件、小玩具以及各种小玩物。女人和女人似乎心有灵犀,听说做生意在小百货这块,就是做女人生意。四、冷饮和羊肉串这块生意火爆,掏钱的最多,女人几乎人手一个冰淇淋。五、最惨的是卖书的。尽管这个集市打着书市的名义,但相对就属他们寂寞。

被火烧后好几十年没开张的隆福大厦也在搞活动,什么"星际旅行"之类的魔幻色彩的节目,不少人在大厦后门拥挤着等着进。

这回逛集,地点有些变化。如果照过去旧路进去,是从西边进隆福寺街街口,南北两边都是摊位,一直到隆福大厦,再向东走,出胡同口,就到了东四。但这回这条路不让走,是从再北一点的三联书店那条街进去,北拐,再西拐,再北行,再西拐,七拐八绕,才到。门口要票,一张五十。拿了票,保安在你手腕上缠一绿纸带,放行。试温度、查手机都不要。场地非常狭小,像一个停车场。出来时,很惊讶,门口买票的不但排了长队,队伍还向南蜿蜒,很长很长。

上大街要经过三联书店,一直想进去看看。这里正规,试温度、查健康码一样不能少,就是顾客少,少得让你遗世而独立。出来吃饭,过马路对面仅一家韩国烧烤,进去要拿号。店里跑堂的喜洋洋的跑步和书店里懒洋洋的踱步对照鲜明。

不能不读书，但书，真只是敲门砖。如果你确定你的人生目标是发财，最好躲开书。不然，你很可能成为输家。等位时，我想。

"吃饭大学"

我上小学时,总爱把祖父执教的"北京师范大学"叫作"北京吃饭大学"。一来觉得有趣,二来每回一这样叫,祖父就会笑。而我,喜欢祖父笑。

没想到几十年后,我也进了"吃饭"学校,那是一九七八年我考进了"北京吃饭学院"(今首都师范大学)。更奇葩的是,我还进了班委会,管伙食,当了伙食委员,管起了饭票。

伙食委员事并不多,但对我是个考验。因为我数学极烂,高考四门课,它才得了七分。靠其他三门狂拉,才把我拽进了大学。平生最怕算账,一算就糊涂。班里有十几个走读生,除了我和另一男生,都是女生。女生们胃小吃得少心又细,每月剩下的饭票要由我拿去退,返还她们现金。我常算不准,差钱了,一急,就自掏腰包补上。虽然家里给的零花钱足以支持,但越来越反感算账,半年多后,终于辞"官"不就了。

传统,大学里,只有师范类大学、大专和中专是免膳宿并发学生伙食费的。清末直到民国,各级政府都对自己属下的各级各类师范类院校如此办理。目的是希望全社会尊师重教,把教育放在百千年的大计上。先人们的苦心,实令后人感动。

不过民国也流行这样几句话:"北大老,师大穷,唯有清华可通融。"意思是北大学生老气,师大学生土气,清华学生洋气。北大学生老夫子多,师范大学穷孩子多,清华学生多出身权豪势要富商大贾,清华被称为"留美预备学校",自然洋气。三校差别明显,婚嫁也最好是与清华"通融"。更洋更有钱的燕京大学,更不是一般人能望其项背,校园花园式,宿舍别墅式,女生俩人一间,房间里有铃绳。有什么事,一拽绳子,自有听差前来。

但看中国近现代史,就会发现,打天下换人间变沧桑坐江山的,若有文化,主要是从各级各类师范学校走出的学生。穷而有志,穷则思变,穷则自强,穷则进取,不断被历史反复证明。

我们一直说一再说要让教师成为全社会最让人尊重的职业,要向公务员看齐。东邻是早就做到了,教师,是全社会公认的最好职业,而公务员在他们眼里,并不是什么多受尊重的职业。我们有着尊师重教千年传统的泱泱大国,何日赶上?

馅饼教授

九十年代初，北京林业大学教授卖馅饼，北京大学推倒南墙建商业街，好像是全民经商的浪潮中，最后矗立的象牙塔轰然倒塌，涌出无数掉入商海中抓木板的人的标志性事件。在随后跟进的调查中，北大百分之六十七的教师后悔留北大当教书匠，剩下的人未置可否。人，总要跟着时代走，尤其是要满足自己对美好生活的向往。这时，老子如果转世宣传无为而治，一定会成过街老鼠，追打得体无完肤。于是，各高校都开始了轰轰烈烈的"创收"运动，没有例外。

当时，我很同情我校各级领导。因为，让习惯坐而论道的书呆子（那时很多，现在很少）跟商人一起争买卖，还要虎口拔牙狼嘴夺羊，难于上青天。可在那时，学校金尽，校长无颜；处室没钱，领导失色。硬着头皮也得上。各高校都有专门的"创收办公室"，开办"三产"，请进"能人"。就以我所见，有的小单位把可怜兮兮的几万办公费都拿出来，让征战股市的老师去炒股，准备给大家发奖金。最终没赚，倒也没赔，怎么去怎么回。

话说某天，我校开大会，各位领导讲话。轮到负责创收的领导登台，他满面春风甚至有些激动地说："我们终于融进了市场经济的大潮。"这是第一句，我也就记住了这一句，主要因为他激动的语气。然后他汇报了几个项目，印象最深的就是和俄罗斯做皮夹克生意。

随后，学校陆续出台了一些政策，最重要的是鼓励大家联系外边开公司，搞三产，公司经审核，可以挂靠在政法大学下边，成为子公司。甩开膀子大干一年多后，不好的消息陆续传来，好多挂靠的公司违法经营，弄得今天工商局找，明天公安局来。又过了些时候，看校报，许多挂靠公司应公安局、工商局等单位停业整顿，很多注销。注销的有三四十家，我逐次看去，看到一家不禁大笑，"盛华酱菜园"。

政法大学开酱菜园？太不搭了。

其实，教师不是不能发家，也没人拦着发家。以马云为首，下海成功的教师成千上万。不过据我观察，绝大多数教师下海有个特点，总是下一半留一半，不成时及时上岸。也许这是教师患得患失的特点所决定的。想做子贡，孔门高足，才华盖世；同时又拥财千万，富得流油，看来只能去黄粱梦里找。

男士风度

国庆将至,广场又将摆花,百姓前往观赏,比春晚热闹百倍。

想起一事,一直难忘。某年,夜往广场观花。出广场有两条路,里圈儿人多,外圈儿人少。我们走外圈儿,没想到太绕了,里外圈儿中间隔着一米上下的栅栏,于是外圈走着的许多青年男女纷纷越过栅栏去里圈走。

男孩子不少都善翻越,两手一撑,双腿一悠就跳了过去。女孩子力气小,手下没劲儿,好在多数都有男友,于是大家先把女孩儿抱起来,放到栅栏上,然后自己跳过去,再把女孩儿从那边抱下来。也有看去身材很好动作矫健的女孩不服,自己两手一撑上去了,但这边上去了,腿却悠不起来,或者不敢悠,还得靠男友帮忙。也有独行的女孩儿,腿脚或衣服别在上边了,低声向路过的女孩儿求帮忙,于是大家你推我拉,把她弄过去。有时没女生路过,有大胆男生上前询问,是否需要帮忙,女生一脸害羞地点头,于是男孩帮女孩翻越了。

乐清女孩被杀后,感到震惊之余想到,我国传统和西方礼仪,男人不准欺负女子。女人是要被疼爱和尊重的。外国有贵族,中国有君子,由此产生风度。

所以,我非常讨厌动不动在广告里论贵族。瞧瞧眼下的某些男人,开顺风车的目的就是准备好刀子绳子胶带抢劫强奸杀害女人,再听听武汉滴滴司机那些下流得不能再下流的想象,再看看广告里卖表卖车卖房的贵族专属生活,真是丢尽了我们几千年传统的脸,如果一言蔽之,只能说恬不知耻,还能说什么!

饭店争座

昨日中秋,家里没东西,旁边一饭馆去对付。这饭馆还不算小,有三层,中等规模,店堂大而深,里边挂着无数红灯笼。吃饭时,有俩儿老头打架,那叫一个热闹,奋不顾身,怪叫连连,连梁山贼人的呼哨都会打。因为都是一家几代人来此相聚,带着儿子儿媳女儿女婿孙子孙女,所以拉架劝架的也就格外多。男人叫嚷女人尖叫,打架的往前冲,拉架的往回拽,好像烧沸的羊肉锅子。不过今天的顾客们已淡定多了,你打你的,我吃我的,顶多抬头远远望一眼,所以店里还是一片欢乐祥和。

一边吃一边想,要放在别处,比如老莫,他们会吗?答案是否定的。为什么?因为你进了老莫,就像进了冬宫,雕花巨柱,枝型吊灯,舞池包厢穹顶窗,你会在里头撒野打呼哨吗?就算你是跺一脚镇半城的黑社会老大,进来也会大喘气。没人镇你,但环境把你镇住了。人有气场,环境更有气场。在那乱哄哄跟菜市场差不多的饭馆里,周围人都在高声喧哗,孩子吵闹,碗碟叮当,小二乱跑的环境,打打架好像挺般配。

想到环境、气场,不由往事越上三千年,想起荆轲刺秦王。当年,燕太子丹促荆轲出行,荆轲迟迟不发,太子丹生疑。荆轲解释道,我在等一个人。我剑术不如此人。他来,事必成。但因路途遥远,尚需时日。太子丹心急,找一人名秦舞阳。市上杀人,而人无敢近其身,以为荆轲之助。二人上路,至秦宫,舞阳一见殿宇恢宏,仪仗森严,非肉市菜市可比,不觉脑袋上冒汗腿肚子转筋脚底下拌蒜。秦王很是奇怪,问为何如此。荆轲答以边鄙小民未见世面。秦王遂命舞阳立阶下,不必上殿。

秦舞阳怕死吗?想必不怕。但他那不怕死,想来是肉市上抢人半扇猪肉扛起就跑谁追跟谁玩儿命的不怕死，不堪大用。如果给荆轲做副手的是豫让、聂政、专诸、要离这些真正的勇士，事儿一定成，历史也将改写。正如苏轼《留侯论》中说："匹夫见辱，拔剑而起，挺身而斗，此不足为勇也。"古代对男人最高评价是：沉毅。良有以也。

午后去了北海，对我来说，这是一个最静心的地方。回家路上进了德克士快餐店，出来灯火茫茫。

饭铺见闻

在昌平超市，买了白菜肉包，回家一吃，俗话，脸比城墙还厚，这包子皮比脸皮还厚。再一想，包子一块一个，还买二赠一，挑什么眼？昨天决定改善伙食，进了一个小铺，要了一个肉丝土豆丝盖饭。

邻座儿有仨人，一个四十多岁，俩二十多。四十多岁的体形巨大，声如洪钟，豪气追项羽，宏图胜刘邦，坐在那儿很有分量。只听他说，我手里八个项目，两个沃尔玛，两个欧赛，一王府井，一赛特，还一个金（金什么玩意儿，没听清）。然后问一个看去像技术员的小伙子，大学毕业几年了？才一年？年轻人就是要抓紧创业。我年轻那会儿，三十岁之前，半个中国都跑遍了，到处安装，什么没见过？我跟你们黄部长李主任可熟了，喝过酒，好几回。黄部长叫什么？今年有五十吗？没有？面老，面老，不过我看着还少兴。我跟李主任更没得说，他们家我都去过两回了。什么？不是海淀？丰台？对对，我记错了看我这记性，年岁不饶人啊！李主任一儿两女，噢？一女。女儿在美国。什么？日本？对日本，他送过我一瓶清酒，好喝，喝过吗？来，来，喝，多喝点儿（他没要酒，要的果汁），这个好，有营养，喝酒耽误事儿。菜好像少了点儿，再来个扁豆焖肉吧？要不来个鱼香肉丝？红烧豆腐？吃不了？跟大哥我甭客气。大哥走南闯北见多识广，有什么事找我（拍一拍厚墩墩的胸脯）。这么着，来盘儿炒饭，一盘儿就够，炒饭分量给得足，多了吃不了，要仨小碗一分。服务员！服务员！（声震屋瓦）来盘炒饭！拿仨小碗，你们俩多来点儿，我这儿差不多了。

后来，我走了，不知下文了。

爱可分割

我们是北京师范学院（现首都师范大学）中文系七八级学生。入学后的感觉和近来许多回忆当年校园生活的文章大同小异，但有更热闹的，竞选。这在中国是空前绝后的，记得听过干部子弟刘源的竞选会，也看过农家子弟张中天贴出的竞选海报。舞会、恋爱、联欢很寻常，不寻常的是有位后来成为著名音乐人，外号"大指挥"今称某爷的学生，精通乐舞，当年四处追逐漂亮女生，有舞必到，以至后来漂亮女生听他驾到，纷纷落荒而逃。其实他岁数很小，应届毕业生，女生论岁数基本都是他姐姐。一次，他同时约我们班三位漂亮姐姐见面，三位寻开心，一块儿去了，问他一身约三人，何义。谁知他脸不变色心不跳，答曰：爱是可以分割的。真有文怀沙之风，佩服。

几十年了，许多观念已经改变，改变不了的，是事情本身。

热闹的会议

约二十年前，山东某出版社来京组稿，请王学泰先生找些人。王先生找了些学者，其中有近代史研究所的几位。会议讨论一开始，就有一位近代史所的朱先生屡屡打断别人发言，阐述自己观点。后来有位退休的某杂志总编发言，刚说了五六句，大概不合他的心意，又马上打断并开始指责。总编儒雅，大约头回见这阵势，不知所措，讪讪地笑着为自己辩解了几句，不说话了。这时一位与我和总编都相熟的张先生坐不住了，斥责朱先生为什么不让人说话。总编听了，如梦方醒，也生了气，对朱先生说，对呀，你是邀请来的，我也是邀请来的，凭什么你能说我不能说？！正激辩间，近代史所又有人说，搞文学与搞史学的就是说不清。这下我也坐不住了，说，咱们都是王先生请来的，王先生是搞文学的。照你这么说，王先生是不是该被请出？场面一时大乱。张先生气恼地对我说，大家还是知识分子，连个会都开不好。我心想，正因为都是知识分子，所以连个会都开不好。

回归平静后，继续发言。朱先生几次想发言，都被大家阻止了。理由是，他不断打断别人时，已经发了不少言。他听了，一脸委屈地说，"可我还没作正式发言"。但是直到散会，他的正式发言也没做成。

中午吃饭，他阴沉着脸，坐在一边，没什么人跟他讲话。我又起了同情心，过去和他聊天。他告诉我，除了他的近代史专业，他还喜欢文学。写了一本小说，名《东方女神》，凝聚很多心血，但出版无望。又愁眉不展地说，住房只有两小间，十分拥挤，社科院待遇又低，自己无力改善，心情很不好。

说到开会发言，最惹人讨厌的就是发言没完没了或随意打断别人。有一回开某会，约有二十人准备发言，结果一位先生掏出一叠讲稿，二十多页,一句一句地念。每翻过一篇,还偷偷地瞥下边听众一眼。又一回,会议三小时,一位老当益壮、余勇可贾的老先生车轱辘话来回轱辘了近两个半小时,最后还不甘心地说:"时间有限,今天我暂时就讲到这里吧。"随便打断人的,更有笑话。一年学校开学术会,大家依次发言。甲学者刚说了两句,就被乙学者打断,说"不是这样",然后洋洋洒洒地发言。乙学者发言后,主持人即让丙学者发言。甲学者反对,主持人说,你不是发过了吗?甲说,我才说了两句,就让乙抢去说了。全场大笑。

一年多后,我在某报上,看到朱先生写的一篇评论某文学作品的文章,观点犀利,逻辑严密,只可惜是以史学的角度批评文学。我也随发一文辩驳。不久,看到他与人合著的近代史,他所撰写的部分正好是我感兴趣的。材料极其翔实,考证周详,逻辑分明。更难得的是观点中立,不偏不倚,使我佩服。但是很不幸,此后并不很久,便传来他下世的消息。有时想到他,总希望他后来住进了大些的房子,《东方神女》也问了世。但"神女生涯原是梦,小姑居处本无郎",世上美好的期望多数落空。

其实,像朱先生这样的人,本性是老实人,能够认认真真读书,踏踏实实做学问。问题是自以为是,目中无人,妄自尊大,永远正确。搞不好和领导、同事、朋友、外人的关系,混一个穷愁潦倒终身。知识分子还有一个要命的地方,就是说话爱夸张,好作耸人语,以引起重视。老祖宗可能始于三国的孔融、祢衡。二人反对孝顺,说子女出生乃父亲性欲发作。而母亲如瓶,自己不过暂栖身于此,出生以后,瓶子一扔了事。惊世骇俗,结果让曹操杀了。但这毛病却留下来。

不过,不必担心,今天的知识分子聪明多了。像朱先生这种能读书又狂妄的人也少了。现在是不读书又狂妄的人越来越多。翻过两本书就敢开牙胡抡,你挑错,我不理。或鞠躬致谢,说,回去我查查。从此无下文。由这上看,朱先生自有可取之处。

可怕的暗流

二〇〇八年，政法大学发生了震惊全国的弑师案，被学生弑掉的老师名程春明，法学院教授，曾任学校科研处副处长。

早前一天中午我在学生食堂吃饭，程春明过来和我打了个招呼，顺便聊了几句。他走后，旁边一个法学院的女学生问我，老师，你们熟吗？我说，不熟，点头之交。她神秘地一笑，说，您知道他有嗜好吗？我不解，问，什么嗜好？她又神神秘秘地一笑，几次欲言又止，最终还是没说。不很久，就传来他被杀的消息，我才明白这嗜好是什么。

我对程是颇有好感的。原因是认识时他已是科研处副处长（美差，掌管全校科研经费的申请发放），但为人低调，热情直率。可反过来，对领导又会大不敬。有回开高层会议，校领导请来的专家对我校大唱赞歌，他可能认为有拍马之嫌，就说，您把我们说得这样好，您到北大清华又该如何说？校长大怒，当即制止。他又发言，说，大家看看，校长可以随便制止教授发言，这是民主治校吗？结果丢了官，没干满一届（一届四年，他只干了三年）。

他生于安徽山区，放牛娃出身。小时最大梦想就是到县里当拖拉机站站长，这样就可吃商品粮了。所以拼命读书，一直读到法国，在那儿待了十二年。回来后到了政法大学，教法学。

法国是浪漫之乡，他也将这带了回来。他喜欢讲些浪漫之乡的事情，喜欢和女生们聊天来往，给毕业女生们写赠别诗，也写一些他在欧洲游历时的诗。不是多么的好，但也不错。印象深的是他站在海岸边的悬崖上，遥望地中海上的灯光，不知为何，满眼泪光。偶尔也作两首古诗，也还可读。他有条大红色的法兰绒裤子，挺爱穿，是校园里的一道风景。据说，他上课时曾说，法国人有三样东西经常换，皮鞋、领带和情人。头两样他行，第三样做不到了。其实，头两样他也不行，没钱。更没想到的是，浪漫的法国之旅，却让中国王麻子终止了行程。

举菜刀的人名叫付成励，我校政治系大四学生。他交了个女友，姓陈，比他大三岁，上研三。两人交了一段时间，去北戴河。在那儿，一天早晨，陈对付说，我和别人发生过关系。付问是谁，陈说，程春明。接下来，无论付怎么问，陈都不再说了。后来，付带陈去了一趟自己父母家。付的父母是黑河人，从务农到务工，后来到天津郊外谋生。自己盖了小院子，没几间房，很简陋。上厕所还要去村口，异味呛人，顶风臭四十里。相对来说，陈老家浙江台州，父亲为有一定级别的公务员。转年春天和夏天，两人大吵两次，都是陈提出分手，但并未给出理由。第二次大吵后，付同意分手，但是说，分手可以，可我也不想活了。不过我死之前，一定先把程春明砍了。

据付后来狱中交代，他的想法是这样：陈遭程迫害，失去贞操，成为残花败柳之人。所以我一定要娶你，挽救你。别人可以不理你，我侠肝义胆，不可坐视不管。从此越发对陈百般爱抚。没承想，二人关系就此急转直下，陈对其越发冷淡，终至分手。

言语的批判不如武器的批判。于是付买了两把刀，一把菜刀一把西瓜刀，意思是我菜刀砍不死你，西瓜刀扎死你，万无一失。趁某晚程上课，上前一刀砍断程脖子大动脉，没用第二刀。教室大乱，女生们都钻到桌子下，男生们站着发愣。他神情自若，打电话报警。

狱中，付的态度是认罪但不认错，不道歉，不后悔，不忏悔。而且说，他出狱后，碰上这事，还要杀，还要砍。因为这事学校和社会不管，他是替天行道行侠仗义。

陈这样说，她和程保持了一年的性关系，是自愿的，然后分手。至于为什么分手，是自己不爱程了。分手后到付杀程，三年多时间里，与程再无往来。至于上研究生，是自己考的，与程无涉。

最后我要说到主题，可怕的暗流。网上的舆论，我大致看了下，百分之九十五，赞付为英雄、义士、好汉，敢作敢为，杀得好，杀得对，菜刀哪儿买的，真快。这种人要多杀快杀。我就想问，程算哪种人？付杀程，只凭陈两句话，和人发生过关系。谁？程春明。真话？假话？网上就有人说，也许陈为甩付，故意这样说。也许陈与别人有染，拿程顶缸。因为程在老师里确实比较浪漫。再说，付没选过程的课，不认识程，就不怕杀错人？俗话说，捉奸要双，捉贼要赃。连事情都没搞清，当事人什么都不知道，就一刀砍死。可反过来，他自己可要求法庭给自己讲话的权利，你又为什么不给程说话的权利？

退一步说，程确实在与第二任妻子没离婚的情况下，与陈发生了关系。那么，程是婚外情，陈是第三者，有死罪吗？用得着你这个黑夜执行者？依付的逻辑，他有两项权力，定罪权和执行权。我定天下人的罪，我对天下人行刑。这样的人只有皇帝。试问为他鼓掌叫好的人，他真做了皇帝，你们的脑袋长得牢吗？

为他叫好点赞鼓吹多砍多杀的人，心底更加黑暗卑鄙龌龊肮脏。但，这在当前，却是一股不能不重视的暗流，否则，"文革"必来，来得更凶猛。

学活和头肉

有一次,参加学生的一个活动,我问:"在哪儿?"学生答:"学活。"问:"什么叫学活?"答:"学生活动中心(全名为中国政法大学学生活动中心)。"问:"干吗不说全?"答:"我们都这么说。"我想想说:"我对个下联。你说学活?"她说:"嗯。"我说:"我对头肉。"问:"什么叫头肉?"答:"猪头肉。"笑,问:"干吗叫头肉?""老百姓都这么叫。""老师你真幽默。"心想,"我可不是幽默,你听不出来吗?"

缩略语,若已约定俗成,可以,如人大、政协等等。但不是如此,就不能缩略。记得多年前我们从宣武搬到北师大,要办些手续,去派出所询问。一年轻警察不耐烦地说"去海淀"。我问:"我这不是在海淀区吗?"他马上变脸,眼睛里像要喷火,意思是你要跟我叫板?幸亏旁边有个老警察,问了情况,说:"你刚从宣武搬来,你是不知道。海淀区政府在黄庄,我们习惯管黄庄叫海淀。一说海淀就指黄庄。"随后告诉了我去黄庄的路。这时小警察眼里的火儿才灭了。

这事儿说到根儿上,就是心里不装别人。我知道,我们知道,你也或你就应该知道。这样的例子比比皆是,不用多举。写文章时,手法翻新,弄一大堆新词语。每当我看到这类学生论文时,不禁微微一笑。叫来学生,要求将这些词语逐一解释,对方登时傻眼,张口结舌。

今天的中国,虚张声势花拳绣腿太多,不断高涨的民粹牛皮可为代表。也许这样的吹捧个人可以获些小利,但于国于民,未必是福。

海南七日游

七天前，来到三亚旅游。

先去著名景点南山寺。乘16路，谁料下车后，才知此处离南山寺尚远。问了几人，告知要换25路。上车后，售票员说，16路是私人办的，挂羊头，卖狗肉。专坑人。

南山寺实事求是，自己说是投资六千多万，花费四年多时间建成的现代建筑。在里面逛时，有件事印象深刻。

寺里面太大，有电瓶车，供绕行。每到一处景点，可下来观赏。事毕，再乘后车至下一景点。但换车时无人管理，大家要抢。于是，车一来，盛况空前，本来一脸衰弱憔悴，弯腰塌背，步履蹒跚，拿着拐杖，甚至坐轮椅的老人，登时来了力气，贾了余勇，杀向车门。而各种小孩，蜂拥抢上，父母跟进。又朋呼友唤，沸反盈天。更有一女子，里面虽空，她却两手把住车门，屁股向外，撅得高高，然后"解释"道："我们一块好几个人呢。"爱人看我逡巡不前，已错过了好几班车，知道我又犯了知识分子"儒雅"的臭毛病。刚好又来了一辆车，有一排只坐了三个人。爱人让我上去，门口穿得很体面面相挺文雅的老头儿不让，我对爱人说"算了"。爱人和老头儿理论，"这是坐四个人的"。这时，老头儿儿子说："爸，这是按四个人设计的。"这样老头儿动了动屁股，我坐了上去。

三个想法：没我爱人，我也许得走着出庙；别看平常人们穿得光鲜亮丽，但时候一到，有赤裸裸的可能；论管理，还得看北京。

在来西岛前，找了个远离人嚣的地方看海。遥望汪洋，思绪万千。

大海是人类的母亲，但人类仿佛不知感恩。二战时，日本海军军歌就叫《征服大海》，结果日本海军全部覆灭在大洋里。相对大海，航空母舰，渺如土芥；巡航导弹，微若沙尘。海啸来时，三四十层楼高的滔天巨浪向岸边层层推进，震天动地的涛声，不禁让人想起诺亚方舟。几千年来，向自然开战，向大海索取，还洋洋得意自称万物之灵，配吗？

另一方面，大海也是人类寄托梦想的地方。少年时，我们传唱的一首歌，叫《深深的海洋》。头两句词是"深深的海洋，你为何不平静？不平静就像我爱人，那一颗动摇的心"。

那时我们不过十四五，又在"文革"期间，虽然情窦初开，可任什么不懂，一群毛头小子又傻又愣，也没人见过海洋，唱时还带些不好意思的坏笑，因为朦胧知道"动摇的心"是对"爱情"的描绘，而爱情在当时是犯忌的。另一方面，尽管大街上、胡同里、左邻右舍有许多女孩子，但都隐隐觉得不如歌中那个有一颗"动摇的心"的女孩子，何况她身边还有"不平静的海洋"。

现在，大海就在眼前，它不平静吗？

放眼望去，海面波光粼粼，一碧万顷。风平浪静，好似摇篮。不由想起名曲《重归苏莲托》的歌词："看那海浪轻轻荡漾，心中激起无穷幻想。美丽景色使人陶醉，仿佛沉入梦乡。"

大海是平静的，因为它是自己的主人。人生是不平静的，因为我们不是自己的主人，我们的主人，是欲望。歌中女孩悲伤，我们四处传唱，就在于此。

今天海南阴天，大海上空尽是深深浅浅浓浓淡淡的蓝、灰和蓝灰相间的云。不过我发现，这里的云层后面好像闪着一层光亮，将阴云照得清澈，照出希望。而北方的云，若是乌云，则不仅黑沉沉一片，而且是一重重压下来。虽然雷霆未怒，电光未闪，街上人已是落荒而逃抱头鼠窜。正是李贺诗"黑云压城城欲摧"的情景。北方的乌云，有些暴力；南方的乌云，却显得柔和。两种云我都喜欢，实在要比较，我还是喜欢北方的云。因为它象征强大。而强大，是我的所爱。

昨天去了槟榔谷，印象很好。看看刀耕火种，看看纺线织布，看看黎苗山寨，自助餐也很好，有一种炸鱼，让我这不怎么吃鱼的人把它吃得精光。

我们找了个幽静的地方坐下。这里椰子树、槟榔树、芭蕉树交相覆盖，清幽直达心底。虽只下午，却荫凉似暮色，深远如遥天。

在这里坐了许久，清寂的环境好像也使人心里清凉。听着远处和不远处传来如同战场呐喊般的鼓噪和爆笑，心里忽然想起了一部久远的苏联电影《山村女教师》。

影片讲一位娇小清秀的贵族小姐，在沙俄时代不顾他人阻挠，来到山村，教出了英雄辈出的学生。电影使我们很多人深受感动，好评不胫而走。同时，还发生了一个有趣的现象。

这位女教师的名字叫作瓦尔瓦拉·瓦拉瓦拉耶夫娜。于是，年轻人就将老师和爱说的人，以及到处说并且大嗓门的人叫"哇啦哇啦·哇啦哇啦耶夫娜"，且分男女，男性将"娜"字去掉，成"哇啦哇啦·哇啦哇啦耶夫"。没想到，"哇啦哇啦"今日成了享誉世界的我国公害。

当时，我们许多年轻人都爱上了这位女教师。别人的理由我不知道。我的理由是：清纯。清纯的电影，清纯的人生，清纯的理想，清纯的少女，就像远处那蔚蓝无际的海空。

昨天去了天涯海角，热带雨林很美。大海以阳光照在海上的波光为分界线，南边暗而蓝，北边白而亮。但我此行目的是瞻仰苏轼。一进门，就看到苏轼座像，但有些失望。苏轼脑后长发飘飘，头深垂，仿佛正在忧心国事或低头认罪。以苏轼的贬逐之身来说，这也自然。历史上，凡是心怀天下不忘国家的志士仁人，都免不了身家性命之忧。因此，独善其身还是兼济天下便成了每一个文人的两难选择。所以我特别喜欢苏轼流贬海南时作的一首诗："参横斗转已三更，苦雨终风也解晴。云散月明谁点缀，天容海色本澄清。空余鲁叟乘桴意，粗识轩辕奏乐声。九死南荒吾不恨，兹游奇绝冠平生。"旷世情怀，磊落心胸,如光风霁月,令人叹服。

回去时,重演抢车一幕。车后门闭,前门上,不少上不了前门的游客,用脚猛踹后门,边踹边骂:"他妈的为什么不开后门!"来到前门,正在打架。原来一对老夫妇,老婆上了车,呼唤老头儿。老头儿一急,横冲直撞,遭到几个年轻人暴打。老头儿不甘示弱,和几个青年打着上了车。这时从前门下来四个人,原来上错车了。售票员见我们站在前边,就让我们上去,买了票。这时司机又让我们下去,到后门上,他觉得后门空。下去一共四个人,一个小孩,一个老头儿,和我们。但售票员没跟过来。我们让老头儿和小孩先上,我爱人也上了。轮到我时,下面的人以为门开表示随便上,把我挤开了。爱人告诉司机我没上来,司机再开门,下边游客一厮打揪扯,车门夹了我的胳膊。这时售票员才赶过来,在我胳膊上胡噜了一下,以示安慰。

惊人的事还在后面。车在疾驰中,车门忽然打开一半。我和爱人就站在门边,我的手还拉着车门,身体已经有些不稳。幸好它又闭上了,车里顿时一片惊呼,一阵叫嚷,一派谴责。但车门不肯罢休,途中又开了一次,好在这时我们已站到上面,掉是掉不下去了。

到了总站,司机陪我们去照片子,一路上,他不住解释,车门是自动的,开闭"任性",他控制不了。好在照完没事,瘀血而已。游完人民医院,为吃饭,再游市中心,最后"游"回旅馆,洗洗,睡了。心想,明天不知还会发生什么事。

一日入秋,一日入冬,今天终于感冒,窝在旅馆里写杂感。

一、大海很美丽,海水的颜色不外由蓝、灰、绿、白组合,与天空一起变幻出朝晖夕阴的万千气象。

二、植物很漂亮。椰子树、棕榈树、芭蕉树、榕树以及其他种种我说不上名字的漂亮植物到处都是。树下可以做梦,尽管是些白日梦。

三、游客的疯狂超乎想象。

四、城市管理混乱、无序、低效,来了即知。

五、景点的票价及里边各项人造景点的票价、物价畸高。

六、没有一处文物景点。天涯海角就是在沙滩上搬来两块大石头，立好了，刷上字。想看古迹，请去别处。

七、空气清新，海鲜很多，可以猛吃。但有一事注意，别在异乡吃异乡人做的家乡食物。一天早晨吃早点，见新疆人的店里有炸油饼，油饼炸得娇小玲珑，很是萌萌哒，起了鲈鱼之思。要了一咬，里边生面团子。这要怨自己。你点羊肉串，肯定棒棒哒。你点油饼，强人所难。这类教训不少。

八、住在市里物价相对便宜，选择也多。住在城市周边，物价贵，选择少，但靠海近。不过城市交通发达，观海还算方便。

九、昨天下午一出门，碰上刚到的带全家来此的东北老客，几句寒暄过后，即问："在哪儿看海？到哪儿吃海鲜？"言简意赅，游客们的共同心声。

今晚要回北京了，想写写最后的感想，不过，与三亚无关。记得很小时，看过著名散文家杨朔的散文，歌颂昆明，印象深的就一句"四季如春"。当时就不以为然，不过那时还不到十岁，说不出为什么。现在，明白了。

海南和昆明都是热带城市，四季如春，感觉温咕噜嘟，我也许本能不喜欢温咕噜嘟的城市和那种生活。我喜欢四季分明。从景色说，春天，繁花如海；夏天，蝉鸣一片；秋天，落英缤纷；冬天，冰封雪盖。从气候上说，春天，万物孕育；夏天，万物生长；秋天，万物凋零；冬天，万物闭藏。即春生夏长秋收冬藏。这就是天人合一天道循环。在这样的环境里，你会时时感到时光的流逝，随之欣喜，随之忧伤，会抓紧去做一切你想做的事。因为，冬天，提醒留给你时间不多；春天，又给你带来许多希望。

四季如春，我总觉得会给人疲疲沓沓的感觉。像这里，三亚，大多数人都是汗衫裤衩趿拉板，走路还一晃一晃的，大概以为自己很潇洒吧？要是四季分明，你起码要有四套衣服，冬天你也不可能穿趿拉板上街，除非你是叫花子。而且，以四季衣服应对四时，更可以展现容貌风度。如果是一个女孩子，会有四个分明的季节展示自己，而不只是一两个。

人们常说，空气好，气候好，养生好，以形容最南边的那些城市。其实我个人，并不爱听养生这个词。生命是你养就养得住吗？海边即便没有雾霾，遍及全国的烧烤也烟气熏天。生命需要养，但更重要的是，这被养起来的生命拿来干什么用。所以我特别喜欢王勃"老当益壮，宁移白首之心"和曹操"老骥伏枥，志在千里"。当然，也许在别人看来，你并没有做出什么。不过你做什么，有时并不需要别人看，甚至被理解。

人生苦短，来日方长。我一直希望自己能在苦短的人生里多做一些来日的事。

江浙记游踪

扬州盛产美女？答案似乎是肯定的。不过，在我到扬州之前很久，就知道扬州并不"盛产"美女。

那是几年前我来到与扬州一江之隔的镇江，当地一位导游与我闲聊时取得的共识。江南水乡，气候宜人。六朝金粉，多出于此，没有疑问。但又有多少产自扬州？因此所谓扬州出美女是错觉。古代扬州是运河码头，漕运要道，富商大贾云集，尤其是盐商，大多集于扬州。这是一。盐商们很少带家眷，孤身在外，有女人的需求。这是二。盐商有钱，能一掷千金寻欢作乐。这是三。生意场上离不开女人，结交官员拉拢关系，先衙门后饭馆，先秦楼后楚馆，这是四。人逐利，所以扬州集中了天下很多有才色的女子。再加江南自古是佳丽之地，就有了扬州产美女的传说。

记得韩寒讲过这样的话，说北京美女多。北京美女是多。不过，没几个北京人。那又为什么外地美女都来北京了？因为北京是权力中心。有位英国人写过一本太平天国时期他在天京（南京）的亲历记。说有一个时期，他感觉天京城里的美女特别多。后来知道是太平军将所占各地有姿色的女子统统押解而来，供天王及以下各王采择备用。以此而论，天京就是暴力的中心。而扬州，以盐商之故，成为财富的中心。这里除了暴力有暂时性外，权力和财富却是恒久的，他们有个共通之处，即机遇。

当然，机遇，不仅对女子，对男人也一样，特别是才子。王维《西施咏》中"艳色天下重，西施宁久微"，讲女人。同样是王维，《洛阳女儿行》中"谁怜越女颜如玉，贫贱江头自浣纱"，喻寒士。哪里才是价值中心？自然是京城、朝廷。

我一直有个观点：就是人不必怕失败，一定要在人生中跟些高手过招。做足功课后，报上姓名，上擂台即便被高手打下去，踢下台，鼻青脸肿，颜面无光，也不要紧。因为你已经具备了与高手过招的气质，成败未成定论。这擂台从省市地县摆起，一路打去，京城是它的终点。

游完扬州，与它一江之隔的镇江是必去的。传说中刘备招亲的甘露寺就坐落在北固山上，所以先去了北固山。由于不是周末，居然没几个游客。"空山不见人，但闻人语响"的诗境再现。登多景楼，盘旋而上，有一屋，屋中两榻相向，榻后各有书案，中间设一矮几。见此，心忽有所动，想矮几上应设一棋盘，榻上孙刘对弈，看去谈笑自若，心中各怀诡计。羽扇纶巾之下，刀斧手埋伏两厢。一旦闹翻，血光四溅。其间又有吴国太搅局，孙权妹待嫁，美人作局，胞妹为子，真是热闹连连。这一切为什么？窗外是江，脚下是山，合称江山。为争江山，一统天下，大江南北，白骨如雪。凭高远眺，江风浩荡，江涛怒吼，古往今来，无论何人，都想在江边问一问苍茫大地，谁主沉浮。但又有几人想到，刀兵一起，杀人盈野，生灵涂炭。即便打出何种旗帜，说得多么好听，从来是小民之难。

苏州园林也不可不去，但逛一圈儿，大同小异，亭台楼阁池塘花草见一知十。不过在留园看了些表演，颇可记。漫步园中，见一少爷带一小厮，少爷衙内形象，尖嘴猴腮，一脸猥笑。小厮倒生得唇红齿白，清秀可人。进一院，太湖石畔，一女拉胡琴，手法不疾不徐，琴声凄婉幽怨，飘散于苍茫暮色和深远遥天。另一院中，一女抚古琴，高山流水，叮咚如梦。但四周鼓噪如集市，琴声最终完败于市声。再进一院，大厅内，八名女子抱琵琶一字排开，先唱江南小调，类似唐伯虎点秋香，能唱出咿咿呀呀的江南情趣。曲毕，一女道"下面再为大家演唱一首《春江花月夜》"。旁边一侧坐着老爷和夫人以复古。可惜夫人老爷一动不动，一笑不笑，如庙中泥像，不如歌人女伎。下了厅堂，眼前一亮，原来花园里来了一位小姐，身后跟着丫鬟。俩人生得甚美，丫鬟似更胜小姐一筹。二人立于厅下，笑盈盈与众游人合影。

有一五十多岁沧桑客，抢上前去，于身后搂着二女肩膀，龇牙露一大黄脸。惨不忍睹，即去。

遥想北京大观园，也有不少节目。最著者是元妃省亲。元妃不是几年一省，而是天天省，甚至上午省完下午省，充分满足广大人民意愿。吃水不忘掘井人，不由想起曹雪芹。一部《红楼梦》，养活了古往今来多少人。可他却养不活自己。看他喝酒没下酒菜，到水塘捉青蛙给他下酒的小儿子病饿而亡，他也因伤心而死，落一个"新妇飘零"。殆天命。

海子纪念碑

昨天，由政法大学东墙外过，遥望树林，隐隐有海子的纪念碑（平面），于是想起当年。

海子八十年代北大法律系毕业，分到政法教哲学，作诗不辍，后自杀而死。十多年前，不知谁的倡议，在校园里给他建个碑，还引起师生大讨论，非常热闹。

有天，一位老师征求我看法。我说我不同意。要立，也应该立孔子。她说，你抬杠吧？我说，我是正经的。天不生仲尼，万古如长夜。海子能照明？她说，海子现在不得了，青年人狂热地崇拜他。他是咱们学校的人，咱们义无反顾，理所当然。后来可能在师生们的"强烈"要求下，在学校东南角的树林里，做了个平面的纪念碑，以纪念这位从政法走出的名人。

多年过去了，以我的所见，他的诗歌传扬，但他的墓碑和他的生前一样寂寞。人们很少驻步，很少停留，更少瞻仰拜谒。我早就感觉，景仰一个人，收集他的书，读他的著作，自然在心中就竖起一座丰碑，不一定非在石头前徘徊。

朋友说，你太嗜古，不潮。非也。要论研究世界经典文学名著，我水平恐怕在如今博士后之上。对荒谬派文学以及萨特、尼采等人理论的接触，也始于上世纪七十年代末。用黑色的眼睛寻找光明，最后我的光明落在了诗歌，但是，是古代诗歌。为什么？因为它更贴近我心，贴近生活。

苏轼的"大江东去"和"明月几时有"无事时就在心头翻滚，前者那波澜壮阔的英雄气概和年华老去事业无成的感慨，后者那一唱三叹的起伏情感以及天晴月圆的美好婵娟，每一吟诵都让人美到无言。李商隐的无题总有自己的少年心事，杜牧的放浪又带着潇洒轻狂中的失落，而"折戟沉沙"和"隔江犹唱后庭花"会让人感受历史的浩瀚与变幻的沧桑。这些，是海子不能给予我的。

当然，我不是说海子的诗歌不好，没有调查没有发言权。但以他那首入选中学课本的"面向大海春暖花开"来说，似乎好得没有那么神。它展现了一个有新意的场景，一个美好的祝愿，一种充满期待的明天生活的开始。但是，不太能打动人，也没能打动他自己，因为他倒在了自己生活的面前。

记得几个月前看了一部张嘉译主演的电视剧，最后的场景是打官司。结尾处，响起来高亢嘹亮的"面向大海春暖花开"那段诗歌。可惜，他背后不是繁花，而是法院；脚下不是沙滩，而是台阶；眼前不是大海，而是虚空。所以，尽管他努力瞪圆了一双大眼，伴奏着极其铿锵有力的念诵，我仍没看出力量的内涵，却感到使足力而不达的可笑。

诗词歌赋的永生，在人心深处。

湖州和绵山

我喜欢看落日、晚霞和夜空。当年在东北当知青,十五六岁时即如此。但是晚霞落日往往和人们吃饭的时间重合。好在我们住在原野之上的帐篷里,被天地合围,吃饭不耽误看。而且每天那"两姿(只)矮朵(馒头)一姿汤"(上海知青语调),凉点儿吃问题也不大。

知青里有这嗜好的不多,几个同好的朋友后来各自东西了,我就养成了独自看的习惯。回到北京,街道里的天空太狭小,所以一旦有了去自然风光好的地方,就努力实现愿望。

一年去湖州,城郊一片广大的水域,还修了栈桥。某天会散,我自己来到栈桥,看看让我一直倾心的南国的黄昏。正走着,一群学者从我身后快步走过,我心想遇上了同道。他们比我先到栈桥,放眼望去,眼前正是"落霞与孤鹜齐飞,秋水共长天一色"的情景。

"张××可真行,那房都落三套了。"一人颇有得色地宣布,好像是他自己。"真的?""不可能。吹吧?""没错!我都见了。"他们背朝湖水,围成一个半圆或大半圆,开起了发布会和研讨会,对张三买房进行考证和推敲。不久,忽一人嚷道:"快往回走吧,餐厅要关了!"于是转身齐步走,对四周毫无留恋。打那以后,我更经常一个人闲逛。

后来到山西绵山开会。驻地旁边有条很长很美很幽静的峡谷,是个胜地。一天傍晚,估计要开饭了,我进去逛,里边果然无人。绿色满谷,鸟鸣山幽,小溪奔流。只有一样不好,尽是大大小小的石块,几次要摔,一路跌跌撞撞。忽然,发现路边一块大石头上蹲着一只大耗子,不错眼珠地看着我,吓一大跳。再细看,原来是一只黑色松鼠。我前行,它就蹦蹦跳跳在我身边,一会儿在石头缝里,一会儿在草丛间,一会儿又跳到石头上,总让我能望到它。溪水很长,曲折盘旋,我在离尽头不远的地方拐弯回去，小松鼠还在前面引导。往回走了一段，以为它也回家了，没想到它又蹦蹦跳跳到我身边，引我往回走。远远地望见饭店，我朝它摆手，让它回家，不愿它被人看见。但它好像不懂。我心想，快回去吧，再往前，人会把你捉去吃了。也许真是心有灵犀，它突然跳上路边一块大石头，身体直立，前爪合十，作了一个揖。然后踪迹不见。

人面桃花

每逢看到道路两旁深沉艳丽的桃花，总想起那首千古绝唱"人面桃花"。不经意的瞥见，忽有所动的飘忽，一瞬而过的失落，怅惘无极的怀念，画龙点睛地告诉我们什么是想象，什么是想象的感觉和力量。西方有位音乐大师说，音乐应该从朦朦胧胧中来，又回到朦朦胧胧中去。刚好点出了这诗的境界。桃花人面，不知何所来，不知何所去。其实，无需有所来，无需有所去。只需留下人面、桃花、春风。往昌平湿地公园，青天如水，苍山如黛，漫坡遍野，桃花盛开。坐于水畔，忽忆起这首唐崔护《题都城南庄》诗：去年今日此门中，人面桃花相映红。人面不知何处去，桃花依旧笑春风。真千古绝唱，戏作十六首以和：

其一

去年今日此门中，人面桃花相映红。桃花如何比人面，回眸一笑百媚生。

其二

去年今日此门中，桃花十里度春风。蜂鸣蝶舞瓜架下，为谁立尽暮天钟。

其三

今日再过此门中，枯藤老树荒草生。桃花渡口竹叶密，人面何处觅归踪。

其四

年复一年此门中，犬吠柴扉春水红。一曲笙箫惊午梦，白头宫女说玄宗。

其五

去年今日此门中，人面桃花乱春风。春意深深深几许，伯劳燕子各西东。

其六

去年今日此门中，少女桃花相映红。虽无彩凤双飞翼，但有灵犀一点通。

其七

今日再行此门中，已历卅年数霜星。悲欢相遣成人世，难与庄叟论齐同。

其八

天天桃花过无踪，岁岁人面换新声。从来相思最遗恨，一诗铸成万古情。

其九

人生处处知何似，人面桃花各西东。映阶碧草曾春色，如今庭前满落英。

其十

昨夜星辰昨夜风，佳人一去若惊鸿。谁把红娘偷唤至，愿将灵犀一点通。

其十一

玉兔捣白听晚钟，吴刚伐木永无功。嫦娥应悔偷灵药，碧海青天百念生。

其十二

曾是嵯峨古行宫，昔年娇颜映花红。白头宫女今何在，梦里依稀听玄宗。

其十三

赤壁山前忆战功，二乔终得在吴宫。东君不与周郎便，铜雀台上恨无穷。

其十四

城上斜阳画角中，沈园柳下奏新筝。伤心桥下春波绿，坊肆何处觅画工。

其十五

谁将当年细细听，往事不堪聚散中。从容天命淡人世，数声谯鼓夜三更。

其十六

去年今日此门中，总有过客探芳踪。山环水绕曲尽处，无数悲欢散如风。

就是梦

  好像是梦,又好像不是梦,但总徘徊其中不能去,梦境是青山碧水,桃红柳绿,燕舞莺歌。山南水北之畔,有一座小小画楼。近日又一梦,很老很老了,拄杖携凳坐于街头。听市声,看人流,晚霞红遍巷口。

书事书话

大楼

所谓"大楼",是指矗立在虎坊桥路口西北角的"京华印书局",解放后给了中国书店,成了中国书店的仓库,由行政科领导,里面有古书组、旧书组和修补组等,负责修书、配书以及往各门市部发书。这里并不对外卖书,但是如有各种关系的专家学者需要用书,也提供方便。

我家和中国书店有不解之缘。一来是就住琉璃厂,二来教古代文化,三来朋友们也都是这些人。所以,中国书店的老人们都熟知我祖父、父亲,也知道他们需要、喜欢哪方面的书。也因此,几十年前,我初去大楼,便不觉陌生。

有件事,铭记在心。一次去,古书组一位师傅说,小陆,有本你爷爷的讲义,你要吗?我一看,"中国音韵学·中国大学讲义",祖父生前从未提过,大概忘了。赶紧接过来,谢了,交一块钱,以后把它编入了祖父的文集中。他们在整理过程中,只要遇到和祖父有关的文献,都会给我留下来。

那时我想买清末的《说部丛书》,由此认识了旧书组的李文益师傅。开始买零种,熟了以后,有回看我去了,李师傅从库里一手一捆拎出两大捆,说,这是二集,我们也就一套,就差十来种,给你吧。这时从后边追过来一中年妇女,说,咱就一套,别卖了。连说几遍,李师傅也没理会,还是卖我了。又有一次,李师傅说,我这有一套第一集,一百种全。你那套不是不全吗?你拿来,再添点钱,拿这套走,省得不好配。我有点患得患失,于今成了永久的悔。后来李师傅卖我最难找的第三种,一共有六十多种,说,这回不按种卖,按本儿卖,一本十块。但一种一般都是两三本,我一时有点难色。李师傅有点不高兴,说,就这图(彩绘封面),一本也值十块。于是我都买了下来。

后来李师傅又照我的要求帮我找清末民初的小说，再后来又是新文学等等，知我并非富人，价格总很公道。

有一天，李师傅说，要搞拍卖了，什么本世纪稀见书刊资料拍卖会，在文化宫大殿。你得关注了。要拍得不好，你还可以在这儿买书。要拍得好，你就悬了。结果拍得不是好，而是特别好。但我并没被赶出门去，还是照旧去买书，李师傅的定价也并没有提上去。

虽然过去了很多年，我仍很怀念李师傅。记得我在他那儿买书不久，有个门市部的店员挺惊奇地说，你从他那儿买书？他定价高，绰号"小李飞刀"，小刀拉人狠着呢！

可我印象完全不是如此。看得出，他喜欢读书人，总是能设身处地为对方想。

大楼行政科科长是黄培华，见过两面后，都觉得能聊到一块儿，慢慢熟起来。

有件事挺难忘。当时来熏阁的郗经理，手里有个殿试卷，想上中央二台的鉴宝节目，联系好了，想请启功先生当嘉宾。因为看过我的书，知道我和先生熟，就请老黄邀我见面。见面一聊，郗经理知道不可能，就请我和老黄代劳。那是个晚上，还不在通州的星光基地，而是这个节目组在某高校租的什么地方。鉴宝的主持人是罗溪月，挺厉害的女子，没笑容，后来听她手下说，她敢跟台长拍桌子。我主说，老黄副说。有意思的是，那个进士

中国书店总店现貌

姓汪，叫了个很绕嘴的名字。我说了两遍也记不住，老黄说，我来试试。他也是直到第三遍时才把那进士的名字给"汪"出来。我忍不住地笑，连本来一脸严肃的罗溪月也忍不住笑了。后来，我就常去她那儿做节目。有回和她手下聊，我说，她对你们凶，对嘉宾们那还很客气。手下说，那是对您！她对别人可不这样。除了您，她跟谁说话带笑！原中国书店经理沈望舒有件没办成的事，很遗憾。那是他组织人写了《中国书店老职工回忆录》。因为过去书店从业者文化不高，不会写东西，所以采用老职工说，找人编写，一件很有意义的事。沈经理想找我请启功题个书名，我跟先生说了。先生很痛快地题了，一边题一边说，咱们搞旧学的，可不能看不起这些老人。他们一生过眼古书无数，版本知识不得了。"中国书店是咱们的衣食父母，书店的老师傅是有功之臣。"这两句有名的话就是这么来的。

师傅们的定价并不随意。即如我旧存补抄的《谈新诗》，买时定价二十五元，这可真是高价，而且还缺了后面两跋，行话"不到尾"，是个残本。当初买时看我有些迟疑，李师傅解释道，这书少见，我在书店几十年，没见着两本。这书没重印，就是头版。正文没伤，不碍看。我很相信李师傅，因为他那时卖我鲁迅周作人及诸名家作品就十块钱左右，而且书品大多不错。

前尘梦影，大楼里我所熟悉的人都给我留下了非常美好的印象，古书组的田洪升君，修书组的董书承君、郭纪森先生、萧新祺先生、徐元勋先生都给了我很大帮助。在大楼以外，可以说所有中国书店的门市经理我都认识，多少都有些交情。有些可以说从创业到退休，相知甚厚，如创立海王邨拍卖书店的彭震尧经理，灯市口的康师傅，三门的马春槐、雷梦水师傅，和我祖上就交情匪浅。其他老人，如东廊的孔里千、李殿臣师傅每忆起来，都有美好旧事。如今，西廊没了，东廊没了，三门没了，琉璃厂也去得少了。

记得大楼准备搬家，租借于人后，我去了一趟。我并不想见人，那样心里会不好受，只想再去看看。上了台阶，试推了推沉重的铁门，居然有人迎来，原来是守门的阿姨。我们很熟，她每次见我，都是满面笑容，还常说，你好久没来了。她对我说，都走了，只有她还在守门，过两天也要回家了。我们聊了二十多分钟，空荡荡的楼里我们的声音似乎很响。

四十年间，沧海桑田。大楼顺应市场经济，租于他人，焕发青春，应是好事。其中人物星散，亦理之必然。只是我每逢路过它的附近，即便坐在公交车上，也会朝它那望望，几乎不由自主，几乎成了一种仪式。万物逆旅，人生过客，人事栗六，劳者自歌，愿世间有识我者。

理书

在家理书，最有劲头。一不怕苦，二不怕累。边整边归拢，大致分为几类：

第一是世界古典文学名作和俄国文学及苏联文学。青少年时，觉得外国文学讲人生人性透彻，关注个人喜怒悲欢。不像我国古代，全是家国情怀，个人无足轻重。喜欢苏俄文学是受政府影响，梦想成为英雄主义中的英雄。当时大环境使然，一直延续到了今天，强烈的苏俄文学情结，相伴一生。我买的这些书，有个特点，大多出版于五十年代，皆为初版，插图多，而且都是精美的铜版画。八十年代重印时，为节省成本，将画去掉。个别虽有保留，也大不如前精美。为收这些书，我也是到处跑旧书店，花了重价。

第二是内部发行的图书。一言蔽之，就是政治书。当时和平门外西帘子胡同东口有个新华书店内部发行所。祖父有个市委发的购书证，我常拿了进去逛。印象中，里面都是大台子，非常多，书放得密密麻麻。政治书多，多是揭露苏共内幕和痛扁列宁、斯大林的，也有些美英法出的，如《病夫治国》《第三帝国的兴亡》等等。也有不少港台的文学作品。我买过一本《权力学》，精读，印象很深。比如它讲布哈林和斯大林各自如何迎接新年。布哈林在地上的克林姆林宫里，和许多党人、友人、来宾，畅谈共产主义将如何很快胜利，高举香槟，在流光溢彩中为理想干杯。与此同时，在地下阴暗的地下室里，烛光鬼火似的把几个人影投在墙上，斯大林正在给他几个死党布置任务：你，莫洛托夫，如何如何；你，伏罗希洛夫，如何如何；你，卡冈诺维奇，如何如何。于是不久，布哈林，苏共首屈一指的理论家和几乎所有创建苏共的元老一块承认自己判党叛国而被斯大林送上西天。而斯大林这套被领袖形象地总结为"策划于密室，点火于基层"。《第三帝国的兴亡》中，希特勒消灭帮他起事的冲锋队各元老时，干净利落残忍无情也正与斯大林同。

这就向当时还年轻的我提出一问题，未来做政客还是当文人？

列宁曾说"工人无祖国"。因为依马列观点，无产阶级只有解放全人类，才能最后解放自己。所以是"全世界无产者联合起来"，而非某一国无产者联合起来。不然为什么要组建第二国际、第三国际？我国为什么会有国际共产主义运动学院（现称劳动关系学院）？第一次世界大战时，列宁就据此批判伯恩斯坦（工人领袖）等人，指责他们要求民众"保卫祖国"是为资本家卖命而抛弃共产主义事业。前几年网上发现新大陆似的说列宁十月革命时拿着德皇政府的钱，运动人民搞垮本国政府，是叛徒，我觉得那些人马列没学好。

但学好马列并不容易。记得祖父有一本厚厚的大砖头，《联共（布）党史简明教程》，祖父不仅读，而且用朱笔小楷在天头地脚写了许多心得。以后拨乱反正，才知此书是"满纸荒唐言"。

应该是由《第三帝国的兴亡》引起我对第二次世界大战的兴趣，前天晚上还看了朱可夫的《战争与回忆》上卷。有些事真令人感慨。"二战"前，坦克只是支援步兵作战的工具，单个使用。但德国的曼施坦因、古德里安等人，已将其单独成军，闪击作战。苏联的巴甫洛夫大将也认识到这点，组建了坦克军，但斯大林坚持单个使用，巴甫洛夫一味迎合，甚至解散了已成建制的坦克兵团，结果大败亏输，百万军队溃不成军，几天就被分割消灭。他自己也被当成替罪羊被斯大林下令枪毙。迎合领袖，断送祖国，断送军队，断送人民，断送自己，令人万分感慨。

此外，那时的游击战、间谍战、外交战、党卫军、灭绝营以及两边的将领传记，看了不知有多少。日美在太平洋上的争夺，是另一个兴趣点。一位日本守岛司令官某中将，还在美国军校受过教育。日式礼仪加绅士风度，当之无愧。写遗嘱时还责备妻子没注意孩子的教育，刚上初中的女儿的字越写越难看。但他却做了这样两件事。战争规则是双方军队的救护兵不许打,救护兵的头盔两边都涂着醒目的红十字,以与战斗兵区别。但他下令,能打救护兵专打救护兵。理由是敌我悬殊,己方一定灭亡,所以只能在灭亡前多杀死对方。打死一个救护兵,就相当于打死十个敌人,因为伤员得不到救护,也将很快死去。另一件事是他发现岛上的土著女人性生活很随便,他想美国兵这方面也很随便,于是让军医给土著女人们注射斑疹伤寒等传染病,以在日军全体玉碎之后利用土著报仇。此外,日本二二六军人政变,他们刺了御前大臣四十多刀,随后脱帽向大臣夫人致意,道歉"您受惊了"。种种行为令人噎目结舌,为此我又特意看了《菊与刀》。

但是我对现当代文学兴趣不大,只看郁达夫。金庸我买过全集,努力让自己看,结果一本都看不下去。相反,《包公案》《彭公案》《施公案》《济公传》都很喜欢。更喜欢推理小说,但只看日本,喜欢日本人破案后对人生产生的思考和忧郁,不喜欢欧美人破案后对案件的演绎和欢快。

当然,这些只是我藏书和阅读中的极小部分,沧海几粟。藏书中大量的是线装书、新文学书、民国时的史地书、文学书以及八九十年代以前的学术书。最后想说的是,就我个人来说,我并不觉得藏书如何如何。自己所以藏书,只是:一,新鲜有趣;二,打发时间;三,混饭养家;四,最重要的,没让人牵着鼻子走,一辈子走了自己的路。

藏书

今天三十七度，快六点半了，天空仍是一轮永远不落的太阳，把大地照得分外明亮。

躲太阳，不出门，翻腾整理破书，过了一天。

屡经劫难，又架不住老买，仍有不少。坐在能把人埋了的书堆旁，想起过去。

小时院子里，父亲住的南屋，书不少。他喜欢英文，刚考上北师大一年，解放了，出来接管城市，去了公安局，理想没实现，他的爱好都留在了家。他喜欢欧美文学，但只在十九世纪，以后的没兴趣。尤爱林琴南的翻译。比如《大卫科波菲尔》，他看林译《孤星泪》；《老古玩店》，他看林译《孝女耐儿传》；《茶花女》，他看林译《巴黎茶花女遗事》；《三个火枪手》，他看伍光建译《侠隐记》。他还有不少民国时的画报杂志，看着好像另一个世界。

祖父住北房，我随祖父住。这里书要比南屋多十倍（洋装书省地儿），但都是黄黄的线装书。我是小学生，洋装书还能半通不通连蒙带唬地翻翻，线装书就看不了了，何况还是讲学术的。但祖父有石印本的《三国》《水浒》，我很喜欢。

总体来说，爱看南屋的那些画报杂志。因为里面的西洋风景、人物、陈设打开了通往另一世界的门。尤其里面的小说、散文、诗歌，有着浓郁的田园风格，那种牧歌的情调，无论悲欢，都使人长久追慕怀想。而这边的《水浒》里，不是打就是砍，不是劫法场就是杀淫妇，难怪人说老不看三国，少不看水浒。看了三国学诡诈，看了水浒学打架。

现在回首，南屋的书，父亲的欧美文学，常是我梦之所系，梦所生起的地方。北房，祖父的学术之书，像一个浩瀚的海，泛着传统文化无边无际的波浪。

  如今，梦不再生，海不再有，也不稀罕诗和远方。但童心还在，对周围总是好奇和想去尝试。一个人不管岁数大小，如果没了好奇心和尝试意，就成了行尸走肉。

逛书市

团结湖书市开张了,上星期六与友人逛了一逛。

书市大致分为三大块。依位置前后说,最前,中国书店;居中,各出版社的自办发行;最后,孔夫子旧书网的各摊儿。论热闹,次序刚好反过来。这是第一让我没想到的。

很多看去只有二十多岁的年轻人在挑旧书,包括不少穿戴时尚的女孩子,也不嫌人流拥来挤去,也不怕旧书馊臭。这是第二个没想到。

这些年出的垃圾书铺天盖地。多年前我就想画一幅漫画,一边出版社,一边造纸厂,中间一辆堆着书的十轮大卡车从出版社往造纸厂猛跑。名目大概是各种秘闻、隐私、揭秘、内幕、奇事、佚闻,你不知道的这个,你不知道的那个,似乎是《当今美国认怂了,英国哭晕了》标题党的祖宗。当然,出版社也有苦衷,这是书商们的杰作,并非出版社的初心。再一类自然是色。地摊上常见的,封面上一个半裸女子,胸前一把刀,身后一摊血,标题"粉红色的香尸"。再一类,各种社会经验。头不少年了,海淀有个很大的书店,叫"第三极",我常去。但一次以后,去得少了。因为那次它在最显眼的台子上摆了新书,一本《女人必须避开的十种男人》,旁边一本是《男人必须远离的十种女人》。当时我就想,它要完。果然没有过一年,它歇菜了。再有是各种鸡汤,还有许多发了财的,出了名的以及什么十大元帅,十大大将,十大上将,应该说,这些书有一定价值,但一窝蜂上,一个人出十几、二十种,胡编乱造,耸人听闻,也就一股脑儿成了垃圾。如今的垃圾书竟如此之众,第三个没想到。

所得也不少,商务也做点儿小玩意儿,四十八开蓝色封面宣纸本,里面每页都在边角彩印扬州八怪的绘画,原价六十八元,半价,三十四元。一个小碗牛肉还得四十多,当即收了。看到七十年代初出版的《红楼梦》《西游记》《三国》《水浒》不胜感慨。一九七二年尼克松访华,拿什么给人看?这会儿又把老祖宗想起来了,带着参观琉璃厂,进荣宝斋,社会上印这四种名著,老百姓上街疯抢,我也各抢了一套。祖父很高兴,晚年从不动毛笔的他,用毛笔以籀文、小篆、楷书、隶书分别在各书书脊上题了书名。没想到,近年搬家时,把《红楼梦》的第一册丢了,成为永久的悔。

转到最后一排,已经要收摊了。一个长柜台,里面是线装古籍,只有一个顾客,但他正在买,买了两三万元。

回到家一查,买重了的书有三种。其实买时我就猜到可能重。不过好书不怕重,买书就是买个心情,淘书的快乐不是金钱所能比的。历年买重的书总有几百本,随聚随散,随缘而已。

值得一记的是,在朝阳公园书市,见到了两位中国书店的老朋友,闲聊起来,聊起了沈望舒主政时的古书残本大甩卖,忽然想起一件事。

那是在甩卖期间,各路书友在二楼平台上得以相见,虽是对手,也是同好,相处还算亲切,尤其见到多时不见的老朋友,更是如此。一天,我见到了久未见面的北大中文系的杨教授。杨教授家世南方,非常清秀。皮肤细白,身材偏瘦。衣饰讲究,风度翩翩,人又随和。我们正各聊所得,顺着坡道,店员们用推洋灰的手推车推上来一车书,"嘭"的往地上一倒,登时灰尘四起,几十年的尘埃"冲天而上"。旁边等候已久的好书者视若不见,扑上去开抢。我因为有些洁癖,有点儿犹豫,但杨教授早已冲进人堆,抢得一捆,面有喜色。蹲下身来,解开绳子,一边拍打尘土,一边埋首拣选,尽管呛得连连咳嗽,也无暇顾及。末了儿,拍着土站起来,失望地说,没什么。立时,围在我们旁边的几个刚才没抢着的人说,你们不要了?杨教授马上说,我们还得刹刹(意为仔细挑选)。那几个人失望地走了。

这回旧书摊前,看到有个穿戴非常时尚的女孩子,蹲在地上,挑选架子最下面的旧书。漂亮的大裙子在地上拖来拖去,好像扫把扫土却浑然不知,很受感动。原以为纸媒不行了,看来还不是这样。

想起杨教授,看到女孩子,想到自己的爱书,颇近叶公好龙。好书,不能怕脏。偏偏古旧书化成的龙,很脏。

书市记

书市上,购得一册邓云乡先生所著《宣南秉烛谈》。云乡先生素为我所重,他以一个外乡人对旧京的爱,远远超出许多几辈子的老北京人。书中举凡政商儒林,街肆市巷,梨园杏坛,湖山庙宇详加考证,无所不谈。书名取秉烛夜谈意,我则秉烛夜读之。赋诗,以为读后。

儒林市肆巧勾连,桑海风涛夜静观。志士狱中杖毙日,佳人席上舞翩跹。台阁走马谁长久,各得风骚若干年。花落花开人不老,光阴百代指掌间。①

此外,还买了一套一九六四年初版的《艳阳天》。这里有个小故事:这套书刚出,家里就买了,我和祖父都看。我放学以后看,祖父晚上睡觉前看。书里有一个情节,地主阶级分子马之悦,看不惯革命情侣萧长春和焦淑红卿卿我我,一次心中暗骂焦淑红"浪的!"我不明其义,问祖父:"什么叫浪的?"祖父顿时变了脸色,严肃地说:"这不是好话。"吓我一大跳,从此不敢问,但心里更好奇了。

几年以后,到农村去,"广阔天地大有作为"。当了知青,接触了社会,没过俩月,就懂了什么叫"浪的"!

现在想,如何对还是单纯的孩子解释"坏"词儿,真是门艺术。

---

① 志士:指沈荩。佳人:指杨翠喜。

收藏

想到藏书，心潮起伏，已逝岁月如云影般从心底飘拂而过，说来真是令现在的人难以理解，我藏书的初始却是在"禁书"的时代。

每当有人称呼我的家庭为"书香之家"时，我总纠正为"书箱之家"。我是不喜欢"书香之家"中的那点盛人之势。但若按传统论之，我家确实也算个"书香门第"。几代人都靠教书谋生，书自然不能少，列架充楹，缥缃满目，光放书的桌子就有北房两间，南房一间。其余各房也堆了不少，触目可及，触手皆是，以至幼时看家里人无论走动还是静坐，似乎都被深深地埋进书堆里。

"木匠的孩子幼识斧锯，兵家的儿郎早弄刀枪"，所以翻翻这，看看那，也就成了我儿时的娱乐。我还特别想说的是，书香，我从小闻到大，但并非"香气"，而是一种陈旧、潮湿，甚至有些因霉烂而带异样的味道，这种气味难以形容，可确实给你一种古老的感受，一种既强烈又深沉的沧桑感，绝无半点世俗意义上的香。

人有命，物也一样，而且往往是和它主人的命一样。"文革"来临，街道干部勒令我家腾房，书也随主人一齐被扫地出门，一直"扫"到院子里，廊子两边，墙角旮旯，树下花间。线装平装，手稿信札，画报期刊，册页书画，无所不有，无处不在。阳光晒，雨水浇，晚风一过，满院书页掀动声，正是"清风不识字，何故乱翻书"！

我那时的心理却怪，并不为书籍的毁灭而难过、着急，反而因为它们从平日家人的严格看护下沦落到今天任人拾取的地步而高兴，因为这样我可以任意拿这扔那而不受大人的限制。只可惜，我那时是小学六年级学生，家中的古线装书和晚清民国的旧书并不符合我的兴趣，于是我和几个志同道合的同学一番密谋，把目光转向了学校的图书馆。

我所在的小学是一所古老而著名的学校，所收的学生也只有高级干部和知识分子的孩子。我们这些知识分子的孩子一开始就因为家庭的原因成了"黑五类",不过我们发现"红五类"也常干"黑事",他们为了手中有钱买香肠面包吃冰棍,常寻思赚钱门道,于是学校的图书馆就成了发财工具。这些"红卫兵"说这些书都是"封资修",用推洋灰的手推车一车车推出来,大摇大摆地推到琉璃厂的废品站,换回几张香肠面包冰棍钱。而我们几个"小书呆子"是那么眼巴巴地想看这些书。终于,有人说,他们可以明抢,我们为什么不可以暗拿?与其让他们都卖光,不如我们拿一些来读。于是,费了一些辛苦,我们终于也摸进图书馆,每人在衣服里面藏了几本心爱之书溜了出来。

十二岁的少年那种如火焰般燃烧的求知欲和如江水般永不枯竭的好奇心,是一个人一生中最大的幸福,而一个人泯灭了求知欲和好奇心,则意味着他的生命已经走向了暮年。那些书,《青年近卫军》《勇敢》《第四高度》,在我心底燃起对英雄近乎狂热的崇拜;《搅水女人》《红与黑》《贵族之家》《战争与和平》,使我感到世界如此广阔而深远;《海涅诗选》《普希金诗集》《莱蒙托夫诗集》,令我生出对青春的想象;《中国历史故事》《中国古典文学小丛书》,引发我对我们伟大民族文化的无限热爱。

有人说,少年时代的梦格外深沉,格外香甜。我却觉得,只有当少年沉浸在书中为他所开辟的广阔未来和美好世界时,他的梦,才会格外深沉,格外香甜。

从那时起,狂热聚书逐渐成为我生活的唯一目标和乐趣所在。在艰苦卓绝的知青时代也不曾有一日终止。那时有钱也无处买书,无法买书,也不敢买书,于是就去要、去借、去换。去要时,往往要厚起脸皮;去借时,经常是借了不还;去换时,常常是忍痛割爱,再加上几回无伤大雅的顺手牵羊,我终于有了一木箱的中外名著,这就是我的第一批收藏。

而今,这一批收藏早已灰飞烟灭。然而,正是它们开启了我对藏书的追求与热爱。尽管以今日市场经济的标准来衡量,它们一点价值没有，然而它们是我青春岁月的见证，而青春岁月，永远不能被忘怀。

岁月如流，时光疾驰，许多事情，许多风物，许多习惯都已改变，但藏书的爱好对于我却纤毫未异于昔。其中种种情形苦乐自知，不足为外人道。曾因某日得一书大喜而夜不成寐，亦有某日失一书懊恼而辗转枕席。可笑的则是，忽然得到朝思暮想却万觅不得的良籍，或早年珍藏而后佚去的有纪念意义的佳本，欣喜若狂；幡然醒来，却见月色如水，窗影在地，原来是南柯一梦。

无眠中，我常常觉得，藏书，很像人生。如果说，每个人的生活像一条溪流，从四面八方汇入生命的滔滔江河，流入无尽时空的大海，藏书便也如此。尽管在这奔流中，有的人或如突起的浪尖，或如高耸的峰顶，或只打起一两朵小花翻出几片碎沫，或顷刻便消失于惊涛骇浪间，但都是江河奔腾向前的力量。藏书，正是在这永无穷尽的逝波间，勾画着岁月沧桑，吟唱着昨日之歌。

初印本

古书不像现代书籍，注明印刷日期及版次。这样分辨一本古书第几次印刷，就很难，成为版本学家见功夫的地方，也成为藏书家和拍卖行的看家本领。因为一本古书先印后印，价值差得巨大，少则几万，多则十几万、几十万，不可不察。藏书家若得了一本稀见书的初印本，往往难掩喜悦之情，诸般赞好，说明此乃初印。初印，理应是第一次印，问题是，人家书上没标何时印，你这个后来者如何能断定这本印于或宋或元或明或清的古书是否为第一次？难道你有二郎神的眼光还外带穿越？所以，版本学上所谓"初印"，不过是用版式、行格、墨色、纸张、讳字、墨丁等并其与他文献参稽互考，得出一个印得靠前的大致结论。至于是不是"初印（第一次）"，天知道。

但是有藏书家对自己的印本宝爱有加，创一名词"极初印"。我觉得这位藏书家对自己藏书的宝爱之情可以理解，但这个词大大不通，因为它模糊了"初印"的概念。如果，极，可以加在初的前头，表示比初还初，那么，"贾宝玉初试云雨情"之前，就还有可能"贾宝玉极初试云雨情"。初试，第一次，但还有极初试的概率，结果初试成了第二次，甚至第三次，通吗？不通也。

究其根源，是切菜刀的缘故。过去，王麻子切菜刀是名牌，便有人卖老王麻子切菜刀，有人卖老老王麻子切菜刀。后来，就有了最好的最好的最好的矿泉水，极初印也就是初印的初印的极初印。

个人再爱，也应表达准确。可惜，极初印如今仍飞得哪儿都是，打开图录，满目极初印，老老王麻子。

古书铺

古都北京文化名声最著的当属琉璃厂，而琉璃厂的古书铺又是其中重要的一处。旧时书铺的情形，前人曾有过以下记载："大家无事，即以书店为公共图书馆。书店门面，虽然不宽，而内则曲折纵横，几层书架，及三五间明窗净几之屋，到处皆是。裴几湘帘，炉香茗碗，倦时可在暖炕床上小憩，吸烟谈心，恣无拘束。书店伙计和颜悦色，奉承恐后，绝无慢客举动。买书固所欢迎，不买亦可，给现钱亦可，记账亦可。虽是买卖中人，而其品格风度，确是高人一等。无形中便养成许多爱读书之人，无形中也养成北京之学术气氛。所谓民到于今受其惠者，琉璃厂之书肆是矣。"

而近数十年来，古旧书店改卖新书为主，古书缩至一角，于是也再难睹昔日之容。但旧时店伙尚有健在者，从中可窥流风余韵。如九十年代初，我常去海王村东廊，那里卖古书的地方虽小，但也有五六架线装书，布函牙签，古雅可爱。靠窗一张桌子，对坐着孔里千和李殿臣两位老师傅，孔师傅面白而瘦小，李师傅面黄而粗壮。我常去，很熟，所以孔师傅知我财囊不丰而喜子部杂书，便预先为我留些适宜的小书，使我每有惊喜。又常导我观新到之书，曰："昨天到了点张次溪的书。""前两天送来些夏孙桐的东西。"而李师傅，则喜与我谈些书林旧事，如某次谈及解放初期古书没人要的情形，李师傅说："那时，就是这样，各家店里全堆满了，愣是卖不出去，可人得吃饭呀，没办法，把那些个大部头书，什么《皇清经解》《十三经注疏》全卖给造纸厂还魂去了，可就是这样也吃不了几天。于是有人找了郑振铎先生，当时他正管文化，一听这事儿很着急，古书不能这么毁，可店家又得吃饭。他想了个办法，让各店先把那些个方志书给挑出来，由国家收购。因为方志里头有好多可用的资料，不像正经正史尽讲那些个封建伦理。这样一来大伙儿的心定了，生活有了着落，慢慢地，文化又被重视，古书能卖出去了。郑先生可真是个好人，他救活了好几十家书铺。他爱书，我们有了好书都给他送去，他没那么多钱，就先欠着。后来他坐飞机失事了，很多人都有书在他那里没结钱，但没有一个人去要书，也没有一个人提钱，这是大家都在念他的好处。"

而今，孔、李二位早已下世，老面孔日渐稀少，古书业亦随着新书业的壮大而萎缩。这本是时代的进步无可非议，只是有时想想欲买古书而不得，欲听掌故而无人说，心里便总有些空落落的。而买新书，不过一手交钱一手交货，店员、顾客毫无表情，更谈不上有何交流，则更令人怀念那小窗下的净几，茶水冒出的缕缕芬芳，四壁古色古香的典籍以及由随便亲切的交谈而引起的对往昔岁月的沉浸和冥想。

厂肆人物记

厂肆，厂指琉璃厂，肆是店铺。琉璃厂的店铺驰名中外，是著名的古玩文物一条街。我幼时家就住在西琉璃厂巷底，胡同名前青厂。家庭和居处的影响，使我从小喜欢传统文化，其中最爱的是书。

长成之后，嗜书成癖。每日公门事毕，返家之时，必流连厂肆，搜书探古，乐此不疲，遂与肆中众师傅相识。其中几位过往较多，回忆前尘，不能无文，故作此以为雪泥鸿爪。

头一位想说的是雷梦水师傅。雷师傅与我个人的交往其实并不算多，但与我家却有些渊源。他与我父亲同过学，是在北京师范大学附属小学（解放后改称北京第一实验小学）。这所小学是一所著名老校，邓颖超年轻时曾在此执教，林海音在《城南旧事》里也描写过，现在它的红楼已经作为文物被保护起来。但雷师傅只上到小学三年级家中就无力维持，只好辍学去书店做学徒。因与我父亲有这层同学关系，同时我祖父、父亲因工作和兴趣也嗜好古旧书，所以雷师傅常来家中走动。

现在回忆起来，雷师傅总给我以儒商的感觉。外表是极其谦和，永远一脸谦恭的微笑。有时甚至让你感到过分谦卑。腰总有些弯，仿佛老在向人作揖。表情也永远小心翼翼，好像唯恐对人家说了什么不中听的话。布衣、布帽、布鞋似乎是他的标志，加上他那小心谨慎的性格，颇像果戈理笔下的"套中人"。

可在这平凡的外表之下，却包孕着他不平凡的能力。具体来说，第一是交游广。高官显宦，学者名流，没落世家，贩夫走卒，凡爱书或与书有关者，几无人不识。第二是业务精。原因是注意听买书的专家对书的评论，平常手不释卷勤看勤翻。第三，也是最重要的，手勤。举个例子，我家藏有近代著名藏书家赵元方先生亲自写就的藏书目录，我分别拿给几位中国书店的老师傅看。十几年后，在拍卖会拍卖雷师傅的文稿当中，就赫然出现了他用毛笔抄录的这份书单，并说明是我于××年××月××日拿了给他观看，并将我告诉他我家何以有此书单的前因后果也一并记下。所以雷师傅在版本学界有今日地位，与这手勤是分不开的。第四，点拨后来者。比如我开始收书时不知买什么好，总是先挑内容，并不懂版本。是某次雷师傅给我从库房里拿来了《资政要览》，告诉我什么叫蝴蝶装。又以架上同是开花纸的《周易本义》与《周易折中》相比较，告诉我什么是开花纸，同样是开花纸也有优劣之分。他也是个重情分的人，好几次对我父亲年未及六十而逝表示惋惜，闲聊中又说起我父亲嗜好民国说部及侦探小说，"文革"末期这类书国家尚不许卖，他还是想方设法以内部图书的名义找了一些，卖给了我父亲。这其中有一套上世纪三十年代出版的极其珍贵的《侦探世界》。以致今天每一翻及此书，我便不禁想到雷师傅与父亲的交情，不免有人琴俱失之恸。

第二位是徐元勋师傅。我与徐师傅相识较早。八十年代末，我去大楼收购科买新文学书，徐师傅与负责旧书的李文益师傅坐对面。开始的感觉是，徐师傅爱说话但不随和，有时话里有话，有时意在言外，所以我总是小心应对，生怕有个闪失。

真正熟悉下来，是徐师傅到了海淀。那几年我有闲，常去；他那里客少，常闲。所以聊天时候特别多，也就近距离地观察了徐师傅。总起来说，有下面几点印象：第一，深思好学。徐师傅有个特点有些奇怪，他好学，版本知识依我个人之见，并不下于雷师傅，不仅于此，他好思考，而这思考常离了版本专业，而是有关国计民生乃至人生百相，现在想想，我们谈天时大部分内容正是这些。这就决定了他的另一个特点，即，愤世嫉俗。有一次，我和徐师傅在讨论完"国计民生"后，不知怎么话题一转，谈到文人与书店的关系。大概是说到有些人看不起以贩书为业者，徐师傅忽然一下激动起来，脸涨得通红，声音也提高了，说："他们说我们这些个人是书估、书贩，贱！我们是贱，可他们比我们就一定强？他们不也斤斤计较，他们不也卖书？！"这也许是他最激动的一次，所以留给我极深印象。第三，个性突出。如果说雷师傅的谦恭退让是一种性格体现，徐师傅相对则强硬刚直。同时他又口无遮拦，比如他带徒弟时，常挂嘴边的一句话是"教会徒弟，饿死师傅"。其实，他教徒弟时是真心实意，假如徒弟没学会他还真生气，可他就好这么说，用北京人的话说，嘴有点儿"欠"。此外，他有时多疑，又不掩饰，因此得罪了一些人。

徐师傅鉴别书籍确有眼力，博闻洽学见多识广。举个例子，有次我在他那里见到一部无名批校光绪间王先谦刻的《盐铁论》，标价三千元。细审批者笔体，知为近代大学者吴承仕。因北师大曾为吴承仕搞过庆祝活动，并展出其手稿，故我能识出。与徐师傅一谈，他颇有些得意地笑了，说："大楼送货时，不知批者是谁，只标价八十元。我一看就知是吴承仕，他那字有特点，一望而知。"我通知北师大来买，但无人董理其事，最后由我的朋友柯卫东君买了去。

徐师傅卖书也很有原则，若有好书，能留下也就先留下。比如有次我和姜德明先生在店中挑书，姜先生拿了一本线装石印解放区出版的《目前形势和我们的任务》，对徐师傅说："根据地的刊物出线装石印本，很少见。"徐师傅说："你买吗？"姜先生一愣说："我倒不一定买。"徐师傅说："你要不买，我就先留下了。"说完，给搁一边了。姜先生还是挺遗憾的。

后来，他离开了公家书店，自己在后海荷花市场开了间门面，店门正对着湖水和长柳。某日，我们在湖边柳下闲谈，在秋风与落照下，他忽然显得十分悲伤，说了一些将不久于人世的话。过不久，他关了书店，回到家里，不再做事。我去看他，知道他爱喝酒，买了酒及下酒的菜。他见我来很高兴，但埋怨我不该买东西，说："我什么都不缺。"似乎怕我不信，又重复道，"我这里什么都不缺。"可我望着周围破旧而萧然的四壁，内心不禁一阵凄凉。聊了几句，他拿出一沓书，问我是否喜欢，要全送我。我知道他以此为生，只挑了一本《文苑谈往》和一本《冰心诗集》(北新三版)。他好像有点不高兴,说:"剩下的你不喜欢我就留起来了。"我赶紧解释我并非不喜欢,但他似乎不大听。

之后不久,听说他已肝癌晚期。又听说他在家不吃饭,每天就是干喝烈性酒。得知有病后,也未改常态。最后,听说他拒绝一切治疗,回到老家,躺在床上等待生命的结束,同时不吃不喝也不见任何人。得癌而死,大概对任何人来讲都是一种痛苦,可我隐隐感觉到,早在这之前很久,他对这茫茫红尘就似已厌倦、看破,异化也许正是他的追求。十多年了,每念及此,我便从中涌起一阵深沉的悲伤,这是为什么?

第三位是马春怀师傅。他从外观和气度上看,如果说雷师傅是儒商,徐师傅有些书卷气,马师傅可谓是贩夫走卒。其人矮胖短粗,高腔大嗓,容易与人发生争执,轻易也不饶人。而且他的经营理念有点问题,比如店里如果没人进来买书,他会说:"没人要,没人要!"如果有人进来买了某书,他又会说:"卖亏了,卖亏了!"恨不能将价签儿重写一遍。以至我有时想,他是不是找错了单位,他该去的地方是图书馆而非书店。

我去时,大半是与他闲聊,买书时极少,因此并无矛盾发生。他有时讲点故事给我听,比如有位学者的孙女儿老来买版本书,说因为祖父年老行动不便,她来代买,马师傅知道她祖父,也就找了不少好书卖给她。可此女忽然不再来,再一打听,原来是上日本留学了。她买的那些书原来是给一个日本人代买,并以此作代价去留学。此女有一妹,姐妹失和,所以妹妹将这事说了出来。马师傅的结论是:"她是给她爷爷买,给她那日本爷爷买!"从此马师傅卖书也多了个心眼儿。

十多年前,发生过这样一件事儿。我家藏书,迭遭"文革"之危,散失毁损甚多。但有个情况很奇怪,即好多没有函套的书都少一本或两本,有的少头本有的少末本,有的却少中间一本。我将这些欲配的残书抄了单子,请马师傅帮我配。一连几年没消息,此事我也就淡忘了。后来某年我因遭车祸受伤在家疗养时，忽然接到马师傅电话，他说前些日子有个人拿来一捆二十多本古书，全部残书，一本这个一本那个，问马师傅收不收。马师傅说书店不收残书，可细细一瞧，觉得有些印象，一想正是我要配的。于是他对那人说："店里不要，但我知道有个人要。你先收好，我给你联系。"他着急告诉我，可又没我的电话，某次在店里碰上钟敬文先生的公子，从他那里打听到我的电话，所以赶快通知我。我当时还不能动，于是托马师傅去找找那人看能否买回。马师傅说，那人临走时留了地址，就住你们院。第二天下午，马师傅电话来告，去了，但那人说书已经卖给街上收破烂的了。又说，他就住你们前院南头东屋。马师傅直在电话里说："陆昕，我对不起你，这事儿没办好，当时我应该留下。"反复说了再三，使我十分感动。

　　这事虽然扑朔迷离，但我心下已明白大半。卖书者只是一串环节上的一环，此事与他并无干涉。但有时想到家族中的鬼蜮伎俩，实在令人感叹。

　　马师傅退休前的几年，一见我，就总爱说："陆昕，你得帮帮我。"要不就说："帮帮我，帮帮我。"我问："我怎么能帮上您？"可他又支吾不说，或像不知如何说。这样一直到他病重，我去看他，他已说不出话，只嗓子间咯咯作声，两眼流泪，握着我的手久久不放，以致我至今常想：他要说什么？他想要说什么？他想要我帮他，可他到底要我帮他做什么呢？

　　第四位是李文益师傅。与李文益师傅相识始于去大楼收购科买《说部丛书》，当时他负责旧书，正是我的所好。说到印象，李师傅是那种忠厚而不迂腐，正派而不刻板，谨慎而又变通，规矩而又灵活的人。他身材高大面孔红润，神态庄重不善言谈，乍一看不是个好接触的人，其实时间一长，才知道他其实很和善。他早年在东安市场（现在叫新东安市场）卖古旧书，与我父亲相识，闲聊中，还能回忆我父亲的一些旧事，知道我父亲最喜清末民初林琴南翻译的说部及那一时期的侦探小说。他说，没想到你们父子两代都喜欢这类书，这些书大楼还有，因为认的人不多。于是我买了不少此时小说林社、新小说社、商务、中华乃至一些不那么出名的出版社出版的各式各样的侦探小说及林译外国名著。由此而旁及，什么冒险小说、神怪小说、奇闻轶事的书也搜罗了不少。我这时买书并无具体目的，好像被一种怀旧的情绪深深笼罩。就像我幼时在父亲的书房中所见到的这些书被"文革"的狂风刮向四面八方，而今，这些书通过我的搜罗如同清风朗月般回归、聚拢，使我重温到久已失去的那种略带惆怅的欢愉。不过彼时我并不懂也不讲求版本，再说这些属旧书，旧书当时还未进入书话视野，所以价格也相当便宜。不久，旧书买得我自觉已差不多，阿英的路子不想再走，于是改走唐弢的方向，这一求新文学书，才真正走上版本之路，这条路上带我理论结合实际的，就是李师傅。

一般我买书，都是告诉李师傅我要什么书，他帮我找。最开始我就知道要鲁迅、周作人。之所以要这俩人，是因为鲁迅名头大，仰慕；周作人是汉奸，好奇，而这俩人还是亲兄弟，更好奇。李师傅一开始找来不少，不过书品好、封面全、版权页未损的不多，今天看来，垃圾货多。我是不懂，一概全收。后来我版本知识渐长，有时有些书我就不要了。每逢这时，李师傅就会叹着气说："好的难找啊，这么多年了，上哪儿找去？"可一边说一边到库房去，一会就拿出几本鲁迅、周作人的初版本或二版本，有的还触手如新，以很便宜的价格卖给我。此之后，李师傅不再给我那些不可取的书，拿出的都是头、二、三版的，书品甚佳或还看得过去的书，但价格自然是一路升了上去。可说是升，在今天看来仍是惊人的便宜。一回，我见他桌上有本《古槐梦遇》，俞平伯送江绍原的，有俞的题词。我说想要。李师傅有些为难了，说："这是为东廊准备的，他们那儿卖外国人和港澳台，我这儿定个价，他们还得翻好几倍。你要买，咳……"想想，又说，"你要买，可得贵，得十块钱。"我也嫌贵，不过还是买下了。须知，那时李师傅卖我鲁迅的初版本，不过五六块，周作人的更便宜，三五块之间。不过这种情形在出现拍卖之后有了变化，中国书店上世纪九十年代初搞了个首场本世纪稀见书刊资料拍卖会，据说在定价时就有争论，有说这种书没人要，不值钱；有说这种书更稀见，得高里订。李师傅对我说："你今后还能不能在这儿买书，就得看这回拍卖了。拍得不好，你还能买，要拍好了，你就麻烦了。"这次拍得出奇地好，不过我倒是没有"麻烦"，还能照常出入大楼，也能照常买书，唯一不照常的，是书价大大提高了。

　　不过几年之后，我去得比较少了，这里头有几个原因，书价高只是一个原因，另一个原因是货源越来越枯竭，开始我可以请李师傅按我拿去的目录按图索骥，以后索骥办不到了。于是我就翻李师傅放在桌上正在整理的书，李师傅不好意思拦我，我就这么翻着买。有时桌上没有什么可心的，我看他身后有个小书架，也常放些待整理的书，我就又翻他身后的小书架。我瞧出他真有些不乐意，可他还是不好意思，于是我还是装没感觉地翻。不过好景不长，新文学的书，确实已告式微，再怎么翻腾也是翻不出来了。然而去得少的一个最重要的原因，却与买书表面看没有直接关系，这就是李师傅这些退休又返聘回来的人员的处境。因为是返聘人员，所以老师傅仍在工作中既尽心尽力又小心谨慎，生怕做错什么。随着收藏热特别是拍卖热，书的商品价值日益凸现，仅以定价而论，过去多少钱，李师傅根据供求关系，个人就能定，而今一切指向市场，我每次买完书后，李师傅拟个价格，还另有组长决定。我猜想，李师傅定价时一定有些为难，定高了吧，我们是熟人；定低了吧，怕领导说。有此我和姜德明先生闲聊，姜先生说他已很久不去大楼买书了，最主要的原因就是这个，不愿为这些退休师傅添麻烦。由此，我也慢慢减少了去的次数，以后就不再去了。

　　多年来，我一直很想知道李师傅的住处，但为避嫌，几次话到嘴边都没问，而李师傅好像也避嫌避得紧。终于，当我某年又去大楼李师傅所在的房间时，人家告诉我，李师傅已不再来了。望着那张现今积满灰尘的小桌，桌旁的旧椅，以及旧椅后那个更加陈旧的小书架，一种无边的空虚和惆怅充满我的心头。

如今,大楼早已又有所归。岁月倏忽,至今又是十载。人生能有几个十载?纷然前尘,已忘却许多。可李师傅及其他几位师傅的音容笑貌,历历如在眼前。

祖辈的书

北京的琉璃厂，是一条闻名遐迩的文化街。而这条街上的店铺，又以古旧书肆最为著名。我家在这条文化街上最西端的前青厂胡同，从高祖、曾祖算起，直到我这一辈，总共住了五代。而从祖父、父亲到我，又热衷于到琉璃厂的各书肆访书、淘书，延续将近百年。所以，今天说起这里头的掌故变迁，我可以算是过来人了。

记得上世纪七十年代末八十年代初我刚刚涉足中国书店时，店中师傅们与我闲聊时，知道我的祖父是陆宗达后，都不禁笑道："你家在琉璃厂买书可有历史。你祖父我们很熟，你父亲陆敬我们也见过，那时他常来买旧书。如今你又来买。"

我们家祖孙三代都靠教书生活，读书、买书、藏书、爱书原本是很自然的事。记得我家北房三间，一明两暗。一明住人，两暗堆书兼做客厅。里屋沿墙而立都是古香古色的书架和书箱，线装书一直堆得高及屋顶，而屋顶有三米多高。书箱、书架前除了一圈沙发上不堆书外，旁边的方凳、凉墩上也乱糟糟地堆着、摊着书。中间屋的大理石红木圆桌上和三张琴桌下，也放满了书。琴桌上陈设着坛坛罐罐，隔扇上悬挂着碑帖字画。以至那时上小学的我总觉得我家特别像当时电影上看到的旧式家庭，并不懂这是今天十分重视的传统文化。那时我随祖父、祖母在北房生活，也时常跑到我父母住的南房去玩。南房也是三间，但风格别具。原因是我父亲喜爱清末民初的文学及外国古典音乐和西洋家具、工艺品等。父亲的书房里有两个很高很大的橡木书架，满雕着花，像是舶来品，上面也是插满了书，但与千篇一律发着暗黄色的线装书不同，这些书花花绿绿，犹如五光十色的世界，常使人幻想那五彩缤纷的未来。

父亲的书架上，大概有这样几类书：

一是英文书。父亲喜欢英语，并且在一九四八年考上北师大英文系。但北平解放后地下党出来接管城市，他是地下党，便中断学业去了公安局。没念完英文，是他最大的遗憾。记得他有一大堆纸张已脆而发黄的开明书店出的英语学习杂志，一直当宝贝留着。六十年代初，他让我看，那时我不过是四五年级的小学生，他不是让我看英文，而是让我看里头的画儿。那里面讲西洋礼节时为加强印象配了一些画儿，如男人走在女士前面为女士开门，女人坐时不能跷二郎腿等等，他让我看的目的是让我懂一些教养。这堆杂志他一直藏过了"文化大革命"，直到改革开放。

二是翻译文学。父亲最推崇的是林琴南的翻译作品，他说林琴南用半文言翻的作品好极了。林译作品基本集中在商务印书馆上世纪初叶出版的《说部丛书》中，父亲讲他四十年代末曾在西琉璃厂的商务印书馆（后来的音乐出版社，现今已片瓦无存）见过一部《说部丛书》，一共三百集，五百多本，集集不少，本本不落，如此完整可谓平生仅见。他连着去了好几天，每天围着那套书绕几个圈子，最终还是没钱买下来。但这事对他大概刻骨铭心，以至三十多年后还常常对我提起。

三是侦探小说。父亲最爱读侦探小说。国内最喜解放前程小青的《霍桑探案集》，国外最喜美国的凡士、奎恩探案，英国福尔摩斯探案，法国亚森罗平探案等等。因书及人，"文革"中，他利用串联的机会到苏州，到处寻访程小青先生，而且居然见到了，并当面向程先生表达自己作为一个读者的敬仰之心。而那时正是"文化大革命"如火如荼的年代，程先生的莫逆之交周瘦鹃先生刚刚自沉不久，可见我父亲是一个多么感情用事书生气十足的人。

四是鸳鸯蝴蝶派的一些名家之作。父亲一直认为所谓鸳鸯蝴蝶派并不只写花前月下男欢女爱，这些人中有许多作家旧学功底深厚，他们笔下的市井街巷、山水名胜、掌故轶闻、饮食男女不仅文字优美，并且引经据典，娓娓而谈常有引人入胜处。尤其是以周瘦鹃、包天笑等为首的作家，其作品中所带出的那种飘逸洒脱的风神，最令父亲称道。所以，这类作品我家也有不少。顺便提一句，我祖父、父亲两辈都喜读平江不肖生的《江湖奇侠传》和还珠楼主的《蜀山剑侠传》。语言学家吴晓铃先生曾对人说："陆颖明（颖明，也作颖民，是祖父的字）先生说过，研究语言学，不能不看《蜀山剑侠传》。""文革"来时，我家还一样残存一本。《江湖奇侠传》讲的是张汶祥刺马，《蜀山剑侠传》讲的是武当、峨眉两派剑仙大战绿袍老祖等邪魔，当时我读此两册残书时那废寝忘食状，今日犹历历如昨天。

五是南社同人的诗文、笔记。父亲的理由是这些人国学根底好，又大多是辛亥元老，身历反清、辛亥、护法、讨袁诸役且许多人功成不居，执教大学，所以他们既是革命家，又是学问家，他们写的回忆录最为可观，所作诗文最多才情，后人无法比肩。

六是近代文献。父亲对近代史非常有兴趣，对历史资料的搜集十分入迷。不仅书刊，连画报、明信片、照片等等皆在搜寻之列。画报主要集中于北洋时代，因为我曾祖曾把《晨报》每日附送的画页按日留好，最后订成整整六大册，父亲在此基础上又有很大发展。

七是外国杂志，尤其是美国电影杂志特别多。父亲认为美国电影最好看，演员演技高超，而且对人生与人性的透视深刻。

但父亲对新文学毫无兴趣，这些书家里一本也没有。小时候，他常在星期日带我去旧书店。印象深的不是在琉璃厂，而是在老西单商场峨嵋酒家对过的楼上。楼下是个演艺场，叫西单游艺社，侯宝林先生当年就在那儿说相声，我还依稀记得父亲带我从那儿经过时人群发出的哄堂大笑。楼上就是个卖旧书的门市部。印象中，楼梯又旧又窄又陡，刚进屋，一股子混杂着霉味儿的旧书的气味儿就扑过来。里面的空间很大，光线昏暗，书很多，满墙都是书架，中间一溜长桌，桌上陈列着许许多多旧书，但店员没几个，顾客也极稀少。陡峭的楼梯，破旧的房子，昏黑的灯光，清冷的店堂，令人难以忍受的潮湿霉烂的气味，就是我幼年对售卖旧书场所的第一印象。

祖父没带我去过旧书铺，但他常带我去他两个好朋友赵元方和汪孟涵先生家。赵先生为清光绪时军机大臣荣庆之后，自己长期供职于天津中南银行，是金融家，也是著名的藏书大家，在藏书界有着盛名。汪孟涵先生是北京四大名医之一汪逢春先生的独子，也是藏书家。这两家的藏书比我家更多，列架充楹尚嫌不够，桌上、地上、椅凳上、床上床下，连马桶边都堆了有半人多高的书。

我家是祖父住北房，父亲住南房。北屋是古书的一统天下，南屋是旧书的独立王国。我记得童年时翻我父亲的书看的时候多，因为他收藏的书里多有插图、照片，还有多种画报，文字我也能似懂非懂地看，明白个大概。祖父那些书字也认不得几个，句断不下来，又没画儿，不爱动，有的书也没法儿动，一动就掉末儿。但他有石印带插图的《水浒》《聊斋》，那时叫绣像，我挺爱瞧，看古典文学名著，就是从这儿开始。祖父与赵、汪两位先生经常一起欣赏评论各人买到的古书。今天我家中尚存一纸请柬，是赵先生写来的，文曰："颖明兄，今日过肆，又搜得奇书数种，请兄晚时过舍一观。已约得孟涵兄，彼曰可至。弟已备下薄酒，甚望兄来。元方顿首。"可见他们当年的雅兴和交情。

但这很快被"文化大革命"革了命。赵先生的藏书被康生指派红卫兵掠夺而去。汪先生惊吓罹疾，身后藏书被廉价处理给中国书店。我家则因遭腾房之命，书刊扔了一院子，大半与自然同化。过后清点，十不存一，存者亦多断简残编。

现今变烂墙为大牌坊，起矮屋为楼台的中国书店，那时也极清冷。"文革"末期书店重新开张时，我有时去海王村里边的东廊购书。东廊的房屋低矮而破旧，分里外两部分，里边的门上悬一木牌，上书"地师级"三字，将非地师级的寻常百姓阻于门外。我斜眼瞧瞧里边满满摆着线装古籍和破烂旧书，正是我那时最不感兴趣的东西。因我那时对外国文学的兴趣正浓，觉得它们离现实生活亲近，能解答年轻人心里的许多疑问并给予安慰，于是也就毫无遗憾地在外屋拣读一般的文史读物。外屋门口负责收款的是位有点岁数的大妈，坐在那里似乎总在打呵欠，总也睁不开眼睛。不夸张地说，那时的古旧书店，真是个催人入睡的好去处。低矮的房，潮湿的地，晦暗的光，阴沉沉的书，毫无生气的静再加上令人窒息的空气，与今日的繁华热闹一比，真是恍若隔世。

"青山遮不住，毕竟东流去。""文化大革命"到底没能革了中国文化的命。"文革"一结束，传统文化迅速升温。八十年代末期中国书店在海王村搞了几届书市，甩卖残本古书，一块一本，所造成的轰动犹如地震。南到南京、上海，北到长春、哈尔滨以及其他各地，都有不少人坐火车连夜往此狂奔。第二天门未开时，门外人群攒动；门刚一开，欢声四起，齐向楼顶平台冲锋，并因此造成抢书之几大奇观。刚开始是两手一伸作环抱状，将整整一排书从头至尾尽数揽入怀中，然后到旁边慢慢挑，可称"伸臂法"。再后来发展为将尽量多的成捆的书连搂带抱甚至腿夹脚踩，以示"全是我的"，可称"搂抱法"或称"亲吻法"，那是因为不少人手里抱得太多太高，脸与嘴部都紧紧地埋在、贴着陈旧发黄的线装书。再发展为奋力扑向书堆，摊开手脚，躺在上面一动不动，示意为，压在我身子底下的书全是我的，可称"扑食法"。最后发展为朝放在长桌上的书横向猛扫，凡扫落地上的书全是我的，可称"大扫除法"。一九九四年中国嘉德搞了首场中国古籍善本拍卖会后，古旧书刊一夜之间全面暴涨。新文学书也搭上了顺风船，一改往日无人问津的旧观。有年书店进了批新文学书，在发售之日的前两月就通过种种渠道在藏书者中广泛散播，引得许多人到店里打探，询问发售的吉日。而店里的答复总是先说还没整理好呢，继则曰大概是这月底吧，或是下月初吧，总之，把大家的胃口高高地吊起来。终于，吉日来到，这天藏书者们起得比太阳还早，早早拥堵在书店的门外，力图最早一个冲入书店里边，那种摩拳擦掌的架势似要和谁以命相搏。好容易开门了，大众往前一抢，结果全卡在门口，谁也进不去。于是里边的店员一边呼喝一边把人往外推，门口的人依然大呼小叫地往里抢，乱糟糟的一大团。回想两年前同是此地的门庭冷落，几乎难以令人置信。

这些年我自己的收获也较为理想，大致有这么几个方面：一是清末民初的笔记、小说、诗文以及资料性的文献收罗了不少，尤其是《说部丛书》，三百四十集配齐了二百七十余集，成就可观，艰苦备尝，这方面应该是受了阿英先生的影响。二是文学的名家名作皆具几种，各种形式亦皆有之，如毛边本、线装本、袖珍本、土纸本、题跋本等等。这是受了唐弢、姜德明诸先生的影响。三是鸳鸯蝴蝶派的文学作品收了不少，包括徐枕亚的《玉梨魂》《雪鸿旧史》等等。这里除了家庭影响外，还受了魏绍昌先生的影响。四是近代政治史料的收集。从康梁变法、辛亥革命、护法讨袁、北伐战争、国共分裂、土地革命、全民抗战直至解放战争、新中国成立的种种史料，包括竹枝词及各时代的历书都在搜寻范围以内。这大概是偿我考大学时因四分之差未能进入历史系的心愿。但线装书我买得不多，因为那时旧书的吸引力对我似乎更大。

随着全社会藏书热不断升温。我出了本书，名《闲话藏书》。有位东北读者给我打电话说："看了您的《闲话藏书》，我们这些爱书人可闲不住了。一天到晚总想往旧书摊上跑。一到休息的日子也就是市场开放的那一天，早早就得起来往那儿去。生怕晚到一步，好书被别人拣走了。"

听了这话，我心里又高兴又忧郁。高兴是吾道不孤，忧郁是怕将人引入歧途。照理说，藏书不是歧途，但什么事都怕上瘾，干坏事如此，做好事也如此，因为一旦上瘾就会失去自制力。我买书至今已有二十余年，其中可值得道来的人与事数不胜数。秋风夜雨，点检丛残，细思前尘，恍若隔世。仅那时与我相熟，与我家几代人相熟的老师傅，已逝去大半。音容还在，墓木已拱。而当年我所认识的，或只点头的，或只闻名的，有些人早已隐身灭迹，有些人兴致另有他属，有些人时隐时现，有些人随波逐流。初衷不改万劫不复的，也就那么几位,用行中人的话来说:"还是那一圈儿人。"买书成癖、成瘾固然是雅事,但背后支撑它的是钱,千万别挪了生计之费作买书之资。郑振铎七八十年前的话并未失去现实意义:"为什么从前不藏点别的,随便什么都可以,偏要藏点什么劳什子的书呢!"

不过藏书毕竟是源远流长的文化,无论是抄掠焚烧,还是封藏闭锁,抑或对"读书无用"的百般鼓噪,其结果终是"尔曹终与名俱灭,不废江河万古流"。

送书

六十年代中,"文革"初起,祖父好友汪绍楹先生惊惧而死。他是民国时北京四大名医汪逢春独子,北大国文系毕业,一生没正式参加工作。虽然祖产甚巨,但那时无法变卖。汪夫人也没有参加工作,夫妇二人并无多少积蓄,也未育子女。汪先生一走,汪夫人生活艰难。过了几年,生计越发困苦,想来想去,家中唯一可拿来变卖的,就是上万部册的古旧书。汪夫人找了我父亲,我父亲找了雷梦水,雷梦水找了领导,领导批示后,雷师傅作了价,一总卖了三千多块钱(应该说,雷师傅作价是不低的,中国书店对老学者们也很讲良心)。赵元方先生听说此事后,说他想买一部分(因为赵先生的书被抄得精光,他日常又习惯读书度日)。于是中国书店在这些书上定了价,卖给了赵先生。

但麻烦来了,如何送去。我自告奋勇,我家旁边菜店卖菜的小王,跟我交情不错,也爱看书。他会蹬平板,又有辆卖菜的板儿车。约好了,先到西河沿汪夫人家,搬书上车,然后向翠花胡同赵先生家飞奔。

之所以要飞奔,有两个原因。其一是那时虽已七十年代初,暴风过去,但阵风没停。骤雨初歇,小雨滴答,经常淋湿了我,打湿了他。所以出门前,家人也一百个不放心。其二是出发前,出了点儿情况,小王带的苦布不够大,盖了头脸盖不上屁股。他前边蹬车,我骑车护送。因为古旧书又黑又黄,很扎眼,上路不久,就有人跟了上来。

"哥们儿,哪儿弄的这么多好书?""给咱两本儿,给咱两本儿。"我赶紧解释,"给抄家办送的。"(应该是查抄办,一着急,说错了,不过意思没错)"送书着什么急,停车先让咱翻翻。""就是,又不拿你的。"围上来的自行车越来越多,但跟我说话的还算君子,有机灵的小人,蔫不叽儿地从板儿车上抄两本儿就跑。"他拿你书了!""干什么干什么？！"可就我嚷这工夫，又有人抄两本儿骑着车跑了。"干脆咱们分了吧。""你胡说，我一会儿怎么交代？""你就说被人抢了！"也有更君子的，过来看一眼，叹口气，说："好东西！"羡慕地看看我，走了。没有别的办法，只有催小王快蹬。好在路不算太远，终于到了。

把书卸车，搬进院儿，再抱进赵先生家，终于完事儿。赵先生给了我们二十块钱，让我们下趟馆子。

回首过去，传统文化正能量，竟然能被我无意中保护，荣莫大焉！

怀念

夜读《笑林广记》，想起祖父在我小时讲的笑话：

一先生携琴过市，见路旁有一桌，遂置琴于上，抚而奏之，路人纷纷聚听。不久，作鸟兽散。惟一人不去，且泪流不止。先生大喜，几欲摔琴谢知音。询之，此人曰：先母弹棉花为生，酷似先生琴声，不觉流泪。先生大窘。又见一人不去，先生又喜，言，必有知我者。问之，此人答：此桌我家之物。方才不便打扰，故一直等候。先生既已用完，我要搬走。

忽然想起家中有一民国石印版《笑林广记》，祖父讲笑话时常翻捡此书。寻之，尚在。灯下翻阅，指尖书页间似仍有温暖流动。

潇洒走一回

夜间无事，挑灯读韦力《书楼寻踪》。知明清以降，历代藏书名楼，后皆湮没无闻。当年华堂高屋，列架充楹，今则寒烟衰草，一片凄迷。合书凝神，不胜感慨。因将旧曲《潇洒走一回》改数字，以奉友朋，博一粲。

  书海悠悠，过客匆匆，潮起又潮落，
  寻寻觅觅，有失有得，几人能参透。
  红尘呀滚滚，痴痴呀情深，聚散终有时。
  留一半清醒留一半醉，只有将你在梦里追寻。
  你拿拍卖赌明天，我用明清伴此身。
  岁月不知藏书有多少的忧伤，
  如何潇洒走一回？

十万松风改于昌平僻野蛙鸣声中

《济公传》

小时候家里有一套《济公传》，民国石印，不过不全。虽然自己当时只是小学生，却十分爱看。祖父、父亲好像也常看。后来父亲到农村"四清"时，将收缴的一套《济公传》悄悄带了回来。书很差，书页泛黄，又破，还有一股子味儿。而且紧行密字，是民国时最滥的一折八扣书，看时很费眼。不过我是如获至宝，一连看了好几遍。没两年，"文革"来了，《济公传》和一零本《蜀山剑侠传》，以及另一零本《江湖奇侠传》，全被家人火化升天了。

"文革"结束后，《济公传》重见天日，出版发行。我把这喜信儿告诉父亲，父亲却不以为然地淡淡说了句："这也过分了吧？"让我碰了一鼻子灰。心想，那您当初把这本该集中焚毁的书带回来又为什么。多年以后，想通了，他们（父亲是解放前的地下党）以为，自己看看可以，但不可以公开流行。毕竟，这不是有益的书。

祖父倒没有这些想法。小时，还常常坐在院子里给我讲里头的故事。他晚上睡前必看闲书，其中就有《济公传》。晚年祖父生病住院，我问带什么书，他说："把《济公传》拿来。"这二十来年，不同版本的《济公传》我几乎有见必收，算是对自己青葱岁月的纪念。

《济公传》是用北京话写成的，亲切。济公幽默，近乎贫嘴。经常发点无伤大雅的小坏，最后大慈大悲拯危济难。济公不装正人君子，也无富贵之态，表面一副穷愁潦倒，因平民而近人。同时他还多少兼有流氓无产者的一些脾性，好玩儿。最后，情节复杂，故事好看。

但是我有一点不满，这样一位神通广大法力无边惩恶扬善的罗汉爷，却成了丞相的替僧（替身），还是向权势低了头。现在想来，倒在情理之中。从文学作品看，上下两头，皇帝，总是好的，不过是有时受了蒙蔽；小民，总是惨的，恨的不是皇上，而是蒙骗皇上的官吏，需要包黑子式的青天。于是，好官坏官斗了起来。古今同理，并无改变。那么，神仙在现实中需要权势的助力，也就没啥新鲜。

昨晚又读《济公传》，扉页戏题：

> 茫茫人海看穷通，悲欢相转命难同。好了唱罢谁撒手，木石缘尽耳旁风。一颦一笑皆有意，一歌一咏岂无情。酒肉穿肠颠是乐，纵无神通也济公。

《水浒》

《水浒传》是倡导人人平等（山寨中人）的。一百单八人，都是"哥们弟兄一般无二"，只要你"忠义"。但在宋江眼里，是否一般轻重，另当别论。假如宋江把山寨中人分成档次，第一档，除了他，只有一人，皇亲国戚，柴世宗之后柴进。柴进又是牌子又是资本，可用来进退周旋，自然名贵。第二档，自己的心腹，吴用戴宗之类。第三档，能独当一面的中央军统领，大刀关胜、豹子头林冲、双鞭呼延、灼金枪将徐宁等。第四档，地方军骁将，急先锋索超、双枪将董平、没羽箭张清、霹雳火秦明等。第五等，各府县衙门的都头捕头，武松、扬雄、朱仝、雷横孙立、孙新等。第六等，中下级军官，鲁智深、杨志等。第七等，有技巧的人，金大坚、萧让、凌震等。第八等，各山寨降服或被收服的草头大王（武艺个个稀松），李忠、周通、邓天寿等。第九等，恶霸强人，李俊、穆弘、穆春、孔明、孔胜、阮氏三雄等。第十等，江湖中人，江洋大盗，张横、张顺等；鼠窃狗偷，时迁等；卖大力丸的，李忠等；卖人肉包子的，孙二娘和她老公；卖马的，郁保四；贩私盐的，王英；还有山前山后无数小喽啰，犹如今日之蚁民。

年轻时看《水浒》，特别神往。幻想有那么一个"皆兄弟也"的山寨满足自己的浪漫想象。阅历渐深，知道不是这么回事儿。梁山好汉仇恨知识分子，开创梁山根据地的王伦就被好汉们先祭了刀，因为他"酸腐"又"狭隘"。结尾诗中还不忘骂上一句"最恼恨大头巾（古代书生都戴头巾）"。金大坚、萧让那是技术型人才，永远当不上领袖。所以，古往今来，上下有序尊卑有别，朝廷梁山概莫能外。人人平等，理论上是如此。但歌德说过，理论是灰色的，而生活之树长青。如今我对此有了更深更全面的理解。

《三国》

近些天，一直在看近百集的老电视剧《三国》，还找了《三国志》和《三国史话》来对照，重温了一遍三国史。当时的文献留存不少，像三曹七子、蔡文姬、诸葛亮都有诗文传世，可以真切体验到那个腥风血雨英雄辈出的时代。

记得教书时，教到三国时曾问学生一问题，喜欢乱世还是治世，得到几乎是异口同声的回答，乱世。原因，治世太平庸，乱世易建业。但是，治世易苟活，乱世死得快。二者难选择，七子之一王粲在诗文中就表达了这种既渴望建功立业又忧生惧死的感慨。

这是个无解的问题，无解的原因就是由每个人自解，所以不用管。老话，老不看《三国》，少不看《水浒》。原因是看了《三国》学诡诈，看了《水浒》学打架，和儒家倡导的温柔敦厚的社会相背。《三国》确实不少诡诈，没有诡诈不能得天下。

由此想到，如选职业，凡不与人直接打交道的，少涉权术，如文学艺术、科技理工、建筑设计、农林牧渔，因关注的对象不是人。反之，各行各业的管理者，因为关注的对象是人，所以必涉权术。

权术是中性，因为它是工具。好官斗坏官，没有权术，光是上书直谏、血谏、死谏，不光于自己，甚至于国于民，有时有害无利。因为你只是在说出真理，却没办法把这真理化作福祉落实于国计民生。所以，何时说、说多少、怎么说、如何让百姓、天下得到实惠，就是本领。即便不用权术，也要了解权术。坏官、小人的路就平坦多了，因为他心里没有天下百姓，只考虑皇帝、上司；又因心里只装自己，所以也不必考虑道德、仁义。这就是为什么历史上很多时好官斗不过坏官，君子斗不过小人的道理。

《金瓶梅》

昨日重读《金瓶梅》，想起领袖在五十年代一次中央召开的高级干部会议上号召说，要读一读《金瓶梅》，这是一部封建社会的百科全书，读一读大有益处，很有好处。于是上边下令文学古籍刊行社以带二百回插图的明万历间词话本印两千部，只供各省省委书记、副书记，中央各部正、副部长学习，并且登记在册，编号发行。

为何这样谨慎？理由应该是高级干部水平高，免疫力强。而老百姓水平低，看着看着就中毒了。从保护人民出发，必须如此。改革开放后，听说人文社还有些存货，便让家人通过当时的社长周游买一部。但家人终是没买，大概怕我中毒，使我很失望。再后来，得到了一部齐鲁书社的删节本，易中毒处删得一字不剩，未窥全豹，不过瘾。后来，在拍卖会上不断有线装本现身，从几万到十几万再到几十万，一来没钱，二来兴趣日淡。二十多年后，买了相对便宜的词话本，看了那些删节处，不出所料，比起今人，差得太远。

但细读之下，深感确有过人处。书里把人性刻画得太细，细得让人绝望；太深，深得让人可怕。没有聊斋的美好，没有红楼的浪漫，正负能量皆无，所谓"淫"只是手段，钱和权才是目的，皆为权色交易，钱色交易。男与男，男与女，女与女，种种缠斗，就为一个字——利。

教书以后，讲到《红楼梦》，又讲《金瓶梅》，建议同学们从图书馆借来看看。有位男同学不满，作业中说他们是一些天真单纯不谙世事的青年，这样引导不知何义。于是我让全班来了个大讨论，看看到底是何义。

讨论的结果是：大家一致认为，哪位同学到了这个岁数，还认为自己天真单纯，不谙世事，就打电话请他的母亲把他领回家吧。

《金蔷薇》的魅力

二十世纪八九十年代的文学青年，没看过或不知道《金蔷薇》这本书的，可能不多。假如那时你立志当作家、诗人、散文家，而不知道《金蔷薇》，真算白瞎了。《金蔷薇》打动了一代又一代青年，就我个人来说，它直入心底。在我人生最灰暗的时候，它曾是我最重要的力量来源之一，陪我一路走过不少艰难困苦的日子。因此，此书我有见必买，初版本是李时先生翻译得非常好，十分吸引人。除了初版本，重版本了也是有见必收。近时，见了戴骢先生的重译本。想买又犹豫，因为译者有时水平相差很大。最后，抱着比较的心理买了，一比较，就比出来了。

如李时先生《一束假花》中有段译文是：

我的初恋也和这个时候关联着——那个奇妙的心理状态，觉得每一个少女都是绝美动人的。在大街上、在花园里、在电车上，倏忽一现的任何一种处女的特征——羞涩但亲切的流盼，头发的香气，微启的朱唇里露出来的皓齿的光泽，被微风吹裸出来的膝盖，冰冷的纤指的触摸——所有这一切都令我想到，迟早我也会堕入情网。每一次这样的邂逅，都使我开始感到一种无名的悲伤。

戴骢先生对这段翻译是：

这时我第一次萌动了对爱情势所难免的憧憬。这是一种美妙的心理状态。我觉得几乎所有的少女都是美丽的。在大街上、公园里，电车上萍水相逢的少女身上的任何一个特征——羞涩而又专注的眼波，头发上的馨香，微启的双唇中牙齿的闪光，被微风吹得露了出来的小小膝盖，无意间碰到的冰凉的手指——都会使我联想起，我此生迟早也会得到爱情。每次遇见这样一个少女之后，我都会感到一种莫名的惆怅。

两者相较，李时苦咖啡，戴飚白开水。具体到语句，李"绝美动人"，戴"都是美丽的"；李"倏忽一现"，戴"任何一个"；李"羞涩但亲切的流盼"，戴"羞涩而又专注的眼波"；李"微启的朱唇里皓齿的光泽"，戴"微启的双唇里牙齿的闪光"；李"冰冷的纤指的触摸"，戴"无意间碰到的冰凉的手指"；李"堕入情网"，戴"得到爱情"；李"邂逅"，戴"遇见"；李"无名的悲伤"，戴"莫名的惆怅"。

古代文学的功底，会起很大作用。好的翻译家，是再创作者。这是说给傅雷的，李时也称得上。书中刻骨铭心的词句，深沉动人的哲理，俯拾皆是。《金蔷薇》和《夜行驿车》可称名篇，看一次，几天睡不好。几十年，看了无数次。它不是字字珠玑，是字字烙心。至于为什么烙心，也只有自己知道。

重读《金蔷薇》

美文，是所有喜爱苏联作家康·巴乌斯托夫斯基的名作《金蔷薇》的读者们对此书做出的一致评价。确实，《金蔷薇》深深打动了一代又一代读者的心，似乎永远不会穷尽。然而我以为，只是美，并不足以使它产生如此魔力，与美同行的，是它的爱，它那对世界对人生无所不至无所不在的爱，乃是打动我们的根本。

作家自称此书只是记述作家劳动的一卷札记，然而此卷札记却用极美的散文诗笔法完成，处处显露出作者强烈而深刻的爱。如在《金蔷薇》一章的结尾处，作者从老丑而贫穷的老清洁工对少女苏珊娜的爱，引出自己对文学事业的追求，他说："恰如这个老清洁工的金蔷薇是为了预祝苏珊娜幸福而做的一样，我们的作品是为了预祝大地的美丽，为幸福、欢乐、自由而战斗的号召，人类心胸的开阔以及理智的力量战胜黑暗，如同永世不没的太阳一般光辉灿烂。"论到创作过程，作者说："创作过程和自然界的春天相似。虽然阳光的温暖是不变的，但它能消融残雪，使空气、泥土和树木温暖。大地上充满了喧嚣声、汩汩声、水滴和雪水的潺潺声——万种春信……创作也是如此，思想本身是不变的，但在写作时，会引起新思想和新形象、概括和辞藻的旋涡、急湍和瀑布。"对于灵感，他说："灵感，恰似初恋，人在那个时候预感到神奇的邂逅，难以言说的迷人的眸子、娇笑和半吞半吐的隐情，心灵强烈地跳动着。在这个时候，我们的内心世界像一种魅人的乐器般微妙、精确，对一切，甚至对生活的最隐秘的、最细微的声音都能共鸣。"当论到想象时，作者干脆讲了两个结局完全相反的故事。

其一讲在西班牙最荒凉的某地，住着一个既老且穷的孤独的老贵族，世事多艰，他的心早已变得像窗外荒原上那棵黑色枯树一般阴沉。

然而，一个跟从哥伦布探险归来的水手，偶然间向他谈起海外那奇异而美丽的新土地，并留下一片贝壳作为纪念。于是在当夜的暴风雨中，老贵族忽然在被天火照亮的贝壳深处，看见那由蔷薇色的光辉、泡沫和云彩化成的仙国的幻景。于是他买船驶向了大洋深处，历经无数危难后，终于在朝霞光中，海上呈现出一片五光十色、重峦叠嶂、光辉灿烂的国土，烟水迷漫中，无数道彩虹似从陆地上赶来迎接帆船，老贵族终于看到幻境成为现实，于是幸福地死去了。由此，作者说："对想象的相信是一种力量，它能迫使人们在现实生活中追求想象的事物，……最后在现实中创造出他所想象的事物。"

另一是讲伟大的作家安徒生因貌丑而在爱情中深感自卑。在一个充满神秘而恍如梦境的风雨之夜，他结识了维罗纳城的豪门美女叶琳娜。当叶琳娜向他求爱时，他却认定："只有在想象中，爱情才能永世不灭。……幻想中的爱情比现实中要美得多。"于是，他离开了他深爱的人，但在临终时，他追悔了，他说："为了童话，我放弃了自己的幸福，并白白放过了这种时机。那时无论想象是怎样有力而灿烂，也该让位给现实。……要善于为人们的幸福和自己的幸福去想象，而不是为了悲哀。"

生活确如作者在这两个故事中所揭示的那样，有时，想象驱动着我们，使梦想成真；有时，想象阻碍着我们，使人止步不前。在这里，作者将文学的想象直接融入真实的生活，使我们读去倍感亲切。而当作者直抒胸臆时，如他描写自己情窦初开的时候："我的初恋也和这个时候关联着，那个奇妙的内心状态，觉得每一个少女都是绝美动人的。在大街上、在花园里、在电车上，倏忽一现的任何一种处女的特征——羞涩但亲切的流盼，头发的香气，微启的朱唇里露出来的皓齿的光泽，被微风吹裸出来的膝盖，冰冷的纤指的触摸……每一次这样的邂逅都使我感到一种无名的悲伤。"正因为作者如此敏感，所以当他欣赏名画的时候，他发现"这些画面上有精神的完善和天才的力量……产生一种惊惧，这种惊惧是灵魂净化的先声。好像雨、风，百花缭乱的大地的气息,午夜的苍穹和爱的泪的清新,渗入我们高尚的心灵,而永远占有它"。当作者从画面上的自然走向真正的自然时,他给予自然的爱同样是那么深挚,他说:"只有当我们把自己人的感情移到对自然的感觉中去,只有当我们的精神状态,我们的爱,我们的欢乐和悲哀完全和自然相适应,不能把清晨的凉爽和可爱的目光分开,不能把匀整的森林的声音和对过去生活的冥想分开时,自然才会对我们发生极大的影响。"

　　作者在字里行间充满了对美与爱的追求。然而问题并不仅仅于此,单纯地为美而爱的爱,只是直接作用于人类感官的条件反射的爱,它只是抓住了人心的第一步,远远没有达到那令人魂魄相牵的境界。那么,究竟是什么样的爱抓住了我们呢?是忧伤之爱。世间一切美的事物首先在人心中引起朦胧不清的爱,而爱,不停留地将我们带到忧伤之途。作者笔下,最美的自然,无不打着忧伤的印记:原野,苍凉之美;森林,孤寂之美;白夜,易逝的美;秋日,飘零的美。人世一样,忧伤无所不至。当你看到皎洁如月轮的少女的脸庞,会感到红颜易老的悲伤;看到日升月恒云霞灿烂的远方,会感到短暂的生命的悲伤。当你望到苍苍白发会悲伤,而看到缕缕青丝,又会为它终将苍白而悲伤。然而正是这似乎无穷无尽的忧伤,人们才从最初那种条件反射般的爱走向成熟深刻的爱,这就是忧伤之爱。因为忧伤,才更珍重生命;因为忧伤,才激发理想;因为忧伤,才对美更敏感;因为忧伤,才使思想更深刻;因为忧伤,才感到生命和生活的浩大。所以,没有忧伤的爱,为爱而爱的爱,是肤浅的易逝的爱。而忧伤的爱,才会使人充分去享受生活,这就是《金蔷薇》所要告诉我们的,并引起我们对生活的冥想。

《带阁楼的房子》

几十年来，最喜欢的俄罗斯短篇小说中，有一篇是契诃夫的《带阁楼的房子》。小说内容简单至极，一位青年画家到乡下写生，结识了两姐妹。姐姐丽达，虽出身大贵族，拥有几千亩土地，却身体力行以改变普通百姓生活为奋斗目标，看不上生活懒散、心态悠闲、漠视人民疾苦的画家，总想把他赶出家门。妹妹米修斯，刚刚长成少女，温柔、善良、羞怯却又好奇，每天看书散步，充满了对爱和美的憧憬，于是对画家产生了好感，但就在要往爱情发展时，妹妹被姐姐弄出乡下搬进城里继而出国。到此，小说结束。

小说的文字太美，记得第一次看，是在东北的饲料棚里，坐在饲料堆上，那种被震惊和感动的感觉真是太奇妙了。作为情窦初开的少男少女，自然而然浸沉于书中所描绘的初恋的幸福。尤其最后一段，作者说，好几年过去了，我几乎已经忘掉了她们。只是有几次，当我夜晚从田野穿过，远远望见她们的房子，看见隐约的灯火，就会不经意地用目光寻找米修斯住过的阁楼。那灯上应该还遮着紫色的布吧？她喜欢那样。只是现在，灯一定落满了灰尘，也不会再有人在灯下看书了。米修斯，你在哪儿？

如今，几十年过去了，我也常常会走在夜晚的灯火里，城市的街巷中。心里一如当年充满丽达激情澎湃的抱负和米修斯明如秋水的真诚，带阁楼的房子似乎从未离我远去。在不断的追问和寻找里，我庆幸生活中能遇到这样一所房子，让它影响到我的一生。

《晚霞消失的时候》

《晚霞消失的时候》这部小说在八十年代曾令许多人倾倒,对我来说,尤其如此,它用一个哀婉动人的故事阐述五光十色的哲理,令人如行山阴道上目不暇接。而由这许多哲理所汇成的终极目的,即它那带有沉重历史感却又非常现实的命题——文明与野蛮的碰撞,以一种永恒的忧郁,多年来更是一直强烈而持久地感动着我。

小说中少年时的"我",与女主人公南珊相识在一个美好的春日,在充满诗情画意的林间草地上与牧歌般的氛围中讨论起文明与野蛮。当南珊回顾历史,责怪人们总是用野蛮去破坏自己创造的文明时,"我"则反驳道:文明与野蛮就像人和影子一样不可分离。在古希腊,人们正是在野蛮的掠夺战争中创造了美丽的希腊神话。再如,最初给人类带来文明的是铁,但正是铁制造了人类历史中几乎全部的武器。那么,希腊神话是文明的故事还是野蛮的故事?铁是文明的天使还是战争的祸首?这第一次文明与野蛮的碰撞犹如诗意启蒙引起了南珊对"我"的初恋。

极具讽刺意味的是,仅仅几个月后,野蛮即向文明开战。"文革"爆发,"我"成了红卫兵头头,领人抄出身于国民党高级将领的南珊的家。这次,野蛮有了实实在在的内容和行动:抄家、训斥、殴打。而作为文明代表的南珊,则处在表面上那种任人摆布的境地。然而,从她那无言的沉默,紧紧咬住的嘴唇和滚落的唯一一颗泪珠上所显示出的内心冲动,为文明与野蛮的第三次碰撞埋下伏笔。

这第三次发生在下乡的列车上。南珊的外祖父在送别南珊时以近乎残酷的爱来拷问她的灵魂。他担心南珊因看书太多又不喜交谈而成为一个恃才傲物心中冷漠无情的人。一石激起千层浪,南珊敞开心扉,承认自己是带着一种自卑来到世间的。她常常因为自己的出身而受到孩子们的追打辱骂，以至流着眼泪睡去，流着眼泪醒来。但随着岁月的流逝，她成熟了。她认为自己的人格并不因为无力抵抗屈辱就有了亏欠。人的品格不是任何强权所能竖立，也不是任何强权所能诋毁的。并进而认为，这个世界的希望，更多的是在人类自己的心灵中，而不是在那些形形色色的立说者的头脑中。她永远不会因为自己坚信了什么理想就把它强加到别人的意念和心愿上。

十二年后在泰山之巅，夕阳落照中"我"与南珊的重逢，实际仍是文明与野蛮交锋的又一次深远延续。南珊承认，她对"我"的印象早已淡忘而那个野蛮与文明的话题却苦苦纠缠了她十几年。然而这个如此抽象的话题究竟包含着什么实际的意义呢？今日我方悟到，这是南珊试图将"文革"的劫难提到人类历史发展的宏观高度来诠释并加以抽象思维的演绎。她正是用野蛮与文明的内涵与外延来观察历史与现实，并于自觉或不自觉中运用其处世待人。以此便可解释王若水先生在其名作《南珊的哲学》一文中提出的两点疑问，其一：战争自古有正义非正义，南珊为何幼稚到反对一切战争？其二：南珊和"我"既有青春宿债，能偿还时为何不偿还？我认为，在南珊的心目中，战争只是野蛮的内涵之一。她反对战争只是反对战争所具有的野蛮属性而并非对战争——这一具体物象而言。这实际上是"文革"结束后，人们厌恶拼斗厮杀，渴望重建"人类之爱"的心理折射。而作为曾是野蛮象征的"我"与相对象征文明的南珊虽有青春宿债却难成爱侣的原因，是因为理论意义上的野蛮可以被理解，而行动作为上的野蛮对人的心灵所造成的摧残是不可弥补的。再者，回忆痛苦忍受折磨未始不是一种享受。伤逝于青春梦幻的破碎，耽溺于长久而无尽的怀念，这也是"文革"结束后人们一种扭曲变异的心理态式。

同时，《晚》最早竖起了"美"的旗帜，推出了从心智到体貌都卓然不群的少女形象。南珊是宁静的，奔放的思想、丰富的情感都蕴藏在沉静的性格中。而她的沉静总带着几分忧伤，但这忧伤似又并非完全是苦难人生所造成的，它似乎带有某种沉思和别的什么，给人一种只可意会不可言传的美。这种美究竟是什么曾一度使我困惑,及至读了匈牙利学者贝拉·巴拉兹所著《电影美学》方始明白。书中指出:"嘉宝的美是一种受难的美,……这恰恰是因为她带有忧伤和孤独的痕迹。如果她布满欢乐的笑痕,如果她是开朗和愉快的,如果她在我们这样一个世界里能够是开朗和愉快的,那么她一定属于那种缺乏高尚情操的人的脸。即使一般不大敏感的人也懂得,一种忧伤的受难的美,要比微笑和狂喜更能表达出人类崇高的品质和纯洁高贵的灵魂。"

假如今天我们从布满欢乐笑痕乃至恣情纵欲的狂荡中蓦然回首,重新感受那灯火阑珊中沉静而忧伤的美,也许会寻回某些沉重却不应失落的东西。我想这也正是南珊这一少女形象永不随风而逝的魅力所在。

《一支被出卖的枪》

英国作家格林厄姆·格林，被誉为二十世纪最伟大的作家，被21次题名诺贝尔文学奖，但一回未得，人称诺奖的无冕之王。有人问诺奖主席原因，回答是"他太伟大了，伟大得不必得这个奖"。我读过他不少小说，印象最深的，看了好几遍的是《一只被出卖的枪》。

这是因为，其中有一处对环境的描写，引起我的联想。杀手在平静从容地杀了寡居的部长，又程式化地杀了老保姆后，不慌不忙来到街上。夜已深，冬季寒冷，雾气弥漫，狭窄的巷子，坎坷的鹅卵石路，有的窗子还有灯光，大多已一片黑暗。杀手安安静静走他的路。忽然，从一扇泻出黄色灯光的窗里传出一阵歌声，这是一首古老的苏格兰民歌，杀手内心好像被唤起了什么。杀手的家庭惨淡，父亲酒鬼，母亲荡妇，自己还天生豁嘴，被人欺负，从此走上不归路。但这歌曲他小时候很熟，不由放慢了脚步。不过，这只是瞬间，他软了一下的心重又冻结起来。对他来说，从来没有希望过什么，也就无所谓有什么绝望。杀人、拿钱，这就是生活。但他发现雇主给的是假钱，于是走上报复之路。途中，无意中劫持了一个少女，他被少女的善良、纯真、善解人意、友爱温情所打动，心中的坚冰一点点融化，甚至幻想杀了雇主后带少女浪迹天涯。但少女是正常社会的人，男友还是警探，在一次次的犹豫，一次次的放过，一次次法律和人性的挣扎后，还是"出卖"了他。最后，警察围攻时，他先将枪对准了少女，却最终抬高枪口，对窗外警察们疯狂扫射。那是一种歇斯底里的扫射，一种对社会、世界，对所有人包括他自己和刚刚升起的憧憬的扫射，在毁灭一切的疯狂扫射中，耳畔似乎不断响起那首遥远却亲切温暖的苏格兰民歌。

故事情节大概如此。我最喜欢的就是那段走在街上的描写。至今仍很清楚地记得自己十四五岁时走在深夜街巷的感觉。孤独、寂静、落寞却又享受，幽暗中一切变得朦胧，飘忽不定，金黄的灯光让人觉得温暖，有家可依。变幻摇曳的灯影映在墙上，恍惚中就像无数大大的问号，消失在无尽的灯火阑珊的远方。瞻望前路，心里充满疑惑和恐惧，却又无人可问，只能茫然地走下去。

五十来年过去了，我今天仍很享受夜晚走在街巷里的感觉。比那时明白了多少呢？好像在螺旋般上升的思维进步上，更糊涂了些。不知文明，也就无所谓痛苦。从来没有明白过，也就不知糊涂有什么不好。从来一无所有，也就没有无所不有带来的恐慌。让夜风吹过面庞，让思绪随它消散吧。

盒子炮

两本辞海《语词分册》，破得一塌糊涂，仍不忍弃。倒不是潦倒如此，而是生出了感情。鲁迅先生与许寿裳信中说，读书人买书，大体如土匪买枪炮。比如那强盗有了钱，先要去买盒子炮的。（大意）我一直没书房，也就没斋名。曾想，有朝一日我要有了书房，一定请人题"盒子炮斋"。书是读书人的好马快枪，打天下，走江湖，一时和永远都离不开。所以，马虽老，枪虽旧，也很难杀马卸枪，弃如敝屣。诗咏之：

两本破辞海，一晃四十年。缥缈插满架，行囊再无钱。有幸来课徒，无心攀九天。看得中秋近，花好月团圆。焚香祝我书，时时在身边。

胖书

今天本有些烦，但被韦力一句话打消不少。这是韦力在评价旧平装书说的一句话，即旧装书过去不受珍惜，一本书传来传去，最后统统"肥胖起来"。这个"肥胖起来"，准确传神，让我大乐，一扫不快。

不快的原因是我刚从网上买了一本"肥胖的书"，而且店主不知是无心还是有意，有误导之嫌。他说"此书米色道林纸"，实际就是报纸本，年深日久，报纸一黄，就成了"米色"。而道林纸与报纸的根本区别，道林纸挺，报纸挼，一经水，更明显。道林纸只会形成水渍，或略弯曲，报纸则筋骨全无，软塌塌地塌在手里，一副有气无力的可怜相。旧书看的人多，人手有汗，又脏，再加霉潮，保管不好，品相当然不佳。于是头大脚肿，身腰巨粗，韦力一个"肥胖"，精准到位，乐之，颇消半日不快。

谈到道林纸和新闻纸（报纸）本的书，还有要说明的，道林纸并非一种纸，而是指上世纪英国道林造纸公司。它的纸张坚硬挺实微泛米黄，很受欢迎，国内讲究的平装书都用它印刷。与报纸本印本比较，道林纸本用手一攥，"咯吱咯吱"的，也有人形容为"嘎嘎"的，都是形容它的硬挺。而报纸本用手一拿，"呼塌呼塌"的，软挼。所以价格上也差了不少。这就好比我国古代，同是明代，棉纸和竹纸印同样的书，价格迥异。棉纸美人，竹纸丑女，自然不能平等。当下也如此，同样是三十年代印的《初期白话诗稿》，拍场上，棉连纸（棉纸）的比毛边纸（竹纸）的贵了一万多，可见一斑。

我家里的书，原是非常多的。但"文革"一来，毁了大部分。剩下二三十，还尽是残书，完整的不到百分之十。那时普遍如此，很常见。

但回想过去，有个历史现象容易忽略，就是在红卫兵开始抄家时，人们开始的"自抄"，声势之浩大，毁物之无算，即以亿万计，也不为过。

原因很简单，你要命还是要东西？在那样的生存条件下，何去何从不言自明。又为什么比红卫兵还惨烈？因为红卫兵不可能每家都进，而每家却都担心红卫兵会闯进来。又，红卫兵也不会知道每家有什么东西，有什么只有自己最清楚。所以打砸烧比小将们更彻底。由于红卫兵没有明确留与不留的界线，更增加了人们的惶恐，于是，一场运动在黑夜展开。比如我和祖母就把印有龙凤和孔雀图案的床单剪了，还砸了几个有山水花鸟的坛罐。那时化粪池和臭水沟里的人们扔掉的金银首饰有很多很多。

但也并非没有自救的人。比如书上看到收藏家曹大铁先生，将字画用报纸、塑料布、油布包好，连夜运出城，藏到农村的亲戚家，埋到地下。这种办法有些笨，类于地主老财，风险也大。黄裳先生是藏书家，他自己在书中回忆，他的做法反向行之，别人忙烧书，他却忙着在书上盖自己的印章，然后打电话给单位，请他们拉走，交公。他相信书还会回来。后来"文革"结束，凭着印章，果然回来了，基本完好。还有人在书箱上自己贴封条，写"充公""供批判""毒草，已没收"，最后倒也安然无恙。有人把书藏进壁柜，外挂水泥，抹上白灰，再把壁橱"坚壁"起来。也有人流着泪，烧了几代传下的宋本书。

愿天下从此太平，国富民丰，安居盛世。

杂感杂谈

寂静之声

昨晚，家人在客厅里看北京电视台的文艺晚会，我躲到最远的屋子里，手机上看纯音乐版《寂静之声》。

纯音乐版《音乐之声》配有大量风景画面，十分壮阔。如雄壮的大海上空，停驻着蓝灰色的厚厚云层。却忽然像被一柄大锤自上而下猛地砸开，云层破裂，无数流云如利箭疾驰，横穿南北。西天之上，火烧云燃起裂焰，红日被锻成了一团金黄，熠熠生辉。天空之下，蓝绿色的海水一波又一波猛击高高的山峰，好像要撞开时光隧道，冲进巨大的空间。入夜，群星千万，明暗交错，宝石般把天空缀满。夜云鼓翼，如黑沉沉的死神缓缓向前。却被群山拦腰阻断，徘徊在海天之间。极光照射，五彩斑斓。诡异的光线，神秘的灿烂，让人不能不拜服于自然。

惠风和畅，吹过草原。绿绒毯般的青葱，好像天地初开的那天。山峦叠起，瀑布腾喧。鸟儿啁啾，溪水潺潺，满山谷开放深沉的贵族蓝。音乐、美景，让人忘了这是人间。

唯一不足，出现了两位造型美女。一位出现在最后，站在礁石之上，两臂高举，长发披肩。另一位出现在半途，跑在草原中间。花裙摇曳，发辫凌乱。我觉得，这是艺术家的败笔。无论什么美，美到最后，定要用女性衬托。人的世界，女性肯定是美的最高体现，但在自然中，无法相拟。因为，人类渺小，人生短暂，弱点无数。而自然广大，亘古生成，壮美无边。所以，我觉得看美女就是看美女，看自然就是看自然。既用不着用自然去衬托美女，更用不着用美女去衬托自然。

揉脚

我从小就爱听相声，但是等老一辈人隐退，马季尤其是姜昆登场，就不是很喜欢了。姜昆最大的功绩是把唱歌引入了相声，这和老相声中的唱戏吆喝一样，无可厚非，但我不习惯。后来越来越等而下之，把你妈我爸也弄了进来，耍猴似地要博观众一笑。很让人同情，不过同情换不来笑声。

我珍藏着一部《北京传统相声集》，有时会翻阅，会心微笑。为什么会心？因为他们常常说的事情，就是你身边的生活，也并不可笑。但是这些老艺术家，把笑点提炼了出来，让你不仅笑，还受教益。侯耀华回忆，侯宝林先生曾对他讲过这样一件事。解放前，侯先生去澡堂子，看有捏脚的。被捏的人摇头晃脑龇牙咧嘴，那叫一个舒服，侯先生也想体验一下。一问价，要一块钱。好贵！说一场相声下来才一毛多。等侯先生攒够了钱，捏了一回，并没感觉。又攒钱，又捏了一回，这回找着感觉了，真"痛快"！原来捏脚的人用的捏脚布不换，把上一位的脚气传给了侯先生。由此侯先生嘱咐孩子们，看别人痛快的事，你不一定要尝试。

至于纯以搞笑为目的的小品，我基本不看。有时我会想起俄罗斯伟大的喜剧艺术家契诃夫的话：

"我是以分明的笑和不分明的泪来游历壮大的人生。"

很希望能有这样的游历，哪怕在电视上。

两难

老师讲了个故事,小鸟生病了,想找医生看。小猫一直想吃小鸟,化装成医生前去。但装化得不细,几根胡子还从口罩里龇出来,让小鸟识破了,没吃成。讲完,老师让大家谈感想。

小明说,这对小猫是个教训,再去时一定要仔细化妆。老师大怒,说,这说明小鸟聪明机智,识破了小猫的诡计。

如果老师问我,我将不知如何回答。我不愿小鸟被吃,也不愿小猫挨饿。人生也是如此,如果你有两个好友互相敌对,你面临选择时,很难。假使你开口,你自然得罪一个。你选择沉默,两个你都会得罪。而这两个,也许都是你的至亲、至爱、至交。

乐团

常常有这样的感觉，每当写作时，我就像在随心所欲地指挥一个庞大的交响乐团，所有的文字、标点、符号都是我的成员，只要我拿起指挥棒，不管它们现在哪里，哪怕海角天涯，就像听到我在群峰之巅吹响的号角，从四面八方赶到我的身边，加入到乐曲的演奏。它们似乎有异常的禀赋和灵性，往往位置稍有不对，就会主动调整。它们之间亲如一家，配合默契。它们有时会自主划开某一章节，某一段落，无须我指挥，却自行组成最美最动人的篇章。

在篇章里，你会在寒冷的冬夜，嗅到春天百花缭乱的大地的芳香。透过雾霾层层的苍穹，看到宇宙深处最灿烂的亿万星光。穿越时间隧道，相会最爱你和你最爱的亲人。越过天空、大地和海洋，到你梦中去过的地方。

我爱文字，我爱文学。韵律起伏，绘出酸甜苦辣的百态；字节跳动，连成行云流水的歌唱。文学不朽，文字永存，"哪怕只有最后一个诗人，活在这月光下的世界上"（普希金）。

人间有天堂

今日春分,即将繁花似锦。但即便在繁花似锦的地方,也总有几只伤感的蝴蝶飞过。每年这个时候,我总会听一听唱一唱周璇的《陋巷之春》,不仅是曲调,更重要的是喜欢歌词。

> 人间有天堂,天堂在陋巷。春光无偏私,布满了温暖网。
> 树上有小鸟,小鸟在歌唱。唱出赞美诗,赞美着春浩荡。
> 邻家有少女,当窗晒衣裳。喜气上眉梢,不久要做新娘。
> 春色在陋巷,春天的花朵处处香。我们要鼓掌,迎接这好时光。

喜欢,也许缘于我有"穷街陋巷"情结。从我记事起,北京就没有贫民窟和富人区。贫民和权贵都住在同一街巷里,房子有"府"和"窟"的区别,街巷却是一条。只不过王府的前门在一条街,后门在另一条街,可知院子之大。而平民在同样的大的地方,就是几个、十几个院子紧挤一起,住许多人。而平民是人口中的绝大绝大多数,住的当然不能多么好。所以,北京,处处穷街陋巷。

我小时候家里管得紧,又不会拳脚,家人怕上街受欺负,所以总是关在家里,"自己哄自己"玩儿。但也产生了日益强烈的逆反心理。一有机会就上街,到处交朋友。到了"文革",恨不得长街上了。

我喜欢《陋巷之春》的歌词,是它将陋巷描绘得如此之美,如此之陋,如此温暖,充满希望。穷街只有阳光、春风、小鸟、姑娘。但阳光、春风、小鸟无偏私,结成了温暖的网。待嫁的少女,是希望的所在,充满美好憧憬的明天。

如今回首那些恍若隔世的岁月,历历在目。那些穷街兄弟陋巷哥们儿一块儿走街串巷站墙根坐门槛的少年时光,昨日再现,充满希望又略带忧郁的曲调让人荡气回肠。不过高楼大厦早就把穷街陋巷消灭得无影无踪。估计要不了两年，残留的记忆也将灰飞烟灭，在历史的长河中化成泡沫。

唱歌

一天下午逛北海,在湖边大道旁,长椅上,坐着一对老夫妻。穿着整齐,仪表文雅。老先生瘦削,老太太微胖,望去都过了古来稀。老先生腿上放着一个平板电脑,一边看一边唱,开始声音尚可,后来大概激情在胸中燃烧起来,声音突然高了十六度。再后来,放开嗓门叫喊,气势犹如唱起志愿军战歌或东风吹战鼓擂,边唱边用高冷的目光扫射朝他张望、走过的路人。

我从他身旁走过时想鼓掌,为他的勇气。没鼓,因为想起来时已走过了。想为他照相,因他的扰民。没照,因为他总盯着路人。但我在想一件事——如果我要唱歌,会在哪儿?

我喜欢唱歌,唱的最多时是在东北当知青。以后上大学、工作依次递减,工作没几年就停止了,但这并非我不唱了,而是不知何时起,我形成一个想法,唱歌就是开放自己的内心,我不想随便开放自己的内心世界,更不想与陌生人同享。在歌曲中,我眼前会浮起一些场景,事情、人物、形态、动作、眼神,行云流水依次飘过,使我欢乐或悲伤。隐秘的世界,隐私才会闪光。

所以,唱就在家唱,不对别人唱,只为自己唱,只为自己一个人的世界唱。

再说唱歌

记得小时候,家里有两本正、续《外国民歌二百首》。"文革"时,为保护它们,大人们在扉页上写:"青少年不准阅读!供批判用!"后来被一同学借去,久久不还。几次索要,开始,他说他大姐在抄。隔段时间再问,又说他二姐在抄。后来一好友听说,说我,你怎么那么信他!他哪儿有什么姐,还大姐二姐?他就一哥!我说你怎么知道?朋友说,他爸和我爸一个部的,他爸副部长,我爸正部长,我们两家特熟,他最爱说瞎话。我这才恍然大悟。果然,再问,他说,丢了。不过,后来有个偶然的机会,我又得到了两本,满足了我唱歌的愿望。

现在想,唱歌很像喝酒,心情好要唱,心情不好更要唱。阴天唱,晴天唱,风霜雨雪都能唱。为什么唱?因为它随时随地抒发情绪。情绪,即气。人因气而活,气分清浊,清上浊下,共同维持生命使人得以享受人生。所以,唱歌和吃饭几乎同等重要。这也就解释了为什么每当国有大事,必先起立唱歌。百姓调节心情,也必放开喉咙。我总觉得,改革开放四十年,人民能够随心所欲地唱歌,是大功一件。气顺则国强,气壅则乱作,是被历史反复证明的道理。

我唱歌不错,但口琴吹得更好。八九十年代,学校例会后,我们几个有家没孩子的青年教师,爱到几个住在学校的教师家聊天吃饭。他们住的是一个院子,每家前边有自留地,还能种点什么。大家最爱种的是丝瓜,长得又快,结得又多,叶子又密,绿茵茵一片,可以坐在架下聊天。丝瓜肉可以炒菜熬汤,丝瓜瓤子用来刷锅刷碗,一点儿糟蹋没有。我们去了,屋里屋外,爱待哪儿待哪儿。他们没孩子,有几个还是光棍。大家年纪相仿,能说到闹到一块儿。有天,我拿口琴吹《闪闪的红星》的主题曲——《小小竹排江中游》。刚吹完,一个和我私交特好的同事推门进来说："我还说谁吹这烂歌呢？！我正想骂，进来看看，原来是你！不过你口琴吹得是好！"

是的，我口琴吹得好，不是一般好，是很好。在东北，买了自己第一只口琴，吹的第一支歌就是《小小竹排江中游》。平心而论，这曲调高亢悠扬，深沉动人，绝非"烂歌"可比。收工后，我或独自或结伴，走在原野间，晚霞灿烂中一望无际的黑土地，地平线上隐约起伏的青灰色山峦，无不激起少年不甘于现状的壮志豪情。因而，我最喜欢的就是这几句："小小竹排江中游，滔滔江水向东流。雄鹰展翅飞，哪怕风雨骤。"

返京后，有天一位连队口琴吹得最好的朋友来家玩儿，我们坐在廊子下，我吹口琴，让他指导。我吹了支《山楂树》，又吹了两支朝鲜电影里的歌曲，请他评论。他说，你不用指导，够水平了。其时，夕阳把院里的杏树、金银花和地上的茉莉、米兰、麦冬草、荷花等照得一片明亮，闪烁如金，回味琴声，恍惚若梦。

老歌里，有许多非常好听。如《上甘岭》《冰山上的来客》的电影插曲，《我爱祖国的蓝天》等等。因为那时有许多造诣极高又非常敬业的艺术家。当然，也有许多刺耳的曲子，但大浪淘沙，终究"尔曹身与名俱灭，不废江河万流"。

忘我

印象里，紫竹院，一个晚春的傍晚，湖畔竹林前，一阵悠扬舒缓的音乐传来，近百人围成三面观看。我上前一看，有位六十多岁的老人，一身浅灰色休闲装，正独自跳舞。他身后不远处放着拉杆箱，架着音响设备。老人闭着双眼，微扬着头，双臂上下挥动，脚下步法娴熟，有时还和着韵律，屈膝向上一跃，落地轻巧自如，身体很柔软。他的神情，显示他对四周不闻不见，完全沉浸在自己的世界。暮色如烟，夕阳的金光穿过千丝万缕的绿柳，斑斑点点洒在老人身上，手上的节拍，脚下的韵律，仿佛会永远继续下去。

庄子主张，人要活得自我，则应忘家、忘国、忘天下，顺应自然之道，独与天地精神往来。从人生角度讲，做不到，因为人得吃饭，为了吃饭，吃上饱饭、好饭，就要与各种利益纠缠，没法总与天地精神往来。但只要有这认识，哪怕一天抽几分钟忘家、忘国、忘天下，回到本性，也是调剂，就如现在说得贫得不能再贫的仰望星空。

不过人们往往忽略了庄子还有另一层意思。独与天地精神往来，并不只是仰望星空，而是在忘我的工作中独与天地精神往来。庄子曾用寓言展示工匠在雕刻时如何凝聚身心，这时工匠完全不知何为家、国、天下，他心里只有他手中这个物件。一切艺术、科学、发明、创造都是在忘我中完成，舌耕于前笔耕于后的教师也是如此。想起前些时候在北海所见跳舞的少女、少妇和眼前这位老人，我们看到他们把舞跳得行云流水，实际他们只是随着自然的需求而伸展身体。也只有这样，才能把舞跳得臻入化境。当我们看到别人专心致志地长时间、长期、长年累月地工作，会觉得他们辛苦、劳累，甚至会想他们值不值，但对他们来说，或许是一种欢乐，一种幸福，一种也许只有他们自己才知道，才能真正体验的欢乐、幸福。

所爱

我为什么喜欢古代文学，因为它言简意赅又有想象空间。赋、比、兴三个手段，就囊括了一切诗歌的创作。

有天在书店等人，拿了一本当代著名作家的书，想学习学习。书中开篇就是对一美女的描绘。看了快两页了，还没完，也没看出要完的意思。因为他把美女肢解了，恨不得把每一丝头发，每一根汗毛都细细描绘。从眉眼到身体，到想象空间，如二万五千里长征。

我们古人没这么费劲儿。漂亮女子，柳叶眉，杏核眼，削肩膀，水蛇腰，肤如凝脂，发似乌漆。眉挑远山，眼含秋水，出落得千般袅娜，万种风情。只用几十个字，赋、比两种手法就勾出轮廓，还体现了我们的美学思想，天人合一。柳叶、杏核、远山、秋水的对比以及只用八个字点出的想象，千般袅娜，万种风情。

在有些方面，今人确比前人差。比如翻译外国电影名，如原名《滑铁卢大桥》，译《魂断蓝桥》；原名《卡萨布兰卡》译《北非谍影》；原名《飘》译《随风而逝》。以及原名不知，但译名非常美的，如《鸳梦重温》《春闺泪痕》《出水芙蓉》《泪尽而逝》等等。这些影名体现着相当浓厚的传统文化色彩，但皆为民国时人所译，并无今人。所以有时我想，不要一说一代不如一代就是厚古薄今，要实事求是说，有些领域，不是一代不如一代，而是好几代不如一代。

误区

二十来年前,孩子上幼儿园时,一次与一位孩子的父亲聊到孩子未来,比如上大学,他说,现在上学的孩子一代比一代少,你操什么心?轮到他们这儿,大学挑着上。还自作多情地幻想了一个宽进严出的未来。信誓旦旦地说,那时毕业后不是他们找好工作,而是好工作排着队找他们。

二十年一眨眼,别的不说,就说你若想去大学教书,先查出身,不能是大专续本的"烂芋"。然后看大学,必须既是天王盖地虎("985"),又是宝塔镇河妖("211")。妖虎到齐,再要硕,再要博,前些年到此即准入。现在加码,要有海外留学背景。回想当年那位家长的美好愿景,庆幸他没跟人打赌,否则不仅裤子保不住,连裤衩也没了。

有次坐出租车和师傅闲聊,他说自己开了有三十来年出租车了。我说那您一定挣了很多钱,他否认了。但他承认,那时开出租来钱太容易,一天少时有一百多,多时三百冒头(当时一个大学毕业生一个月的工资五十六)。钱多了,来得又容易,问题就来了,怎么花?吃不完,喝不完,天天请哥们儿搓,再赌两把。以为这种好日子没完没了,谁知没两年情形一变,出租行业大变脸,就此沉沦至今,勉强混个温饱。

这位家长和司机在认识上都有个误区,以为"天不变,道亦不变",什么事一旦有了轨道,就一定按着轨迹走。别说人家,我也如此。别说我,大人物也如此,否则怎么倒了这么多大企业、跨国企业、大政治家、大军事家、大总统之类?但是,世与时移,与时俱进,容易吗?

所以,很讨厌心灵鸡汤,因为它只熬一碗,端给一百万人,一千万人，一亿人喝。再者，那汤着实好做，张口即来，比如我两分钟熬出的一碗："老了好，老了好，身体健康最重要。吃饱饱，蹦蹦跳，不要怕，死翘翘。"

  人来到世间都相似，离开时各有不同。定数。

天命

现在大家批评社会上弥漫着做事不认真的风气，不过就我接触过的文化界来说，不论电台电视台，还是新闻出版以及众多摇笔杆子的朋友，老少男女，都很认真，十分敬业。没见有谁马虎，更没见谁糊弄度日。没人是傻子，你糊弄别人的时候，自己的下场也就定了。

自己舞文弄墨几十年，深爱此道，须臾不能离。有时写一段只给自己看的文字，尽管终生也只留在自己"美好的私密之地"，不会给人看，却也常在夜半醒来，不管两点、三点或四点，开灯、揉眼，抓张破纸，拿笔记下俩词儿或一个字，然后再回去睡觉。俩词儿，一般是提示一件事；一个字，是因为行文中这个字更美、更好、更准确。这个习惯，已经很多年。

人问，你不睡吗？不苦吗？说来也怪，回去我倒头就睡，但有一条，所谓入睡，就是做梦。从十岁左右开始，我是无梦不成眠。要以不做梦为睡的标准，也可以说我几十年没睡过觉。不苦，觉得是幸。精益求精，当然是对世人负责，不过到我这儿，实话实说，更多是让自己高兴。他们就是自己的儿女，父母打扮自己的儿女永远没完。

最近迷上了交响音乐，听得心驰神往。众多乐器在美妙和谐的指挥下，时而低回婉转时而慷慨激昂。忽然感觉，自己近来的写作，颇类于此。灵光一现之时，所有与此相关的思想、感情、字词文句，不待召唤，纷至沓来，指挥棒下，各安其位，自动组合，略加修改润色，即成文章。文章好坏单说，但这一过程，却如一曲交响乐，令我欣慰沉醉。

非常喜欢文字，无限喜欢文学。因为文字和文学的力量无尽无穷。对我来说，它们常常在星光缭乱的午夜苍穹行云流水般穿空而过，呼啸生风。浩荡中，大地翩跹起舞，变幻万紫千红；山河直插九天，奔腾澎湃。……

  人生各有所信,我信天命。追逐梦想,就是自己的天命。

静心

很多年前,有回在启功先生家聊天,说起张中行先生,启先生笑道:"其实这么多年,我们并没什么来往。他干他的,我干我的。"

启功先生不过随口一说,我却觉得这话本身言有尽而意无穷。并把它修改为"你干你的,他干他的",作为自己生活的座右铭。

时光

看《左传》，读到"高原为谷，深谷为陵"，想起当年上课的情景。

古人在几千年前就认识到地质的运动，又能仅仅用八个字就形象的表示出来，了不起。为了讲得形象点儿，上课时我说："也许三五十年后，咱们今天的教室会变成一个大坑。你带朋友来，介绍此地时，会跟朋友说，当年，我们就是坐在这个坑里听老师讲传统文化。"众生笑。我又说："三五百年后，这里也许成一片海。有人下海游泳，捞出一块大石头，上头写着格物致知。考古学家费半天劲，考证出这里原来有个什么中国政法大学，石头上是他们的校训。"众生又笑。我拿起粉笔，说："老祖宗是这么解释宇宙，上下四方为宇，古往今来是宙。现在我把这块黑板比作宇宙。"然后我用粉笔在黑板上从左到右点了一长排点儿，"宇宙，无尽的时间和无穷的空间。这些点儿，就是人类和他们的历史。没有看得见的开始，也没有望到尾的未来，人类只是在宇宙中飘浮的过客。所以，我们必须知道自己的渺小，尊重自然的伟大。"

又问学生，有明天吗？回答，当然有。我说，没有。我们只有今天和昨天。当明天到来时，就变成了今天；今天过去了，就变成了昨天。今天大多是平庸的，昨天大半是留恋的，因为它是一段不可再现的过去。所以李白诗云："弃我去者，昨日之日不可留；乱我心者，今日之日多烦忧。"

人生苦短，功业难就，读书越多越苦，但苦中有乐，苦中才有希望。

悟道

果不其然，每当社会上出个杀人事件，就有人蹦出来从社会上找原因，这次的原因是此人从小父母外出打工，爷爷奶奶看大，初中辍学，创业失败，只好开顺风车谋生，又不幸欠下赌债，多么可怜！然后，然后就拉了一个漂亮少女，然后就绑了起来，然后就抢劫钱财，然后就实施强奸，然后就刀割脖子，然后就毁尸灭迹，然后你就蹦了出来，唯我独醒似的指出不能光看表面，要看深远，要看到社会不公。众人也好像醍醐灌顶，大醒大悟地发现了深刻严重的社会问题。

那好，内蒙古轰动全国的赵姓黑车司机破纪录的奸杀二十余人，同样轰动全国的甘肃白银连环强奸杀人案，你是不是也可以从社会找出原因？古今中外的杀人作恶都可以让社会来背锅？

有个事实我一直想讲，"文革"中，多少人，所谓"地富反坏右"以及干部和知识分子，被折磨打死，但这最有理由起来报复社会的这些冤屈而死的人的子女，没有人拿起刀来。你可能会说，他们不敢。是，当时是不敢，事后却未必。然而为什么没有？因为他们相信正义，相信公理，相信人间正道。两个字，"平反"。同时，他们恪守中华传统，不会为了自己和全家的不幸而滥杀无辜报复社会。

如今，这些正常甚至在今天看来已经崇高的思想都哪儿去了？过去说，以其昏昏，使人昭昭。现在，我想说，朋友留神，别被人以其昏昏，使你昏昏。

佛说

我虽然是佛学的门外汉，也不信佛，但对佛学有兴趣，也许是从哲学的角度，略知些皮毛，有些感受。

我觉得佛教传入中国后，人生才变得精妙。因为儒家的教育，从近的说，只讲君臣父子，以规范社会秩序；从远的讲，要求建功立业，以实现个人价值。儒家不关注个体，比如你失恋了，儒家劝解，你生活里不光只有她（他），你还有事业、未来、理想，天下兴亡，民族重担，个人的事再大也是小事。何况，天涯何处无芳草？越说越对，越说越远。佛家不会这样劝，它可能说，你是因色而爱，因爱而求，因求而思，因思而痴，因痴而忌，因忌而疑，因疑而怨，因怨而嗔，因嗔而怒，因怒而恨，因恨而举刀了。而根本的原因，是你的固执心。佛光如千江有水千江月，去掉固执心，则万里无云万里天。固执心由情由欲而生，如六根清净，灭情见性，便见你心中原本是一片明朗澄澈的天光。

佛家认为，人生看似充满，所以会有许多痛苦；世界流光溢彩，因而会有许多诱惑。但这一切都是虚幻的，不存在的，都是空的。佛也是空，法也是空，缘也是空，悟也是空。所谓佛、法、缘、悟，全是把你从不空渡到空的工具。云门文偃禅师说，佛就是根干屎橛，它的作用就是渡。佛说，人生如电光石火，世事如梦幻泡影，欲望如镜花水月，人生就是把不空渡到空，把得渡到不得。

我很喜欢天台山方光寺前一副对联：

　　风声水声虫声鸟声梵呗声，总合三百六十天击钟声，无声不寂；

　　月色山色草色树色云霞色，更兼四万八千丈峰峦色，有色皆空。

将儒家和佛家对比来看，儒家重视生命的过程，以过程制订生命的意义。佛家重视生命的归宿，以归宿阐述生命的本源。

儒家不讲死后如何，只告诉你应该对家庭、社会和国家尽什么责任和义务。

儒家只讲道德情操，不讲喜怒哀乐。因为儒家认为，你个人的喜怒哀乐是在我这个道德情操的基础上产生的，就在我这个道德情操之内，所以，不以物喜，不以己悲。

而佛家重视个人的生命需要和精神追求，释迦说法，弥勒佛度人，药师佛送药，人生最苦最怕的两件事都让佛爷包办了，所以我们对释迦顶礼膜拜。

儒家像政治教员，佛家像心理医生，一内一外，解释人生，阐明哲理，人生也因他们而精彩，世界也因它们而多姿。

作首打油诗，以结此小文。

漫说身世类转蓬，无人不在大化中。电光石火真堪命，镜花水月总成空。万里无云峰峰现，千江有水月月明。菩提树下辨心迹，无有乡中认齐同。

获奖

有回在启功先生家，启先生说："昨天师大来人让我填表，其中获奖一项，我还真是认真想了，结果一项没有！"说完一笑。

我想真要给启先生发奖，倒是个难题。什么奖，什么内容，谁来颁，怎么颁，都成问题，最好躲开。又想那些能独步的学者，也是一样。如胡适、王国维、章太炎和他的"五王"，北大的五马三沈等等，大多类此。近几十年各领域公认的领军人物，尤其是社科领域，一样情形。对他们来说，那不过是一张纸。但对于底层的芸芸众生来说，却很不同。

有回开学术会议，会后出论文集，作者附简历，简历有获奖一项。有一位秉笔直书"曾获某年某季校运动会八百米赛跑第三名"。统稿的人也不含糊，就照原样登了，让人喷饭，令人绝倒。

如此，小学优秀少先队员奖，中学三好学生奖，大学三等奖学金获得者，单位季度优秀员工奖（常见近一半人都拿奖，这里边又有近三分之二人拿鼓励奖）都可充数。

回想自己，一辈子也就一篇论文得了个校级中青年优秀论文奖，剩下是全所同仁的集体项目获了几个奖，好像也没从校级突围。至于个人，各级优秀教师奖得了几个，类似于优秀员工，属于劳模性质。总体来说，没比那个跑步奖多跑出几步。

奖，不能没有。奖，奖励成果，肯定付出，鼓舞先进，鞭策后进。但是奖不能太滥，甚至滥到几个人一捏咕，道边刻个章，铺里买张纸，自己起个名目，就堂而皇之发起奖来。奖更不能作为利益交换，你我互相发。一个人成就如何，还得看你打出的铁有多结实。有两件事印象深刻，民国时熊十力的著作获教育部奖，有人去报喜，熊先生却皱眉说："从来都是我给别人评奖，谁能给我评奖？"再就是萨特拒绝诺贝尔文学奖,理由是"拒绝一切来自官方的荣誉"。萨特去世后,巴黎万人空巷送别,可见做好自己的事比起获奖更重要。

反思

  与时俱进真不是空话，想想近几十年，许多老话已被颠覆。比如："吃得苦中苦，方为人上人。""一分耕耘，一分收获。""天才的十分之九是血汗。"老人教育后代首先是吃苦，这也是农业社会的必然。不过在今天，吃苦要和科技携手同行，不然越吃苦越穷。要与时俱进，刻舟求剑就讲这个道理。所以有句老话说得对，一句话要两边想。

  再比如："不见棺材不掉泪，不见黄河不死心。"讲人一根筋，不回头。马云创业，全国没一个人给他投钱，棺材黄河都见了，没跳，去了东洋，尽管孙正义也认为他像疯子，但投了钱，干成了。那么，创业路上，你是一条道走到黑，倾家荡产被人讥笑，还是及时回头另创辉煌，被人夸奖，你得想明白。

  再说，多少年前，毕淑敏写过一篇"素面朝天"的文章，意思是青春少女不必过于修饰，素面也很美。可如今你看看，不是素面不美，而是你若不懂"画眉深浅入时无"，你就有可能找不到饭碗，所以不用讲道理，素面很快变成花面。因此，有必要对黑猫白猫论进行修正。原来是：不管黑猫白猫紫花猫，能抓耗子就是好猫。现在是：不管黑猫白猫紫花猫，颜值高的就是好猫。诗以咏之：

  黑猫白猫紫花猫，能逮耗子是好猫。如今老鼠肥又大，只因好猫颜值高（天天拿小爪美容自拍，不认识耗子了）。

妙用

老吏断案，翻手为云覆手为雨。如"事出有因，查无实据"，颠倒一下，"查无实据，事出有因"，就可使人缠上官司或免缠官司。这其中，自然是看人情关系和银子多少。再如耳熟能详的"屡战屡败"和"屡败屡战"，都是如此。

话说到了现在，更有发扬。某地扫黄，某大人正在风月。警员不识大人，一并捉将官里去。这可使大人手下的小吏为了难。既要使大人脱罪又要有个交代。终于，眉头一皱，文从笔来，"虽然去了不该去的地方，但没有做不该做的事情"。于是大人飘出了局子，小吏摆酒压惊。呵呵！

启发

读某散文集，某作者说某天逛书店，见架上赫然立着自己的大著，很高兴，欲买，问售货员，还有吗？售货员反问，您要几本？还有几本？五六本。作者心一横，都要了。售货员一边从柜里拿书一边问，这书挺多的，我们还有一包。作者十分伤心加失落，很长一段时间不去书店了。

二十来年前，一次逛紫竹院。发现我校点的一本古籍和一堆杂货如小孩玩具、衣服、零食在一摊儿上削价处理，一本五块，十来本。大喜，包圆了，自己收藏。阜成路有个十元店，一次看见自己写的两种散文集在其中，又很高兴，买了十好几本，留着自用。

我倒没伤心过。原价高，多买买不起，越便宜越好，最好一块两块。当然，出版社以畅销推动购买，那不过是商业运作，不必真觉得自己贬了值。再说，一个人一辈子价值几何，自己应该比较清楚。没几个人能被吹上了天或骂入了地。一生平淡而不庸碌，足矣。真有洛阳纸贵吗？未必。畅销如果能多得稿费，是实际好处。若还想做精神领袖意识形态引导者，多半做梦。当然，梦不是不可以做，但梦毕竟是梦。

当下，自媒体盛行，自我感觉超好的爆棚。不过最好留一半清醒留一半醉，省得自寻烦恼。

撒手

闲时读书，常多冥想。比如最近，忽然想到，外国人死后，停放遗体的地方叫"停尸房"，我们则称"太平间"。相较而言，外国人比较客观，而我们则比较"幽默"。人活着，忙这忙那，什么都放不下，什么都想拿着、背着、抱着，因而老在闹腾。最后腿一蹬，眼一闭，不动了，也就"太平"了，所以叫"太平间"。

由此想到许多有关"死"这方面的词语，粗略一算，数十来个。细加推敲，觉得里边虽有雅俗文野之分，却反映多种文化现象和不同价值观，值得一说。

这些词语大致可分为以下几类：

第一类词语看去糙了点。比如蹬腿了、闭眼了、不动了、挺了、凉了等等。这是人们以对死状的描绘来指代死，从中可见人们观察之细，描摹之准。从这些词语里我感觉人们是以平常心很开放地看待死亡。若逝者得了高寿，这就是喜丧，俗称白喜。有人说这些词儿对死者不敬，怕也未必。当年我在农村插队和后来回到城里做工，许多文化不高以及上年纪的人，就这样说自己已不在世的家人，并没什么顾忌。另外，我们也常用人体形态来描绘病愈，如睁眼了，转头了，抬手了，翻身了，能坐了，下地了，能站了，能走了，直到出院回家。

第二类是没了、走了、去了、去世了等等。这类词语的特点是文化不高的人和文化相对高的人通用，用得也最普遍。这类词语中有两个值得单提出来说，一个是撒手了，一个是交待了。

撒手了，这里头很有内涵，它是某种价值观的体现。它其实就是对《红楼梦》中"好了歌"的高度概括。人生在世，舍不得官，舍不得财，舍不得娇妻美妾，舍不得子孙满堂。就是平民百姓，也是操不完的心，受不完的累。忙完儿子忙孙子，有没有吃，有没有喝，有没有衣,有没有房,有没有媳妇儿,也是直到闭眼儿蹰腿儿,才撒手算完。

交待了,这里头包含着对生命的无奈和对死亡的戏谑。就像生活中,人们不断与死神对抗,闯过一关又一关,一息尚存,抗争不止。最后来到一关,看样子是过不去了,所以,交待了。它不惧死亡,但不是以英雄猛士的面目出现,而是体现了传统文人所特有的诙谐调笑又带几分无奈的自嘲,在生命的黄昏时分静静迎接最后的落幕。

第四类是物化、蝶化、羽化、驾鹤、蝉蜕、归道山等等。这里面物化、蝶化是道家说法,羽化、驾鹤、蝉蜕、归道山属道教说法。道家与道教是两个派别。物化、蝶化出于庄子,庄子认为天地万物都出于道的变化,一个人同时也可能是一只蝴蝶,一只蝴蝶同时也可能是一个人。物物相生,旋生旋灭。所以人应该生亦无喜,死亦无忧。因此道家是哲学流派。而道教是宗教派别,讲究白日飞升得道成仙。道山是传说中的仙山,归道山也就是归仙山。羽化、驾鹤、蝉蜕都是说死后成了仙人。

第五类是圆寂、涅槃等佛家语。佛教认为,信佛的人,经过多年修炼,最后可以"寂灭"一切烦恼,"圆满"一切功德。"寂灭"就是"熄灭","圆满"就是"具有",这种境界就是"涅槃"。所以僧人的死就叫圆寂、涅槃。

但对于不是僧人的广大百姓来说,就简单将此称为去极乐世界了,或,上西天了。和传统文化对比,佛教说,人死去西天;而我们说,人死见阎王。这两个意思刚好相对。上西天是去极乐世界享福,见阎王是要轮回转世。不知自己还阳后,做牛马还是得富贵,心里总是没底。所以上西天是褒,见阎王是贬。

第六类是仙逝、逝去、身故、故去、辞世、离世、弃世,这些属于书面语,口语不用,没什么可太多说的。

最后是按阶层贵贱分配的词语。俗话说,人分三六九等,木有紫檀花梨。皇帝死叫"崩",诸侯死叫"薨",百姓死叫"死"。有个解释挺妙。皇帝死曰崩,不仅因有山崩地裂之势,而且声音响亮,"崩"(beng);诸侯的动静小点,"薨"(hong);百姓的"死"(si),基本无声,如水漫沙地,"嘶"的一下就没了。若是官员或名士死了,有个比较委婉的说法,"捐馆"或"捐舍"。馆舍是人所居住的地方,捐是放弃,放弃了自己的所居,也就是离开了人世。

民间则以"呜呼哀哉"来悼念死者。我藏有一清代手抄之书,内容是将各种死者与生者关系的悼文集在一处,以备用时查找。每篇首句,不是"呜呼岳丈",就是"哀哉姨母"。妙在此书书名标为"应酬陈言",译成白话就是"应酬场合的陈词滥调",令人绝倒。

综观以上,我的感觉,我国文化,总体来说是以基本乐观的精神对待生命的最后。不仅待之以平常心,而且夹以幽默、戏谑和自嘲,同时以此体现世态人情,探寻人生哲理,反映出丰富多彩的价值观。

裹脚

教书时,开了门选修课《中国传统文化》。结课时交一篇论文,题目由学生自拟,几千年我国传统文化的方方面面,哪一方面都行。就这样,还是有糊涂学生写"我最喜欢基督教了,就来写一写它吧"。

这门课选的学生不算少,最盛的时候五百多,以后慢慢减为三四百,最后稳定在一二百。论文看了不计其数,平庸的太多。比如女生们最爱写裹脚,我理解,典型的传统文化,不跑题。三段式写作法,起源、发展和批判。每次课后,这类论文少则十几,多则几十,感觉暮色中所有的猫都是灰蒙蒙的。

不过有一次,抓住了一只特立独行的猫,给我留下深刻印象。她的论文是这样写的:

"我不想谈裹脚的历史,那是人尽皆知。我想说,裹脚怎么了?脚小,尖尖的,翘翘的,就是好看。走路重心不稳,就得来回晃,扭腰动胯,风摆荷叶,生孩子不难产。

现今,为美,女人们减肥,抽脂,削骨头,动不动就把自己折腾死了。倒没听说过去女人裹脚把自己裹死了。难道今天的女人们就比过去强?

所以,关键不是女人裹脚,而是为谁裹,为什么裹。为谁?为男人。为什么?嫁人吃饭。嫁得好,吃上饭,就靠这双脚。

不裹行不行?不行,男权社会。我常和宿舍里的女生们抨击男女不公。她们几乎都非常淡漠,说,社会就是如此。嫁汉嫁汉,穿衣吃饭。难道我们只能如此,所以,我深感寂寞。"

一个聪明人也经不住一个傻子连问二十个为什么。因为聪明人回答问题,必有一个盲点作为逻辑的起点。这个盲点就是不言而喻,不言自明,无须回答,尽人皆知。如果傻子突破这个盲点继续追问,聪明人就不知如何回答了。所以，我喜欢这位女生的连续追问，而追问，一定会引起反思。

对反思，黑格尔有句名言，"雅典娜的猫头鹰总在黄昏时起飞"。以此指出反思即是哲学，是沉思的理性。

我喜欢猫头鹰（西方文化里，智慧和理性的象征），喜欢黄昏，喜欢沉思的理性。如果把"认识"和"思想"比作鸟儿在旭日东升或艳阳高照的蓝天上飞翔，"反思"自然只能在黄昏降临时悄然起飞，所以反思也必然是深沉的，自甘寂寞的。

因此，这位女生的深感寂寞正是反思的常态。

身份

有房有车,是身份的象征,确实如此。

某年去外地开会,一天下午会毕,晚宴之前,我和一位台湾的陈教授在外散步聊天。往回走时,路中间暴土扬烟浩浩荡荡地来了一大列车队。因为会议主持者为国家级领导人,所以随者多,车队长。陈教授忽然说:"咱们往边上走。"我说:"它们在马路上,不碍事儿。"陈教授不说话,径自往边上走。这时车流慢下来,有个我们认识的人从车窗里朝我们打招呼,我也回了礼。陈教授很不高兴,说,你打什么招呼呀。大概觉得这样一来,车里的人更会注意到我们。陈教授一直走到树底下才停住,还教我和他都转过身背朝马路。我也不是缺乏自尊心,只是以为台湾人不会如此敏感,因此陈教授给我留下了很深印象。

十多年前,有个在人民大会堂开的什么会,给我寄了请柬和车证。我没车,坐公交到了前门,本想从东门进,没想到那里修缮。转到天安门西边,想从北边穿地下通道到南面,没想到因为什么活动,禁止通行了。我拿请柬给一个三十来岁的警察看,他反复看了一会儿,又研究了下车证,笑道:"人家都开着车来,你怎么走着来?"我说:"我没车,不走怎么来?难不成你让我飞过去?"随后他指点我往西走,绕过去。到了大会堂门口,有位五十多岁的警官,虽然也反复检查了请柬和车证,毕竟见多识广,没对我产生怀疑,放行了。不过他身边年轻的警察们都很好奇地看着我。

也是很多年前了,有回吃完学校的工作餐,在餐厅门口等班车。有一辆挺大的轿车引起大家围观,听说叫什么"美洲虎"。正议论时,车主来了,拼命邀请一位老师上他的车走。我一看,原来是刑事司法学院的罗大华教授(著名刑侦专家)。罗教授很不好意思,坚持和老师们一起坐班车。那位（应该是当年的学生）不大知趣，使劲劝。我身边有两位穿得很讲究的老太太对上话了，一位说："你看看，咱们的学生都开上美洲虎了，老师还这儿坐班车。"另一位说："你当他有钱？有钱还跟咱一块儿吃工作餐？"

年轻时，说起交女朋友，时尚圈谓，找个屁股冒烟儿的。我不懂，问朋友，朋友说，家里当官儿的。那时还没有私家车，只有公车接送，所以后屁股冒烟儿，必是官宦。

有房有车，是今日物质生活标配。不过精神生活标配，至今无人提及。难道我们如今仍然仓廪不实，衣食不足？

启示

看了360公司周董事长的一些文字,很有启发。

第一个就是中关村电子商城的盛衰。它被电商打败,并不全靠便宜和便利,而是顾客可以在电商平台上对货物进行评价。好评恶评事关生死,不能再任意坑骗而顾客无可奈何。

第二个,电商早晚干掉传统行业。比如报纸杂志新闻媒体。这里我有个切身体会。卖文的人,过去只能卖在纸上。微信朋友圈一出,不必了。过去一篇文字,写完、誊写、寄出,等待编辑看、主编审,还有可能人家出差、开会、休假、生病,最后泥牛入海。更重要的是,你发了文字,是非常希望尽快看到反馈。但传统纸媒,你一辈子也看不见。由这上说,发和不发几无区别。而有了微信朋友圈则被颠覆了,也许朋友只几十数百,却能在转瞬之间完成心愿。再说就算发在报纸杂志上,你又知道有多少人在看?假如不执着于此,朋友圈足够。

第三点,传统企业卖货物,互联网企业卖服务。这就是颠覆,最大的了不起,因为它创新。

回顾传统文化,我国最了不起的时代就是先秦。主流的儒墨道法阴阳名,非主流的如管仲、杨朱、列子等等,无一不在创新学说,游说各国。对君主来说,要富国强兵,对百姓来说,要丰衣足食。这是中国历史上最让时人眼花缭乱、后人受用无穷的一次辉煌。

人生最容易的是守旧,最难的是创新。这就时时需要检讨自己,看看自己做的事有何意义。有段时间我曾对自己写的回忆过去的北京生活有过质疑,有用吗?直到我后来肯定了自己。如果只是反复唱咏叹调,没意义。但如果把过去生活中今人已不知道的事情,加入自己后来的思考,就是创新。所谓翻腾旧事,捣出新义。所以我从不写怎么过春节、怎么包饺子类的民俗,我认为今人缺的是旧时的规矩和礼数，不会应酬不会写此类词语，比如，不论对方干什么，一律都叫"老师"等等。祝福的用语更是贫乏。再如，从历史变迁，比如早先满街那臭气熏天的公厕联想到国人对"隐私"的隔膜以至衍生出"不吝"的脾气。

最后，周董事长特别提到要接触年轻人，我深有同感。而最好的办法就是，把自己变成年轻人。年轻，不在岁数，而在心态。回顾过去，我的祖父，就是如此。

三八节

三八节前,清晨从昌平坐公交回城里,眺望窗外,有许多摩托车疾驰而过,车上的人都穿着厚厚的棉服。整体来看,前面开车的一个大号棉服,后边坐着的一个小号棉服,该是老公带着老婆,不由想到男女之别。动物世界,雄性总比雌性要大一号,人是高等动物,自然也是如此。看看动物的分工,也就知道男女的分工,尤其在哺乳期。所以要大一号,是为了让男人更具竞争力,好养家。还记得小时候玩"过家家",女孩子总是抱个洋娃娃或布娃娃,嘴里一边"噢噢"地哄着,说"别哭别哭",一边指使男孩子,"把板凳拿来(当床)","把小桶拿来(当尿盆)",要不"你抱着娃娃,我去做饭了",总之,是把母亲说过的话,做过的事,再重复一遍。男孩子在与女孩同龄时,成熟得慢,很听话。不过男孩一般都爱拿个刀枪棍棒在一边耍。更重要的,我从没见过母亲拿个娃娃给男孩玩儿,递给男孩的永远是刀枪。所以,我一直不大承认男尊女卑,认为这只是一种说头。实际的社会生活是内外有别,男主外女主内,从皇太后到民间的老太太,都能看出女人的权威来。正因为女主内,女人干了男人的事,就更让人钦佩、感动。

我记忆深刻的是,我上小学时,到西单商场买连环画,那么多连环画,我就挑了一本,《杨门女将》(也称《十二寡妇征西》)。其实她们的故事我那时已从别的书里看过。买,就是钦佩。威名千古,满门忠烈。国家有难,男人打光了,女人接着上,老太君带队,十二寡妇连同八姐九妹一齐提刀上马,连烧火丫头杨排风也能冲锋陷阵,杀得辽兵鬼哭狼嚎。过去科学不发达,养家靠男人。是社会的实际生活造成的,并不是人们有意为之,这和人类发展最早是母系制社会,一个道理。如今科技发展，女人一样养家，也许养得更好，早不存在什么男尊女卑。合则留，不合则去，谁在乎你。男人要自强，别到时傻了眼。

一位早逝的和我非常谈得来的同事，曾对我说："我特别讨厌妇女两字。插队时，把我们编成妇女大队。我们那时才十五六岁，还是少女啊！"所以，今天我不祝"妇女节快乐！"而祝——"女人节快乐"！

公民

近人杨度曾说,我们虽有亿万人,却只能称四万万人,不能称四亿亿公民。

什么意思呢?我觉得,公民和国家之间的关系是对等关系,由体制形成的契约关系,各自把责权力写在契约上。而在我国古代,国人与国不产生关系,我们是通过家才与国产生关系,其中的纽带就是血缘。所谓国是放大了的家,家是缩小了的国。所以,一遇侵略,外国人发口号"公民们,拿起武器!"在他们,是义务和责任;而我们则要求"为民族尽忠,为父老尽孝"。我们的忠孝是信仰和追求,因而有岳母刺字,治民之术如放牧牛羊。两汉时,州官称牧,郡官称守。清代,州官称牧,县官称令。我有一套清代的《牧令全书》,还有一套《牧守须知》,属于如何管理老百姓的政书。

要说能在管理中创新并启示后人的,非雍正莫属。当年,曾静去鼓动川陕总督岳钟琪起兵复明,事发后,雍正做了两件事,一件是令群臣写批判稿,在朝堂上口诛笔伐,掀起大批判的高潮,提高认识;另一是不杀曾静,听其悔过,还亲自编著了《大义觉迷录》,由曾静到各地宣讲。一面通晓天下如何学习大义而觉迷,一面惩前毖后,以开后世之风。

雍正虽有如此心计,可惜年寿太短,以诗悼之:

> 荒唐从来不荒唐,圣心独运千面妆。可叹帝寿天不佑,空有山河万里长。

体面

百度文章越看越有趣。一文曰,大学毕业,在一线大城市,月入一万,勉强温饱,过不上体面的生活。又一文说,在县城,一万能称富。在大城市,也就比低保强那么一点。大学刚毕业,就要过"体面的生活"。挣一万,略强低保。如今的人,都在想什么?难怪满世界跑路老板,全天下低头不见抬头见诈骗犯,闯各国各式各样"难民"贪官。不知为何,有段时间了,总想起黄埔军校的门上对联:"升官发财,请走他路;贪生怕死,莫入此门。"虽已将及百年,思之仍令人凛然。诗曰:

人欲熏天看今朝,怨恨不休尽呶呶。无德无能嫌钱少,拜金拜银叩关庙。未识尊严终为贱,不思进取人共抛。信尔体面无道义,坑钱跑路任逍遥。

年账

明天年三十,该算年账了。好像每年岁末回想将过去的一年,对自己总是失望和不满居多。没做成什么事和虚度了光荫的想法挥之不去。对幻想中的下一年,又充满期待和希望。却感觉到了下一年岁末,还是失落。几十年岁月,就这样过去了。难怪庄子说,人之生也,与忧俱生。忧,结束了,也上西天了。天堂没有悲伤,但也没有希望。所以,在去之前,更要用好我的时间。既然要在这世上走个轮回,就要走好。

龙抬头,乾坤动。春雷震,万物生。诗云:

> 万物衰荣运昊天,事功毕竟在自然。廪实仓满可无累,岁静人闲大有年。半碗汤粥堪暖胃,一碟菜肉看香甜。愿今国泰长安乐,勿重民生只眼前。

发愿

春节将到，旧岁将去，该对自己说什么祝福语？想起一次去启功先生家，中午吃便饭，先生开了一罐啤酒，我不喝酒，给自己倒了一杯水。我端起说："我祝您万寿无疆！"先生接道："我祝你永远健康！"

由于特定的历史环境，这俩词似乎已退出了人们的公开视野。再拿它当祝词，既讽刺又搞笑。万岁、万万岁、千岁、九千岁，为颂上之语，于我无关。百岁、九十九岁不是梦，可我估计自己到不了那把年纪。孔圣曰"老而不死是为贼"，原意指老而无德之人，后世多以之贬老年人。俗话"寿多则辱"，至理名言，我自然不想做"寿多的老贼"。官也曾想当，财也曾想发，但自知不是门内人，一念而已。旅游、摄影、跳舞、唱歌、健身、聊天、美食、体育，兴趣不大。抽烟喝酒，麻将棋牌统统不会。外物追得少，正可以静心想想自己剩下的岁月。

想来想去，决定这样发两句愿：一方面，活着享受健康，死时最好一瞬。理想境界是电视剧《三国演义》中曹操的两句台词："死是凉爽的夏夜，让人无忧的安眠。"另一方面，趁大限未到，力所能及做些于己有利于人有益的事，不把时光浪费在空洞苍白的延年益寿上。静心读书，安心作文，若此，足矣！愿以此愿，祝自己来年大吉，大大吉！

看病

今天上午，一共去了3趟海军总医院，量了9次体温。每回量3次，医院大门口1次，挂号大厅1次，科室门口1次，合计9次。回家进小区3回，合计12次。买菜进美廉美2回，合计14次。路过多乐快餐厅，好奇进去观察观察，门口桌上有洗手液有登记表，就是无人看守，估计店里也烦了，没人管了。一共挣得步数13079，想想我这从不锻炼的人，有此成果，居然还有些成就感。

昨天下了一夜雨，天气真好。天空和云彩都很淡，淡得非常细腻，如同女人精心化出的妆。天的蓝，云的白，都像被一层纱薄薄裹着，明净而高远。风不疾不徐地吹，昨夜被雨水打湿的冬青，濡湿的气息沁人心脾，摘下口罩，大口呼吸。雨水、泥土、草木的味道，闻去有如新生。

网上说，有个意大利老人，新冠肺炎康复出院，大夫让他交呼吸机的钱。老人哭了，大夫以为他没钱。老人说，我有钱，我有能力支付一切费用。我只是想，我呼吸了上帝多少年空气，却从没交过一分钱。我欠了上帝多少账。

是的，我们欠了头上的天，脚下的地，身旁的阳光雨露、花草树木多少账。有人说，我们是个知道感恩、会感恩的民族，说得对，中华民族自古就知道感恩、谢恩。谢天谢地谢爹娘。而爹娘，也是天地所养，终归还是谢天地。

夜读

炎夏无事，读了两本圣贤书，有些心得。

中美不同。中国的知识分子，具有非常强烈的独特的家国情怀，而美国，是民族自尊心、认同感、价值观等等。中国的知识分子，有了条件，总爱说，"想做点事"。这里的做点事，主要指建功立业，不是捞钱。这是老祖宗孔夫子教育的结果。

但是老祖宗孔夫子很惨，他所在的春秋，是各国互相兼并的时代，孔夫子那套仁义道德派不上用场，法家学说趁势而上。法家以为，兼并战争就要富国强兵。而人的特点一是贪生怕死，二是好逸恶劳，所以人性恶。但君主如利用这二者御民，则可富国强兵。打仗杀敌论功，努力打粮有赏，不从则严刑酷法。想不当兵不打粮当个教书先生图安稳清闲，不许，法办，称为"利出一孔"。前面高官厚禄引着，后面刀光剑影追着，不怕百姓不从。史称"商鞅变法"。变法三年，"民勇于公战，怯于私斗。夜不闭户，路不拾遗，秦民称便"。秦始皇更以此统一天下。

但汉武帝"废黜百家，独尊儒术"。为什么？原因很多，两句概括：一、天下时势已变，从兼并到守成；二、法家太过重刑，没有凝聚力。但法家学说又有很多实惠，不能完全抛弃，所以"外儒内法"一直实行两千多年。

因而，知识分子从小就被培养了"士不可不弘毅，任重而道远""舍生取义，杀身成仁""天下兴亡，匹夫有责"等等。比如曾国藩首次带兵打仗，四百多人，居然主要是书生。这支书生军队死战不退，打败了当面的太平军。当然，战后清点人数，书生们几乎死光。湘军名将罗泽南、李续宾、曾国荃等，淮军名将刘铭传等，也是书生出身。再看近代著名的黄埔军校，也是学生军。我看过北洋军阀的某军歌,有"大刀关云长,常山赵子龙"等词句,表达尚武精神。而黄埔军校的门上对联"升官发财,请走他路;贪生怕死,莫入此门",高下自然可辨。而谁将战胜谁,也便了然。

我觉得,无论共产主义还是三民主义,投身于这些运动中的,都是当时的优秀青年。有钱,可以十里洋场翩翩起舞,没钱,可以老婆孩子热炕头,何必舍生忘死?但,人总是要有一点精神的。这话说得对,说得好。正因为这点精神,我们民族才没有亡国灭种。

这种精神造就了"万般皆下品,唯有读书高"。就说我家,虽然祖父、祖母两边都是商人家庭,都有着很不错的生意,但老祖并没培养祖父当二掌柜,没让他去收租子,吃瓦片儿,也没叫他去学商科,把家族生意发扬光大,只是要他有学问、有才华、有地位。可作佐证的是,朱家溍先生一次说,你老祖对你爷爷管得很紧,但有一样,买书,那可不含糊。你们家那时候的藏书量,一般人比不了。

搞好民生不能没有钱,发展经济是重中之重。但是精神追求就可以江河日下吗?如今听着看着许多人口吐狂言意淫美女,挥一挥衣袖,登时飞来几千万,是真让我不明白。想过几回,终是无解。既然无解,也就不求甚解了。

年龄

大学女生中曾流传，本科生，小龙女；硕士生，李莫愁；博士生，灭绝师太。意思是学历越高岁数越大越不好搞对象。俗话：金姑娘，银媳妇，铜铁妈，越来越泄气。

其实，年龄不饶人，绝对真理。而且，不论男女，对各年龄段都有相应称呼。男人：少年郎、中年汉、老头子。女人：少女、妇女、老婆子。男人在青少年时，郎字可加许多美好前后缀，郎君、风流郎君、俊逸郎君、多情郎君。到了中年，就变成汉子、大汉、壮汉、彪形大汉、精赤汉子直到抠脚大汉、肥腻中年男，终至糟老头子。女人同理，少女也加许多美丽前缀，如豆蔻少女、窈窕淑女、清纯少女、青春少女，至于发展到中老年，不说了。但是我和贾宝玉有同感，就是对"婆子"反感。抄检大观园时，王夫人叫来府中所有婆子，婆子们果然对姑娘们下手狠，绝不留情。以致贾宝玉说，这些婆子太可恶。想当初她们也是从姑娘过来的，怎么一变成婆子，就如此面目可憎？（大意）

张中行先生认为，人生是分期的。有少年、青年、壮年、中年、老年各期，每期都各有其美。起初我甚以为是，后觉昨是今非。如果讲事业、才干、成就，青壮中老各有其美，没错儿。但是人们接触外界，第一印象永远是直观。如你已入老境，再有内涵，第一眼看过去就是鹤发鸡皮，站到了人生边缘。所以大家把你当边缘看，也无话可说。至于人家愿不愿意挖掘，不由你。李白"白发三千丈，缘愁似个长"。

怎么做？见仁见智。就我个人来说，老人最忌倚老卖老。可眼下，确有一股越来越强烈的倚老卖老之风。老人行动横冲直撞，说话肆无忌惮，一副我是老人我怕谁的模样。须知，在人生各阶段，从小小流氓到大流氓到老流氓一直活到今天的大有人在。老人有个心理，遇事总疑心别人不尊重自己，那你先得问问自己，你的言行是否值得别人尊重？

老人活着不容易，比如广场舞，练练腰腿，少生病少花钱，是好事。但也有争议，除了扰民，还有别的。比如有位当年女知青，年轻时善歌舞，又保养好，很显年轻。聊天时说她从不去广场。问原因，说，我觉得那些老男人没憋什么好主意。有时在电视里看见大妈们扯着喉咙尖着嗓子气势汹汹为关了她们的场地要说法，是有丑陋加浑不讲理的感觉。

有一次在电视里看到某地，晚上，一老头雄赳赳赳气昂昂打一大旗，后面跟着上百老头老太太，在马路中间主路上疾行暴走，觉得有关部门真该管了。又前些年没退休时，坐班车去上课，土城南头马路中间总有一帮老人练秧歌。老头儿们敲锣打鼓，老太太们穿红着绿搽脂抹粉舞着粉绸搔首弄姿，七八点钟，正是上班高峰，班车要小心翼翼绕过她们，全车人没有一个不骂的。他们也知道大家反感，可你越反感，他们闹得越欢，向你示威，直到几年后被驱散。

老是自然规律，由天。但老了如何生活，由己。

电视剧

有一段时间了，天天晚上老老实实坐在电视机前看电视剧。"聚好看"里播的，它认为好的，就给看六分钟，再看就要钱。我就看六分钟，正好再看别的六分钟。所以看了无数六分钟。六分钟已足够，再看也受不了。抗日神剧和国共谍战从来不看，出生入死演成过家家，也太挑战智力了。于是从不花钱的里头找。那些"热播"完了给扔到里头联系"现实生活"的也不看，但看"神探狄仁杰"上了瘾，尽管早就看过，还是作为忠实观众每晚看。

不知为什么，现代生活里为国为民慷慨激昂老显得那么假，像做戏（当然，电视剧就是戏）。可这话要从古人嘴里说出来，就显得真，能让我入戏。特别是狄仁杰与李元芳的感情，在生死之时，不光狄阁老动感情，我也很感动。可看别的电视剧，那流泪的场景，能把人逗乐，比相声还有力量。

最让人受不了的是青春办公室神剧。一个帅哥老板，单身，配三四个乃至更多女人，女人们各有特点，善良的，刁钻的，没心没肺的，诡计多端的，离过婚的，有家室的，围着帅哥老板一场大战，杯水风波变瓢泼大雨，人人淋成落汤鸡。怪的是，帅哥不干正事（经营），学着雍正皇帝整天周旋于女人之间，处理他的"后宫"（办公室），却钱财滚滚，挡都挡不住。用股评家的话说，"像站在风口上的猪"。一招手，十亿。一摆手，五十亿。王健林都自愧弗如。

其实，这很好理解。圣人荀子是我们逆向思维的开拓者。人们为什么求善？就因为善太少。求美，美太少。缺什么，求什么。道德、信仰、善良、正能量，什么少提什么。就像有个电视剧里的姑娘叫钱多多，就因为她钱少少。

有年夏天，上街买菜，路遇一老爷子。穿一文化衫，黄且破，前后许多鸡叼似的烂洞。前边四个大字"梦想成真",后边一行小字"轻轻松松挣大钱"。

所以,相对来说,我还是爱看某些古装剧,甚至还被感动,写些文字,就如为《戏说乾隆》写下的诗:

  总由欢情始,归结尽为哀。期许皆梦蝶,多与世事乖。人生不由己,生死倏忽来。自认英雄汉,途穷如薪柴。红尘重一笑,与你共徘徊。

糖葫芦儿、小三儿和春杏儿

看《狄仁杰》电视剧,有个情节,仁杰的情人清子不高兴了,仁杰正愁没办法挽回,清子忽然看见道边儿有卖糖葫芦儿的,高兴地叫出了声。原因是她最好这口儿,为此与仁杰还有一同逛街的亲切回忆。于是仁杰赶快买了糖葫芦儿,爱情就在你一口我一口的"葫芦葫芦"中找回了。

我边看边笑,并非因为情节,而是他们的发音。以北京话说,应发为:糖,平声;葫,要儿化;芦,轻声。顺耳。而他们的发音是,每个字都死死地咬着,发出的都是重音。舌头不打弯儿,也没有轻声。所以,很生硬。在片中,就表现为两个大舌头你推我让地你吃一口"糖葫芦(全重音不儿化)",你也吃一口"糖葫芦",别扭到可笑。

其实我也理解,据我观察,只要不是北京的风土人情剧,演员们说话就没有儿化,也很少轻声。因为人们心目中,儿化音显得轻佻,上不得台面。所以演员我认为不是不会说,而是避免说。因此影视里就常有大舌头说话,特点就是硬。在新闻类节目中,我也很注意播音员们对这个问题的处理,大致三种:大舌头硬念;轻声,囫囵带过;不管不顾,就儿化念了。真是个难题。

不过对南方人来说,语音里没有卷舌音,自然没有儿化,也很少轻声,北京人听去就有些别扭。比如小三儿,一听就是插足。而南方人就说小三,不儿化,北京人听了就会有歧义。不少学生说,北京人讲话像唱歌,是因为北京的话里有儿化、轻声、重音。比如说,咱上动物园玩去。咱上,轻声;动,重音(相对);物,轻声;园、玩都儿化;去,轻声。如果一水儿的咬字音,就不好听。

北京话里很多约定俗成的东西很难学。比如《那年花开月正圆》里周莹的丫鬟叫春杏。周莹叫她时杏字不儿化,而北京话里,则必须儿化。而且北京人为显示亲切，有时招呼对方就叫一个"杏儿"。如不儿化，则不知所云。同样，女孩子的名字如果是以"珍、凤、花"等作为末字，一定要儿化。北京话里的儿化，轻声变化多端，同一个字，什么时候儿化，什么时候不儿化；同一个字，什么时候轻声，什么时候不轻声，我虽北京生北京长，有时也拿不太准。

　　南方女子讲普通话有人讲得非常好听。某年在江苏昆山开会，市政府里一位负责接待的四十来岁的女官员就是如此。吐字清楚，又带着南方女子轻轻的咬舌。像什么呢？像一匹绸缎在桌子上滑动。各地说各自的家乡话，很自然。世世代代在北京的我，倒从未觉得北京话有何好听，就觉得亲切习惯，有如眼下的天高云淡。

看足球

电视里转播中国和伊朗的足球赛。中国足球队的临门一脚,很像人将死时的踹鬼门关。球门前,使劲儿踢,就是不进球。鬼门关外,使劲儿踹,一下也进不去(人有求生本能)。但毕竟天定胜人,早晚得踹进去。而人类的玩意儿,终究是人的玩意儿。能否踹进,在规定时间,真不好说。由这上看,里皮也不必大怒,万事皆由天定,空多神算奇谋。不过控球队员,瞪眼傻看着球被对方抢跑,作为主教练,气不打一处来,可以理解。

由此想到,多年来,中国人民对中国足球队的爱之深,好像还编过歌。"无论胜败,都是我们的最爱",等等,不理解。竞技,不分胜败,天方夜谭。人生也是如此。小时喜欢的一句话,逆水行舟,不进则退。生活拒绝平庸,人生没有退路。不过我指的是人要经过奋斗的日子。奋斗失败了,没关系。但现在的心灵鸡汤,整日教人过平庸生活,不认同。

回想祖宗对"鸡"的论述,最有名的就是"闻鸡起舞",并非炖鸡熬汤。现在除了养生鸡汤,还有心灵毒鸡汤,个人就更不能认同了。

女汉子

近来，看了几篇写人和怀人的文章，主角都是女人。文中，都用"女汉子"作了歌颂。不太认同。个人以为，男即男，女即女。如果这边女汉子，那边男娇娘，顺耳吗？

不少女人讨厌贤妻良母，认为等同于逆来顺受。真是错得一塌糊涂。男人不去说了，女子表面的安顺并非窝囊。夸男人，静如处子动如脱兔。而女子，同样，静为处子动若英豪。张中行先生曾记同村的一位妇女，人很安静，没读过书，家里来人，总是静听、微笑，很少说话，说，也就一两句。但这一两句，就说到点儿上。有主意，敢作为。几十年前，我还在市政协当差的时候，有《两岸通讯》（内部发行），看了不少台湾的消息。有件事印象很深。蒋炜国当年在重庆与一女子邂逅，后生两子。因名不正言不顺，蒋家不认。母亲又忽然病亡。于是外婆担负养育重任。这位老太太文化不高，家境不裕。但除了训导二子读书做人外，必要求二子每晚裤子压枕下，以出裤线。制服必洗得洁净，浆得挺括。也许这种生活可以输人，志气不可输人的气度，锻炼了后代，二人后来皆大有作为。无论在何等艰难困苦的生活中，如果你始终能尽量保持衣装整洁，你必不是一般人。

男女身体、体力、性格、心理、认知、思维不一样理所当然，不然为什么分男女？男人有不成器的，女人有成大器的。所以，不拿性别说事儿，才是社会的进步。

文言文

　　文言文，无论是读是用，真是很好。最大好处是言简意赅又描绘到位。比如家暴，我们用电视剧《不要和陌生人说话》来体现，排得好，演得好，下了很大力气。古代也有，不费什么事。《笑林广记》"打差别"条记，荆州士人赵士杰，一夜梦与妇人交。醒问其妻，我梦与妇人交，尔亦曾作此等梦否？妻曰：男子妇人，有甚差别。士杰大怒，暴打其妻，里人为之作歌：赵士杰，半夜起来打差别。

　　谄媚逢迎，则更多。同出《笑林广记》，一秀才见阎王，阎王适放一屁。秀才即道，有赋献上。献曰："大王高耸金臀，洪宣宝屁；依稀乎丝竹之音，仿佛乃麝兰之气。"阎王大喜，令判官放归秀才一纪。十二年后（一纪十二年），秀才复来。阎王问，下面所立何人。小鬼道，就是那献屁赋的秀才。

　　我喜文学，先喜外国经典，后归中国古代。并非有意抑扬，只是不懂外文，他国语言文字的精妙，殊难欣赏。只看翻译，难得神髓。但我觉得，我国的诗词歌赋书信文章，世界一流。理由有三：一、言浅意深，令人回味。二、善用比喻，生动形象。三、纵横捭阖，海阔天空。

　　感谢老祖宗留给我们的山河与文化，愿人人努力做优秀子孙，而不是去网上意淫。

公孙龙

有个笑话，一媒婆与人做媒，男方没鼻子，女方兔唇，但媒婆愣给撮合成了。她对女方说，小伙子什么都好，就是眼下没什么。对方一听，年轻人可不没什么，以后慢慢奔。谁能想到眼下没鼻子。对男方说，姑娘别提多水灵了，就是嘴不好。男方一听，没关系，进门再调教吧。谁能想到是三瓣子嘴。虽是笑话，但细想媒婆还用了哲学上的偷换概念和语言学上的模糊语言，很高明。

我当年教书时讲过这个笑话，目的是为了引起学生对古代春秋时"名家"的兴趣。名家的创始人，是有中国逻辑学之父之称的公孙龙，其最有名的论点是"白马非马"和"离坚白"。

所谓"白马非马"，是说一切物体都是由颜色＋名字构成，白马就是由白＋马构成。去马厩牵马，马都是有颜色的，你不能牵出一匹白来，当然也就找不出一匹马来。牵不出一匹马来，世上自然就没有马。我对同学说，老师不是人，学生也不是人，我们都不是人。因为人，也是五颜六色，长长短短，并不存在一个抽象的人。为了更好地理解，要把"不是"理解为"不等于、不全等于"。生活事实的经验和逻辑关系的判断有时是两回事。生活经验的事实在逻辑上可能行不通，反之亦然。

由白马非马推开去，公孙龙特别强调内涵、外延、限定、概括以及它们错综复杂的种种关系。这对我们非常重要。比如，常看报载，不少人把投资理财当成理财买，最后亏得一塌糊涂。社会上的那些诈骗犯，就是在合同文本上玩儿字眼，你一旦签字，法院也无可奈何。

"离坚白"是说，一块白石头，眼睛可以看到白，不知道它的坚；手可以摸到坚，不知道它的白。所以，坚和白在石头中是分离的。物质是分离的，也可以不断被分割。两千多年前，提出物质分离，是非常了不起的贡献。科学证明，物质就是可以不断被分割（如原子、粒子、质子、中子，好像还有夸克）。

再如"一尺之棰，日取其半，万世不竭"。即一尺长的马鞭子，每天截取一半，日益接近零，但永远不等于零，因为物质可以不断分割。他们又讲"飞鸟之影，未尝动也"。如果把飞鸟运动的时间和空间加以分割，分成许多小块，就可以看到"飞鸟之影"在某一瞬间停留在某一小块上，是"未尝动也"。电影拷贝和高速摄像机都是这个道理。

我觉得百家争鸣的春秋时代，是我国思想文化最了不起的时代。每当我学习到先人们的伟大智慧，心中总涌起层层敬意。

短歌行

凌晨三点半醒来,一边听着窗外夜风的低啸,一边看窗外亘古的月亮,又想起曹操的《短歌行》。

最喜《短歌行》,相伴了一生。无事有事,时不时就会浮上心头。人生无定,功业难成。不甘沉沦,不愿平庸。聚贤呼友,共襄大业。"明明如月,何时可掇。忧从中来,不可断绝。"成王败寇,不做王寇,但也总要在人生的成败中转一圈儿。即如明月,望而不掇,焉知掇得掇不得。

眺望这月光下的城市,追思古人,更能理解他们为什么披坚执锐舍生忘死逐鹿天下。既有莽荡山河,又有亿万百姓,谁不想一统手中?一旦得志,便可"大风起兮云飞扬,威加海内兮归故乡"。但打天下难,守住天下更不易(一家一姓之天下),所以忧从中来,不可断绝。

无论成败,只有厮杀一途。英雄霸业,百战成功,猛士如云唱大风。同时,赤地千里血流红。记得很深的一句话,战争残酷,却使人类走向文明。但谁又愿意做没看到文明,先在战争中做了炮灰的炮灰?

正是:对酒当歌,人生几何?忧从中来,不可断绝。

无情月

李商隐有《月》一诗："过水穿楼触处明，藏人带树远含清。初生欲缺虚惆怅，未必圆时即有情。"月就是月，你赞它、诵它、怜爱它，与它何干？不过是你自作多情。

仔细看，月，果然是冷月寒光。夏天你感觉它温柔些，是天热的缘故。但月亮又确是美丽的象征。小时看《天方夜谭》，一位老国王，生有一百个儿子，个个像狮子般勇猛。还育有一百位公主，个个像月儿般美丽。《希腊神话》里，月神塞勒涅，也是美丽的化身。至于我们的诗词中，月亮即等同于美好。

因此，可望而不可即的明月，就有了美丽而高冷的特点。换到人间，人们也赋予一些美女高冷的仪表，并认为值得大力追求。其实一切的外观，只能自带天成。学不像，装不成。就拿月亮说，你想让它热也热不起来，它就是冷冰冰的美。美女也一样，高冷弄不好会冷而不高，冷艳没弄到位会变成讨厌。丫鬟装腔，婢学夫人，确有不少。

我国古代审美，女子仪态是有定论的。仪态万方雍容华贵端庄优雅等等皆来自两个方面，娴静和从容，二者互为表里。娴静是不动时，从容是动作时。娴静从容是根，其他一切为本。放大到有能力、成大业的人，则誉为"静如处子，动如脱兔"。可见静和由此产生的从容，是多么被人赞誉。

有所梦

　　有一个梦，重复了无数遍。说不清是傍晚还是夜晚，有一座灯火迷离的楼阁。二三层高，朱帘绣户，画廊曲阁，下有池塘花木，鸟飞鱼游。幽室拢月，流光徘徊。又人影烛光，穿廊越户，忽明忽暗，忽止忽行。

　　又常梦行老家椿树一带，时当正午，阳光明媚，胡同整洁，槐柳葱郁，青墙黑瓦，树过墙头。四下无人，一片静谧。懒懒散散地走过去，朦朦胧胧地有所思。

　　一个深夜，梦中我站在家里北屋廊子上，向南边望。南边房屋和廊子都陷入黑暗，但是院子里的花草树木却微微有光，随风轻轻闪动。而且，整个院子忽然变得特别大，像天空一样辽阔深远，在幽暗中孕育明亮。

　　有时我又在北屋书房不断挪动沙发和书架，把那些线装书上下左右地搬上搬下。一会儿多了，一会儿少了，一会儿这样摆，一会儿那样放。又常梦见大楼和藏书以及藏书的老少朋友，栩栩如生如在目前。又几次梦见某家如文化宫大殿般壮丽恢宏的宅子，好像要分去天空一半。又夜里从许多胡同穿行，条条宽阔整洁，不见人影，寂无人声。其中一家世代簪缨之族，庭院深阔，古木参天，主人为一老妇。

　　不知为何，总想起去往八宝甸的路上，向永光寺幼儿园左转的时候，望着眼前那片天空，就会浮现一张贺卡上的景致：远方青山如黛，绿水环流，山野间桃花怒放，盛开如云。中间一座小小绣楼，一女子凭窗低首，像在刺绣。而那，就像祖辈，就是祖辈。每每忆及，泪流满面。

　　梦中，南屋总是惊悚之地，北房却是温柔之乡。

八愁诗

当今电视剧,极有特色,男女上班犹如不上班,争风吃醋,钩心斗角,名车豪宅,吃喝打扮。生意如水,大风刮钱。女人削足适履,男的也穿上水晶鞋。我曾问过一业中人:"你们就拍这烂玩意儿?"对方满脸不屑:"老百姓就爱看这个,你让我们拍什么?"细想,果然,就这破玩意儿,还观众热评,豆瓣打分,动不动闹一全家福出来狂欢。俗话:自个儿的孩子自个儿爱,破锅自有破锅盖。自个儿倒多管闲事了。效迅翁作诗八首以奉编导。

男四愁:

一

我的所爱在天边,欲去寻她眼望穿。
爱人赠我登天梯,回她什么爬山索,
从此掉头不理我。

二

我的所爱大有钱,欲去寻她流浪汉。
爱人赠我大游艇,回她什么储钱罐。
从此掉头不理我。

三

我的所爱住别墅,欲去寻她靠走路。
爱人赠我玛莎蒂,回她什么小黄车。
从此掉头不理我。

四

我的所爱不可攀，欲去寻她高门限。
爱人赠我清蒸鱼，回她什么腌酸菜。
从此掉头不理我。

女四愁：

一

我的所爱高富帅，欲去寻他丑八怪。
爱人赠我信用卡，回他什么照美颜，
从此掉头不理我。

二

我的所爱是高管，欲去寻他被裁员。
爱人赠我生活费，回他什么剁手节。
从此掉头不理我。

三

我的所爱是大官，欲去寻他身微贱。
爱人赠我派克笔，回他什么支付宝。
从此掉头不理我。

四

我的所爱是豪门，欲去寻他太傲娇。
爱人赠我贵族装，回他什么短打扮。
从此掉头不理我。

男人当自强，女人当自爱。少看那些乱七八糟胡编乱造的电视剧，少做那些乌七八糟张口胡说的特色梦。

挑战观众

不敢说全部，但基本上中国很多电视剧都在挑战观众的智力。有位很有名的导演私下对我讲，从某方面上说，观众其实就是傻子，你怎么演，他怎么看，他是跟着你的思路走。听说国外的专家学者，看电视的人不多。我的朋友们也说，电视剧不是挑战你的智力，是把你当猴儿耍。

随家人大致看了《好久不见》，觉得真是一群耍猴儿的，不过谁耍谁还说不好。情节那叫一个烂，除了白雪给贺家造成的危机贺家无法抵抗，只好卖身娶媳妇，其余贺家和花骨朵面临的危机不管多么严重，只要无所作为干耗几天，便一切烟消云散。每集演完后，还总有一个大老爷们捏着嗓子学幼儿园阿姨哄孩子的声音说，坐在电视机前的小宝贝们，你们想知道花骨朵的后来吗？贺言到底怎么样啦？声音那叫一个抑扬顿挫，一个酸！

正是，好久不见，最好永远不见。可惜刚才见过，那么就此别过。

忽然想到

北京市政府最近做了几件事，引起争议。公婆各说理，自己也想说两句。

头一件，整理拆墙打洞。早就该做的事终于做了，文化古都不能谁都能任意往上打补丁，就像不能谁都任意往你家门窗上贴小广告。政府处理的手段也比较柔和，没起风波。

第二件，拆牌匾，让北京天际线重现人间。这也是早该做的。从前，站在景山或更高处，蓝天白云红墙碧瓦，棋盘般整齐的街道，方正规矩的四合院，沿街靠墙的大树，一直消失在遥远的天空深处。连外国人都惊叹北京的壮丽。如今收掉这些从地上杵到天上的补丁，也没什么反对的理由。

第三件争议大，就是清理低端产业。从道理上讲，也没错，只要不是揣着明白装糊涂，谁来管理，都只能这样做。不然面对汹涌而至的人口，又能怎样？问题是操作上不妥，不能驱赶，要留有余地。好在政府知错即改，做了人性化的安置。

但我想说的是，不要借机炒作，尤其是挑拨本地与外地矛盾。网上看了不少文章，有一种很强烈的倾向，外地人谋生艰难，穷、弱势群体，所以，就有理。好，按这逻辑来说，不管外地本地，我穷，我就弱。我弱，我就有理，我就应该得到好处。我没有得到好处，就是政府不管。政府不管，就是歧视。歧视，当然不公。问题是，事实是这样吗？

大多数人对城管反感，我相反，有好感。没有他们，无法无天，城市乱翻了。举个例子吧。我住的增光路口，有个德邦快递点，从门口到人行道，有二三十米宽，包裹仍被他们扔得无法下脚。人行道上，又被他们摆上了车，也在这里大包小包乱堆。一年夏夜，一个人推一平板卖草莓，因为便宜，围了不少人。我想过去，但一边是快递车，一边是平板车和顾客，我只好下到树坑里走。就这样，还碰了个女的一下，让她回头看了我两眼。

我想，从道理上说，如果你不纳税，你是在用别人的钱养活你，就可以我穷我有理吗？其次，同情怜悯都应该，但必须有前提，即守法。如果守法和不守法的同等待遇，甚至不守法的还可以得到舆论的同情，以后这社会还会有守法的人吗？文中说，外地人不易，凌晨三点起来进水果。我也想说，北京做售票员的姑娘也是三点起床，赶到车场。类似的例子多的是，只要不是别有用心，谁都看得见。况且，到另个城市谋生，吃苦不对吗？而且，主人公也说了，在北京，城市大，机会多，挣得比老家多。那么，你们指手画脚是什么意思呢？

明清鸡汤

明代小说，尤其是白话小说集三言二拍，里边总会因故事的发展变化，作者写首诗歌抒发感慨。少年时，曾有个朋友，对此特有兴趣，从里边整首摘录，抄了一大本，说要学习。

现在看来，其中不少鸡汤。例如，"铁甲将军夜渡关，朝臣待漏五更寒。山寺日高僧未起，算来名利不如闲"。清代的公案小说，是我的所爱，宝文堂所出的，买了个遍。里边也有不少。如《彭公案》中"有有无无且奈烦，辛辛苦苦几时闲。人情曲曲弯弯水，世事重重叠叠山。古古今今多变改，生生死死有循环。将将就就随时过，甜甜苦苦命多癍"。也有许多警世劝世道理，比如"酒是入肠毒药，色是刮骨钢刀"。也有教人处世的，上句忘了，下句是"三缄其口学金人"，警告你言多有失祸从口出。

这些鸡汤被人总结成书，统称"善书"，劝善想得开之义。散见于小说中的诗歌，非常多。如《红楼梦》中的好了歌，济公传中济公所作的许多劝世歌，都很好。单从劝世来说，济公所作歌绝不逊于好了歌。

小时看明代小说《平妖传》，有个情节记忆很深。一位父亲带孩子外出，吃饭时遇一美女，国色天香，自然言谈甚欢。不多时，孩子忽然叫起来："爹，你对面怎的坐一狐狸？"美女闻言，大惊失色，化狐而去。道理为何？古人以为，成人有欲，为花花世界所迷，所谓目迷五色耳迷五音。而孩子单纯，心地清澈，未入红尘，所以望去的是世间本相。这和皇帝的新衣异曲同工。那里讲，真相成人看得到，但不敢说，因为恐惧。这里说，真相成人看不到，因为欲望迷了心窍。又联想到丰子恺先生对儿童的赞美和歌颂，确实有道理。

中土神仙

我很奇怪,中西文化在神仙的形象上差别甚大。比如希腊神话,奥林匹斯山上的众神里,好像没有老头子。天王宙斯,天后裘诺,都是俊男靓女。其他众神,男神风流倜傥,女神风姿绰约,中间不夹杂老头老太太。

反观我国,刚好相反。玉皇大帝,老头子。阎王爷,老头子。天上神将,地下判官,个个满嘴茬大胡子。弄得一个嫦娥,只好孤零零的住到月宫里。另一个女仙西王母,尽管李商隐诗中写她多么多情,"瑶池王母绮窗开,黄竹歌声动地哀。八骏日行三万里,穆王何事不重来",但冲这王母娘娘的名号,也早过了二八,是资深美女。

海中三岛,挤满了老头子。洞天福地,也早被白胡子们占领。寿星老,可以理解。为什么红娘也由老头子来干?月老牵红线?我不喜欢老头子,尽管自己也在这个行列。与主流文化相反,世俗文化对老基本没好听的。比如:老得不像话,老得没法看,老得一塌糊涂,老糊涂,老家伙,老小子,老没咔嚓,老不正经……老字无论加前缀或后缀,好听的少。老师,老先生,老师傅,老领导,是尊重老人的职业,似乎和尊重老人本身还有点距离。因而,我特别讨厌"老了好老了好"的鸡汤诗文,老了,有什么好?有什么可显摆的?

虽然我国古代人物山水图画中,让老头子们占了半壁江山,但仕女图例外,都是美丽清纯的年轻女子。而且神态安详,步履从容,高贵典雅,仪态万方。想起上大学时,有回女生发现晚上如厕时有歹人尾随,班长,一位三十多老大姐,教女生"你们可以抓他、撕他、咬他,一边跑,一边大声叫"。全班大笑。我从此知道女生遇到危险时,是撕、抓、咬、跑、叫。但听她这样说,心中莫名其妙地总为女生感到失落。

做梦，有时也会梦到少女。梦中的她们从不说话，也不笑，但有一个共同的地方，沉静而从容。如果说一定有什么表情，就是有一种行将远离的惆怅，一种乡愁。

夜读有感

中国文人的目标和归宿，孔圣身体力行的用五个字概括了，"学而优则仕"。通俗点，齐家治国平天下。

孔圣的教诲，加上宋仁宗的忽悠，黄金屋，颜如玉，千钟粟，多如簇（随从），所以，宦情、做官、上位，成了必然。

例如李白和杜甫，一生为官奔波，甚至不惜屈尊以求一逞。李白在暮年还误入李璘军中以求功业，最终流放夜郎，终身布衣。杜甫艰难困苦，终获工部侍郎，孰料官椅尚未坐热，便因不善言事遭贬斥。另一大诗人白居易，少年得志，入朝为官。也因不善政事遭谴，去官。再看蒲松龄，十九岁中秀才，前程大好，但此后一考几十年，再未能向前一步，却痴心不改。夫人相劝，不听。直到官府念其心可悯，赐恩贡，方罢手。所以《聊斋》里骂考官有眼无珠的，篇幅占了三分之一。

问题是：他们为什么要做官？

为国为民做一番事业。除去仁宗劝学诗那把人往低里拉的黄金屋、颜如玉、千钟粟、多如簇的贪官庸吏，绝大多数读书人的初心，都是"兼济天下"。可不做官，就没有权力。没有权力，什么也做不成。这也就是姜子牙为何要钓鱼，屈原投汨罗江的原因。我们的语言里，有很多有关的文字，如"遇""感遇""不遇""恩遇""怀才不遇""知遇之恩""明主"等等，都与这种文化相关。

我觉得，五四之前，我国没有出现以教书、著述、讲学为业的知识分子。孔夫子周游列国十多年两手空空，才埋头整理文献。虽有师这一说，但师，一般都有官的名号再兼师的工作。否则，只能是塾师。现代文明进了中国，三观的确立，才有了安心学术、不再求官的知识阶层。

主题先行

教书时，曾讲到儒法两家学说，一主性善，一主性恶，两家由此建立自己的学说体系，更付诸实践。学生们讨论争辩，人性到底善恶。因为两家为了夯实自己的理论基础，都从生活实践中找根据。孟子讲井边救小孩，以证人皆有恻隐之心。商鞅从人一出生不久就知抢夺，论证人性恶，必以法制之。学生问我如何看，人性到底善恶。我一时也说不上来。后来，我想明白了。

人性无所谓善恶。善恶，是因为两家要立论，为立论找的根据。主题先行而已。往深里远里说，我们为人处世，方方面面，无一不是主题（判断）先行。比如，你不认识某人，但你未见他时，已有判断，这判断就来自于他所属的那个阶层或集团。见过之后，你"和我想的不一样"或"他怎么不像……""他很像我想的那样"等等，都是已先有了主题，而后对照印象把这主题增删而已。对事，对生活，对世界，基本都如此。八十年代，在文艺领域，曾批过主题先行，那是在政治上。而放在认识事物上，主题（判断），永远先行。

小时对哲学特别有兴趣，自学很长时间。收获是：唯心主义胡说八道，唯物主义博大精深。现在看来，唯物主义当然不错，世界由物质构成，由物质的运动产生变化。但唯物主义是在形而下的层面上，要活到形而上，就得靠唯心主义。没有人愿意一辈子活在形而下这个层面。

感谢创建客观唯心主义体系的朱熹。他对自我的评价，很是认同。"月照百川，理一分殊。"月照江河溪流，月影千万，各有不同，但都是明月所照。我的理论，变化万千，但根基只有一个。

读书、思考，两大乐事。人脑不是猪脑，尽管有各种各样的人都想把它变成猪脑。

读史一得

大热，读史，成王败寇，刀光剑影。因思启功先生曾言，一部廿四史，大小皇帝，被割了脖子的占一多半。国人谁不想当皇帝，汉初，九江王英布反，刘邦亲征，问其原因，英布答曰，学你的样儿，当天子。英布战败被杀，刘邦亦中流矢。几年后，箭伤复发，吕后招医视疾，医曰可治。刘邦大骂。吕后问故，邦曰：吾本布衣，提三尺剑，取天下。此吾能乎？非也。天意乎。今天要我死，即死。何医为？赐医百金，遣去，不使治。

与之相类者，有泰山贼王始，见于《资治通鉴》。司马光记：泰山贼王始，聚数百人反，竖旗帜，起国号，立前朝后宫，被县令一鼓而平。问其父及兄弟，答曰：太上皇蒙尘于外，征东征西俱死于乱军之中。其妻怨之，乃曰：皇后有所不知，自古岂有不亡之国，不死之君乎？

可知皇帝人人所欲，除去天时地利人和，第一条是敢玩儿命，第二条才是雄才大略。但玩儿命不仅是玩儿自己，还得敢把全家人赔进去。《史纪·高祖本纪》，秦末大乱，萧何、曹参为秦沛县吏，劝县令反，令不从。二人欲反，商议，我二人反，秦必诛吾妻子。为保家人，找刘邦做出头橼子，刘邦欣然应允。后项羽于阵前欲把刘邦老父妻子往油锅里扔，刘邦嬉笑自若。项伯劝项羽：争天下者不顾家。真千古名言，不断被后面千年历史千万人所实践。

所以，萧何、曹参只能为名相名臣，不能为人主。

"老而不死"

近来网上有新闻说,人类福音,某国科学家在研究长生不死上取得重大突破,吃上唐僧肉不是梦。我对此嗤之以鼻。

一个人,如果真成了老不死,得挨多少骂?讨多少嫌?让地球膨胀到自我爆炸?让战争的频率定在分分秒秒,以争夺填饱肚子的粮食?义工则成百上千倍增长。所有电视台的节目登时变成一个,第三调解室。当面称王老背后叫老王甚至再加俩字儿。何况,真要制造老不死,也是站在金字塔尖上那极少几个人,和老百姓何干?看动物世界,知道动物学家从不研究为寿终正寝的动物延长生命的办法,甚至也不为年老体弱丧失捕食能力的动物投放食物,因为那是天道、天理。圣人曰:老而不死是为贼。俗称老贼。市语:寿多则辱。按之人世,一点儿不差。

远古时代,衣食有限。文献记载,当某家族中有人活到了该正寝而自己又无力正寝的状况,族人会把他抬上树,大家使劲儿摇树,掉下来,摔死了。众人围着一哭,完事儿。省下来的资粮,哺育幼小。马克思了不起,除了学问,还有培养了他的女儿劳拉和女婿保罗。当他们并不太老而自感不能为社会做大奉献时,双双服毒自尽,不愿成为人们的拖累。太让人敬佩了。

多年前,一次探视,一位女病人得了种"永远"死不了又总是疼痛的怪病。她说,我不怨天怨地,这就是我的命。我不怕死,我就想,国家能不能别让我活。为治病,房子卖了。为照顾我,爱人辞职了,孩子没人管了,一天一天混。倾家荡产还拖累全家,病也没个好,就是等死。多少回,都想自杀,可又怕自杀了家里人受不了,人,活着为什么这么难!

我也想,医生们与其研究那为少数人服务的唐僧肉,不如研究能让人走时尽可能舒服的药物,而且越便宜越好。求生不易,求死亦难。所以,人在世,要特别珍惜还没灾没病无忧无虑时的每一寸光阴。

故宫自驾

故宫自驾游越来越发酵，我却越来越不明白，数了数，有十个，算是十问故宫。

一问故宫是否有自驾游？二问宝宝是否买了票？三问宝宝若是没买票，守卫都是废物？四问谁给发的通行证？五问什么理由发的通行证？六问中间有什么利益输送、背景或你懂得的那个关系？七问答复为何那么避重就轻大事化小？八问故宫这样答复究竟想保护谁？九问故宫的规章是否专为对付老百姓？十问今后平板电动是否也可自驾游故宫？

网上看，自驾女是个炫富狂，所以点拨宝宝一下。富人不炫富，而是斗富。因为富人夸富要在同阶层里夸，才能显其富。网络包含天下人，天下百分之九十九是穷苦大众，你这样比，有意思吗？只说明你还是一身穷酸，物质再富，也变不了穷人思维。

不是笑话

闲翻《笑林广记》，又看见北宋权相蔡京和他的三个小孙子吃饭那篇，值得一说。

故事讲，蔡京有天和他的三个小孙子吃饭，问他们，米饭从哪儿来？一个说，从盘子里来（用人端上来）。一个说，从厨房来（见过用人从厨房端出来）。最后一个说，从臼里来（他去过厨房，见过用人捣米）。蔡京感慨，我的三个孙子怎么都这么傻啊？

傻吗？动乱时，我们班一女生的老爹倒了，听说和老娘一块儿进了秦城。家里的两个保姆也走了，姐儿仨不知怎么做饭，饿得直吃生米，同学中传为笑谈。我在市政协工作时，看《文史资料》，北伐时，贺耀祖（国民党高级将领）的女儿从湖南来，因为家里的女佣都去革命了，自己不会梳头，一副披头散发的样子狼狈不堪，在军队里也引起许多议论。前些年，有朋友在外地当中学老师去家访，有一学生从不到校上课。家长说，我们这片儿的孩子没几个好好念书的，去了也学不会。我自己就认不了俩字，您不用为他操心。他将来只要会写自己名儿，会算个账，就行。这工夫学生进来了，背上背着一个小的，手里拉着一个大点儿的。那会儿还不计划生育。大的看小的，人多力量大，读书越多越没劲儿。

所以，不由人不信命（一定程度上）。木匠的孩子玩斧锯，兵家的儿郎弄刀枪。生在云端里，离玉皇大帝就近点儿，生在泥地里，离阎罗老子就亲近些。让人高兴的是，如今教育成了全民共识。倾家荡产砸锅卖铁也不能输在教育上，改变命运教育是唯一契机。这不是谁的教导，这是全民的教训。孩子爱不爱读，读得如何，那是他的事，你也无力回天，但你必须搭这平台。如果人生就是赌，这一把最值得赌，而且没有输，也就不用服。

不看别人饭碗

演员高价片酬不断遭到政府重击整治,自有道理。但我不大关心。演员以劳取酬,政府以律科断,那是人家的事儿。但有一事我倒有点儿看法。这就是老有文章拿科学教育者或普通劳动者挣钱如何少来与演员做对比。

科学,是寂寞的行当儿;教育,同样。干这行当儿的人,大概没想过要与演员在挣钱上"试比高"。至于挣得相对少,从政府来说,也没大办法。偷税漏税可以治,谎报收视率可以治,光明正大,政府也不能违法,更不可能把给科教工作者的银子火箭式拔高。

原因在哪儿?就是行业的不同。演员这个行业,一天到晚跟人照面,变着法儿地逗你哭,逗你乐,逗你玩儿,变着法儿的帮你消磨时间,所以它叫娱乐圈儿。我虽然说不出几个名字,但他们老在你眼前转悠,有时也就似曾相识燕归来。科技工作者,知道的少,因为隔行如隔山。但是,人家在乎你知道吗?为名利而放弃科学?为国计民生、人类幸福奉献要先算算钱?一个人,做娱乐,与做科技,做教育,真的不在一条起跑线,倒和做官做学者有些相似,即要露脸,多多益善。以开会为例,总结为,有会必到,有请必去,去必发言,发言必长。发言水平如何无所谓,目的是让大家看到自己,长久而深刻地记住自己,记住自己的面容和身板。

为什么演员就有钱?因为大众愿给钱。为什么愿给钱,因为他娱乐你。他表演,你打赏儿。你能给科教工作者的工作打赏儿吗?所以,演员又催生了另一个行业,娱记(狗仔)。人分三六九等,也就有了三六九等的各自活法,人人生而平等。

就我自己来说,每读圣贤书,感到心静如水时,就知道了自己要什么。

畜生和傻子

教师节临近，却偏偏想起了不堪的教授。虽然尘封多年，但当时的确惊世骇俗。后无来者不敢说，前无古人却是确有。

话说二〇〇七年十一月，《文艺研究》第十一期，发表了四川师大教授钟华对北师大中文系教授、博导季广茂一部著作的批评。学界公论，批评虽然严厉，却是认真的，经过研究的，学术性的，并没有掺杂个人因素。

季教授读到钟文后，将钟文贴在自己的新浪博客下，并在钟文下自撰《做回畜生》一文。因为季准备上场开骂，又觉得自己还披着人皮，不能肆意。干脆甩去人皮，以畜代身。于是，季教授华丽转身，开骂的博文闪亮登场，题目计有《昏话连篇，臭气熏天》《患上脑便秘，满纸都是屁》《屎壳郎搬家，走一路，臭一路》《"痔疮教授"乎？"屁眼教授"乎？》《不折不扣的屁眼教授》《如此循环运动，简直要人性命》等。其间，季的学生也纷纷帮骂，师生一起竞赛，不仅骂钟华，而且也指名道姓地侮辱谩骂钟华家属，用词之下流不堪，毫无顾忌，酿成当年最具影响力的事件。教授被称为"叫兽"，即由此而来。

这让我想起小学时看过的一则小故事：有位总谩骂歌德的文学评论家，在某公园一条小径上与歌德相遇。小径很窄，只容一人过。评论家说，我是不会给傻子让路的。歌德微笑着站到一旁，说，我却是让的。

结论：不必跟"畜生"辩论，却要给"傻子"让路。

正经不正经

我喜欢看古代探案电视剧,正在看《通天狄仁杰》。且说里面有一种毒药,名曰"掐死我的温柔",乃天下之无解剧毒。毒药随风而散,先致人喉咙微疼(温柔),其后剧疼,不觉以手摸颈(我的脖子),而双手此时忽痉挛,于是自己把自己掐住(直至掐死)。每当看到各路演员煞有介事地讨论这令人捧腹的药名,我都开心一笑。

现在真是娱乐至上了。"掐死我的温柔"的姐妹应该是"憋死我的伤心"(心梗而死)。这不过是古龙小说《温柔一刀》《伤心一剑》的套路。不正经已经风靡了今天的社会。不过令我吃惊的是,比不正经要"正经"的是,"出丑行"和"不要脸"已成为出名和致富捷径。

比如某高校法律教授,与女学生说不清,因钱财上公堂。又有某教授在朝阳公园和某女记者约架,被女记两拳打翻,三脚踹倒。本想该闭门自省了,不过此公照样在微博上指点江山激扬文字。不久,又在电视上见他大谈法制社会。他也不孤单,与他同校的另一教授,丑事上了大报,却也在电视里大谈司法公正。想起汶山地震时扔下学生逃跑的"范跑跑",事后,他还表示,别说扔学生了,就是他妈,也一样扔。除非是他女儿,会想一想。报载,对他的话,也有些人表示理解。理由是,谁不怕死。听说不久范就找到了新工作,还是教书育人。

一个剧场后台失火,小丑跑上舞台让观众快跑。观众报以鼓掌和大笑。小丑悲伤地想,这大概就是喜剧的末日,世界就完结在一场笑声中。

便宜吃穷人

北京城大力清理低端产业，三大小商品市场首当其冲。先被驱逐的是动物园小商品批发市场（简称动批）。其后是立于阜成门桥头的万通。眼下轮到了位于阜外西口的天意。且说昨天是天意的末日。我上午有事外出，出租车走到甘家口向西就被堵死了。出事了吗？好容易爬到阜外西口，只见天意门口万头攒动，过街桥上川流不息，如游行或暴走而又走不动。每人手提各种大小袋子，中老年人居多。公交车一来，大家呼啸而上，再无年纪少长。

今日又有事，又从此路过。心想末日已过，胜景不在。没想到门前依然被保安挡着一百多人，大家眼巴巴往里张望，不知在等什么。办完事，天快黑了，从这儿回家，人更多了，里外三层。都在张望。出租司机说，里边虽然不让卖了，但摊贩们要搬出东西还得几天。所以外面这些人在等着交易，得些便宜。

司机又说，便宜吃穷人。因为贪便宜，所以大买特买。买了用不了，又占着钱。可见了便宜，又忍不住，还是买。越买越穷，越穷越买，所以叫便宜吃穷人。

但是，低端产业的产生，是因为有百姓大众。剃头挑子一头热，治了这头儿，那头儿呢？

运动化治理

昨天看了某位孙先生的大文，认为北京政府的错误在于，用运动化的方法来处理问题，所以民怨沸腾。不少人认为他说得对，一针见血。我觉得问题不在于他是否一针见血（因为一针见血就摆在那里，谁都看得见），而在于为什么要使用运动化治理。

我家亲戚的房外临着一条小街，说是小街，又很少走车和行人，而且这街和我亲戚的房之间有约两米的距离。于是，旁边一平房院里的某出租车司机便开始在这儿堆东西。堆的东西越来越多，越来越长，把亲戚家的窗户挡成了一线天。亲戚是忍为上，外头没光，我屋里开灯算了。但后来发现他们不仅堆东西，还干脆搭起了棚子，在里边生火造饭，让亲戚有着火之忧。路上碰上这位司机，司机总说，大妈您放心，下月我就清。于是下月接下月，一年接一年，东西越堆越多，棚子越搭越长，清理越来越没指望。

因为占道，城管来过好几次。好言相劝，没用；开处罚单，不理；强拆，老婆在地上打滚儿，老娘犯了病，司机把菜刀顺了出来。不让我过，我也不让你活。

看来是毫无办法。在前些日子整理拆墙打洞中，想来此处当有一场血战。结果听说，安安静静地拆了，没有人出来闹。是人的觉悟提高了吗？

换位思考一下，您是政府，您有更好的办法吗？

孙先生还很得意地说，我早就写文提醒过大家，警惕政府"无所作为之后的有所作为"。好像辩证法学得多好。但你也可以这样辩证一下，政府过去之无为，也是考虑到民生之艰，各方之难；今日之有为，也是无可奈何，人命关天。

最后，作者不忘告诉我们，他这篇获得十万加的宏文，是在赴某地讲学或开会的途中草就的。是的，你在云端，政府和民众在地上。在云端里指手画脚大概会感受到薛蛮子批奏折般的快乐，看到上千向你顶礼膜拜的百姓恐怕也像听到了万岁的喊声。只是我，越来越讨厌这样一些精英。这是为什么？

学术二锅头

偶然间，网上看到度娘对汪晖先生的学术评价，很有学术感。创建者说"他极具挑战性的从一个全新的角度提出对现代性问题的追问，并从亚洲的视野观察整个世界，对传统分析提出质疑，解构老一套的亚洲观念，并提出了一种能够超越欧洲及欧洲中心主义典型视角的叙述。超克（原文如此）现代性的传统模式，将历史置于新的亚洲形象内，以体现当代世界的文化对话，用客观知识和批评体系来证明它。"多年前我和一位曾在中国书店当店员后来自己出来创业的女老板聊天。聊到她当年的一些同事时，她不屑一顾地说："（他们）什么也干不好，还跟那些臭文人咬文嚼字的学了一身穷酸！"到现在，我还很好奇，什么叫"一身穷酸"

诗以纪之：林林总总一锅粥，披沙拣金始堪愁。假作真时真亦假，地沟油充炒菜油。注水学问赛猪肉，舶来词语大你头。条条道路出名著，猪头肉夹二锅头。

不简单的事

昨夜看电视,误播财经台,有个四十来岁的股评家正说股票,只见他滔滔之口一张一合,说到热闹之处,忽然颇为谦虚地来了一句"不知大家还记不记得我今年年初时说的……"。我起身看了下日历,昨天是7月3号。不知他半年以前有过什么惊世骇俗之论,能让经常被他们斥为屁滚尿流抱头鼠窜没有定力没有素质的亿万小散们牢记于心。

我发现越来越多的人自我感觉是太好太好了,没长着尾巴也恨不得拿胶带粘跟假尾巴放在屁股上摇。

不禁又想起了启功先生的教导"别把自己太当回事"。这话我听启先生至少说过五六遍。当然,有时人又要把自己当回事儿。比如曾有个空总的办事员找到启功,也许是军人性格,直来直去,说:"我们首长让你给写幅字儿。"(原话不一定如此,但是这意思。)启功问:"我要不写,你们会不会派飞机来炸我?""哪儿能啊!""那我就不写了。"

什么时候不把自己太当回事,什么时候要把自己很当回事,不是个简单的事儿。

生命的高度

记得少时,老以为君子怕死。因为他们的老师孔子教导他们说,危邦不入,乱邦不居。又说,君子不立危墙之下。活得如此小心翼翼。直到读了司马迁的话:人固有一死,或重于泰山,或轻于鸿毛,才明白。君子不怕死,怕死也得死。但是为何去死,如何去死,什么是死得其所,要清楚。在饭馆争座而死,在地铁打架献身,为争风吃醋搏命,为争权夺利刺刀见红,学疯狗打架掐一地狗毛,不是君子所为。人的生命不在它的长度,而在它能达到的高度。英雄业绩,彪炳千秋;志士仁人,凛然千古。

大妈式眼泪

大约二十来年前，有一封名曰"一个十三岁孩子的来信"很是轰动一时。具体内容记得不是很清楚，大意为我是一个坏孩子，不爱学习爱打架，很小就不上学，出来混社会，坑蒙拐骗，偷盗抢劫无所不为，混在一群乱七八糟的男女之间，得过且过。有时也不想这样，为什么我会走到今天？都怨我那毫无亲情整天争吵打架的父母。我好几次拿了刀，在家门口转悠，想把他们杀了。我不知道怎么办，我写这封信，是我想过新生活，想自首，可我又没下最后的决心。

以上就是这信的大意。这孩子把信扔进了派出所，后来被发现，被公布于社会。

但这孩子是谁，由于他未署名，到今天也是个谜。

可想而知，巨大轰动。自然，各种议论都有。我觉得最刺耳的是这样的话，孩子，这不怨你，这是你爸妈对不起你，社会不关心你，学校不重视你，你不是坏孩子，你是好孩子，孩子，回来吧！大妈们在等着你！（我称这腔调为大妈体，因为它的思维方式说话腔调像极了大妈。大妈们的怜悯同情是廉价的无所不在的。）幸亏如今有了广场舞，可以安放她们那无处安置的老年。

没想到，几十年后，昨日再现。这回女孩被奸杀，又有歪嘴（男士主导的自媒体）为杀人犯道苦情，父母打工，留守儿童，学习不好，生活艰难，创业失败，爱上赌博，背债二十万，走投无路。否则，你懂的。

似乎，一切都可以是借口。今天我真相信了，人，可以满嘴喷粪。粪中还带着威胁，"不解决他们个人的不幸"，还会抢、还会奸、还会杀、还会抛尸。

若真如此，罪犯就应该是皇帝，或是皇帝也要怕他们三分。可惜，到今天为止，被砍了脑袋的，还是他们。

我倒觉得发文的人和赞同文中观点的人令我耳目一新。前者哗众取宠，后者无脑盲从。或曰前者别有用心，后者借此出气。有这许多力量纠合一起，真是路正长，夜正长，梦，刚起步，还没做稳。

菜单和项目

多年前我家楼下院里有个饭铺，一女老板带着女儿和两三个人经营。买卖先行后不行，终于越来越惨淡。菜名也越来越少。但有回我们全家去吃，菜单忽然变成好几页，还写得满满。我接过一看情不自禁想笑，但竭力忍住，因为挺大的店堂就我们一家，他们也正朝我们看过来，怕不礼貌。

想笑，是因为那菜单。那上面开列的名目记得有：木樨肉、肉炒鸡蛋、肉片木耳（一菜分三）、肉片黄瓜、肉片柿子椒、肉片青椒、肉丝青椒、柿子椒土豆、土豆丝、土豆片、清炒土豆丝、干煸土豆丝、肉丝土豆丝、肉片炒土豆、土豆红烧肉、小牛肉土豆、莴笋鸡蛋、肉片莴笋、清炒莴笋、宫保鸡丁、宫保肉丁、酱保鸡丁、酱保肉丁、爆三样、爆两样等等。没多久，这个奇葩饭馆倒闭走人了。

不久前，网上看到权威部门宣布撤销的科研项目，恍然有看菜单的感觉，项目名称大致是：

某某某核心价值观当今的伟大意义；核心价值观的深远历史影响；核心价值观指导我们开展马列主义研究新纪元；用核心价值观研究市场经济；核心价值观如何阐述引领社会科学研究；某某某如何理政；某某某的理政智慧；某某某的理政思想，大约有三十多项。

我很理解，开饭馆不容易，报项目也不易。拿下项目，就有钱，就可评职称，起码能应付年底考核。所以，奇葩菜名马屁项目一哄而上，并不奇怪。大人理政，小民吃饭，很自然。只不过，从这里，大人需更深体会民生之艰。民为贵，社稷轻，熟察之。

学而优则仕

孟浩然身为布衣。心有不甘，诗证心迹，"八月湖水平，涵虚混太清。气蒸云梦泽，波撼岳阳城。欲渡无舟楫，端居耻圣明。坐观垂钓者，徒有羡鱼情"。但仕途困顿，不遇，有诗证之："北阙休上书，南山归敝庐。不才明主弃，多病故人疏。白发催人老，青阳逼岁除。永怀愁不寐，松月夜窗虚。"

我国传统，读书目的，修齐治平。一展平生所学，一施平生抱负，但最后多数人结局，一顿老酒，一浇平生块垒。因为你看得上皇上，皇上未必看得上你。再说你也未必真是那块料，不过自己永远不会看不上自己，便成了失意不遇，成了一肚子牢骚。这是一方面。还有另一方面。所谓达则兼济天下，穷则独善其身。话很漂亮，但从实际来看，这两句并非平行关系，而是递进关系。也就是说，你先有了富贵，然后可以潇洒一把，说，富贵于我如浮云。白居易做过大官，当然可以这样说。与孟浩然并列唐代山水诗派之首的王维，出身大贵族，自己也做过大官，也可以这样说。但没有过富贵而这样说，就很难让人信服。即便你身处乱世，奸臣当道，你洁身自好，不屑为伍，别人仍会认为你没本事。你若告人你在独善其身，你立马成了酸葡萄。看古代诗人，除极少数，都做过官。连不为五斗米折腰的陶渊明，也做过几日县令。辞官不就，挂冠而去，隐逸山林，令人遐想。若无官可辞，无冠可挂，而大谈隐逸，就颇类叫花子向人说：我对钱没感觉（马云名言），怕是真要饿断了气的梦呓。这就是另一方面，世情。

问题的关键是老祖宗把话说得太绝，"学而优则仕"，没说"学而优可仕可不仕"，一下坏了事。家国情怀到了今天，对许多人来说，不能当政，也要参政，不能参政，也要议政。何况从中央到地方，有那么多人大、政协，有了很大施展拳脚的空间。你再不富贵而高谈隐逸，你不是窝囊废也是废物点心，白读一肚子圣贤书。由古及今，把孟夫子的两诗诗义合并了一下，以作结束。诗云：

  北阙谋国意，洞庭羡鱼情。宦游明主弃，羁旅客心惊。欲渡无舟楫，端居耻圣明。曳杖南山凹，松月夜独行。

学而优则说

人有两个世界，一个精神，一个物质，有趣的是两个世界都靠一样东西完成，嘴。嘴的两大功能，一个吃，一个说。

人生的任何角落，都是要分出层次的。说也一样。高档的说，是站在体制内说，低档的说，是站在体制外说。体制内的说，依各人地位划级，下级插不了上级的嘴。民间就好多了，相对随意。但是，与体制内比，民间的声音过于微弱，乃至无人理睬。所以，说的最高的境界是立在朝堂之上，对至尊说。即便不在朝堂之上，也力求对各级官长说，得到赞许。总比进个面馆，一碗大拉，一个小二，一碟毛豆，一根红塔山，纵论天下大势，得到同为布衣小民的称赞更满足。

因此，读书就要仕宦，仕宦就进入官场，进入官场宣讲自己的见解，日积月累，得贵人看中，进入更高一级的循环。优秀之人令国富民强，贪腐之人则祸国殃民。

为了自己的说更有分量，无论古今，都要进入体制。

学而优则写

不是每个人都能写文著书，大多是学而优的人在写。每个写的人都希望最多的人来看自己写的东西，不愿作者就是读者（只有自己看）。从文化史来看，能留名的，大多是有功名中过进士而仕宦的，或是虽无出身（功名），却入过幕，在朝廷重臣手下做帮办而后由重臣荐举做官的。因此，或者你有过功名（进士）进入官场，或者你入过幕得到荐举。再如李白等，虽布衣终身，却一度得幸天子。自称"昔在长安醉花柳，五侯七贵同杯酒"。总之，在体制内。

但天下学而优的人不少，官职却不多，因此无数人徘徊官场之外。国家虽不禁止布衣写书，不过刻版、印刷、发行和影响可想而知。很多年前，聚集在宋庄的各路理想主义者，有一文学爱好者，写了一部大作，坚信自己就是当今的托尔斯泰。并有相信他的追随者，一共两位，和他同屋的租客。我想，如果作者是喜欢舞文弄墨又贪污腐化终被枪决的副省长胡长清，大家在他出事前一定会在他的书里发现托翁笔法，被人称为胡尔斯泰。

所谓体制内，就是要拾级而上地做官。过去还有清流，现在没有流了。大家已经取得共识，也就没有清浊之分。比如高校，评为教授博导并未到头，还有正科级系主任、副处级院长、正处级处长（如教务处等校一级行政领导）公开招聘竞选，称作"双肩挑"，教授们趋之若鹜。没有听说竞选膳食处，如有，想来一样激情燃烧。不管实际只是领导火头军，但对外就是处长，好有面子，胜似一个光秃秃的教授。

现在出书扬名比古代强多了。清代，参加科举考试，要三代身家清白，不能出身倡优吏皂。那时倡优吏皂是贱业。倡，伶人；优，戏子；吏，没有功名，粗识文墨，在衙门里办日常琐事；皂，三班衙役，因穿黑衣，故名之曰皂。这些人的子孙，不许参加科举考试，称贱人贱业。自然更不可能进入官场。因没文化，更别提写什么书了。

换到今天看，社会极大进步。只要你愿意写，没人拦着你。即便出不成书，放到网上，也是书。不过我觉得，要获得最佳存在感，还是要身在体制中，有体制内的人为你鼓与呼。如果在醉意朦胧香烟缭绕中自己鼓与呼，也就只能自己做自己的某尔斯泰。

因学而优则仕，所以说和写容易影响深远。伯夷、叔齐不仕，饿死首阳山。幸有孔子为其立传，才为后世闻知。但类似品行的人只有他们俩？所以太史公说："岩穴之士有时若此，类名湮而不称，悲夫！"因此，后人多弃伯夷叔齐如敝屣，悲夫！

傻子的追问

教书时很喜欢一句话，一个聪明人也禁不住一个傻子连问二十个为什么。

这是因为，聪明人在回答问题时，必以一个盲点为逻辑的起点。这个盲点即我们常说的无须回答，不言而喻，不言自明。如果对方无休无止的追问下去，突破盲点，聪明人就无法回答了。课上，我常扮演傻子，让学生扮演聪明人，以对此进行理解。我问，为什么坐在这儿？为学习。为什么来学习？得到知识。为什么得到知识？提高自己。为什么提高自己？增加竞争力。为什么增加竞争力？好找工作。为什么找工作？为生活，为活着。为什么要活着？学生们大笑，你也终于来到了你预设的、你所需要的盲点。

待笑过后，你再启发学生，不觉得傻子问出了伟大而无解的问题？一个人，为什么要活着？或说，你为什么活着？这时学生们不笑了，陷入思考。你再说，不断的追问和实践，是人类发展的基石。比如牛顿的苹果，莱特兄弟的飞机，各种科学的发明，很多建立在"异想天开"。互联网的发明，各种商业模式的创新，都是如此。一个人最失败的是把世界、周围都看得习以为常，取"拿来主义"，坐享其成。我们伟大的先贤，韩非，早就用"守株待兔"讽刺过这类人。

学生们经常打辩论赛，有时他们邀我主持，从初赛、复赛到决赛，参加过不少回。题目类似于"全上来，都下去"，如"理智比感情更重要"反过来，"感情比理智更重要"。"只要一朝拥有，不要天长地久"再翻过来，"只要天长地久，不要一朝拥有"。两队抓到什么算什么，然后开辩。

这时我发现，在辩论赛连问二十个为什么很有用。因为这种辩论赛，没有答案，不用道理，某种意义上说就是胡搅蛮缠，以气势取胜。

如果你把自己的功课做好，准备做足，辩论时揪住对方一句话，连珠炮发问，加快语速，问到盲点，对方往往傻眼，不知如何回答。只要对方一愣，观众和评委就容易倾向于你。当然，如果取胜后，我都会告诉学生，别太当回事儿，你也就练了个伶牙俐齿。特别注意别再养个好跟人辩的毛病，到处招人讨厌。

后来某年，校辩论队进入亚洲什么大学生的辩论赛，到新加坡去打擂台。学校很重视，学生们也很兴奋，因为初赛题里有道题关乎传统文化，请我去辅导。我以打比赛的形式辅导，把他们打败了，他们很不高兴（一个女生除外）。后来听说他们打胜了初赛、复赛，决赛得了第三，我很欣慰。

连问二十个为什么的作用还体现在演说，特别是在群众演说上。群众演说，不能讲道理，而是煽情绪。气势第一，其他并不重要。人在坐下时，相对安静，容易思考。人在站立时，不能持久，容易浮躁。用有气势的语言一煽情，如："我们受够了！""说走咱就走啊，你有我有全都有。"于是，"风风火火闯九州"。

结论，在热闹的场合，最好先取旁观的态度。

京油子、卫嘴子、保定府的狗腿子

俗话：京油子，卫嘴子，保定府的狗腿子。这话并无确切解释。顾名思义，京油子，就是说北京人油。油，可能有两层意思，一个是油嘴滑舌，一个是为人油滑。要论头一个，北京人说话耍贫，爱逗，有时幽默，有时阴损，骂人不带脏字，一个钟头不重样，不知是不是这意思。另一个为人油滑，可能因为生长京城，见多识广，如果不是宅心仁厚，很容易把人特别是外地人，玩儿得团团转，让人找不着北满处转腰子。但据我所见，京油子就是坑人玩儿人，也本事不大能力有限，和今天的诈骗完全两回事。他们就是靠"油"显示自己比别人高明，脑瓜儿灵，转得快，显摆显摆。一句话，京油子就是靠土生土长在京城而形成的"油子"，也不是"老油条"。

卫嘴子，天津是海防重地，明朝即在此驻兵设卫所，以拱卫京师，所以叫天津卫。天津靠海，交通便利，买卖兴旺，商贾云集。由于商业的影响，人们能说会道。我在东北当知青时，对此印象深刻。东北知青基本来自四大城市：上海、天津、北京、哈尔滨。整体上讲，上海人，精打细算，特会生活。北京人，年少稚气，胡贫乱侃。东北人，简单粗暴，无所事事。天津人，能说会道，善于规划。所以从营团到师部，天津人当干事的最多。他们能说、会说、不白说。说，就有目的，有做事的头脑。

保定府的狗腿子，是指地域，一个地方的人出来干同一种营生。比如，过去说，三河出老妈子，定兴的摇煤球儿，冀县的卖书，沧县的打小鼓儿（收旧货）。保定府的狗腿子，是说保定出公门里的人。但这公门里的人，可不是官，而是地位低下属于贱业的吏卒，最招老百姓厌恶，所以称他们狗腿子。

车船店脚牙，无罪也该杀

老话说，"车船店脚牙，无罪也该杀"。车，车夫；船，船夫；店，店家；脚，脚夫；牙，撮和人。理由大致是：车夫，贼多；船夫，水寇多；店家，看人下菜碟，不实诚；脚夫，送东西不到地方；撮和人，油嘴滑舌，天花乱坠。五个行当比之现在，就是交通业、航运业、旅店业、快递业、网购业，都是商业。毫不讲理的"无罪也该杀"的背后，反映了古代的传统文化。

传统文化，重农贱商。立国以农，不重商贾。虽表面上士农工商并举，但商排在最后。封建文化中，士农工不会与奸沾边，商却与奸相连，甚至无商不奸。究其原因，古代以为士农工皆凭自己亲身劳动创造财富，而商自身不直接生产，以买卖坐享其成。所以重农抑商，使国力渐渐落后。即便改革开放初期，对经商的人还是鄙视，称为"倒儿爷"，中关村为"倒儿爷一条街"，摊贩为"小倒儿"，社会地位低下，乃至他们发出"我们穷得就剩钱了"的感叹。直到几年后，生产力高速发展，商品极大丰富，钱的作用显现出来，才"一切向钱看"，形成"十亿人民九亿商，还有一亿急得慌"的滚滚洪流。

自以为，人总是被社会推动，社会不断被制度改变，制度的改变总靠顶层设计那几个人。英雄、时势其实一回事，没有谁造谁，互相配合着来。至于芸芸众生，贱的跟着贵的，穷的跟着富的，百千年从未变过。历史风云，说复杂也复杂，说简单也简单。

回想自家历史，也是追逐着时代。高祖经商，开得很大的药房，有不少有名的药（如陆氏妇保金丹等）。并与清末修订法律大臣、资政院副总裁沈家本因医药相识、过往。至曾祖时，已有银行、邮政、铁路之设，曾祖即入邮局，为高级职员。到祖父，家里要他读书入仕，至于药房，请人打理，不必过问。

时代、人生，说不清是不是一圈更比一圈儿高的螺旋式循环，但，肯定是一遍又遍的轮回。轮回之下，千般况味，万种风情，如黄粱一梦，瞬息遍尝。

春

春分一到,昼夜平均,寒气降,阳气生。一想到春回大地,春花缭乱,春色醉人,春深如海的情景,心里就有些乱。一是急着享受春光,二是知道年华逝去,还能享受的春光将屈指可计。虽说春色关不住,却也留不下。从桃花报信到牡丹收尾,短短不到三个月。而牡丹怒放之日,又正是春天越走越远之时,让人无可奈何。

杜甫《曲江》曰,"一片花飞减却春"。诗人心里,满目春色哪怕只有一片花叶落下,春色便不再完整。李白春夜宴桃李园,真让人思秉烛夜游,及时行乐。而春色,又为谁停过一瞬?所以赏春游春,多少有些忧伤。

人类渺小,自然永存。科学有限,宇宙无边。能治民,治不了天;能管人,管不了地。感谢天地造物,赐我们繁花似锦的春,绿荫蔽日的夏,金光灿烂的秋,洁白柔软的冬,使我们有限的生命,活在五彩缤纷的世界。

歌曲

晨起读《古诗十九首》，读到非常喜欢的两句："胡马依北风，越鸟巢南枝。"马喜欢立在北风里，因为草原是它的家乡。鸟筑巢要朝南，因为南方是它的故土。由此联想到曹操的名句，"神龙藏深渊，猛虎步高岗。狐死首归丘，故乡安可忘"。

我的故居在琉璃厂西头的前青厂。换过两次门牌号。头回27，二回52，一直用到搬离、拆除，盖成了今天的椿树园。

我从东北回来待工作时，闲时常和附近投脾气对路子的青年聚在一起，结识了不少哥们儿。除了互相到对方家里坐，就是在街上遛，公园里逛，要不就坐人家门坎儿，蹲马路牙子。说说笑笑，打打闹闹，喜欢唱外国爱情歌曲，苏联居多，如《莫斯科郊外的晚上》《小路》《灯光》《深深的海洋》《红河谷》等。有个女孩子，唱歌很好，会很多，常教我们这些五音不全的"笨蛋"（她原话）唱，还喜欢捉弄我们。有一次教唱《红河谷》，"人们说你就要离开家乡，我们将怀念你的微笑。你的眼睛比太阳更明亮，照耀在我的心上。走过来坐在我的身旁，不要离别的这样匆忙。要记住红河谷你的家乡，还有那热爱你的姑娘"。一回头，瞥见跟她有些"暧昧"的男孩子坐她旁边，顺口问："说！为什么离开家乡？"男孩一愣，不过很快接道："给你探路去。等着我啊！"大家大笑，女孩脸一红，"想得美，谁跟你呀！"

四十多年的风刮过去了。北风、南枝、深渊、高岗、丘陵变了样子，胡马、越鸟、神龙、猛虎、狐狸换了一茬又一茬，但家乡还在，怀念还在，人影还在。

诗云：

杨柳傍门生，合欢映晚晴。追逐打闹乐，青梅竹马情。鸽群鸣天际，双燕绕碧空。京华好风月，美景看无穷。

后记

书写完了，照例应该说上两句。

书分四个部分，岁月留痕、人生百态、书事书话、杂感杂谈。

岁月留痕一章，相对说，最为用功，也最整齐。从祖父记起，依次为我的小学、中学、"文革"、下乡、返城、政法大学，及对市井民俗的记述，如饭馆庙会、南穷北贱、礼数规矩、北京的妞和爷等等。但后面的两部分，北京的公园和胡同行比较重要。至于为什么重要，看过即知。

第二部分，人生百态，如浮世绘。绘了哪些人，哪些事，哪些现象，哪些地方，发了哪些感慨，不一一道来。

第三部分，一辈子教书、写书、出书、送书、藏书，估计将来还要捐书、卖书，和书真是缘份非浅，书事书话写的就是这些。

第四部分，既然名曰杂感杂谈，自然名副其实，突出一个"杂"。但个人以为，杂而不乱，除去几篇抒情文字和最后的几篇读书记外，是有主线的。其实，写的时候，并没有什么主题先行。写完一归拢，才发现指向。由此明白，只要变成文字，你就很难逃避自己。不管有意无意，你的取向总是明确的。

我曾有个困惑，困惑了好几年。我写过的几本书都在集中回忆老北京，写我青少年时的北京，写了许多已逝风景，尽管旧时月色无限美好，可这对今天有意义吗？我很早就知道，过去就是过去，好也罢，坏也罢，回不来。即便似曾相识的回来，也一定来个改头换面。所以，记忆里你可以多回首，生活中一定要朝前看。那么，我写这些有什么意义？特别是朝前的意义。

前不久，总算想明白了。意义就在于需要。人生的精神状态，只有两个，奋进和伤感，这是相辅相成的二者，一般来说，缺一不可。最喜欢曹公的《短歌行》，开篇"对酒当歌，人生几何"，结尾"周公吐哺，天下归心"。慷慨悲壮，从此在我心里奠定英雄的形状。

很多年前，看过一篇文章，有一群事业成功的同学，隔段时间就会相聚。都已鬓发微霜，青春不再。说起当年，不胜伤感，甚至啼嘘不已，痛哭流涕。但是明天的太阳一升，他们照样意气风发，勇猛精进。我崇敬的人生是，即便一辈子不成功，也一辈子向着成功的道路走。所以，我写的东西应该是有意义的。

最后，感谢责编陈佳，她的细心审校，以及推进速度，令我出乎意外。一般的感谢似乎不够，应该重重地感谢才恰如其分。

陆昕
辛丑暮春